BASTEI
LÜBBE
TASCHENBUCH

Weitere Titel der Autorin:

Die Saat
Das Syndikat

Titel in der Regel auch als Hörbuch und E-Book erhältlich

Über die Autorin:

Fran Ray, 1963 geboren, lebt nach Jahren in München und Australien, wo sie unter Pseudonym eine Krimireihe schrieb, heute an der spanischen Mittelmeerküste. Sie liebt ausgedehnte Spaziergänge mit ihren Hunden, Segeltörns und ist eine leidenschaftliche Köchin. Nach *Die Saat* und *Das Syndikat* liefert sie mit *Der Skandal* einen weiteren spannenden Thriller um ein hochbrisantes Thema.

Fran Ray

DER SKANDAL

Thriller

BASTEI LÜBBE TASCHENBUCH

BASTEI LÜBBE TASCHENBUCH
Band 16 943

1. Auflage: November 2013

Dieser Titel ist auch als E-Book und Hörbuch erschienen

MIX
Papier aus verantwortungsvollen Quellen
FSC® C006701

Dieses Werk wurde vermittelt durch die Literarische Agentur
Thomas Schlück GmbH, 30827 Garbsen

Textredaktion: Lutz Steinhoff, München
Titelillustration: © shutterstock/SeDmi; shutterstock/
Denis Radovanovic; shutterstock/vesnushka; shutterstock/
Melinda Fawver
Umschlaggestaltung: Sandra Taufer, München
Satz: Urban SatzKonzept, Düsseldorf
Gesetzt aus der Garamond
Druck und Verarbeitung: CPI – Ebner & Spiegel, Ulm
Printed in Germany
ISBN 978-3-404-16943-6

Für Claus und Lorrie Weingaertner

PROLOG

Captain Ruth Muller hat die Hände auf dem Verhörtisch gefaltet und sieht Christina durchdringend an.

»Ich begreife es nicht, Andersson. Ich dachte, wir hätten uns verstanden. Und dann ziehen Sie los und machen die Sache auf eigene Faust.« Sie spricht in ihrem arrogant klingenden Bostoner Akzent.

Detective Christina Andersson blickt auf die Akte, die zwischen ihnen liegt. Sie weiß, was sie enthält, aber sie weiß nicht, was sie sagen soll. Die Medikamente, die sie ihr im Rettungswagen gegeben haben, hüllen sie in einen dichten Nebel, aus dem sich nur Captain Muller im engen dunklen Kostüm und die rote Akte hervorheben.

Noch nie ist ihr das Licht der Neonlampe im Verhörraum so grell vorgekommen. Sie hat auch noch nie auf der falschen Seite des Tischs gesessen.

Muller redet weiter in ihrer sachlich kühlen Art: »Sie sind impulsiv und unbeherrscht. Sie überlegen nicht, welche Konsequenzen Ihr Handeln hat. Und Sie haben sich mehrmals über meine Anweisungen hinweggesetzt – nun, ich habe Ihnen trotzdem vertraut.«

Christina sieht in Mullers perfekt geschminktes Gesicht, es zeigt keine Regung. Weder Empörung noch Verwunderung, weder Anteilnahme noch Wut, nichts, was darauf hindeuten könnte, dass sie seit zwei Jahren zusammenarbeiten. Sie hat Muller nie sonderlich sympathisch gefunden, aber sie hat ihre Hartnäckigkeit und Unnachgiebigkeit geschätzt. Und genau die werden Christina jetzt zum Verhängnis.

Muller schlägt die Akte auf und blättert darin. Christina

will irgendetwas denken, aber es gelingt ihr nicht, ihr Kopf fühlt sich leer und dumpf an.

»Detective Andersson«, Mullers Blick kehrt zu Christina zurück, »was sehen Sie darauf? Sie haben doch sicher etwas vorzubringen zu Ihrer Verteidigung ...« Ohne Christina aus den Augen zu lassen, schiebt sie ihr vier Fotos über den Tisch.

Christina weiß, auch ohne sie zu betrachten, was sie zeigen. Doch sie weiß nicht, wie es zu all dem gekommen ist.

Sie erinnert sich an den Augenblick, als der Cop auf sie zukam. Sie saß im Krankenwagen, und der Sanitäter stach ihr gerade eine Injektionsnadel in den Arm. Breitbeinig blieb der Cop vor ihr stehen. Er war dunkelhäutig und jung, und sie kannte ihn nicht.

Er sah auf sie herunter, dann auf den Ausweis in seiner Hand. »Detective Christina Andersson, sind Sie das?«

Der Sanitäter klebte ihr ein Pflaster auf den Arm.

»Ja«, antwortete sie, »aber halten Sie sich jetzt nicht mit mir auf! Ich bin okay. Wir suchen einen metallicroten Chevrolet Van. Habt ihr die Meldung nicht gekriegt?«

Anstatt zu antworten, wies der Cop mit einer knappen Kopfbewegung hinter sich. Der Widerschein der roten und blauen Sirenenlichter des Streifenwagens flackerte über die verfallenden Backsteinmauern der leer stehenden Fabrikgebäude des Third Ward Bezirks. Ihr silberfarbener Toyota stand quer auf der Straße.

»Haben Sie diesen Wagen gefahren, Detective Andersson?«

Die Fahrertür war tief eingedrückt, sie stand offen, der Kofferraum war hochgeklappt. Dort stand ein zweiter Polizist.

»Ja«, sagte sie. Er musterte sie. Sie hatte den Eindruck, dass er unsicher war. Vielleicht, weil sie auch ein Cop war? »Ich konnte das Kennzeichen nicht erkennen, es ging zu schnell.«

Sie konnte sich nur daran erinnern, dass von links etwas

auf sie zugeschossen kam, es folgte ein fürchterlicher Knall, dann waren plötzlich alle Geräusche verstummt, und sie hatte verdammt keine Ahnung, wie sie es aus dem Auto geschafft hatte.

»Würden Sie mir bitte zu Ihrem Wagen folgen, Detective?«

Sie zog die Decke von den Schultern, die ihr einer der Sanitäter umgelegt hatte.

»Mein Funk ist kaputt«, sagte sie, »rufen Sie verflucht noch mal in der Zentrale an! Ich muss wissen, ob man den Wagen schon gefunden hat ...«

»Zuerst zu Ihrem Auto, Detective.«

Sie bemerkte, wie seine Hand zum Waffenholster am Gürtel griff.

»Wo liegt das Problem?«, fragte sie, da hatten sie ihren Wagen erreicht.

»Es liegt hier.« Der Cop trat einen Schritt zurück.

Sie blickte in den Kofferraum.

Und dann leierte sein Kollege ihr ihre Rechte herunter ...

Jetzt wartet Muller auf eine Erklärung. Aber Christina hat keine für das, was sie auf den Fotos von ihrem Kofferraum sieht.

»Wissen Sie, Andersson ...« Muller beugt sich vor über den Tisch.

Christina riecht ihr Parfüm, es duftet nach Frühlingsblumen. Sie fragt sich, ob Muller es bewusst einsetzt, um in ihr die Sehnsucht nach Freiheit zu wecken. Sie traut Muller fast alles zu.

Mullers Blick bohrt sich in Christinas Augen. »Ich habe immer gedacht, ich kenne mich aus mit Menschen. Aber bei Ihnen weiß ich einfach nicht, woran ich bin. Lügen Sie? Spielen Sie mir etwas vor? Oder sind Sie einfach nur naiv?«

Eine Zeit lang hat Christina tatsächlich geglaubt, sie ist in *einem Albtraum gefangen. Doch spätestens jetzt, als ihre Finger über das Foto tasten, ist diese Hoffnung dahin.*

Er liegt auf der Seite, die Beine angezogen.

Sie versucht, etwas zu empfinden. Trauer, Wut, Bedauern, Schmerz, irgendwas ... aber sie fühlt nichts. Sie ist lange genug Cop, um zu wissen, dass es normal ist, wenn Menschen auf extreme emotionale Situationen so reagieren.

»Detective Andersson«, Mullers Stimme dringt wie durch einen Nebel zu ihr, »haben Sie Pete Kondracki umgebracht?«

Christinas Augen brennen, ihre Kopfschmerzen sind unerträglich.

»Das Licht blendet, könnten Sie bitte eine Lampe ausschalten?«

»Nein, Sie wissen selbst, dass immer beide brennen. Haben Sie gestern Medikamente genommen?« Muller ist lauter geworden, ihre Stimme ist schneidend.

»Nein«, sagt Christina.

»Nein? Warum sind dann die Schachteln in Ihrer Handtasche?«

»Ich hab sie da immer drin.«

»Wir können leicht nachprüfen, ob Sie unter Tabletteneinfluss stehen. Sie haben angefangen, Tabletten zu nehmen, als Sie erfahren haben, dass Ihr Sohn ...«

»Nein!«

Es entsteht eine Pause, dann sagt Muller frostig: »Ich hatte Ihnen psychologischen Beistand empfohlen, erinnern Sie sich? Warum haben Sie den nicht angenommen? Schildern Sie mir, was gestern passiert ist. Sie hatten am Abend eine Unterredung mit Pete Kondracki. Er war bei Ihnen. Erinnern Sie sich? Was haben Sie mit ihm besprochen?«

»Ich … ich weiß es nicht mehr.« Sie ist benommen vor lauter Erschöpfung.

»Detective Andersson! Wir sind jetzt durch mit all den Ausflüchten. Es geht um Mord! Und Sie sind außerstande, mir eine glaubwürdige Erklärung zu liefern!«

Ja, das ist sie.

Pete war bei ihr. Und sie hat ihm etwas gesagt, was sie ihm nie hatte sagen wollen.

Ruth Muller lehnt an der Wand neben der Tür, sie hat die Arme vor der Brust verschränkt.

Die Fotos liegen noch immer vor Christina auf dem Tisch.

Inzwischen ist sie schon zwei Stunden hier.

Muller setzt sich wieder hin.

»Gut«, sagt sie. »Sein Genick ist gebrochen. Sie können Karate, richtig?«

Christina schweigt. Sie muss nicht erwähnen, dass sie bis vor einem halben Jahr auch Jiu Jitsu regelmäßig trainiert hat. Muller ist darüber informiert. Sie braucht nur Christinas Personalakte aufzuschlagen. Muller zieht den roten Folder zu sich. Die Fotos lässt sie vor Christina liegen.

»Wir haben Fasern Ihrer Kleidung an der Kleidung des Toten gefunden.«

Christina deutet zur Wand hinter Muller. »Wer sieht uns zu?«

Muller antwortet nicht.

Christina beugt sich über den Tisch zu Muller. »Sind Sie so sicher, dass Sie jedem hier trauen können?«, fragt sie leise.

Muller lehnt sich zurück. »Sie leiden unter Verfolgungswahn. Sie sehen überall nur noch Feinde. Sie haben sich in diese Sache hineingesteigert, anstatt sie Ihren Kollegen zu überlassen. Das nenne ich Selbstüberschätzung, Andersson. Das ist unprofessionell.« Muller blättert wieder in der Akte. »Wir haben bei Ihnen Provigil, Ritalin und Valium gefunden. Nehmen Sie diese Medikamente?«

Es hat keinen Sinn, zu leugnen, das weiß Christina. Jeder Test würde es beweisen. Also sagt sie: »Im Augenblick, ja.«

»Ich muss Ihnen nicht erklären, dass es dadurch zu emotionalen Kurzschlüssen kommen kann.« Muller sieht auf. »Was ist zwischen Ihnen und Pete Kondracki passiert? In welcher Beziehung stehen Sie zu ihm?«

»Wieso haben die Cops meinen Kofferraum aufgemacht?«

Muller antwortet nicht gleich, schließlich sagt sie: »Sie halten ihn für den Mörder Ihres Bruders – und deshalb haben Sie ihn umgebracht. War es nicht so?«

»Nein, so einfach ist es nicht …«, sagt Christina zögernd.

1

Christina Andersson lacht.

Ed erzählt den Witz nun schon zum dritten Mal: »Und dann, müsst ihr euch vorstellen, kommt Rob und sagt zu diesem Wichser: Du Arschloch, warum hast du den Penner nicht zwei Stunden früher erledigt, jetzt hast du mir meine Kaffeepause vermiest!«

Er kriegt sich kaum ein vor Lachen, Rob haut auf den Tresen, und Gary krümmt sich, als hätte er Bauchweh. Mit so viel Bier und Whisky intus, denkt Christina, wird selbst der schlechteste Witz zum Knaller. Nur Aaron Zelman ist noch nüchtern. Schon den ganzen Abend hält er sich an Perrier. Trotzdem lacht er mit.

Christina kann immer noch nicht fassen, dass es vorbei sein soll. Sie hat tatsächlich das *C* auf das Factsheet an der Wand gemalt. *C* für *Closed* – Fall abgeschlossen.

Wenn sie die Augen schließt, sieht sie selbst jetzt, in der Bar, sofort wieder das tote Mädchen neben den Mülltonnen im Hinterhof liegen. Das Kleid zerrissen, die Beine verdreht. Ratten, die angefangen haben, sich über sie herzumachen, huschen weg, als sie mit Aaron zum Fundort kommt.

Seit zehn Jahren ist sie bei der Polizei, und sie hat schon mehrere tote Kinder gesehen, aber keines hat sie so berührt wie Charlene. Vielleicht lag es daran, dass sie so alt war wie Jay. Sie wirkte so dünn, so zart in dem hellen Kleid. Christina lässt sich normalerweise nicht zu Sentimentalitäten hinreißen, und an Gott kann sie auch nicht glauben, aber sie hat an einen Engel denken müssen, an einen kleinen Engel, der vom Himmel gefallen war.

»Chris, hast du das mitgekriegt?«

»Was, Ed?«, fragt sie, herausgerissen aus ihren Gedanken. Ed, Rob und Gary lachen wieder, diesmal grinst sogar Aaron. Ihre Augen sind tränennass, ihre Gesichter gerötet.

»Ich hab wieder einen eurer geistreichen Witze verpasst, oder?«

Daraufhin grölen sie wieder. Es ist das Adrenalin, das rausmuss. So ist es immer, wenn sie einen großen Fall gelöst haben. Heute trinkt sie zum ersten Mal so lange mit. Und seit heute nehmen die harten Kerle von der Mordkommission sie zum ersten Mal für voll. Sie, die junge blonde, angeblich nicht unattraktive Kollegin. Sie hat ihnen gezeigt, dass sie genauso clever, hartnäckig und taff ist wie sie. Und heute demonstriert sie ihnen, dass sie auch genauso viel verträgt wie sie. Plötzlich tun sie, als hätten sie nie ein Problem gehabt mit einem weiblichen Detective, denkt sie.

»Du hättest ihn sehen sollen, Chris, Brewer ist die Kinnlade runtergefallen«, sagt Ed, genannt Ironman, der einfach nicht aufhören kann zu lachen, sein Gesicht glüht, »als Gary ihm gesagt hat, dass du den Kerl geschnappt hast.« Ed wischt sich mit dem Unterarm den Schweiß von der Stirn. Mit seiner rötlichen Haut, den leicht vorstehenden überwachen Augen, dem hastigen Sprechen und dem übermäßigen Schwitzen wirkt der stämmige Ed Keller immer, als bekäme er jeden Moment einen Herzinfarkt. Aber er behauptet, fit zu sein wie Ironman, und das hat ihm seinen Spitznamen eingebracht.

»Brewer kann froh sein. Ist doch gut für seine Erfolgsbilanz«, sagt sie, denn sie weiß, wie ehrgeizig der Lieutenant ist.

»Unser Lieutenant wär aber noch froher, wenn er selbst es gewesen wäre, der ihn gestellt hat«, meint Rob Winehouse in seinem dröhnenden Bariton, und die anderen nicken. »Hätte ihm ein paar Punkte mehr auf seiner Bewerbungsskala zum

Captain eingebracht.« Rob lockert seinen längst schon lockeren Schlips und hebt seine mächtige dunkle Pranke. »Terry, noch mal 'ne Runde für alle!«

»Warum sind nur alle so auf eine Beförderung aus?« Gary verzieht das Gesicht zu einem Grinsen.

»Nur unser Gary Weasly nicht, was?« Ed knufft ihm in die Rippen.

»Weil ich's einfach nicht verantworten kann, euch Dumpfbacken allein rummachen zu lassen, so einfach ist das!«, kontert Gary. »Und überhaupt, ich sag euch jetzt was, also ...«

Christina schaltet für einen Moment ab, kippt den Rest aus ihrem Glas hinunter und beobachtet die anderen. Aaron hält sich tapfer mit Perrier. Eds Schweißflecken unter den Achseln werden immer größer, Robs Augen glänzen glasig, Gary, das Wiesel, redet und redet noch mehr als sonst, und ich, denkt Christina, bin schon halb weggetreten ... Wir würden uns großartig machen auf einem Foto im *Sentinel*. Und darunter würde stehen: *So feiert die Mordkommission von Milwaukee die Festnahme von Charlenes Mörder.*

Wer, um Himmels willen, kann so etwas tun?, hat sie sich die letzten sechs Monate gefragt. Die Stadt hat es auf Platz fünf geschafft auf der Liste der kriminellsten Städte des Landes, hundert Morde im Durchschnitt jedes Jahr. Die Frage müsste sie sich also öfter stellen. Aber die Sache ist: Sie hat sich gewöhnt an die Gewalt. Und trotzdem: Diesmal war es anders. Jedes Mal, wenn sie nach Hause kam und ihren Sohn Jay in den Arm nahm, drückte ihr die Wut die Luft ab. Sie kann nicht gut umgehen mit Emotionen, das weiß sie selbst.

Charlene Brickerton, sieben Jahre alt, kein Vater, Mutter Junkie und Prostituierte.

»Es tut uns leid, aber Ihre Tochter ist einem Gewaltverbrechen ...«, hat Christina damals angefangen und dabei gedacht, es hört sich falsch an.

»Was?«, hat Evelyn Brickerton gefragt und die Stirn gerunzelt.

Gewaltverbrechen ... Warum hat sie nicht gleich gesagt: Ihre Tochter Charlene wurde mehrfach vergewaltigt, durch Messerstiche schwer verletzt und dann erschossen? Zwei Schüsse in die Brust. Sie sagt *Gewaltverbrechen*, weil es nicht so brutal klingt, weil sich nicht gleich Bilder einstellen. Aber Mrs. Brickerton versteht nicht, sie zieht den Gürtel des Morgenmantels enger, als könnte sie sich so besser konzentrieren. Es ist später Nachmittag, und gelblich kränkliches Licht sickert durch die Wolkenschicht. Christina hat noch den Geruch in der Nase, der aus der Wohnung dringt, Zigarettenrauch und billiges Parfüm. Als Mrs. Brickerton dann endlich versteht, was dieser Cop da gerade zu ihr gesagt hat, zerreißt etwas in ihr, das hat Christina ganz deutlich gesehen, etwas, das sie am Leben gehalten hat. Vielleicht ist es ihr Glaube, hat Christina gedacht, oder einfach ihre Hoffnung, dass doch noch so etwas wie Glück auf sie und ihre Tochter warten könnte. Mrs. Brickerton sackt zu Boden, und Christina muss ihr wieder auf die Beine helfen.

»Ich versichere Ihnen, wir werden den Tod von Charlene nicht so einfach hinnehmen«, sagt sie der Mutter und sieht ihr dabei fest in die Augen. »Wir finden den, der ihr das angetan hat. Glauben Sie mir, Sie haben mein Wort.« Dazu hat sie sich hinreißen lassen, zu solch einer Versprechung. Dabei weiß sie, dass sie das nicht tun darf. Auch sie hat nicht alle Fälle aufgeklärt. Natürlich nicht. Manchmal melden sich die Toten, nachts, wenn sie schläft. Dann sieht sie sich an einer langen Mauer aus schwarzem Granit vorbeigehen, darin eingeritzt jeder einzelne Name mit dem Todesdatum und dem Vermerk: *Mörder nicht gefasst.*

Jeden Tag, sechs Monate lang, hat sie ihr Versprechen im Ohr.

Und dann heute: »Wir haben ihn«, hat sie am Telefon gesagt, »wir haben Charlenes Mörder.«

Aber Mrs. Brickerton hat geschwiegen. Das lässt Christina nicht los. Wenn schon nicht ein Danke, aber wenigstens so etwas wie ein erleichtertes Ja hat sie erwartet. Doch Mrs. Brickerton hat einfach nur den Hörer aufgelegt ...

»Hey, mach mal lauter, Terry!«, donnert Rob. Er zeigt auf den Fernseher über der Theke, und der Barmann drückt auf die Fernbedienung. Christina sieht auf, die Kollegen werden still. Auch ihnen ist der Fall nahegegangen. Die meisten haben Kinder zu Hause, Ed ist zwar geschieden, aber er sieht seine beiden Kinder einmal im Monat, und er redet schon eine Woche vorher dauernd davon. Oder Rob, auch geschieden, hat einen Sohn. »Nach über sechs Monaten intensiver Ermittlungen konnte die Polizei endlich den Mörder der siebenjährigen Charlene Brickerton festnehmen«, sagt die Sprecherin im Fernsehen. Fotos werden eingeblendet. »Captain Ruth Muller von der Milwaukee Homicide Squad konnte heute mit dieser Nachricht vor die Presse treten, nachdem ...«

»Muller braucht das für ihre Karriere.« Aaron hat sich zu ihr herübergebeugt, er sagt es ihr fast ins Ohr. »Es weiß doch sowieso jeder, dass wir das nur dir zu verdanken haben.«

Christina will sagen, es ist egal, Hauptsache, der Typ ist gefasst, aber sie sagt es nicht, denn es macht ihr doch etwas aus, dass Muller sich mit fremden Lorbeeren schmückt. Ausgerechnet Muller, die nicht einmal mehr an die Aufklärung des Falls geglaubt hat. »Wir haben hier mehr als genug zu tun, Andersson. Dieser Fall ist kalt. Kümmern Sie sich darum, wenn es mal nichts mehr zu tun gibt.«

Monatelang hat sie nicht mehr richtig schlafen können. Hat

immer wieder die Kleine vor sich gesehen, wie sie in ihrem Blut lag. Und sie hat die Mülltonnen gesehen und die Ratten. So ein kurzes Leben. Sie hat nicht lockergelassen. Wie oft ist sie zum Tatort gefahren? Zwanzig Mal? Dreißig Mal? Jeden Stein, jedes Stück Müll hat sie umgedreht, obwohl die Spurensicherung nichts gefunden hatte. Und wie viele Typen aus der Drogenszene hat sie vernommen? Wie viele Anwohner? Du reibst dich auf, haben ihre Kollegen gesagt – und sogar ihr Bruder. *Du musst mal abschalten! Du trägst nicht die Verantwortung.* Für ihre Mutter war es mal wieder ein Beweis dafür, dass die anderen ihr wichtiger sind als ihre eigene Familie. Denn sonst hätte sie ja wohl auch einen anderen Beruf gewählt und wäre nicht Cop geworden. *Du musst mal an dein eigenes Kind denken, Christina.* Genau deshalb hat sie ja nicht aufgegeben, aber das versteht ihre Mutter nicht.

Als sie ihm heute endlich gegenübergestanden hat, dem fetten Travis Raymond, hätte sie beinahe die Kontrolle verloren. Sie hat ihm den Pistolenlauf an die Schläfe gedrückt, obwohl er sich schon ergeben hatte. Ihr Finger hat gezuckt, und sie hat gesagt: *Eine Bewegung, du Bastard, und ich puste dir das Hirn weg! Kapiert?* Erschossen auf der Flucht, Notwehr, aber dann hat sie gedacht, das wäre zu einfach. Er soll leiden. Jeden Tag. Kindermördern geht es nicht gut im Knast. Da werden ihm seine Verbindungen auch nicht viel helfen. Im Knast sitzen Mächtigere als er.

»Sie werden ihn fertigmachen«, sagt sie.

Ed nickt. »Sie werden ihm den Arsch aufreißen!«

Alle heben das Glas und trinken darauf.

Ruth Muller hängt ihren Mantel an die Garderobe. Sie ist erschöpft. Die letzten Wochen hat sie durchgearbeitet. Als sie in der Garage aus dem Wagen gestiegen ist und gesehen hat, dass Adams Porsche auch da ist, ist sie fast ein bisschen enttäuscht gewesen. Sie hat vorgehabt, eine heiße Dusche zu nehmen und sich dann ins Bett zu legen – ohne mit jemandem reden zu müssen.

»Adam?« Vielleicht ist er ja doch noch unterwegs, mit irgendeinem Auftraggeber oder mit Thomas Engstroem, seinem Partner, denkt sie kurz, doch da kommt er ihr schon entgegen. Ganz in Schwarz, wie meistens, auch wenn alle Welt behauptet, schwarz wäre out.

»Hallo Liebling!« Die Wohnzimmertür öffnet sich, und Adam kommt in die Diele, eingehüllt in die gedämpften Klänge seiner Lieblingsmusik. Modern Jazz, allerdings gemäßigt, sodass ein Nicht-Musikkenner wie sie auch noch etwas damit anfangen kann. Er gibt ihr einen Kuss auf den Mund.

»Was gibt's? Du wirkst so aufgekratzt!« Sie streift die Schuhe ab und versucht, sich ihre Anspannung nicht anmerken zu lassen. »Ist alles okay?«

»Es ist mehr als okay, Liebling.« Er dreht sich um. »Alex! Deine Mutter ist da!«

Alex kommt angeschlurft. Wenn sie ihm das nur abgewöhnen könnte. Er sieht so gut aus mit seinen fransigen dunklen Haaren, den braunen Augen, dem für sein Alter schon markanten Kinn. Es nervt sie ungeheuer, dass er so daherkommt, mit der unter der Hüfte hängenden Jeans, sodass man seine Unterhose sehen kann, und diesen ausgelatschten Skaterschuhen, die er nicht zubindet. Als wäre alles immer nur cool.

»Also, was habt ihr zwei so Geheimnisvolles für mich?«, fragt sie, ohne sich etwas anmerken zu lassen.

»Sag's deiner Mutter, komm schon«, drängt Adam und legt Alex den Arm über die Schulter, nur kurz, weil er ja weiß, dass Alex das nicht mehr mag.

»Ach ...« Alex stöhnt auf und wendet den Kopf ab. Er hat ihr noch nicht einmal Hallo gesagt.

»Nicht so bescheiden, komm, sag's ihr!«, sagt Adam grinsend.

»Was?« Muller sieht erst ihren Mann an, dann ihren Sohn. Sie sind Verbündete, denkt sie kurz, und ich bin draußen.

Adam sieht ihrem Sohn über den Rand seiner Hornbrille in die Augen.

Der nuschelt: »Ich bin angenommen.«

»In Pasadena?«

»Yep.« Mehr sagt er nicht.

Adam schlägt ihm anerkennend auf die Schulter, dann geht er in die Küche und öffnet den Kühlschrank.

Sie steht einfach da. Andere Mütter, denkt sie, hätten ihren Sohn umarmt, auch wenn er schon achtzehn ist, aber sie hat das nie gekonnt. Dabei hat sie es sich immer gewünscht. Ja, sogar heute noch. In diesem Augenblick. Stattdessen setzt sie ein stolzes Lächeln auf. »Das ist ja großartig, Alex! Ich freue mich für dich.«

»Für mich?« Er hebt die Schultern und lässt sie wieder sinken. »Du freust dich für dich. Du hast es mal wieder geschafft. Du bist nicht nur ein Superbulle, du bist auch noch eine Supermom.«

»Aber Alex, das ist doch Unsinn!«, widerspricht sie schnell. »*Du* bist derjenige, der es geschafft hat, niemand sonst!«

Er nickt, ohne zu lächeln. »Ich hab mich nicht besonders anstrengen müssen.«

Adam steht mit einer Flasche Champagner und drei Gläsern in der Tür. Sie zwingt sich zu einem Lächeln und sagt: »Pasadena. Ist das nicht wunderbar, Adam?«

»Ja! Kommt, darauf stoßen wir an!«

Alex sieht ihr in die Augen. Es ist ein seltsamer Blick, den sie nicht deuten kann, aber er tut ihr weh – und er hinterlässt ein ungutes Gefühl. »Ich mag keinen Champagner«, sagt er und dreht sich einfach um. Langsam geht er die Treppe hinauf.

Adam seufzt. »Komm, lassen wir ihn. Feiern wir ohne ihn.«

Obwohl auch sie keine Lust mehr hat auf Champagner, folgt sie ihm ins Wohnzimmer, wo er die Flasche öffnet.

»Ohne Alkohol- und Drogenexzesse, ohne Motorradunfälle, durchgeknallte Mädchen oder Schulverweigerungen haben wir ihn großgezogen. Ist doch auch ein Grund zum Feiern, oder?«, meint er, und sie wundert sich wieder einmal über seinen Langmut.

Der Champagner schmeckt ihr nicht. Zu trocken. Es gibt diese Tage, da will sie sich einfach vor der Welt verkriechen.

»Und, wie war dein Tag?«, fragt Adam gut gelaunt, als wäre das eben gar nicht passiert. Er lässt sich auf die Couch fallen und streckt die Beine aus.

Bevor sie antworten kann, kommt Alex die Treppe herunter, und kurz darauf hören sie, wie die Haustür zuschlägt.

Adam lächelt gezwungen.

»Wo wird er wohnen?«, fragt sie rasch und sachlich. Sie setzt sich in einen Sessel, aber sie kann sich nicht entspannen.

»Er kümmert sich selbst darum, hat er gesagt.« Adam nippt an seinem Glas, sie stellt ihres auf den Tisch.

»Ich verstehe einfach nicht, warum er sich so verhält.«

»Ach Ruth, er ist nun mal so. Es ist das Alter. Ich war damals auch nicht so nett wie heute …«

Er versucht, sie aufzuheitern, das sollte sie zu schätzen wissen. Aber sie ist nicht in der Stimmung.

»Ich kann es nicht leiden, wie er sich benimmt, seine Kleidung … dieses coole Gehabe! Ich hab jeden Tag mit solchen Typen zu tun. Und die haben nicht so ein Elternhaus. Sie sind nicht so privilegiert, sie …«

»Ruth, es ist nur eine Phase. Er will sich und uns beweisen, dass er unabhängig ist.«

»Hat er eigentlich eine Freundin?«, fragt sie.

Adam steht auf und schenkt ihnen beiden nach. Dann stellt er sich hinter sie und gibt ihr einen Kuss in den Nacken. »Sie heißt Nora.«

»Aha. Dir hat er es also erzählt.«

»Ich weiß es auch erst seit gestern ...«

»Gestern?«

»Liebling, du bist in letzter Zeit immer sehr spät nach Hause gekommen.«

»Einer muss ja die Verbrecher bekämpfen, damit du in Frieden Häuser bauen kannst!« Es klingt spitzer, als sie gewollt hat. Manchmal ist sie neidisch auf Adam, der sich die helle Seite des Lebens ausgesucht hat. Aber sie hatte doch auch die Wahl, oder nicht?

»Auch darauf wollte ich mit dir anstoßen.« Geschickt versucht er wieder die Kurve zu kriegen.

Aber so leicht kann sie das Thema nicht wechseln. »Und wer ist dieses Mädchen?«

»Oh, er hat mir nur ein Foto gezeigt. Sie ist hübsch.«

»Ja, das ist das Wichtigste, nicht wahr? Dass sie hübsch ist! Gibt's sonst noch Informationen?«

»Ruth, du kannst wirklich beruhigt sein, das Mädchen macht einen netten Eindruck.«

»Nett?« Sie hebt die Brauen.

»Ja. Aufrichtig, sie wirkt intelligent ...«

»Klingt erfreulich.«

»Sei doch nicht so sarkastisch! Es wird Zeit, dass er eine Freundin hat, ich hatte schon befürchtet, er ist schwul! Sie wird dir bestimmt gefallen.«

»Wenn ich sie denn mal kennenlernen sollte.«

»Liebling«, er beugt sich zu ihr und gibt ihr noch einen Kuss, dann setzt er sich wieder.

»Und was macht sie? Kommt sie von hier?«

»Sie will Jura studieren. Ihr Vater ist Arzt und ihre Mutter Lehrerin. Sie ist ...«

»Wie schön«, sagt sie mürrisch.

»Das klingt doch nicht schlecht!«

»Ja, nur hätte ich es gern von Alex selbst erfahren.«

»Sei ein bisschen nachsichtig. Er ist gerade ziemlich mit sich beschäftigt.« Adam hebt sein Glas. »Ich habe auch eine Neuigkeit. Und du erfährst sie als Erste: Wir haben die Ausschreibung für den *Think Tank* in Ashland gewonnen!«

Sie braucht einen Moment, um zu begreifen, welches Projekt er meint, da sagt er schon: »*Polycorp Minerals*!«

Sie denkt nach.

»Komm schon, Liebling! Ich hatte dir doch gesagt, dass das ein Millionenauftrag werden könnte.«

Sie war beschäftigt, mit ihren Fällen, mit der Personalpolitik und mit Milosz ... »Der *Think Tank*«, sagt sie und versucht sich zu erinnern. Sie weiß, dass er gekränkt ist, wenn er meint, sie interessiert sich nicht für seine Arbeit.

»Genau! Das Technologie-Center für Seltene-Erden-Metalle.«

»Das ist ja wunderbar! Das freut mich!« Sie bemüht sich, begeistert zu klingen.

»Das *freut* dich nur? Liebling, *Polycorp* besitzt Minen- und Schürfrechte in Kalifornien, Minnesota, hier in Wisconsin und sogar in Malaysia! Sie haben gerade eine ziemlich großzügige staatliche Unterstützung kassiert, um stillgelegte Minen wieder zu eröffnen. Das heißt, es konnten vielleicht noch mehr Projekte in der Zukunft laufen!«

Er kommt ins Schwärmen, wie so oft, wenn er von seiner

Arbeit spricht. Es ist wie ein warmes Bad, sie lässt sich einlullen und merkt, wie ihr Alltag weiter und weiter zurücksinkt.

»Und?«, fragt er und schaut sie abwartend an.

Sie weiß nicht, was er meint. Offenbar hat sie gerade etwas verpasst.

Sein Lächeln erstirbt ganz langsam. »Hast du mir überhaupt zugehört?« Er trinkt sein Glas aus und steht auf.

»Adam …« Sie versucht, ihn zurückzuhalten, und streckt den Arm nach ihm aus, doch er trägt sein Glas in die Küche, und dann hört sie ihn in sein Arbeitszimmer gehen.

Sie hat es verdorben, mal wieder.

Sie bleibt sitzen und trinkt den Rest der Flasche. Wenn sie Chief of Police von Milwaukee werden sollte, wird sie noch weniger Zeit haben.

Auf einmal merkt sie, dass die CD, die Adam eingelegt hat, zu Ende ist. Ihr Blick schweift durch den Raum, den Adam eingerichtet hat, genauso wie das ganze Haus. Natürlich weil er Architekt ist und ein Auge dafür hat. Für so etwas hat sie sowieso nie Zeit.

Trotzdem ist sie verletzt.

Alex hat zum ersten Mal eine Freundin, und nicht er sagt es ihr, sondern Adam, der ja noch nicht einmal sein richtiger Vater ist … Schluss jetzt, Muller! Adam hat sich immer wie ein richtiger Vater benommen, also sei nicht ungerecht!

Schon lange nicht mehr ist ihr die Stille so aufgefallen wie in diesem Augenblick – und schon lange nicht mehr hat sie sich so einsam gefühlt.

Ihr Blick fällt auf die Fotos auf dem Kamin, sie kann sich nicht dagegen wehren, etwas in ihr zwingt sie aufzustehen, sie sich anzusehen, eins ganz besonders. Alex im Trikot seiner Schulmannschaft. Da war er sieben. So alt wie das ermordete Mädchen.

Auf einmal fühlt sie sich wieder besser. Sie weiß, warum sie das alles tut. Warum sie so selten zu Hause ist, warum sie keine Wohnung einrichten kann – und warum ihr eigener Sohn nichts von seiner Freundin gesagt hat. Sie hat eine Aufgabe übernommen, sie will dafür sorgen, dass die Menschen dieser Stadt in Frieden leben können. Sie greift zum Champagnerglas. »Auf dich, Muller!«

Ihr Handy klingelt. Sie will es überhören, aber sie weiß, dass sie dran gehen muss.

Wenn Hal Harpole sich vorstellt, wie die Schneeflocken auf das Dach des Wohncontainers rieseln, kann er am besten einschlafen. Oder wenn der Wind draußen heult und die Explosion in seinem Kopf übertönt. Am Abend hat es angefangen zu schneien.

22:46 zeigen die roten Leuchtdioden seines Weckers auf dem Nachttisch. Er schläft schlecht ein. Nur wenn Katie bei ihm ist, nicht. Dann vergisst er die Schmerzen in der Schulter und irgendwie auch so viel anderes.

Er schaltet das Radio im Wecker an. Ein altmodisches Teil, aber es gehört zu den wenigen Dingen, die er aus seinem Haus in Montana mitgebracht hat. Dort hat er auch immer diesen Sender gehört. Nein, nicht immer, aber seit der Sache mit Ike. Er verschränkt die Arme unter dem Kopf und lauscht der vertrauten Stimme.

»Ihr werdet aber von Kriegen und Kriegsgerüchten hören. Sehet zu, erschrecket nicht; denn dies alles muss geschehen, aber es ist noch nicht das Ende. Denn es wird sich Nation wider Nation erheben und Königreich wider Königreich, und es werden Hungersnöte und Seuchen sein und Erdbeben an verschiedenen Orten. Alles dieses aber ist der Anfang der

Wehen. Ja, es hat schon angefangen. Wir leben bereits in dieser Zeit! Aber fürchtet euch nicht: Christus kommt bald zurück! Ich begrüße unseren nächsten Anrufer. Hi Nick. Was für Beobachtungen hast du gemacht?«

»Hallo, alle zusammen! Ich weiß, dass wir in der Endzeit leben. Ich meine, wenn ich dran denke, was alles so passiert. Ich habe eine Farm, Milchbetrieb. Und seit drei Tagen ist nach jedem Melken die Milch sauer. Wir haben alles sterilisiert und gereinigt, aber es ändert sich nichts. Und dann haben wir herausgefunden, dass die Milch schon im Euter sauer ist.«

»Nick, das klingt ja furchtbar.«

»Ja, ist es auch. Abgesehen von der finanziellen Sache.«

»Und du glaubst, das hat mit der Endzeit zu tun?«

»Ja, klar! Die Koordinaten haben sich verschoben, Nord- und Südpol vertauschen sich, der Polsprung, du weißt schon. Da werden natürlich enorme elektrische Spannungen frei, und das macht sich überall bemerkbar, auch in der sauren Milch.«

»Und hinter all dem steht Gott, ja?«

»Natürlich! Gott ist der Schöpfer der Welt.«

»Wir dürfen uns nicht anmaßen, die Wege Gottes zu kennen, aber wenn wir uns ihm öffnen, werden wir die Zeichen zu deuten wissen.«

»Ja.«

»Und welche Konsequenzen ziehst du für dich daraus, Nick?«

»Ich bete um die Gnade der Erkenntnis.«

»Nick, wir fühlen mit dir und deiner Familie.«

»Danke.«

»Ja, liebe Hörer, wir haben schon wieder einen Anrufer! Hallo.

Jack, von wo rufst du an?«

»Guten Morgen, Bruce! Ich wohne in Hurley. Und ich höre

jeden Abend deine Sendung. Ich wollte dir nur sagen, dass du mir geholfen hast, meinen Weg zu Gott zu finden.«

»Danke, Jack. Aber das war nicht ich, das war Gott. Gott hat dir die Hand gereicht, und du hast sie ergriffen.«

»Genauso war es …«

»Also, Jack, du hast auch Zeichen einer Endzeit gesehen?«

»Ja … Ich hab ein paar Papageien gehabt. Tolle Vögel, sie haben bei mir im Haus gelebt. Und eines Tages komm ich ins Wohnzimmer, und sie liegen einfach auf dem Boden. Alle zehn tot. Der Tierarzt konnte nichts feststellen. Einfach tot.«

»Das ist ja schrecklich, Jack.«

»Ja. Ich glaube fest daran, dass Gott uns diese Zeichen sendet.«

»Und was, glaubst du, wollte er dir sagen?«

»Ich glaube, er wollte mir sagen, dass ich nicht so egoistisch sein soll.«

»Hm. Hast du dein Leben jetzt geändert?«

»Und ob! Ich werde nie wieder Tiere einsperren. Und ich arbeite jetzt zweimal die Woche in einer Einrichtung für Waisenkinder.«

»Das ist ja großartig, Jack, ganz, ganz großartig! Danke, dass du uns an deinem Erlebnis hast teilhaben lassen!«

»*Ich* hab zu danken. Und ich wünsche allen Zuhörern einen Tag voller Frieden. Amen.«

»Amen. Und jetzt, liebe Hörer, ein Song, der …«

Harpole schaltet das Radio aus und steht auf. Er stellt sich vor, wie traurig es ist, wenn man seine Papageien tot im Wohnzimmer findet.

Plötzlich muss er an sein Haus denken, es ist leer und verlassen – und sein Leben ist so nutzlos geworden. Sie hat wieder geheiratet, hat sich ein neues, besseres Leben geschaffen, mit Haus und Garten und Reisen. Die Kinder besuchen sie.

Ihn nicht. Aber was sollen sie auch mit ihm anfangen? Einem verschlossenen, eigenbrötlerischen Mann?

Er zieht den dicken Anorak und die warmen Stiefel an. Zuletzt setzt er die Strickmütze auf und nimmt die Handschuhe.

Als er ins Freie tritt, wundert er sich, wie klar die Luft ist. Der Schnee reflektiert jeden Lichtstrahl. Der Mond ist fast voll, und sogar die Milchstraße kann er erkennen. All das ist Gottes Werk, denkt er, und in der beißenden Kälte spürt er auf einmal ein warmes Gefühl in sich. Wenn er nicht zu Gott zurückgefunden hätte, wäre er wahrscheinlich nicht mehr am Leben. Dann hätte ihn die Schuld erdrückt, und er wäre eines Morgens einfach nicht mehr aufgestanden.

Er atmet tief ein und lässt seinen Blick schweifen. Vor ihm erstreckt sich das Gelände der *Redmill Mine*. Den See haben sie schon abgepumpt, jetzt hat Schnee die Senke bedeckt, aus der früher Erze herausgegraben wurden.

Nur noch ein paar alte, verrostete Rohre und Maschinenteile befinden sich zwischen den Bäumen, die man nach der Stilllegung angepflanzt hat. Auch das alte Bürogebäude steht noch. Es wird in den nächsten Tagen abgerissen.

Man wird versuchen, noch in diesem Frühjahr mit der Erzförderung zu beginnen. Kupfer, Zink – aber vor allem das Seltene-Erden-Metall Neodym wird man hier abbauen. Bis jetzt wurden Bäume gefällt, Leitungen verlegt und Container für provisorische Unterkünfte und Büros aufgestellt. Die erste Sprengung für den Einstiegsschacht findet übermorgen statt.

Sie sind im Zeitplan. Er macht seine Sache gut. Er ist ein Profi.

Sie sind genau der richtige Mann, Harpole, um die Arbeiten hier zu organisieren, hat Charles Frenette gesagt und ihm fest die Hand geschüttelt.

Sind Sie sicher?, hätte er beinahe gefragt. Er blickt auf sein Dossier, das Frenette lächelnd hochhält.

Aber da steht nicht alles drin.

Sie will aufhören zu denken. *Du trägst keine Verantwortung in diesem Fall mehr, Christina! Es ist vorbei! Lass los!*

In dem Moment denkt sie, dass sie heimfahren sollte. Obwohl sie den anderen doch gerade beweist, dass sie auch einiges verträgt. Und obwohl ihr Bruder bei Jay ist. Bevor sie angefangen haben, ihren Erfolg ein bisschen zu feiern, hat sie ihn angerufen. Jay hat abgenommen. Worauf sie sich mal wieder aufgeregt hat. Er weiß, dass er nicht ans Telefon gehen soll, weil dann Fremde denken könnten, er ist allein. Du bist paranoid, hat ihr Bruder gemeint, der Junge wächst ja in permanenter Angst auf. *Solche Kinder landen irgendwann in meiner Praxis.* Sie kann nicht anders, auch wenn sie weiß, sie sollte es versuchen.

Mom geht mit ihren Leuten noch weg, hat sie ihm gesagt, und dass er einen neuen Schlafanzug anziehen und rechtzeitig ins Bett gehen soll. *Du hast morgen Schule, mein Schatz.*

Sie ist sich ziemlich sicher, dass er viel länger wach geblieben ist, dass er es sich mit ihrem Bruder auf der Couch bequem gemacht hat – und fernsieht. Er liebt seinen Onkel Tim. Kein Wunder, der ist ja auch viel cooler als seine nervende Mom.

»Für mich ist jetzt Schluss, Jungs.« Christina stellt das leere Glas auf die polierte Holztheke und lässt sich vom Barhocker gleiten.

»Wir haben doch gerade erst angefangen, Chris!«, sagt Rob über die ganze Theke hinweg und will ihr einen neuen Drink ordern, Rob, der gern den Gentleman spielt und zugleich Frauen nicht richtig ernst nimmt. Er beugt sich gern zu ihnen hinunter und redet sie mit *Babe* an.

»Ich muss mal richtig ausschlafen, Leute«, sagt sie.

»Ich fahr dich heim.« Aaron steht neben ihr und hält ihr die Daunenjacke hin, sodass sie nur noch hineinschlüpfen muss. Er sieht so viel jünger aus als die anderen hier, mit seinen vollen rotbraunen Haaren und seinem jungenhaften Lächeln. Und er sieht definitiv nicht aus wie ein Polizist. Was hat er doch noch studiert? Christina versucht sich zu erinnern. Sie ist immer viel zu sehr mit ihren Fällen beschäftigt, um sich für andere zu interessieren. Bei ihren Partnern ist ihr nur wichtig, dass sie sich auf sie verlassen kann. Kein Wunder, nachdem das mit Dave passiert ist.

»Ich kann mir ein Taxi rufen.« Sie zieht den Reißverschluss zu. Seit zwei Monaten schon ist es verdammt kalt draußen. Der See ist zugefroren, das kommt nicht jedes Jahr vor.

»Nein, ist schon okay, ich fahr sowieso in deine Richtung«, sagt Aaron. Er ist so ganz anders als diese Kerle von der Mordkommission, denkt sie, manchmal bringen seine sanfte Art und sein Verständnis sie zur Weißglut. Jetzt ist sie ihm dankbar dafür. Auch dafür, dass er sie ganz dezent am Arm hält, denn sie fühlt sich ein bisschen wacklig auf den Beinen. Vielleicht liegt's am Alkohol, dass sie sich plötzlich so durcheinander fühlt. Wahrscheinlich war alles zu viel für sie.

»Aaron, pass gut auf Chris auf!« Das kommt von Ed Ironman, der den nächsten Whisky kippt. Den Ironman im Saufen könnte er jedenfalls glatt gewinnen.

»Nicht dass uns Beschwerden zu Ohren kommen!« Gary zwinkert.

Aaron, das sieht sie, will etwas erwidern, lässt es dann aber. Nein, so ganz ist er noch nicht bei ihnen angekommen.

»Passt mal lieber auf, dass Muller keine Beschwerden über

euch zu Ohren kommen, Jungs!«, sagt sie und hängt sich bei Aaron ein.

»Kannst uns ja die Polizei vorbeischicken!«, rufen sie hinter ihnen her und grölen vor Lachen.

Auf einen Schlag ist sie wieder nüchtern. All die Whiskys haben nicht gereicht, um die Erinnerung an die kleine Charlene zu ertränken.

Das kriegt sie einfach nicht aus dem Kopf.

Der Wind vom See schneidet ihr ins Gesicht, die Kälte nimmt ihr die Luft, spätestens jetzt fühlt sie sich stocknüchtern. Aaron hält ihr die Tür seines Wagens auf. Ihren hat sie beim Präsidium in der State West Street stehen lassen. Sie wusste, dass sie viel zu viel trinken würde.

Sein Auto ist kein Müllplatz wie die der anderen Kollegen, in diesem Augenblick ist sie dankbar dafür. »Sag mal, riecht's hier nach Kaffee?«

»Gibt's bei Walmart.« Er tippt den am Rückspiegel hängenden Duftstreifen in Form einer Kaffeetasse an.

»Kann man sich damit das Kaffeetrinken sparen?«

»Manchmal ...«

Sie schnuppert daran, lehnt sich zurück, entspannt sich sogar ein bisschen. Verflucht, sie weiß schon gar nicht mehr, wie das ist: entspannen. Jeder einzelne Muskel, jede Sehne fühlt sich hart an, wie ein Drahtseil.

Sie schließt die Augen und spürt, wie der Wagen durch die nächtliche Stadt gleitet. Auf einmal fühlt sie sich unendlich müde und leer. Dabei sollte sie erleichtert sein. Ihre Gedanken treiben ziellos dahin, sie stellt sich vor, wie es wäre, einfach mit Jay abzuhauen. Irgendwo ein neues Leben anzufangen. Wo es keine Gewalt gibt, keine Grausamkeit.

Andersson, denkt sie, du bist total schräg drauf.

»Ist irgendwie komisch«, sagt Aaron unvermittelt, »dass man sich nicht viel besser fühlt, oder? Ich meine, wir haben ihn verhaftet, aber ... da draußen laufen noch so viele Mörder rum ...« Als sie die Augen öffnet und zu ihm hinübersieht, schüttelt er nachdenklich den Kopf. »Ich hab dich beobachtet, Chris.«

»Wann?«

»Als wir Raymond gestellt haben.«

»Travis Raymond, ich hätte dem Kerl am liebsten das Gehirn weggeblasen!« Schon wieder schießt die Wut in ihr hoch.

»Ich hätte dem Ausschuss gesagt, es war Notwehr«, sagt er. Sie sieht ihn lange an, er scheint es ernst gemeint zu haben. Irgendetwas warnt sie vor zu viel Offenheit. Sie kennt Aaron doch kaum. Er ist erst seit drei Monaten ihr Partner.

»Du musst die Nächste rechts«, sagt sie deshalb nur.

»Es ist wegen Dave, oder?« Er biegt rechts ab. »Stimmt's?«

Wie lange dauert diese Fahrt denn noch?, denkt sie. Sie ist zu müde für solche Gespräche, viel zu müde, um ihm zu erklären, dass sie so gut wie niemandem vertraut, und neuen Partnern erst recht nicht.

»Er hat dir bei der Sache auf dem *Schlitz*-Gelände keinen Feuerschutz gegeben«, redet er weiter.

Dave, ihr damaliger Partner, hatte völlig überraschend die Nerven verloren, als sie von dieser Gang auf dem verlassenen Brauerei-Gelände beschossen wurden. Sie hatte Glück, dass die beiden Kugeln sie nur an der linken Schulter getroffen hatten.

»Schreibst du meine Biografie, oder was?«, brummt sie.

Er lacht.

Unvermittelt fällt ihr ein, wie sie ihm das erste Mal begegnet ist. In der Cafeteria im Gerichtsgebäude. Sie hatte eine Aussage zu machen und wollte für ein paar Minuten in Ruhe einen Kaffee trinken. Er saß allein an einem Tisch, an allen anderen Tischen ging es laut zu. Sie zögerte, er lächelte und sagte: »Sie können sich gern setzen.«

»Okay, aber ich will mich nicht unterhalten.«

»Ich mich auch nicht«, erwiderte er.

Sie haben tatsächlich nicht miteinander geredet, sie hat nur ein paarmal aufgesehen, und da hat er ihr zugelächelt.

Vielleicht ist sie eben ein bisschen zu ruppig gewesen. Na ja, denkt sie, kommt mal vor, morgen hat er es vergessen.

Sie will in ihr Bett und einfach nur schlafen – und keine tiefschürfenden Gespräche führen. Jetzt nicht und sonst auch nicht. Sie handelt lieber und tut, was getan werden muss, anstatt zu reden.

Endlich sind sie vor ihrem Haus angekommen.

»Danke.« Sie macht die Tür auf. »Bis morgen dann.«

»Hey, du hast den Typen geschnappt! Genieß es ein bisschen!« Er lächelt sie an, sie murmelt irgendetwas, steigt aus und wirft die Tür zu. Um diese Uhrzeit, in diesem Zustand ist sie noch weniger charmant als sonst, das weiß sie. Auch Aaron wird es jetzt gemerkt haben.

Er wartet mit laufendem Motor, bis sie die wenigen Meter über die wieder zugeschneiten Platten durch den Vorgarten gegangen ist. Dann erst fährt er los. Nach Hause zu seiner Freundin, denkt sie. Er hat doch bestimmt eine Freundin, oder nicht? Die ganzen Monate hat sie kaum noch richtig zugehört. Das ist nicht unser einziger Mordfall, du bist ja wie besessen, Chris, haben die Kollegen zu ihr gesagt. Aaron nicht, er hat ihr nur ab und zu einen besorgten Blick zugeworfen und ihr Vitamindrinks mitgebracht.

Sie schließt auf – und stolpert, als sie hineingehen will. Sie bückt sich und entdeckt zwei Pizzakartons.

»Tim, du Blödmann«, murmelt sie. Was seine eigenen Sachen angeht, ist er total pingelig. Bei ihr legt er den Müll einfach so vor die Tür. Ausgerechnet er, dem nichts sauber genug ist. Der noch nicht mal die Mülltüte über Nacht in seinem Haus ertragen kann. Sie will die Kartons aufheben. Seltsam, sie sind schwerer, als sie erwartet hat. Tatsächlich ist die Pizza noch drin. Frisch, aber eiskalt.

Sie nimmt die Kartons mit rein, damit sie keine Ratten anlocken, aber womöglich ist es denen auch zu kalt.

Sie macht die Tür hinter sich zu. Ihr Bruder ist noch wach, aus dem Wohnzimmer dringen Licht und Stimmen aus dem Fernseher bis in die Diele. Sie lässt immer das Licht brennen, bis sie nach Hause kommt.

Sie geht in die Küche, legt die Kartons auf die Arbeitsplatte, zieht ihre Jacke aus und hängt sie über die Stuhllehne.

»Tim?«

Er ist vor dem Fernseher eingeschlafen, denkt sie, das passiert ihm öfter. *Da kann ich am besten abschalten*, sagt er, *sonst würde ich jede Nacht von meinen Patienten träumen!* Sie fragt sich, ob Jay auch auf der Couch schläft. Er hat doch morgen wieder Schule. Seit ihr Bruder bei ihr eingezogen ist, ist Jay soviel ausgeglichener und fröhlicher geworden. Obwohl er abends später ins Bett geht, als wenn sich ihre Mutter um ihn kümmert.

Sie holt sich eine Flasche Wasser aus dem Kühlschrank und geht über den Flur ins Wohnzimmer. Die Dielen knarren, und wieder ist sie froh, dass sie dieses alte Haus gekauft hat, mit Veranda und einem Garten für Jay.

Wenn er schon ohne Vater und mit einem Cop als Mutter aufwächst, dann sorg wenigstens für eine schöne Umgebung!, hat sie sich gesagt.

Über die Rückenlehne der Couch hinweg sieht sie in den

Fernseher. Irgendeine billig produzierte Polizeiserie läuft, das hört sie schon an der Musik, und sie ist sich sicher, dass ihr Bruder eingeschlafen ist, denn so etwas gehört nicht unbedingt zu seinen Lieblingssendungen.

»Tim?«, sagt sie leise und geht näher zur Couch.

Da ist er nicht.

Und dann entrollt sich die Szene: Der Couchtisch ist umgekippt, davor liegt ihr Bruder, auf dem Rücken, den Kopf nach rechts gedreht, um seinen Oberkörper herum ist der dicke helle Teppich rotbraun.

Sie geht zu ihm, sinkt auf die Knie, will seinen Kopf zu sich drehen, aber das ist nur ein Reflex, sie weiß, dass sie nichts anfassen darf, nicht an einem Tatort ... Seine Augen sind aufgerissen, sein Mund ist offen. Das weiße T-Shirt ist voller Blut, jemand hat ihm in die Brust geschossen oder gestochen ...

Sie will es nicht denken, sie hofft, dass es die vielen Whiskys sind, dass ihr Bruder gleich die Augen aufschlägt und sie angrinst. Doch nichts geschieht.

Und dann schießt die Panik in ihr hoch.

»Jay ...«

Jetzt erst zieht sie die Waffe aus dem Holster.

Wo ist Jay?

Der Albtraum ist nicht vorbei.

Ihre Beine zittern, als sie aufsteht, sie schleicht durch die Wohnung, will auf alles gefasst sein. Und trotzdem wischt sie die Bilder von den Tatorten zur Seite, die sich ihr vor die Augen projizieren. Das Schlafzimmer, denkt sie, er hat sich vielleicht im Schlafzimmer versteckt. Sie zögert, etwas in ihr will nicht wissen, was sie dort finden könnte, sie würde es nicht ertragen ... Aber dann steht sie doch vor der Tür, stößt sie auf, schaltet das Licht an. Alles ist wie immer. Ihr Bett ist unbenutzt, ein paar Kleidungsstücke liegen auf dem Stuhl neben dem Fenster, die Rollos sind heruntergelassen, die Lamellen gekippt. Es gibt keine Nischen, keinen Raum unter dem Bett. Nur den Schrank. Dort hängen ihre Kleider und Hosen, liegen ihre Blusen, T-Shirts, ihre Unterwäsche und Strümpfe. Wenn er sich dort versteckt hat ... Sie holt Luft und reißt den Schrank auf.

Zum ersten Mal denkt sie an Entführung. Dann wäre er vielleicht noch am Leben, oder?

Jetzt zögert sie nicht mehr. Sie hält die Waffe schussbereit, verbietet sich jeden Gedanken und nimmt sich das nächste Zimmer vor. Sein Kinderzimmer. Auch sein Bett ist unbenutzt. Dann steht sie vor dem Schrank mit den blau gestrichenen Türen. Sie macht ihn auf. Die Regalbretter mit seinen T-Shirts, die Stange mit seinen Jacken.

Bleibt das Badezimmer. Und der Garten.

Die Badezimmertür ist angelehnt, drinnen ist es dunkel. Es ist still bis auf die Stimmen aus dem Fernseher. Irgendetwas sagt ihr, dass er da drin ist. Ist es das unsichtbare Band zwischen Mutter und Kind? Oder ist es die jahrelange Erfahrung als Cop? Weil ein Badezimmer oft als geschützter Raum wahrgenommen wird – klein, ohne Fenster. Und weil es genau deshalb zur Falle wird.

Sie drückt die Tür auf und tastet nach dem Lichtschalter. Gleißendes Licht schießt in den Raum und blendet sie. Als Erstes nimmt sie es als Schatten wahr, dann weiß sie, was es ist: Blut. Blutschlieren an den Wandfliesen, Blutschlieren auf den Bodenfliesen. Sie muss keine Spezialistin sein, um eine Richtung zu erkennen. Die Spuren führen zur Dusche hinter der gemauerten Trennwand. Etwas in ihr will auf dem Absatz kehrtmachen und weglaufen, doch etwas anderes in ihr ist stärker.

»Jay«, flüstert sie. »Jay?«

Das alles passiert in Bruchteilen von Sekunden, und doch dehnt sich die Zeit. Die zwei, drei Schritte um die Trennwand herum scheinen eine Ewigkeit zu dauern.

Klein, ganz klein kauert er in der Ecke der Dusche. Sein Pyjama ist voller Blut. Sie stürzt auf ihn zu, fällt auf die Knie, zieht ihn zu sich, umarmt ihn ganz fest.

»Jay!« Sie zwingt sich, die Tränen zurückzuhalten, aber es gelingt ihr nicht. Er fühlt sich so kalt an und so schweißig. Aber er lebt doch, oder, er lebt? Sie presst ihn noch stärker an sich, diesen zarten, kleinen Körper, sie will ihn wärmen, er bewegt sich nicht, lieber Gott, er darf nicht tot sein, bitte ...

Endlich spürt sie seinen Atem, sein Herz, aber er sieht sie nicht an. Seine Augen starren auf irgendetwas hinter ihr. Mit ihm im Arm wirbelt sie herum, die Waffe in der Hand. Sie wird abdrücken, ohne zu zögern.

Doch da ist nichts.

»Jay, mein Schatz«. Sie streichelt sein Gesicht. Eine Woge aus unermesslicher Wut rollt auf sie zu. Sie spürt die Pistole in der Hand und wünscht sich, dass er genau jetzt zur Tür hereinkommt. Dann wird sie ihn abknallen, genau aufs Gesicht zielen und dann – das ganze Magazin abfeuern.

Aber es kommt niemand durch die Tür, nur die Stimmen aus dem Fernseher dringen zu ihr, dumme, ausgedachte Dialoge.

Jays Kopf liegt auf ihrer Brust, so wie früher, als er noch ein Baby war, als sie nachts aufstand, um ihn zu füttern, als sie oft still weinte vor so viel Glück. Dieses Wesen ist ein Teil von ihr, sie hat ihm das Leben geschenkt, und sie will dieses Leben behüten, alles Böse von ihm fernhalten. Oft hat sie gedacht, dass sie töten würde, um dieses Leben zu beschützen.

Der Cop in ihr meldet sich zurück, erteilt klare Anweisungen. Polizei anrufen, Jay in Sicherheit bringen, vielleicht ist der Kerl immer noch im Haus.

Sie will Jay im Badezimmer einschließen, doch sie bringt es nicht über sich, ihn wieder allein zu lassen. Sie trägt ihn, ihren siebenjährigen Jungen, auf dem Arm, in der anderen Hand hält sie die Pistole schussbereit. Sie geht zurück ins Wohnzimmer. Ihr Bruder liegt immer noch so da. Sie will sich vormachen, dass sie an irgendeinem Tatort ist und dass sie den Toten nicht kennt, dass sie Detective Andersson ist, in irgendeinem Einsatz. Aber es funktioniert nicht. Zu schrecklich ist der Anblick ihres Bruders, die lockigen hellbraunen Haare ... Sie zwingt sich weiter, geht zurück in die Diele und von dort aus in die Küche.

Sie holt ihr Handy aus der Jackentasche und wählt Aarons Nummer. Jay wird immer schwerer auf ihrem Arm. »Jay!« Du darfst nicht sterben, nicht du auch noch. »Jay, Jay, Liebling, bitte ...« Nein, sie darf jetzt nicht heulen! Sie streicht ihm übers Gesicht, es ist so blass, aber die Augen sind offen, er sieht sie an, oder nicht? »Jay? Kannst du mich hören?«

Als es klingelt, zuckt sie zusammen. Sie reißt die Tür auf, ein eiskalter Windstoß fegt herein.

»Christina ...«

Sie bringt kein Wort heraus, starrt Aaron nur an.

»Der Notarzt müsste gleich da sein.«

Sie blickt ihm ins Gesicht, dabei weiß sie gar nicht, was sie dort sucht. Vertrautheit vielleicht, Verbundenheit. Dabei arbeiten sie noch gar nicht lange zusammen. Und wieder, für einen Moment nur, kommt es ihr vor, als wäre sie in einem normalen Einsatz. Sie will ihr Programm abspulen und sich bereit machen, um den Angehörigen gegenüberzutreten. Bis ihr klar wird, dass sie selbst die Angehörige ist.

Mutter und Schwester ...

»Bist du sicher, dass er nicht mehr da ist?«, fragt Aaron leise und zieht seine Waffe.

»Ziemlich … aber«, sie schüttelt den Kopf, »ich weiß es nicht … Vielleicht ist er noch da, in einem Schrank oder unter einem Bett, oder … vielleicht auch draußen im Garten …« Ihre Stimme zittert.

»Leg Jay auf den Boden«, sagt er.

Da erst wird ihr klar, dass sie ihn immer noch an sich gedrückt hält.

»Ja, ja«, sagt sie, zieht eine Jacke von der Garderobe herunter und legt Jay vorsichtig darauf. »Es wird alles gut«, flüstert sie ihm ins Ohr und streichelt ihm über die Wange.

Aaron geht an ihr vorbei.

Sie lauscht. Sie will da nicht noch mal reingehen, nicht noch mal ihren toten Bruder sehen, nicht noch mal die Blutspuren im Badezimmer, nicht noch mal den ganzen Horror. Ihre ganze Professionalität ist weg, ihre Kaltblütigkeit, ihre Wut. Im Augenblick hat sie nur Angst, panische Angst um Jay. Und sie versucht zu begreifen, dass Tim tot ist.

Während Aaron jeden Raum durchsucht, hockt sie neben Jay, hält seinen Kopf, wickelt die Jacke um ihn und wiederholt wie ein Mantra: »Es wird alles gut.« Sie glaubt es tatsächlich – bis sie an ihren Bruder denkt. Für ihn wird nichts mehr gut.

Aaron kommt zurück, steckt die Waffe zurück ins Holster.

»Nichts. Da ist keiner mehr. Der Täter ist wahrscheinlich durchs hintere Fenster eingestiegen.«

Er hilft ihr auf, zusammen tragen sie Jay in die Küche, wo es wärmer ist.

Sie zittert so stark, dass sie sich hinsetzen muss. Jay sitzt auf ihrem Schoß, sie drückt ihn an sich, sie will ihn nicht loslassen. Sie muss spüren, ob er weiter atmet. Seine Haut ist blass, und sein Atem geht flach. Sie tastet nach seinem Puls.

»Aaron, sein Puls! Ich kann seinen Puls nicht mehr fühlen! Aaron, bitte!« Sie kennt sich nicht wieder, sie war noch nie so hilflos, so kopflos.

»Hier«, sagt Aaron beruhigend, »ich hab ihn, ein bisschen schneller, aber er ist da.« Für einen Augenblick ist sie erleichtert.

»Wann kommen die denn endlich? Hast du gesagt, dass es dringend ist? Dass es um Leben und Tod geht – und um ein Kind?«, schreit sie ihn an. »Gehen die vorher noch was trinken?«

»Chris ...«, versucht er sie zu beruhigen, »es ist gerade mal zehn Minuten her, dass ich angerufen habe. Sie sind sicher gleich da, bestimmt.«

»Und wenn nicht, Aaron? Was ist, wenn Jay auch noch ...«

»Chris!«, herrscht er sie an, und sie zuckt zusammen. So hat sie ihn noch nie erlebt. »Chris! Du bist Detective! Hör auf!«

Er will Jay über den Kopf streichen, aber sie schiebt seine Hand weg und drückt Jays Kopf an sich. Noch immer keine kreisenden Lichter des Krankenwagens. Jay atmet, vergewissert sie sich, sein Herz schlägt, und sein Körper scheint ein bisschen wärmer geworden zu sein.

Sie atmet durch. Sie hat die Nerven verloren.

»Tut mir leid, Aaron«, ihre Stimme zittert wieder, »tut mir leid.«

Aaron muss der Notärztin geöffnet haben. Christina weiß nicht, wie viel Zeit inzwischen vergangen ist.

»Ms. Andersson«, sagt die Ärztin, eine übergewichtige Frau mit kurzen roten Haaren, »bitte, Sie können mir vertrauen.«

Widerwillig gehorcht Christina, eigentlich will sie Jay dieser Fremden nicht anvertrauen, nicht ihr und auch niemand anderem.

Aaron legt die Hand auf ihre. »Chris, sie ist Ärztin«, sagt er, und endlich ist sie bereit, Jay loszulassen.

»Bitte …«, flüstert sie, »er darf nicht …«

Die Ärztin nickt, sie nimmt Jay hoch und legt ihn auf eine Trage. Dann untersucht sie ihn mit präzisen, schnellen Bewegungen.

»Ms. Andersson«, sagt die Ärztin, »ich werde Jay jetzt intubieren.«

»Warum?«, fragt Christina. Sofort steigt die Panik wieder in ihr hoch. »Er atmet doch!«

»Chris …« Aaron berührt ihren Arm.

»Er ist bewusstlos«, sagt die Ärztin. »Wahrscheinlich ist die Lunge verletzt.«

Alles geht so schnell, schon transportieren sie Jay nach draußen, Christina läuft hinter ihnen her, aber sie weiß, dass da drin ihr Bruder liegt und dass gleich die Cops kommen und ihr Fragen stellen wollen.

»Christina, fahr mit, ich warte auf die Kollegen und kümmere mich drum«, hört sie Aaron hinter sich sagen.

Als sie ins Freie tritt und die grellen Lichter des Rettungswagens ins Dunkel der Nacht brennen, wird auf einmal alles real. Schlimmer noch: Ihr Albtraum und der vieler Cops ist wahr geworden: Die eigene Familie ist Opfer eines Verbrechens geworden.

Benommen steigt Christina in den Krankenwagen und nimmt Jays Hand. Sie erschrickt, weil sie so kalt ist. Sie will etwas sagen, doch die Notärztin hat schon verstanden. »Er hat viel Blut verloren, wir geben ihm eine Ersatzlösung.«

Eine Ersatzlösung … Mein Gott, er ist doch noch so klein! Bleib bei mir, Jay, bleib bei mir!

Als sie losfahren, nimmt sie die kreisenden Lichter und die Sirene der beiden Polizeiwagen wahr, die gerade vor dem Haus halten. Die Spurensicherung wahrscheinlich.

Durch das Heckfenster sieht sie, wie ihr Haus immer kleiner wird. Ein ganz normales Haus, vier Zimmer, eine kleine Terrasse, ein Garten mit Garage. Am Nachbarhaus leuchtet noch der Weihnachtsschmuck vom letzten Monat. Santa Claus zieht auf seinem Rentierschlitten über das Dach. Hier glaubt man sich in Sicherheit, einigermaßen wenigstens, deshalb wohnt man nicht in der Innenstadt, nicht im Westen, nicht im Süden.

Sie ist in dieses Viertel gezogen, in dem fast ausschließlich Weiße leben. Sie hat Jay aus der öffentlichen Schule in eine Privatschule wechseln lassen. Ihren Eltern ist sie dankbar für die finanzielle Unterstützung. Sie will nicht rassistisch denken, aber sie kann auch nicht so tun, als gäbe es kein Schwarz, kein Weiß, selbst wenn sie weiß, dass es nicht an der Hautfarbe liegt, sondern am sozialen Umfeld …

Sie rutscht auf ihrem Sitz herum, der Fahrer weiß, wie eilig es ist, er gibt Gas und bremst und gibt wieder Gas. Ich muss Mom und Dad Bescheid geben, fällt ihr ein. Tim ist tot. Mein Gott, wie soll ich es ihnen sagen?

Sie erinnert sich noch genau: Kurz vor Weihnachten hat Tim sie angerufen. »Ich brauche Abstand, Chrissie! Ich kann nicht mehr mit Rita zusammenleben.«

»Du kannst erst mal bei uns wohnen. Jay freut sich über einen Mann im Haus«, hat sie gesagt.

Und ihre Eltern sind glücklich. Tims Frau haben sie nie besonders gemocht – und auf einmal ist es fast so wie früher. Vater, Mutter, Bruder, Schwester. Und Jay.

Harpole stapft in der Dunkelheit durch den Schnee hinüber zum Bürocontainer. Nur wenige Strahler werfen helles Licht auf das Minengelände. Ein Schatten huscht vorbei. Neben dem Bürocontainer, in einem Schuppen, hat er einen Teller mit Katzenfutter hingestellt.

Er kauft es im Ort, im Supermarkt. Es sind zwei Katzen, soweit er weiß. Eine schwarze und eine grau getigerte. Vielleicht ist es auch eine Katze und ein Kater. Beide sind sehr scheu.

Er schließt die Tür auf. Das alte Gebäude soll in den nächsten Tagen endgültig abgerissen werden. Damit das neue gebaut werden kann. Und der CEO von *Polycorp Minerals* kommt höchstpersönlich vorbei, um sich über den Stand der Dinge zu informieren.

Flackernd springen die Deckenleuchten an. Harpole reibt sich die Augen und gähnt. Er ist müde, hundemüde, aber er kann nicht schlafen, nicht nur wegen der Schulter. Die alten Dämonen lassen ihn nicht in Ruhe. Von Ike träumt er jede Nacht. Wenn Ike durch die Luft auf ihn zufliegt, schreckt er jedes Mal hoch.

Die Tabletten haben nichts genutzt.

Harpole dreht die Heizung hoch, dann schüttet er drei Löffel Pulver in die Kaffeemaschine auf dem Schubladenschrank.

Auf dem Monitor auf seinem Schreibtisch, an dem tagsüber der Vorarbeiter sitzt, erscheint das animierte Logo von *Polycorp Minerals*, dann erst kann er seinen Usernamen und das Passwort eingeben. Er arbeitet gern nachts. Da ist er ungestört und kann konzentrierter arbeiten als tagsüber, wenn die Leute dauernd etwas von ihm wollen und er ständig ans Telefon muss.

Du solltest mehr schlafen, sagt Katie.

Eigentlich hatte er den Wunsch nach einer Beziehung schon längst begraben. Wie willst du dich denn mit fünfundfünfzig noch auf einen anderen Menschen einstellen? Da hat doch jeder längst seine Eigenheiten – und seine Albträume. Das sagt er sich immer wieder, seit er Katie kennengelernt hat. Damit er sich keine Illusionen macht. Trotzdem, manchmal denkt er, es könnte vielleicht doch funktionieren, er könnte vielleicht doch noch mal das Ruder herumreißen.

Der Computer ist hochgefahren, und der Kaffee ist durchgelaufen. Er gießt seinen Becher voll und geht an die Arbeit.

Neodym – wer hat davon schon was gehört? Die großen Windturbinen und die neuen Hybridmotoren können ohne dieses Element nicht laufen. Die ganze Welt ist scharf auf dieses Element, und die Chinesen sitzen drauf. Wollen den Daumen draufhaben auf den neuen Technologien. Deshalb hat *Polycorp Minerals* die alte Mine wieder in Betrieb genommen und die ganzen Umweltauflagen erfüllt. Weil es sich offenbar wieder lohnt, das Zeug hier aus der Erde zu holen. Amerikanisches Neodym.

Als Frenette ihm das erklärt hat, hat er zugestimmt. Ja, er könnte sich vorstellen, für *Polycorp Minerals* zu arbeiten und die Wiederinbetriebnahme zu koordinieren.

Als Harpole irgendwann auf die Uhr sieht, sind zwei Stunden vergangen. Er hat sogar seine Schulterschmerzen vergessen, doch jetzt melden sie sich zurück. Und er ist inzwischen so müde, dass er vielleicht doch noch schlafen kann. Er zieht die Jacke wieder an und geht hinaus.

Seine Fußspuren von vorhin sind unter dem Neuschnee verschwunden. Aber es hat aufgehört zu schneien. Er wirft einen Blick in den Schuppen. Der Teller mit dem Katzenfutter ist leer. Irgendwann lassen sie sich bestimmt streicheln. Er braucht nur Geduld und Zeit.

Als er die Stufen zu seinem Container hinaufgeht und die Tür aufzieht, muss er an die toten Papageien denken.

Christina sitzt auf einem Plastikstuhl im Flur des Columbia St. Mary's Hospital vor dem OP, in dem die Ärzte um Jays Leben kämpfen. Trotz Daunenjacke ist ihr eiskalt. Aber was bedeutet das schon? Wenn er stirbt, will sie auch sterben, und sie denkt, dass sie so etwas schon oft gehört hat und nie wirklich nachempfinden konnte. Ihr ist übel, sie kann und will nicht verstehen, dass Tim tot ist. Nie wieder wird er sie auf seine typische verschmitzte Art anlächeln, nie wieder wird er seine schrägen Psychiaterwitze machen.

Jay hat viel Blut verloren, sie weiß, was das bedeutet, wenn Ärzte so etwas sagen. Sie hat es oft genug gehört. Und manchmal war es zu viel Blut. Es tut uns leid ... Sie hat diese Sätze im Ohr, oft genug musste sie sie selbst sagen. Bei der Mutter von Charlene zum Beispiel. Und dann denkt sie an Jays Geburt. Zehn Stunden hat sie gewartet, und ihre Mutter hat ihr gute Ratschläge gegeben. Bis sie sie weggeschickt hat. Bei der Geburt war sie allein. Sie erinnert sich noch genau daran, wie sie ihn zum ersten Mal in den Armen gehalten hat. Ein kleines warmes, atmendes Wesen. Sie hat vor Freude geweint, ja, daran erinnert sie sich noch genau ...

»Ms. Andersson?« Die Stimme des Arztes holt sie zurück. Er deutet ein Lächeln an. »Es war ein Lungensteckschuss. Sie wissen, was das bedeutet?«

Sie nickt benommen. Das Projektil ist in die Lunge eingedrungen und dort stecken geblieben.

»Gut. Wir konnten das Projektil entfernen. Allerdings ...«, er lächelt immer noch, »mussten wir einen Teil der Lunge entfernen. Kein Grund zur Sorge,«, fügt er schnell hinzu.

Sie versucht sich vorzustellen, was das bedeutet. Es gibt Menschen, die haben nur einen Lungenflügel, nur eine Niere, nur ...

»Glücklicherweise hat die Kugel weder das Herz verletzt noch wichtige Gefäße.«

»Wird er es schaffen?«

Das Lächeln verschwindet. »Wir tun alles, Ms. Andersson. Aber ... er hat viel Blut verloren.«

Er schafft es doch, oder?, will sie fragen, er schafft es, ja?, aber sie bringt kein Wort heraus.

»Wir haben ihn ins künstliche Koma versetzt. Er muss beatmet werden.«

Die schrecklichen Worte kennt sie.

»Wir verlegen ihn jetzt auf die Intensivstation. Er hat gute Chancen. Es kommt gleich jemand zu Ihnen und nimmt die Personalien auf.«

Er geht mit schnellen Schritten davon. Sie sieht hinter ihm her, ihm, dem das Leben ihres Kindes in die Hand gelegt wurde. Zufällig, weil er gerade Dienst hat. Und wenn er nicht gut genug ist? So wie manche Detectives nicht gut genug sind und ein Mörder nicht gefasst wird? Sie will etwas hinter ihm herrufen. *Sind Sie überhaupt fähig, eine solche Verantwortung zu übernehmen? Wie ist Ihre Erfolgsbilanz? Wo haben Sie studiert?*

»Christina! Mein Gott!« Die Stimme ihrer Mutter und harte, schnelle Schritte hallen im Flur. »Wo ist Tim? Wie ist das passiert?«, fängt sie an und bleibt direkt vor Christina stehen. Die Augen schreckgeweitet, die Wangen eingefallen, blass, ungeschminkt. Sie, die nie ungeschminkt das Haus verlässt.

Christinas Vater kommt zwei Schritte hinter ihr her, groß und lang und dünn, mit hängenden Schultern und stumm wie immer. Ihre Mutter trägt eine Jogginghose unter ihrem teuren

Wintermantel, ihre Füße stecken in Boots. Sie, die immer gepflegt und gut angezogen ist. Und ihr Vater sieht verwirrt und verschlafen aus. Sein Mantelkragen ist halb hochgeschlagen, er trägt seine Gartenschuhe.

Jetzt erst umarmt ihre Mutter sie, ganz kurz, wie immer, dann stößt sie sie von sich. So hat sie es schon immer gemacht, und in all den Jahren hat Christina ihre Mutter nie gefragt, warum sie das tut. »Mein Gott! Vor deinem Haus standen die vielen Polizeiwagen, wir haben nur die Sirenen gehört, aber ...«, bringt ihre Mutter heraus. Unbeholfen hält Christinas Vater ihr ein Taschentuch hin.

»Tim ... und was ist mit Jay?«, fragt sie.

»Sie haben ihn ins künstliche Koma versetzt ... Er schwebt noch in Lebensgefahr«, wiederholt Christina. Es klingt so sachlich, als hätte das alles nichts mit ihr zu tun.

»Mein Gott, Kind!« Ihre Mutter, eine ehemalige OP-Schwester, ist kalkweiß, sie lässt sich auf einen Plastikstuhl sinken. »Mein Gott ...« Ihr Vater setzt sich langsam neben sie.

Jetzt sitzen sie alle drei da. Sie, ihre Mutter und ihr Vater. Drei, nicht vier, denkt Christina, so wie früher, als sie noch ein Kind war und sie zusammen auf der Couch saßen und im Fernsehen Baseball ansahen und Eis oder Popcorn aßen. An jenen seltenen Sonntagen, wenn ihre Mutter keinen Wochenenddienst hatte und ihr Dad nicht an Autos herumbastelte.

»So was hat es in unserer Gegend doch noch nie gegeben«, hört sie ihre Mutter sagen. »Wie, um Himmels willen, konnte das nur passieren?«

»Maggie«, schaltet sich ihr Vater ein, »das weiß Christina doch auch noch nicht.« Auch seine Augen sind gerötet, er sieht noch übermüdeter aus als früher, wenn er bis spät am Abend in seiner Werkstatt Autos repariert hat.

»Ich frag ja nur!«, fährt ihre Mutter ihn an. »Sie ist ja immerhin bei der Polizei! Da kriegt man doch ganz andere Informationen!«

Christina schüttelt den Kopf. »Nein, ich weiß nicht, wer das war.«

»Mein Gott, erschossen! Warum ausgerechnet Tim?«, fängt ihre Mutter wieder an, das Taschentuch mit ihren arthritischen Fingern knetend.

»Es gibt oft keinen Grund«, hört sich Christina sagen. »Es passiert einfach, es trifft irgendjemanden, weil das Haus nicht beleuchtet war, weil sich jemand geirrt hat, weil jemand zur falschen Zeit am falschen Ort war, weil …«

»Keinen Grund?«, wiederholt ihre Mutter in ihrer penetranten Art, mit der sie schon früher, als Christina noch zur Schule ging, gefragt hat: *Wieso nur mittelmäßig, Christina?*

»Maggie, Christina meint, manchmal sucht sich ein Einbrecher ein Haus aus und …«

»Aber es wurde doch nichts gestohlen, Herb!« Christinas Mutter wendet sich wieder an sie. »Oder doch?«

»Nein, es sieht erst mal nicht so aus.«

»Siehst du!«, ereifert sich ihre Mutter. »Das war kein Einbruch, Herb!« Sie nickt jetzt. »Ich weiß, was das war.«

Christina runzelt die Stirn. »Was?«

Ihre Mutter sitzt steif da, sie hat sich wieder unter Kontrolle. »Wahrscheinlich wollte sich jemand an Christina rächen.«

»Wie kommst du denn darauf, Maggie?«, fragt Christinas Vater verwundert.

»Mein Gott, Herb, sie hat doch den Mörder von dem kleinen Mädchen festgenommen! Und nicht nur den. Da draußen wartet dieser Abschaum nur darauf, sich an Christina zu rächen!«

Jetzt reicht es Christina. »Du bist schrecklich, Mom! Du weißt, wie alles funktioniert, ja? Die Welt ist so, wie du sie siehst, alles andere existiert für dich gar nicht oder ist ...«

»Das stimmt doch gar nicht!«

»... ist das Resultat von Dummheit, Unbildung und Drogenmissbrauch!«

Ihre Mutter sieht ihren Vater streng an: »Herb! Jetzt sag du auch mal was!«

»Maggie ...«, beginnt er.

»Christina hat sicher denselben Verdacht, sie will es uns nur nicht sagen!«

»Mom, wie kannst du so was behaupten!«

»Es ist doch die Wahrheit! Sie bringt diese Leute ins Gefängnis, und dann muss sie sich nicht wundern, wenn sich diese Typen an ihr rächen!«

»Maggie, ich weiß nicht, ob ...«

»Mom!« Die Art ihrer Mutter, in der dritten Person über sie zu sprechen, macht sie rasend. Sie weiß, der einzige Grund, weshalb sie jetzt nicht brüllt, ist, dass Jay da drin liegt.

»Ich war schon immer dagegen, dass Christina zur Polizei geht!«, redet ihre Mutter aufgeregt weiter. »Immer! Du doch auch, Herb! Sei doch ehrlich! Ihre alte Freundin Olivia ist Managerin bei *Foxtail*, sie braucht keine Pistole! Oder Joy, erst neulich hab ich wieder einen wunderbaren Artikel von ihr über eine Reise nach Patagonien gelesen ... Es hätte so viele schöne Berufe für Christina gegeben!«

»Mom!« Jetzt schreit Christina doch. »Hör auf, mir die Schuld zu geben!«

Ihre Stimme klingt schrill, und sie muss sich zurückhalten, um ihre Mutter nicht an den Schultern zu packen und zu schütteln.

»Christina, deine Mutter ist völlig verzweifelt ...« Ihr Vater versucht zu beschwichtigen, wie schon sein ganzes Eheleben lang.

Ihre Mutter fängt an zu schluchzen und presst sich das Taschentuch auf Mund und Nase. Christinas Vater will sie umarmen, aber sie stößt ihn weg.

Wie gut Christina das kennt. Ihre Mutter darf als Einzige aus der Haut fahren, und alle anderen haben die Aufgabe, sie zu beruhigen.

»Ich bin auch verzweifelt«, sagt Christina, »Tim war mein Bruder. Und da drin kämpft mein Kind um sein Leben ...«

»Warum, um Gottes willen, hast du nicht früher an dein Kind gedacht!«

»Halt endlich deinen Mund, Mom!«, schreit Christina. Ihre Mutter zuckt zusammen. »Ich will nie wieder so was hören! Nie, nie wieder!«

»Mrs. Andersson?«

Christina weiß nicht, wie es weitergegangen wäre, wenn die Krankenschwester nicht in diesem Augenblick ihren Namen gerufen hätte.

»Ihr Sohn ist jetzt auf der Intensivstation«, sagt die Krankenschwester. »Sie können dort im Warteraum Platz nehmen.«

Ganz selbstverständlich, als hätte die Krankenschwester sie gemeint, steht Christinas Mutter auf. Christina sieht sie an. »Ihr bleibt hier. Ich sage euch Bescheid.«

Dann folgt sie der Krankenschwester durch den endlosen Flur.

Sie legt die Hand an die kalte Glasscheibe.

Er ist so winzig zwischen den Überwachungsgeräten, den Kabeln und Schläuchen. Wie zerbrechlich doch alles ist, denkt sie. Er ist noch so klein, dieses Leben darf nicht einfach so verlöschen. Es ist ein Teil von ihr.

Plötzlich kann sie nicht mehr. Sie kämpft gegen die gewaltige Woge an, die auf sie zurollt. Sie hält die Luft an, schließt die Augen, aber nichts hilft. Der Schmerz überwältigt sie. Er ist überall, in jedem Teil ihres Körpers. Er nimmt ihr die Luft, presst ihr das Herz zusammen, bis sie die Tränen nicht mehr zurückhalten kann. Die Welle schlägt über ihr zusammen.

Mit brutaler Nüchternheit erkennt sie: Sie hat ihren Bruder verloren und vielleicht auch Jay. Sie konnte ihn nicht beschützen vor dem Bösen. Sie konnte Charlene nicht retten und auch all die anderen Menschen und Kinder nicht.

»Mrs. Andersson«, sie hört eine besänftigende Stimme und spürt eine Hand auf ihrer Schulter, »es wird schon wieder.«

Die dunkelhäutige Krankenschwester sieht ihr tröstend in die Augen.

Woher wissen Sie das?, will Christina fragen, aber sie weiß, dass die Schwester ihr darauf keine Antwort geben kann.

»Setzen Sie sich. Ich hole Ihnen eine Decke.«

»Er ist doch erst sieben«, hört sie sich sagen.

Die Krankenschwester blickt durch die Scheibe. »Er ist ein großer Junge.«

»Er ist ein Sportler«, sagt Christina. Sie erinnert sich an die Wochenenden, an denen sie Jay zu seinen Basketball-Spielen gefahren hat. »Seine Schule hat die Meisterschaften gewonnen. Nächstes Jahr will er mit Tennis anfangen ...« Sie bricht ab.

»Soll ich Ihre Eltern holen?«, fragt die Schwester mitfühlend.

»Nein, noch nicht.«

»Ich komme gleich wieder mit der Decke.«

Christina starrt wieder durch die Scheibe. Sie macht sich Vorwürfe. Warum hat sie unbedingt in die Bar gehen müssen? Sie hätte doch mit ihrem Bruder und Jay feiern können. Sie hätten zusammen eine lustige DVD angesehen und Pizza gegessen … Wenn sie zu Hause gewesen wäre, wäre das alles nicht passiert.

»Muller ist benachrichtigt.«

Christina schrickt hoch. Das ist Aarons Stimme. Sie dreht sich um und sieht ihn kommen, zwei Becher in der Hand. Sie zieht die blaue Fleecedecke noch enger um die Schultern. Sie friert.

»Sie setzen alle Hebel in Bewegung …« Seine rotbraunen Haare sind feucht vom Schnee. Er hält ihr einen der beiden Becher hin. »Kaffee mit viel Zucker.«

Sie ist ihm dankbar, dass er jetzt da ist. Sonst würde sie durchdrehen. Aaron setzt sich neben sie, pustet in den Kaffee und wärmt seine Hände am Becher. Dass seine Augen so grün sind, ist ihr noch nie aufgefallen. So nah waren seine Augen auch noch nie.

Schließlich fragt er: »Wie geht es ihm?«

»Lungensteckschuss. Sie wissen noch nicht, ob er durchkommt.«

Er nickt nur.

Sie ist froh, dass er nicht irgendetwas Tröstendes sagt, an das er vielleicht sowieso nicht glaubt. Der Kaffee ist tatsächlich sehr heiß.

»Okay«, sagt sie und stellt den Becher neben sich auf den Boden, »was habt ihr rausgefunden?«

Der Täter hat das Fenster hinten im Flur eingeworfen. Der Stein und die Fußabdrücke im Garten sind sichergestellt. Leider ist schon wieder Schnee gefallen.

Ihr Bruder ist aus nächster Nähe erschossen worden, beide Schüsse waren tödlich. Die ballistische Untersuchung ist noch nicht abgeschlossen. Der Täter muss gestört worden sein, sonst hätte er Jay nicht entkommen lassen ...

Ihr Blick gleitet zur Scheibe, hinter der Jay liegt. »Er hat einen Zeugen zurückgelassen«, sagt sie. »Ich will sofort eine Bewachung, Aaron. Rund um die Uhr.«

Aaron nimmt sein Handy.

Während er telefoniert, starrt sie auf die Tür zu Jays Zimmer. Man muss sie nur öffnen, ins Zimmer hineingehen und die Maschinen abstellen, den Stecker herausziehen. Sie will nicht daran denken, wie leicht es ist, dieses Leben zu beenden.

Aaron steht auf, geht ein Stück den Flur hinunter. Schon nach wenigen Augenblicken kommt er zurück. »Sie schicken gleich einen.«

»*Einen?* Was, wenn er mal aufs Klo muss? Wenn er kurz einnickt? Aaron, du weißt doch, wie oft so was schiefgeht!« Sie hat ihre Stimme nicht mehr unter Kontrolle.

»Okay, beruhige dich, dann fordern wir einen Zweiten an, ist kein Problem.«

Aber diesmal bekommt er nicht, was er will. Das kann sie ihm schon von den Augen ablesen, während er nickt und immer wieder leise Verstehe ins Telefon sagt.

»Muller sagt, sie hat nicht genug Leute.«

»Wir haben nie genug Leute.«

Wie sollte es auch anders sein in einer Stadt, in der jeden dritten Tag ein Mord geschieht, das weiß sie. Aber das hier ist doch etwas anderes! Es geht jetzt um sie! Und um Jay!

Eine Krankenschwester schiebt einen Verbandswagen vorbei und grüßt flüchtig.

Aaron stellt seinen Becher weg und sieht zu ihr herüber. »Erzähl mir was über deinen Bruder. War er jünger oder älter als du?«

Wieder sieht sie Tims Körper vor sich, in der Blutlache auf ihrem Teppich. Die Einladung zu seinem letzten Geburtstag im November hatte sie absagen müssen. Sie hatten gerade vier Mordfälle – inklusive den Fall Charlene Brickerton – auf dem Tisch.

»Er war neununddreißig.«

Aaron trinkt einen Schluck Kaffee. »Habt ihr oft Kontakt gehabt?«

»Er war mindestens genauso beschäftigt wie ich. Er wohnte draußen, in Sheboygan. Aber seine Praxis hatte er hier in der Stadt. Wir haben uns an Weihnachten und bei den üblichen Familienfesten gesehen, Geburtstage und so.«

»Ich hab auch eine jüngere Schwester, aber ich würde nie auf die Idee kommen, bei ihr zu wohnen.« Er zuckt mit den Schultern. »Sie lebt ein völlig anderes Leben als ich. Sie ist Buchhalterin in einer Computerfirma. Und das Einzige, was sie interessiert, ist, wie sie noch mehr verdienen kann.« Er schüttelt den Kopf. »Dabei verdient sie schon hunderttausend Dollar mehr im Jahr als ich, fährt einen BMW, hat ein Apartment in Florida, und ich weiß nicht, was noch alles.«

»Geschieden?«

»Nein, sie hat den passenden Mann noch nicht gefunden. Sie hat ziemlich hohe Ansprüche. Schon als wir noch Kinder waren, hat sie die Marshmallows nur gegrillt gegessen, und sie wäre lieber verdurstet, als dass sie Pepsi getrunken hätte anstatt Coke.« Er muss lächeln, wird aber gleich wieder ernst. »Wann ist dein Bruder bei dir eingezogen?«

Es war ein Mittwoch. Daran erinnert sie sich, weil sie es in der Woche endlich einmal wieder zum Schießtraining in die Academy geschafft hatte. Obwohl sie eine Erkältung spürte und wie so oft zu wenig geschlafen hatte, war sie gut gewesen, besser, als sie erwartet hatte.

Als sie nach dem Training ihre Jacke aus dem Spind nahm und ihr Handy checkte, fand sie eine Nachricht von Tim.

Kann ich mich für eine Weile bei dir einnisten?

Sie rief ihn zurück. Er erzählte ihr, dass er unbedingt Abstand brauche von Rita. Christina stellte keine Fragen, und kurz nachdem sie zu Hause war, stand er vor der Tür. Er grinste wie früher, wenn er etwas angestellt hatte und ihre Eltern ihm auf die Schliche gekommen waren.

An jenem Abend tranken sie die zwei Flaschen Weißwein, die er mitgebracht hatte, und er redete über seine Probleme mit Rita.

»Und warum hat er sich kein Apartment gemietet?«, will Aaron wissen. »Er hätte es sich doch leisten können, oder? Mit einer gut gehenden Praxis und dieser Fernsehshow.«

Ask Your Shrink hieß die Sendung, die einmal in der Woche lief. »Er hätte es sich wahrscheinlich leisten können, das ganze Jahr oder sogar mehrere Jahre in Hotels zu leben«, sagt sie. »Aber Tim war ein Familienmensch – ohne Familie. Wir haben uns gut verstanden, und er liebte Jay.«

Aaron macht sich Notizen. »Wer wusste, dass dein Bruder bei dir wohnt?«

»Seine Frau … meine Eltern. Bestimmt hat er es seinen Freunden oder Bekannten erzählt. Er hat einen ziemlich großen Bekanntenkreis. Wahrscheinlich wusste es jeder, mit dem er zu tun hatte.«

Ihr Bruder war gesellig. Er und Rita waren Mitglied in mehreren Clubs, sie gingen oft aus. Gut möglich, dass er jemanden in seine Pläne eingeweiht hatte.

»Wie lief es zwischen ihnen? Ist seine Frau fremdgegangen? Oder er?«

Sie bückt sich nach ihrem Kaffeebecher, trinkt ein paar Schlucke. Aarons Fragen sind ihr unangenehm. Sie hat das

Gefühl, als würde sie etwas der Öffentlichkeit preisgeben, was nur von ihr und Tim geteilt wurde. Aber wie oft hat sie selbst Angehörigen solche Fragen gestellt?

Also antwortet sie: »Tim war nicht der Typ für Affären. Ich glaube, er war viel zu kompliziert dafür. Rita war eifersüchtig auf seine Patienten, denen er so viel Zeit widmete. Rita ist die Sonne, hat Tim gesagt, um die sich alles zu drehen hat.«

»Und irgendwann hat sie sich nur noch wie ... ein ferner Planet gefühlt?«

»Schlimmer, wie ein Mond.« Genau das hat Tim gesagt. *Ein Mond, der immer nur um mich, den Planeten, kreist.*

»Könnte sie aus Eifersucht einen Mord in Auftrag gegeben haben?«, fragt er weiter.

»Rita? Sie ist launisch, ja, und manchmal unberechenbar, aber so was ... Nein, ausgeschlossen.«

»Eifersucht ist oft ...«

Sie fällt ihm ins Wort: »Ich weiß, Aaron! Aber Rita war es nicht. Ganz sicher nicht.«

An seinem Blick erkennt sie, dass er nicht überzeugt ist.

Er fährt sich durch die Haare. »Was meinst du, könnte einer von seinen Klienten sich wegen irgendwas an ihm rächen wollen?«

»Mein Gott, Aaron, ich hab keine Ahnung, wen er alles in seiner Praxis behandelt hat. Aber ein Patient? Wie durchgeknallt muss man sein, um ...?«

»Du weißt wahrscheinlich besser als ich, wie viele Irre da draußen rumlaufen. Und dein Bruder hat jeden Tag mit diesen Irren zu tun gehabt.«

»Ich weiß nicht ...«

Auf einmal ist sie sich ganz sicher. Es passt alles zusammen. Raymonds fieses Grinsen im Verhörraum, seine Drohung, dass er eine *große* Familie hat. Damit meinte er die Drogendealer, und nicht nur die rund um die Locust Street. Für die zählt ein Leben nicht viel, es geht immer nur um Respekt und Ehre. Sie will es nicht wahrhaben, aber ihre Mutter hatte recht. »Nicht Tim – *ich* sollte ermordet werden. Ich muss zu ihm.«

»Du meinst, zu Travis Raymond?« Aaron runzelt die Stirn. »Du meinst, er hat sich an dir gerächt, indem er jemanden geschickt hat, der deinen Bruder ...«

»Nein. Nicht meinen Bruder – sie wollten *mich*.«

»Aber die hätten doch genau abgecheckt, wann du zu Hause bist, oder die hätten dich auf dem Heimweg erwischt, wieso sollten sie aus Versehen deinen Bruder töten?«

»Sie waren sicher, dass ich zu Hause bin.«

»Okay, es wurde nichts gestohlen«, räumt Aaron ein, »aber wie kannst du so sicher sein, dass nicht doch dein Bruder gemeint war?«

Ein Teil von ihr will aufstehen, sofort ins Gefängnis fahren, das fette Schwein aus der Zelle holen und richtig fertigmachen, bis er sein Scheißmaul aufmacht und alles zugibt. Aber der andere Teil will nicht weg, nicht solange Jay in Lebensgefahr schwebt.

»Travis Raymond wird mindestens fünfzehn Jahre im Bau sitzen, das weiß er. Und es wird ihm dort verdammt dreckig gehen. Und deshalb hat er es getan«, sagt sie.

»Chris, ich weiß nicht, ob du dich da nicht in etwas verrennst.«

»Aaron! Glaub mir *ein Mal!*«

Sie ist aufgesprungen und geht auf und ab. »Du hast selbst gesehen, was er mit Charlene gemacht hat! Er ist zu so was fähig! Er hat jemanden beauftragt!« Sie bleibt vor ihm stehen. *»Es war Travis Raymond!«*

»Chris, wir dürfen jetzt nicht den Fehler machen und uns auf eine Spur festlegen! Du hast jetzt Schuldgefühle, weil ...«

»Hör auf, mich zu analysieren!«, fährt sie ihn an. »Ich muss zu ihm ins Gefängnis, okay?«

Er klappt seinen Notizblock zu und steht auf. »Okay … aber lass mich gehen. Du wirst hier gebraucht.«

Obwohl sie ihm nicht so viel zutraut – er ist vier Jahre jünger und –, erst vor einem Jahr zur Homicide Squad gekommen, sagt sie Ja. Sie muss bei Jay bleiben, auf ihn aufpassen, mit ihm um sein Leben kämpfen.

»Wir kriegen das Arschloch«, versichert er ihr. Es klingt ungewohnt hart aus seinem Mund, der so sanft lächeln kann.

Sie ist wieder allein und starrt durch die Scheibe auf Jay. »Bitte«, murmelt sie, »bleib bei mir.«

Du schaffst es, flüstert sie still, du schaffst es.

2

Sie haben sie zu ihm gelassen, und sie hat den Rest der Nacht über an seinem Bett gesessen, hat seinen Atemzügen gelauscht und ist bei jeder Unregelmäßigkeit aufgeschreckt. Immer wieder ist sie aufgestanden und hat nachgesehen, ob der Wachmann auf seinem Posten vor der Tür ist. Er war immer da, bis auf einmal, da kam er wirklich gerade von der Toilette.

Es geht schon gegen Morgen, als ihre Eltern zurückkommen. Sie waren nur kurz zu Hause, jetzt sitzen sie schweigend im Gang.

Irgendwann bittet Christina dann doch ihre Mutter, bei Jay zu bleiben, und lässt sich von ihrem Vater zum Präsidium fahren, wo immer noch ihr Wagen steht. Nein, in ihre Wohnung kann sie nicht.

Jetzt sitzt sie völlig übermüdet in Mullers Büro. Viel fehlt nicht, und sie verliert die Kontrolle über sich. Bisher ist sie davon ausgegangen, hat es als selbstverständlich vorausgesetzt, dass Muller sie mit in die Ermittlungen einbezieht. Alle achtundzwanzig Detectives der Homicide Squad sind mit laufenden Fällen beschäftigt. Warum sollte sie, Christina, ausgeschlossen werden? Sie bearbeitet ihren Fall ja nicht allein.

Nicht nur, weil Muller auch einen Sohn hat und nachfühlen kann, wie Christina sich fühlt, sollte sie, Christina, dabei sein. Sondern auch, weil sie, Christina, die Beste ist.

Aber Muller sitzt da an ihrem Schreibtisch, als hätte sie alle Entscheidungen längst getroffen.

Mit dem wie maßgeschneidert aussehenden Kostüm, der

perfekten Kurzhaarfrisur, dem dezenten Make-up, der Art, wie sie den teuren Kugelschreiber hält und keine Regung erkennen lässt, demonstriert sie unerschütterliche Selbstsicherheit. Christina weiß, es hätte keinen Zweck, sie um irgendetwas zu bitten. Muller folgt einfach ihren Prinzipien – ohne Ausnahme.

Christina könnte aufspringen und Muller am Kragen ihrer verdammten blütenweißen Bluse packen, damit sie endlich *begreift*, worum es in Wirklichkeit geht! Aber sie bleibt reglos sitzen und wartet.

Muller faltet die schlanken Hände mit dem auffallenden Rubinring am linken Ringfinger und beugt sich vor. Ihr Blick wird intensiver.

»Ich weiß, wie schwer das alles für Sie ist, Andersson. Natürlich verstehe ich Sie. Was geschehen ist, belastet Sie emotional. Und das wirkt sich auf Ihre Arbeit aus. Das wissen Sie selbst. Es wäre unverantwortlich, Sie mit dem Fall zu betrauen. Unverantwortlich Ihnen, den Kollegen – und den möglichen Verdächtigen gegenüber.« Muller lehnt sich zurück und schüttelt den Kopf. »Ich kann das nicht zulassen, verstehen Sie?«

Christina zwingt sich, ruhig zu bleiben. »Captain, seit zehn Jahren geh ich da raus, Tag für Tag! Auch wenn mein Sohn krank war oder wenn etwas in der Schule los war, ich hab die Situation immer im Griff gehabt. Ich hab eine ziemlich hohe Erfolgsquote, und ich darf Sie daran erinnern, dass Sie selbst vor zwei Jahren meine Versetzung zur Mordkommission unterstützt haben. Und ich habe Charlenes Mörder gefasst – und das, obwohl ...«, Christina muss sich bremsen, um nicht heftiger und lauter zu werden, »... ich emotional betroffen war. Fragen Sie die Kollegen! Ich hab Tag und Nacht an dem Fall gesessen, okay, ich war vielleicht manchmal gereizt und unsachlich ... aber am Ende hab ich Travis Raymond gefasst!« Und dann schiebt sie noch hinterher: »Sie wissen selbst, dass ich verdammt gut bin.«

»Sie stehen unter Schock, Andersson«, sagt Muller. »Sie brauchen psychologischen Beistand.«

Muller greift zum Telefon, doch Christinas Hand schnellt vor und legt sich auf den Hörer. »Ich brauche keinen Therapeuten! Ich will den Typen, der das getan hat! Lassen Sie mich bei den Ermittlungen mitmachen! Ich schwöre Ihnen, in diesem Fall finden Sie keinen Cop, der sich mehr engagiert als ich!« Fast hätte sie mit der Faust auf den Schreibtisch geschlagen.

Muller schweigt, ihr Blick ist eisig. »Sehen Sie, Detective, genau das ist es«, sagt sie schließlich. »Sie reagieren unangemessen. Sie sind womöglich sogar eine Gefahr für Ihre Kollegen, weil Sie die Situation falsch einschätzen könnten.« Sie schüttelt wieder den Kopf. »Und da Sie gerade Ihre professionellen Qualitäten herausgestellt haben, Detective, sollten Sie auch professionell genug sein, um das einzusehen.«

Christina weiß nicht, was sie sagen soll. Ihr Blick schweift an Muller in ihrem Ledersessel mit der hohen Rückenlehne vorbei zum Fenster, hinter dem sich ein anderer Gebäudeteil erstreckt.

Muller hat eine steile Karriere hinter sich. Sie stammt aus einem privilegierten Elternhaus, ihr Vater war ein bekannter Rechtsanwalt mit einer großen Kanzlei in Madison. Vor ein paar Jahren ist er an einem Herzinfarkt gestorben. Muller hat Jura studiert, dann ist sie zur Polizei gegangen. Dort ist sie schnell zur Mordkommission gekommen und in kurzer Zeit zum Captain aufgestiegen. Manche behaupten, ihre Karriere hätte sie nicht allein ihrer brillanten Intelligenz und ihrer Herkunft zu verdanken, sondern auch gezielter politischer Rückendeckung. Entweder ist das eine bloße Unterstellung, oder aber die Verbindungen sind geschickt vertuscht worden. Jedenfalls: Ruth Muller und ihr Mann, ein erfolgreicher Architekt, gehören zu den oberen Zehntausend der Stadt, und Ruth Muller hat längst das nächste Ziel anvisiert. Sie will das Büro des Polizeichefs, eine Etage höher und mit Aussicht auf die Stadt. Aber der leutselige Stan Milosz, unterstützt von seinen politischen Freunden, klebt an seinem Sessel. Als wenn er warten wollte, bis Muller einen Fehler macht und nicht mehr im Rennen ist um seinen Posten. Damit diese Typen schön unter sich bleiben, denkt Christina. Aber ob ihr Mullers autoritärer Führungsstil lieber wäre als der patriarchale von Milosz, weiß sie auch nicht.

»Gehen Sie zu Ihrem Sohn in die Klinik, Andersson«, hört sie Muller sagen, »er braucht Sie jetzt.«

»Ich kümmere mich schon um meinen Sohn! Aber glauben Sie, dass ich tatenlos zusehen kann, wie ...«

»Sie können Ihren Kollegen vertrauen, Detective Andersson«, fällt Muller ihr ins Wort. »Nicht nur Sie sind eine fähige Polizistin.«

»Sie haben auch einen Sohn«, probiert es Christina. Muller schweigt, und Christina fährt fort: »Sie würden auch nicht tatenlos zusehen und irgendwelchen unterbezahlten Polizisten die Sache überlassen!«

Muller wirft ihr einen eisigen Blick zu, und Christina weiß, dass sie zu weit gegangen ist. Muller kann sich keine Fehler erlauben, keine falschen Entscheidungen, keine Leichen im Keller ... aber sie braucht auch Erfolge.

»Captain«, sagt sie also und hält Mullers Blick stand, »ein spektakulärer Erfolg würde Ihnen doch auch von Nutzen sein. Ich meine, Milosz wird sich nicht ewig in seinem Büro den Hintern platt sitzen.«

Jetzt hat sie einen Fehler gemacht.

»Detective Andersson, was der Chief of Police in seinem Büro tut oder nicht tut, ist nicht Ihre Angelegenheit«, sagt sie knapp. »Befolgen Sie meine Anweisungen. Wir verfolgen jede Spur. Und Sie brauchen Ruhe.«

Christina schluckt, sie schluckt all das hinunter, was sie eigentlich loswerden will. Während Muller sie nur ansieht und wartet. Die Unterredung ist beendet – Christina steht auf.

»Dr. Joffe ist ein fähiger Chirurg, ich kenne ihn persönlich«, sagt Muller, da ist Christina schon an der Tür. »Ihr Sohn ist bei ihm in den besten Händen.«

Für einen ganz kurzen Moment hat Christina den Eindruck, dass Muller die Sache nahegeht. Sie dreht sich um, aber da hat Captain Muller sich schon wieder in ihre Arbeit vertieft.

Christina schiebt ihre Gedanken hin und her und kommt immer wieder zu demselben Ergebnis: Sie kann sich nicht raushalten.

Entschlossen geht sie in ihr Büro. Alles ist so vertraut, die Schreibtische, die Sichtblenden mit den Notizzetteln, das leise laufende Radio, die altersschwache gurgelnde Kaffeemaschine, der Geruch nach Teppichboden, nach Druckertoner und Kaffee – und nach den Kollegen, die gerade Dienst haben: eine eigentümliche Mixtur aus Körpergerüchen und Aftershaves. Seltsam, heute kommt ihr alles verändert vor. Als wäre sie Jahre weg gewesen.

Ed und Rob sind da, Gary und Aaron sind offenbar unterwegs. Es ist ihre Schicht. Sie säße jetzt hier. Wenn das alles nicht passiert wäre.

»Chris!« Ed schluckt einen Bissen von seinem Sandwich hinunter und springt auf, neben ihm steht ein Becher Kaffee.

Katerfrühstück, denkt sie, die Feier in der Bar, die war ja erst letzte Nacht. »Wie geht es Jay?«

Sie lässt sich auf ihren Drehstuhl fallen und wiederholt das, was sie auch Aaron gesagt hat. Sie sagt es sachlich, ohne Emotion, denn wenn sie die jetzt zulassen würde, müsste sie heulen. Und das will sie nicht. Nicht hier. Nicht vor ihren Kollegen.

»Verdammte Scheiße«, murmelt Rob, unter dessen massigem Körper der Schreibtischstuhl jeden Moment zusammenzubrechen droht. Rob sieht wie immer aus, die Nacht war mal wieder kurz, er hat nur zwei Minuten gehabt für duschen, rasieren und frische Sachen anziehen. Trotz seiner dunklen Hautfarbe wirkt er blass heute Morgen.

Hier weiß jeder, was ein Lungensteckschuss bedeutet. Letztes Jahr ist Zack aus der anderen Schicht daran gestorben, erinnert sich Christina.

»Jay ist ein kräftiger Junge«, schiebt Rob hinterher. Er hat gerade einen Donut gegessen und wischt sich die klebrigen Hände an seiner Hose ab.

»Ja«, pflichtet Ed ihm bei, »er ist doch gut in Sport oder? Und bei der Mom! Er wird wieder und ...«

»Sie haben ihn ins künstliche Koma versetzt«, wirft Christina dazwischen.

Keiner sagt etwas darauf.

Ironman Ed hat sein Sandwich weggelegt und deutet auf die Kaffeemaschine am Fenster.

Christina schüttelt den Kopf. »Ich muss erst was essen.«

Rob schiebt ihr eine Tüte über den Tisch. »Truthahn. Hab's noch nicht angerührt.«

Sie überlegt nicht lange. Plötzlich hat sie das Gefühl, umzukippen, wenn sie nichts isst.

Ed holt ihr einen Kaffee. »Wenn er im Koma liegt, können

wir ihn nicht fragen, was er gesehen hat.« Er setzt sich auf die Kante von Christinas Schreibtisch.

»Nein«, sagt sie und nippt am heißen Kaffee.

»Scheiße«, sagt Rob wieder und schüttelt den Kopf.

»Das mit deinem Bruder ...«, fängt Ed zögernd an, »tut mir leid.«

»Ja«, sagt Rob. »Rhianna, meine Ex, hat ihre ganzen Sprüche aus seiner Sendung. *Schizoid* hat sie zu mir gesagt, oder *zwanghaft* ...«

»Damit konnte er ganz schön nerven ...« Christina denkt dran, wie er sie bezeichnet hat: *paranoid*, *manisch* – und sie hat gelacht, auch weil er recht hatte.

»Und«, Ed wischt sich die Hände an einer Serviette ab, »du bist auf Eis gelegt, oder?«

Sie nickt nur. Hastig isst sie das Sandwich und spült mit Kaffee nach. »Muller will mich zu 'nem Seelenklempner schicken.«

Ed zuckt mit den Achseln. »Das ist normal. So läuft das nun mal.«

»Hast du deine Marke noch und deine Knarre?«, will Rob wissen.

»Ja.«

»Also bist du nur beurlaubt«, stellt Ed fest.

»Was heißt *nur?* Ich bin raus!«, sagt sie voller Wut.

Rob hebt beschwichtigend die Hände. »Easy, Chris! Schlimmer wär, sie hätte dich gleich suspendiert.«

Auch wieder wahr, denkt sie. Es gibt immer eine schlimmere Variante. Nur bei Tim nicht mehr.

»Aaron ist gerade dabei, Raymond auf den Zahn zu fühlen«, sagt Ed.

Rob brummt. »Ich hab da so meine Zweifel, ob Aaron der Richtige für den Job ist.«

»Wieso?«, fragt Christina.

»Nichts gegen unseren nice guy«, sagt Ed rasch, »er ist dein Partner, ja, aber du musst zugeben: Er ist ein ziemliches Weichei. Ist ja manchmal nicht schlecht, manche stehen auf diese verständnisvolle Tour und das Ich-versteh-dich-du-hattest-eine-schwere-Kindheit-Gesabber, aber in dem Fall ...«

»Die Jungs im Knast verarschen den doch nach Strich und Faden«, fällt Rob ihm ins Wort.

»Er hat einfach die Sprache von denen nicht drauf«, sagt Ed und rutscht von der Tischkante. Er streckt sich und ächzt dabei. »Solchen Kerlen wie Raymond muss man die Scheiße aus ihrem bisschen Hirn rausprügeln, bis die mal was ausspucken!«

Sie haben natürlich recht. Sie schluckt den letzten Bissen vom Sandwich hinunter. »Und was schlagt ihr vor?«

Rob und Ed sehen sich kurz an.

»Wir haben einen Typen im selben Bau«, Ed senkt die Stimme, dabei ist außer ihnen keiner im Raum, »der wartet nur drauf, dass er uns einen Gefallen tun kann. Diese Schweine verpfeifen sich doch gegenseitig, wenn sie dadurch ihren eigenen Arsch retten können.«

»Und der soll sich an Raymond ranmachen?«, sagt sie.

Ed und Rob nicken.

»Okay.« Christina knüllt die Tüte zusammen. »Ich will den Kerl«, sie sieht den beiden in die Augen, »egal, auf welchem Weg.«

Die beiden nicken, und sie hat zum ersten Mal das Gefühl, dass sie zu ihnen gehört, dass ihr Ehrencodex ab jetzt auch sie einschließt: Kriegt ein Cop oder dessen Familie was ab, kennen die anderen Cops kein Pardon.

»Wir kriegen ihn«, sagt Ed, und Rob sagt: »Und dann reißen wir ihm den Arsch auf.«

»Danke, Jungs. Aber seid vorsichtig! Macht es nicht zu auffällig! Ihr wisst, Muller sitzt mir im Nacken.« Es bewegt sie, wie Ed und Rob, diese derben Typen mit ihren coolen Sprüchen, ihren Arsch für sie riskieren wollen. »Gebt mir Bescheid, ja?«

»Geht klar, Chris«, sagt Ironman.

Sie will gerade zu den Aufzügen gehen, als jemand über den Flur näher kommt.

»Amen«, brummt Rob, und Ed sagt: »Halleluja.«

Nolan Brewer, wie immer tadellos frisiert und angezogen – grauer Anzug, weißes Hemd, passende Krawatte. Wie Muller hat er eine rasante Karriere hingelegt. Er ist jünger als sie, und er hat es noch nicht zum Captain geschafft, aber als Lieutenant lässt er keine Gelegenheit aus, um zu demonstrieren, dass er eigentlich längst Captain sein sollte. Über seine Ambitionen, der jüngste Chief of Police zu werden, wird überall im Haus geredet, und die meisten glauben, an dem Gerücht ist was dran. Brewer wirkt immer irgendwie angestrengt und bemüht, als hätte er eine Liste, wie er sich zu verhalten hat, um bei den richtigen Leuten Eindruck zu schinden. Ihm fehlen Mullers Gewandtheit, Selbstsicherheit und Unnahbarkeit, die sie einsetzt, um einschüchternd zu wirken. Bei Brewer weiß man nie, woran man ist.

»Chris!« Brewer tut überrascht.

»Hi, Nolan«, sagt Christina und will sich an ihm vorbeischieben.

Aber er ist schneller: »Ich möchte dir im Namen der ganzen Abteilung unser Beileid aussprechen für deinen schmerzlichen Verlust«, er gestikuliert übertrieben, »Gott allein ...« Seine Augen haben diesen missionarischen Glimmer, über den sie sich in der Schicht öfter lustig machen.

Rasch fällt sie ihm ins Wort: »Danke. Du übernimmst die Ermittlungen, hat Muller gesagt.«

»So ist es.« Er nickt würdevoll. *Pater Nolan* nennen sie ihn hinter seinem Rücken, nicht nur weil er und seine Frau sich in der Lutherischen Gemeinde engagieren, sondern weil er jeden missionieren will. Seine Großeltern sollen tatsächlich Missionare in Australien gewesen sein und Aborigines getauft haben, heißt es. Aber Christina ist nicht ganz sicher, ob das nicht nur ein Gerücht ist.

Ob Gott seine Hand im Spiel hat?, denkt sie spöttisch. Wie sonst hätte er es so schnell zum Morddezernat geschafft und dann auch noch zum Lieutenant?

»Ich muss dir nicht sagen, dass wir alles tun werden, um den Schuldigen zu finden.«

»Nein, Nolan, musst du nicht.« Sie riecht teures Aftershave und Mundwasser. »Denn wenn du ihn nicht findest, werde ich ihn finden.«

Das hat gesessen.

Sein Lächeln kommt ein wenig unsicher.

»Sag mal«, seine Stimme klingt auf einmal kühl, »Muller hat dich doch beurlaubt, oder?«

»Und?«, fragt sie herausfordernd.

Er tut verwundert. »Solltest du nicht bei deinem Sohn sein?«

Sie sieht ihm unbeeindruckt in die Augen. »Du hast zwei Tage, Brewer. Wenn du ihn bis dahin nicht hast, suche ich ihn.«

»Ich mag es nicht, wenn man mir droht, Andersson.« Er dreht sich um und geht zur Tür.

Vielleicht wird er zu Muller gehen und es ihr sagen. Vielleicht aber hat sie auch seinen Ehrgeiz angestachelt und seinen Stolz angefacht. Es ist ihr egal. Hier geht es nur um eins.

Sie nickt Rob und Ed zu und geht.

Im Aufzug atmet sie erst einmal durch. Ihre Mutter ist bei Jay. Trotzdem fühlt sie sich unruhig. Muller hat recht, denkt sie, sie sollte bei ihrem Sohn in der Klinik sein.

Der Aufzug hält im ersten Stock. Ein Putzwagen mit bunten Staubwedeln und Schrubbern und Besen wird hereingeschoben. Dahinter entdeckt Christina einen schwarzen Pferdeschwanz.

»Oh!« Es ist Maria-José, die Putzfrau, die beiden begegnen sich fast jeden Tag. Christina hat ihr vor zwei Jahren geholfen, die vielen Dokumente für die Immigration auszufüllen, und Maria-José hat sich mit selbst gemachten Tacos und Empanadas revanchiert, von denen Jay gar nicht genug kriegen konnte.

»*Pobrecita* – meine arme Christina!« Maria-José lässt den Putzwagen los, fällt ihr um den Hals und gibt ihr einen Kuss auf die Wangen. »*Que lastima!* Ich habe es gehört, es ist so schrecklich, *lo siento muchissimo*, es tut mir so leid, so leid!« Maria-José ist Mexikanerin und entsprechend überschwänglich. »Ich habe immer die Sendungen mit deinem Bruder gesehen. Und so viel Englisch dabei gelernt!« Sie wischt sich über die feuchten Augen.

Christina nickt nur.

»Und Jay, deinem Sohn? Wie geht es ihm?«

»Er hat viel Blut verloren, sie mussten ihm einen Teil der Lunge entfernen, und die Ärzte sagen, dass er noch nicht über den Berg ist ...«

»Christina, *hija mia*, ich bete für ihn ... Er ist ein starker Junge mit einer starken Mutter ...«

»Danke, Maria-José ...«

»Ich bete. *Todo va salir bien!* Alles wird gut werden!«

Christina muss schlucken, sie kämpft gegen die Tränen. In diesem Augenblick gleiten die Aufzugtüren auseinander.

Maria-José umarmt sie noch einmal, dann zieht sie den Putzwagen hinaus auf den Flur.

Die Türen schließen sich wieder, aber der Aufzug bleibt stehen. Wie lange, weiß Christina nicht. Irgendwann drückt sie auf den Knopf, der Aufzug setzt sich in Bewegung, sie fährt hinunter bis ins Erdgeschoss.

Erst als sie hinaustreten will, spürt sie, dass sie zittert.

In Gedanken versunken verlässt Christina das Gebäude und geht auf ihren Wagen zu, den sie auf der anderen Straßenseite geparkt hat.

Plötzlich hört sie ein Hupen, und sie erschrickt.

Ruth Muller sitzt seit fast fünf Minuten in Stan Milosz' Büro und weiß immer noch nicht, worauf der Chief of Police hinauswill.

Er hat sie schon immer an diesen polnischen Papst erinnert, mit seinen schmalen Augen, der spitzen Nase und dem schiefen Grinsen. Automatisch ahnt man, dass er etwas im Schilde führt. Milosz liebt den großen Auftritt und genießt den Beifall. Sie ist sicher, er würde auch einen guten Papst abgeben. Milosz, der es von ganz unten geschafft hat. Bauernschlau, wie er ist, hat er sich mit den jeweils Mächtigen verbündet, mal mit den Gewerkschaftlern, mal mit den Konservativen, und er hat es irgendwie geschafft, sich auf beiden Seiten Freunde zu machen und Seilschaften zu knüpfen.

Hoffentlich hört er endlich auf mit den leeren Floskeln, denkt Muller. Warum erkundigt er sich nach Adams neuen Projekten, und warum erzählt er irgendetwas über seine Tochter, die angefangen hat in Florida zu studieren? Sie will ihn gerade fragen, weswegen sie hier ist, als er übergangslos sagt:

»Erinnern Sie sich noch an Detective Scott? Es muss jetzt

vier oder fünf Jahre her sein. Da waren Sie doch schon hier, nicht wahr?«

Muller lässt sich nichts anmerken. »Ich bin seit zwölf Jahren hier.«

»Natürlich!« Er greift sich an die Stirn, und Muller fragt sich, warum er sich ihr gegenüber so produzieren muss. »Wie die Zeit vergeht! Ich habe Sie ja damals für die Mordkommission vorgeschlagen!« Er beugt sich vor, legt die Arme auf die Schreibtischplatte und faltet die Hände. »Sie haben den Posten bekommen, weil ich Ihrem Urteilsvermögen vertraut habe. Und ich vertraue auch diesmal darauf, dass Sie die richtigen Entscheidungen treffen.«

Sie reagiert nicht.

»Wir alle haben Detective Scott sehr geschätzt, nicht wahr?«, nimmt er einen neuen Anlauf.

Erwartet Milosz darauf wirklich eine Antwort?

Seine Mundwinkel zucken, ein sicheres Zeichen, dass er allmählich die Geduld verliert. Sie weiß das, sie kann damit umgehen. Sie hat schon ganz andere Gegner gehabt.

Also lehnt sie sich auf dem Stuhl vor seinem massiven Schreibtisch zurück und fragt sich, ob die vielen Akten, die sich links und recht von ihm auftürmen, Zeichen mangelnder Organisation sind oder Demonstration seiner Tüchtigkeit und Macht.

»Wer hat Detective Scott damals beurlaubt?«, redet er weiter.

»Manzoni.«

»Richtig! Manzoni.« Milosz schüttelt den Kopf und seufzt aufgesetzt. »Das hat Scott die Karriere gekostet ...«

Soll er doch endlich zur Sache kommen!

Als hätte er ihre Gedanken gelesen, schlägt er unvermittelt einen anderen Ton an. »Detective Scott hat geglaubt, er kann die

Sache selbst in die Hand nehmen, wie Sie ja wissen, Muller. Und er hat vier Menschen erschossen, darunter zwei Familienväter. Beide waren unschuldig. Sie erinnern sich doch, Muller?«, fragt er etwas schärfer.

Jetzt weiß sie, worauf er hinauswill. »Wenn Sie auf Detective Andersson anspielen, muss ich Ihnen entschieden …«

»Ach kommen Sie, Muller!«, fällt er ihr laut und mit großer Geste ins Wort. »Andersson war heute hier im Haus …«

»Ich habe ihr kein Hausverbot erteilt«, wirft Muller ein.

»Sie wissen genau, was ich meine! Sie und ich kennen Andersson gut genug. Sie wussten doch, dass das passieren wird.«

»Das ist eine Unterstellung …«

»Machen Sie ihr gefälligst klar, und zwar sofort, dass sie sich um ihr Kind kümmern soll! Das Letzte, was ich brauche, ist eine rachsüchtige Mutter und Polizistin!«

Sie will etwas erwidern, aber er lässt sie nicht zu Wort kommen. »Wir müssen auch an die Presse denken, Muller. Die wartet doch nur auf einen Fehler von uns!«

»Aber …«

»Wir wären dann fertig, Muller«, sagt er nur.

Allein dafür wünscht sie ihn in die Hölle. Sie schluckt eine Entgegnung hinunter und geht.

Während sie zurückgeht in ihr Büro, denkt sie nach. Als Erstes muss sie herausfinden, was an seiner Behauptung dran ist, dass Andersson sich ihren Anweisungen widersetzt. Sie schätzt Anderssons Hartnäckigkeit, deren sehr gute Statistik, ja, seit Andersson ist die Statistik der ganzen Abteilung endlich positiv. Aber da ist auch diese andere Seite von Andersson, diese unbeherrschte, impulsive Art. Zweimal hat sie Andersson in den letzten drei Monaten verwarnt, weil sie ihre Anweisungen einfach ignoriert hat. Wenn Andersson nicht schließlich doch den Mörder der kleinen Charlene gefunden hätte, hätte Muller dafür gesorgt, dass Andersson eine Weile nicht rausdarf. Sie weiß, dass das das Schlimmste ist für alle guten Cops. Muller selbst ist da eine Ausnahme. Sie hat sich auch nie als richtigen Cop gesehen, eher wie eine Richterin mit gewissen Befugnissen …

Sie schrickt aus ihren Gedanken auf. Jemand ist an ihr vorbeigegangen und hat sie gegrüßt. Sie dreht sich um.

Nolan Brewer.

Sie denkt kurz nach. Sehr gut. Er kann ihr nützlich sein, denn es hat ihm bestimmt nicht gefallen, dass ausgerechnet Andersson beim Charlene-Brickerton-Fall die Lorbeeren eingeheimst hat. Er wird darauf brennen, Andersson in die Schranken zu weisen.

»Brewer!«, ruft sie. »Ich muss Sie sprechen! In meinem Büro.«

Ein glänzender dunkler Cadillac mit getönten Scheiben hält neben Christina. Das Beifahrerfenster fährt herunter. Der Typ könnte ein Verwandter von Travis Raymond sein, Irokesenfrisur, Goldkette, schwarze Lederjacke. Rapper. Ein Auge ist geschwollen. Sein Partner am Steuer ist kahl rasiert und trägt eine verspiegelte Sonnenbrille.

In Christina strafft sich alles. Was kommt jetzt: eine Warnung? *Venganza* … Sie spürt ihre Waffe, wie sie gegen die Rippen drückt.

»Christina Andersson?«, sagt der Typ auf dem Beifahrersitz mit kehliger Stimme und zeigt rappermäßig mit Zeigefinger und kleinem Finger auf sie. »Big Dee will dich sehen.« Ein Goldstückchen in seinem Schneidezahn blitzt auf.

»Warum?«, blafft sie ihn an.

»Hey, Darling, das wird er dir schon selbst sagen!« Goldzahn deutet lässig mit dem Daumen über die Schulter. »Steig ein!«

»Sag Big Dee, ich hab jetzt keine Zeit.«

»Big Dee ist sehr wählerisch mit seinen Einladungen. Und erst recht bei einer weißen Braut, Darling!«

»Er soll mich anrufen.« Sie will weitergehen, da hält er tatsächlich sein Handy ans Ohr.

»Sag es ihm selbst, Darling!«

Sie greift zum Handy.

»Christina! Hier ist einer, der mit dir reden will!«, hört sie.

Sie sieht ihn vor sich, den Zweimetermann, der sicher mehr als zwei Zentner auf die Waage bringt, und sagt: »Mein Bruder wurde ermordet, mein Sohn liegt im Koma, er wird vielleicht nicht überleben. Big Dee, ich hab jetzt keine ...«

»Genau deshalb lade ich dich ein«, unterbricht er sie einfach, »jetzt.«

Sie zögert, sie will sich nicht einfach befehlen lassen, was sie tun und lassen soll, das konnte sie noch nie ertragen. Aber sie weiß, Big Dee lädt nicht einfach einen Polizisten zu sich ein. Big Dee, eigentlich Gerald Benjamin Cooper, dreiunddreißig, verheiratet, zwei Kinder. Sein Vermögen belief sich letztes Jahr – offiziell – auf eine zweistellige Millionenhöhe. Nicht mitgerechnet sind die sicher vorhandenen Konten auf Antigua oder sonst wo in der Welt und auch nicht das Bargeld, das durch Drogengeschäfte in seinen Taschen landet – und in seinen Firmen.

Offiziell heißt es: Afroamerikaner hat sich mit Drogenhandel und Zuhälterei den Weg aus dem Ghetto erkauft. Dann hat er das alles aufgegeben und ist ein rechtschaffener Unternehmer geworden – mit einem gewissen Einfluss auf die Lokalpolitik. So weit die Legende.

Er ist Musikproduzent, besitzt ein eigenes Rap-Label, mit

dem er Millionen umsetzt. Außerdem stellt er den Energy-Drink *YellowLeo* her, den er nur in ausgesuchten Clubs und Fitnessstudios vertreibt, außerdem hat er kurz vor Weihnachten eine Nagelstudio-Kette gekauft, die er inzwischen umstrukturiert und zum Franchise-Unternehmen gemacht hat. Das alles hat Christina abrufbereit gespeichert, weil Big Dees Vater letztes Jahr einem Raubmord zum Opfer gefallen ist. Christina hat den Täter gestellt – und Big Dee hat sie damals *Sister* genannt.

»Ich hab nicht viel Zeit, Big Dee.«

»Hey, wer hat die schon?«, gibt er zurück.

Christina wägt ab. Sie haben noch keinen Plan, keinen Hinweis. Einen Versuch wäre es wert.

»Okay«, sagt sie ins Telefon. »Aber, hey, warum fährst du immer noch keinen Mercedes, der wirkt nicht so protzig.«

Sie hört ihn lachen und gibt das Handy zurück. Goldzahn lacht auch und sagt: »Dann mal los, Darling!«

»Nenn mich nicht immer *Darling*, Goldzahn, klar?«

»Okay, wie soll ich dich denn sonst nennen? *Sugar?*«

»Am besten haltet ihr einfach die Klappe«, knurrt sie, worauf die beiden in wieherndes Gelächter ausbrechen.

Die Limousine gleitet sanft durch die Stadt. Während sie volle Dröhnung Rap-Musik ertragen muss – die die beiden Typen vorne mitsingen, als würden sie ein Video aufnehmen. Sie haben Spaß, geht es Christina durch den Kopf, genauso wie Travis Raymond ihn wahrscheinlich gehabt hätte. Das war hundertprozentig auch seine Musik.

»Der American Dream hat sich gewandelt«, hat Big Dee ihr gesagt. »Er wird für Leute wie mich wahr.« Im Ghetto aufgewachsen, mit sechs Geschwistern von verschiedenen Vätern, von denen nie einer da war. Die Mutter war wohl ähnlich unterwegs wie Charlenes Mutter, und der kleine Gerald hat durch sie und seine älteren Geschwister, die immer wieder in den Knast wanderten oder auf der Straße erschossen wurden, mitgekriegt, dass man nach ganz oben muss. »Raus aus dem Sumpf«, hat er sich ausgedrückt.

»Du musst so viel Schotter machen, dass du dich absichern kannst, darum geht's. Du kaufst dir Sicherheit und Spaß. Scheißschotter ist alles. Nur darum geht's.«

Trotzdem, so materialistisch ist er dann doch nicht, hat Christina erfahren, sein Sohn ist behindert, und er unterstützt mehrere Kinderheime und Schulprojekte.

Brewer setzt sich auf den Stuhl, den Muller ihm zugewiesen hat, direkt vor ihrem Schreibtisch. Er ist nicht sonderlich bequem, das weiß sie. Sie lässt sich in ihren Ledersessel sinken und tut so, als würde sie in einer Akte lesen. Sie lässt Brewer bewusst warten. Führung verlangt Autorität. Und Autorität zeigt man, indem man sich Raum nimmt. Raum und Zeit.

Makellos sieht er aus, wie immer. Als wären in seinem Büro keine drei Schreibtische, sondern Dusche und Ankleideraum. Nicht dass Ruth Muller etwas gegen Sauberkeit hätte, aber bei Brewer hat sie den Eindruck, er will damit seine Unfehlbarkeit demonstrieren. Dass er auch noch glaubt, die Welt sei von Gott erschaffen, macht ihn für sie auch nicht gerade sympathischer.

Mit solchen Leuten hat sie sich vor Jahren regelmäßig bei den Elternabenden angelegt, und sie hat es sich mit einigen Lehrern verscherzt. Bis Adam irgendwann meinte, die paar Jahre gehen auch noch rum.

Findest du das richtig, hatte sie ihn gefragt, dass unser Sohn zu einem angepassten Jasager erzogen wird?

Was willst du?, hatte er gekontert. Einen Rebellen aus Alex machen?

Er soll seine Persönlichkeit entwickeln und sich selbst treu bleiben, hatte sie entgegnet.

Da hatte Adam sie so merkwürdig angesehen und gefragt, und damit kommt man weiter?

Sie ist der Überzeugung, dass sie aufrecht durchs Leben geht. Auch wenn sie manchmal taktieren muss, abwägen. Und je höher die Ziele sind, desto mehr und genauer muss sie taktieren und abwägen.

Endlich sieht sie auf. »Also, Brewer, wo stehen wir im Fall Andersson?«

Sein Lächeln wirkt gezwungen. »Ich hätte Ihnen heute Nachmittag um drei bei der ...«

»Was haben Sie herausgefunden, Brewer?« Sie fällt ihm ins Wort, denn Brewer gehört zu den Typen, die man auf ihren Platz verweisen muss. Seine Karriere verlief ähnlich wie ihre. Und Milosz macht vielleicht doch noch ein paar Jahre länger. Bis dahin kann noch einiges passieren. Sie weiß, dass sie auf der Hut sein muss. Es ist wie im Guerillakrieg. Überall lauern Feinde.

»Wir sind noch nicht sehr weit«, sagt er zögerlich. »Tim Andersson stand seit zwei Monaten unter besonderem Schutz. Er hat jede Woche diese Sendung *Ask Your Shrink* gemacht, in der Studiogäste ihre Probleme schildern und ...«

Eine Handbewegung reicht aus, um ihn zu unterbrechen. Das weiß sie. Die Sendung ist ihr bekannt.

»Die Produktionsfirma hat ihm einen Personenschutz finanziert. Angeblich bekam er anonyme Anrufe und Drohbriefe.«

»Es wurde keine Anzeige erstattet?«

»Nein, man wollte wohl nicht zu viel Aufhebens machen.«

»Aber immerhin so viel, dass man einen Wachmann bezahlt hat«, bemerkt sie. Wie viele Verbrechen könnten verhindert werden, wenn mehr Menschen die Polizei als Helfer begreifen würden und nicht als Gegner.

»Der Produzent fürchtete womöglich, dass die Polizei sich in die Sendung einmischen könnte.«

Sie winkt ab. »Was noch?«

»Die Nachbarn haben nichts bemerkt.«

»Was ist mit diesem Pizzalieferanten?«

»Da gibt es wohl ein kleines Problem. Er ist verschwunden. Er ist heute nicht zum Dienst erschienen. Er geht auch nicht ans Telefon, und dort, wo er angeblich wohnt, kennt ihn niemand.«

Muller ahnt die Antwort.

»Luis Enrique Orozco. Aus Mexiko.«

»Illegal?«

Er nickt.

Das auch noch. »Weiter?«

»Keller und Winehouse durchleuchten die Studiogäste der letzten vier Monate. Die Spurensicherung hat noch nichts gefunden, was uns weiterhilft, aber das sollte bis heute um drei ...«

»Und die Waffe?«

»Eine Ruger. Nicht in unserer Datei.«

»Dann haben wir also nichts in der Hand, richtig?«

Brewer rutscht auf dem Stuhl hin und her und rückt seine Krawatte zurecht. »Wir fangen gerade erst an, an der Oberfläche zu kratzen, Captain. Es ist noch nicht mal vierundzwanzig Stunden her ...« Plötzlich hat er sich wieder gefangen. »Aber da wäre noch was ...« Er zögert kurz. »Andersson war heute hier.«

Na bitte, alles läuft wie geschmiert, sie muss noch nicht einmal mal Fragen stellen. Sie kann ihm vielmehr sogar das Gefühl vermitteln, dass er gut aufgepasst hat – und dass er *weiter* aufpassen soll.

Sie runzelt die Stirn.

»Ja, ich meine ...«, redet er weiter, »sie wurde doch beurlaubt, und ich denke, sie sollte nicht hier sein.«

»Warum werde ich erst jetzt darüber informiert? Was wollte sie?«, fragt sie.

»Wissen, wie weit wir sind bei den Ermittlungen«, sagt er prompt.

»Das würden Sie an ihrer Stelle doch auch wollen, oder nicht?«

Dazu sagt er nichts.

»Ich muss Ihnen nicht sagen, dass uns Presse und Öffentlichkeit im Nacken sitzen.« Sie wirft ihm die Zeitung über den Tisch. »Seite drei.«

Rache an Polizistin?, lautet die Schlagzeile. Darunter ein Artikel über die Festnahme des Mörders von Charlene Brickerton. Christina Anderssons Einsatz wird besonders hervorgehoben.

»Ich weiß nicht, wer diese Informationen an die Presse gegeben hat«, erklärt Brewer.

Sie mag es überhaupt nicht, wenn einzelne Cops glauben, sich müssten sich profilieren. »Es entsteht jedenfalls der Eindruck«, fährt sie fort, »dass die Polizei in Milwaukee keine Verbrecher mehr festnehmen kann, ohne mit Vergeltungsmaßnahmen rechnen zu müssen.«

Er schlägt die Zeitung wieder zu. »Wir gehen genauso vor wie immer«, sagt er offenkundig unbeeindruckt. »Wir haben ja noch den Jungen. Er hat den Mörder vielleicht gesehen.«

»Der Junge liegt im Koma, Brewer, und wer weiß, wann er daraus wieder aufwacht. Also, lassen Sie sich was einfallen. Ich muss vor der Presse eine Erklärung abgeben.«

Er nickt und steht auf.

»Wenn es wirklich ein Racheakt ist«, sagt sie, als er schon die Tür öffnet, »müssen wir schleunigst ein Exempel statuieren.«

Er schaut sie fragend an.

»Razzien«, führt sie aus. »In den entsprechenden Etablissements. Und ein paar Festnahmen.«

»Okay«, sagt er.

Er ist nicht sonderlich überzeugt. Er ist eher der intellektuelle Typ, der, der die Fälle lieber im Kopf löst als mit Gewalt. Was Muller nicht kritisiert, ganz und gar nicht, sie hat weiß Gott schon genügend Rambos in ihrer Abteilung.

»Schön. Ach, und wenn Sie Andersson wieder hier sehen sollten …« Sie lächelt unverbindlich. »Schicken Sie sie zu mir rein, ja?«

Sie erwartet keine Antwort, sondern ordnet ihre Papiere und sieht erst wieder auf, als die Tür zufällt.

Big Dee wohnt in einem noblen Viertel. Mit Seeblick. Und mit ausschließlich weißen Nachbarn. Das gefällt ihm: die Provokation.

Die Limousine rollt über den Kies, den sie normalerweise unter den Reifen knirschen hören würde, wäre die dröhnende Rapmusik nicht so laut, dass die Scheiben klirren. Der Wagen hält, und plötzlich ist alles still. Nur in Christinas Ohren hallt der Rap noch nach.

Goldzahn macht ihr die Tür auf und grinst breit.

»Hey, Chrissy!« Big Dee kommt auf sie zu. Er trägt einen champagnerfarbenen Trainingsanzug. Als er seine riesigen Arme ausbreitet, um sie zu umarmen, fürchtet sie, er könnte sie zerquetschen. Doch seine Berührung ist überraschend sanft und flüchtig. Was nicht heißt, dass sie sein Parfüm nicht noch tagelang an sich riechen wird.

Die schwere Goldkette trägt er über der Trainingsjacke.

»Schlimme Sache«, sagt er ernst und gibt seinen Jungs ein Zeichen, worauf der Fahrer wieder einsteigt. »Komm, ich muss dir was zeigen.« Mit dem für Dicke typischen Watscheln geht Big Dee voraus bis vor ein Garagentor, so breit wie ein mittelgroßes Haus.

»Pass auf!« Er betätigt eine Fernbedienung, und das Tor schwingt auf. Die Kühlergrills von sechs Autos glotzen sie an. Und auf einem erkennt sie einen speziellen Stern.

»Du hast Nerven, Big Dee!«

Er lacht lauthals. »Nächstes Mal schick ich dir den, *CLS Shooting Brake!*«

Er wirft dem Typen mit dem Goldzahn, der ihnen gefolgt ist, die Fernbedienung zu und weist Richtung Haus.

In den Augenwinkeln entdeckt sie den Basketballplatz, auf dem ein Junge im Rollstuhl mit einem der Bodyguards Körbe wirft.

»Wie alt ist er jetzt?«

»Acht«, antwortet Big Dee und zeigt seinem Sohn den hochgereckten Daumen. »Mach ihn fertig!« Er lacht.

Der Junge lacht auch und saust in seinem Rollstuhl hinter dem Ball her.

Big Dees Gesichtszüge sind weich, seine Haut ist glatt und feinporig, seine Hände sind manikürt. Wenn er nur nicht diesen bescheuerten Trainingsanzug und die Goldkette tragen würde, denkt Christina. Ich bin authentisch, Christina, hat er ihr letztes Mal erklärt und an seiner Trainingsjacke herumgezupft. Auch wenn ich hier in diesem Palast neben lauter Weißen wohne, muss ich mich nicht verkleiden, oder? Und dann hat er ihr erzählt, was es ihm für einen Spaß macht, dass die *Weißbrote*, wie er sie nennt, ihn in ihrem Viertel ertragen müssen. Big Dee fängt einen Ball und wirft ihn aus großer Entfernung zum Korb, trifft ihn aber nicht. »Hey, Junior, das hast du nicht gesehen, klar?«

Der Junge lacht. Sie denkt an Jay. Dass er im künstlichen Koma liegt, während sie hier draußen einem zwielichtigen Millionär beim Körbewerfen zusehen muss.

»Also, Big Dee«, sagt sie, »worum geht's?«

Big Dee gibt nie sofort eine Antwort, das weiß sie, also lässt sie sich von ihm ins Haus führen. Das intensive Vanillearoma, das in den Räumen liegt, überdeckt sogar Big Dees Aftershave. Ihre Schritte hallen, als sie über den spiegelnden weißen Marmorboden der Eingangshalle geht, an deren Wänden großformatige Bilder in Öl und Acryl hängen. Christina versteht nichts von Malerei, aber sie weiß, dass Big Dee auch in Kunst investiert.

»Was sagst du dazu?« Er meint den großen Glas- oder Kunstharzblock, der in der Mitte der Halle auf einem Sockel steht. Christina sieht zweimal hin, obwohl sie schon auf den ersten Blick die Schlange erkannt hat, die darin eingeschlossen ist.

»Ich hätte ja gern diesen verdammten Hai gehabt!« Er lacht. »Aber das hier ist die *fucking* giftigste Schlange der Welt. Eine …« Er greift sich an den Kopf. »Fuck! Melvin!«

Ein anderer seiner Bodyguards, ein genauso massiger dunkler Typ in schwarzem Trainingsanzug, erscheint in der Flügeltür zum Wohnzimmer, wobei es sich – das weiß Christina vom letzten Mal – nicht um ein Zimmer handelt, sondern um einen Saal.

»Ja?«

»Wie heißt diese verfluchte Schlange noch mal?«

»Oxyuranus microlepidotus«, antwortet der Typ wie aus der Pistole geschossen und ohne eine Miene zu verziehen. »Australien.«

»Danke«, sagt Big Dee und wendet sich ihr wieder zu. »Melvin ist ein echtes Genie. Solche Leute sind Gold wert.«

Christina hat genug von Schlangen, Autos und Genies. »Big Dee, willst du mir nicht endlich verraten, weshalb ich hier bin?«

Wortlos geht er ins Wohnzimmer, notgedrungen folgt sie ihm.

»Setz dich.« Er zeigt auf die ausladende weiße Sitzlandschaft, die um einen Tisch angeordnet ist, auf dem eine überdimensionale silberne Schale mit einem silbernen Glöckchen steht. Sicher auch ein Kunstobjekt, denkt Christina, und lässt sich auf die Ledercouch sinken. Big Dee nimmt ihr gegenüber Platz, schlägt die Beine übereinander und legt die Arme auf die Lehne, als wollte er es sich so richtig bequem machen. Christina muss sich zurückhalten, sie weiß, wenn sie Big Dee drängt, dann lässt er sie erst recht zappeln.

»Wie findest du meine neue Lampe?«, fragt er.

Über dem Couchtisch hängt ein schwerer Kristallleuchter.

»Hat mich dreihunderttausend Dollar gekostet!« Er lacht besonders gern bei Dingen, die mit Geld zu tun haben. Und bei ihm hat fast alles mit Geld zu tun.

»Hast du mich eingeladen, damit ich deine Lampe bewundere?«

»Haha, dafür mag ich dich, Christina!«

Jetzt weiß sie auch, wofür das silberne Glöckchen ist. Er nimmt es hoch, klingelt, und wenige Augenblicke später trägt Melvin ein Tablett mit einem silbernem Teeservice herein und stellt es auf dem Couchtisch ab.

»Gratuliere«, sagt Big Dee schließlich, »dass du dieses Arschloch gefasst hast.«

Sie wartet, während er sich reichlich Sahne und Zucker in den Tee schüttet. Dann nippt er an der Tasse wie eine englische

Lady. Wie war das noch mit deiner Authentizität?, denkt sie dabei, unterlässt aber eine Bemerkung, sonst zieht sich das hier noch länger hin.

»Aber«, redet er weiter und setzt die Tasse extra leise auf der Untertasse ab, »warum stellen deine Leute in meinem Viertel immer noch alles auf den Kopf?«

»In deinem Viertel? Ich denke, du hast nichts mehr damit zu tun?«

»Ich verdiene nichts mehr damit, ich kümmere mich aber um die Leute, das weißt du doch.« Sein Lächeln hat etwas von schmelzender Schokolade. Und das weiß er. Damit ködert er fast alle.

»Ich besorge ihnen Jobs ... und sage ihnen, sie sollen damit aufhören.« Mit abgespreizten Fingern greift er wieder zur Tasse, die in seiner fleischigen Hand noch zerbrechlicher wirkt.

»Und?«

»Und? Wenn sie mit der Scheiße aufhören, brauchen sie Zeit – und keine Bullen, die ihnen bis aufs Klo nachspionieren und kontrollieren, was sie scheißen.«

»Was hab ich damit zu tun, Big Dee?«

»Du glaubst doch, dass Raymond sich an dir gerächt hat, oder?«

Sie wird hellhörig. »Hast du was gehört? Weißt du, dass er es war?«

»Noch nicht ...« Er beugt sich vor mit seinem massigen Oberkörper. »Ich kümmere mich drum, und dafür hört ihr auf, in meinem Viertel rumzustochern.«

»Du willst einen ... einen Deal?« Klar, es geht immer um einen Deal. Nichts gibt's umsonst.

»Ich will dir helfen, den Kerl zu finden. Aber wir machen es auf meine Art.«

»Du hast deine Zeit mit mir verschwendet, Big Dee, ich

kann keinen Deal mit dir machen. Da musst du dich an eine höhere Stelle wenden.«

Sie will aufstehen, doch er sagt entschieden: »Nein, ich rede nur mit dir, okay, nicht mit einem von da oben.«

»Solltest du aber.«

Plötzlich hört sein Lächeln auf. »Du willst doch das Schwein, oder?«

»Ja ...«

»Mein Angebot steht.«

»Big Dee, so einfach ist das nicht. Ich hab Vorgesetzte – und die haben mich beurlaubt. Das heißt, ich bin noch nicht mal bei den Ermittlungen dabei!« Sie schüttelt den Kopf und steht auf. »Die Sache läuft so nicht.«

Er mustert sie. »Christina, ich bin aus der ganzen Scheiße nur rausgekommen, weil ich mich über was Entscheidendes hinweggesetzt habe. Und weißt du, was das war? Das waren Regeln.«

Er lässt das Gesagte wirken, bevor er Melvin ein Zeichen gibt. »Bringst du unseren Gast hinaus?«

»Bye«, sagt sie nur, und Big Dee ruft ihr noch hinterher: »Ich melde mich, sobald ich was weiß. Und ... die Kontrollen, die hören auf, und zwar pronto!«

Sie hat nicht die leiseste Idee, wie sie das Muller – oder Brewer – klarmachen soll.

Sie hat Zeit, darüber nachzudenken, während sie in der schwarzen Limousine zum Präsidium zurückgebracht wird.

3

Panik steigt in Christina hoch, je näher sie ihrem Haus kommt.

Ihre Kehle ist trocken, ihr Magen rebelliert, ihr Herz fängt an zu rasen, das Blut schießt ihr in den Kopf, während ihre Hände und Füße eiskalt sind. Alles in ihr sträubt sich, gleich auszusteigen und ihr Haus zu betreten. Alles in ihr schreit *Nein!* Sie merkt, dass sie immer langsamer fährt, die Einfahrt, das Haus, die Garage rücken näher. Und dann ist sie da.

Es war erst gestern Abend. Und doch kommt es ihr vor, als wäre es in einem anderen Leben passiert. Während sie noch im Auto sitzt, will sie sich vormachen, dass sie die Zeit zurückdrehen kann, bloß um ein paar läppische Stunden. Was sind schon ein paar Stunden angesichts der Milliarden Jahre, seit die Erde existiert?

Schließlich stellt sie den Motor ab.

Du musst jetzt aussteigen, befiehlt ihr eine innere Stimme, dann duschst du schnell und ziehst dir etwas Frisches an. Danach fährst du in die Klinik, Jay wartet auf dich. Diese einfache Logik hilft ihr.

Sie steigt aus und geht zur Haustür.

Die Pizzakartons fallen ihr ein und dass Aaron vorhin angerufen und berichtet hat, dass der Pizzaservice Tims Anruf bestätigt hat: zwanzig Uhr fünf. Vierzig Minuten später klingelt der Bote an der Haustür, doch niemand macht auf. Nach vier Versuchen legt er die Kartons vor die Tür, denn die Bestellung ist bezahlt, er kann sie nicht wieder zurückbringen. Er ruft in der Zentrale an und gibt das durch. Um zwanzig Uhr fünfundvierzig ist der Täter offensichtlich schon im Haus, oder er hat es schon wieder verlassen …

Als sie die Diele betritt, fällt ihr Blick auf die Reisetasche ihres Bruders, sie steht immer noch unter der Garderobe, und einen Augenblick lang kann sie sich vormachen, dass er noch lebt, dass gar nichts passiert ist, dass sie sich den Horror bloß eingebildet hat.

Aber dann sagt ihr die Vernunft, dass Tim die Tasche schon vor drei Wochen dorthin gestellt hat, einen Tag nach seiner Nachricht *Kann ich mich eine Weile bei dir einnisten?*

Sie hat nicht gezögert. So ist es immer gewesen zwischen ihnen. Nie haben sie irgendwelche Erklärungen gebraucht.

Rita ist immer eifersüchtig gewesen auf Christina. Das hat Tim ihr an einem der Abende erzählt, nachdem er bei ihr eingezogen war. Er hat etwas Asiatisches gekocht, und sie haben bis spät abends in der Küche gesessen und geredet. »Rita braucht immer so viele Erklärungen«, hat er gesagt, »wir stolpern von einem Missverständnis ins andere.« Er hat den Kopf geschüttelt. »Ausgerechnet ich, dabei sollte ich doch wissen, wie man solche Probleme löst.«

Christina zieht ihre Jacke aus und will sie an die Garderobe hängen, doch dann zögert sie. Tims dunkler Mantel hängt noch dort. Und seine Wollmütze liegt oben auf der Ablage. Die hat er am Sonntag getragen, als er mit Jay zum Eislaufen gegangen ist. Jay war glücklich, dass Tim bei ihnen wohnte. Endlich war da jemand außer Grandma und Grandpa, der etwas mit ihm unternahm. Und sie hatte nicht mehr so oft ein schlechtes Gewissen, weil sie keine Zeit für ihn hatte.

Sie lauscht. Nein, der Fernseher läuft nicht. Ist ihr denn sonst nichts aufgefallen außer den Pizzakartons? Ein fremder Geruch vielleicht? Denk nach!, sagt sie sich, irgendetwas muss dir doch aufgefallen sein! Christina geht weiter in die

Küche, so wie gestern Abend, hängt ihre Jacke über die Stuhllehne, auch so wie gestern Abend. Alles sieht genauso aus wie gestern, als wäre gar nichts passiert.

Christina nimmt sich ein Bier aus dem Kühlschrank. Tim hat es noch gekauft, *New Glarus*, *Spotted Cow*. Er hat immer nur Bier von den lokalen Brauereien getrunken. *Die muss man unterstützen*.

Sie achtet auf so etwas nicht. Sie kauft das Bier irgendwo, auch den Wein. Erst durch Tim hat sie gelernt, dass es nicht nur Chardonnay gibt.

Sie trinkt einen Schluck und geht zurück in die Diele. Vor ihr gähnt der Durchgang zum Wohnzimmer. Sie weiß, Tim liegt nicht mehr dort, aber die Bilder sind dennoch in ihrem Kopf, und sie fängt an zu zittern.

Du willst doch duschen, sagt die innere Stimme, du musst doch gar nicht ins Wohnzimmer. Geh ins Badezimmer!

Aber sie kann sich nicht bewegen.

Was hat Jay erlebt? Hat er gesehen, wie Tim erschossen wurde? Sie kann nichts dagegen tun, der Film spult sich von alleine ab. Der Täter kommt durch das Fenster in der hinteren Tür in die Diele, überrascht Tim im Wohnzimmer, schießt zweimal. Jay war in seinem Zimmer, vielleicht. Jay rennt heraus und sieht den Täter ... So war es, oder?

Der Killer schießt ... Jay flüchtet ins Bad ... Ihr Handy klingelt, und sie erschrickt.

»Christina?« Es ist ihre Mutter. »Wo bist du?«

»Zu Hause«, sagt Christina. »Ich fahr gleich in die Klinik.«

»Musst du aber nicht. Ich kann noch bleiben ...«

»Ist schon gut. Ruh dich aus.«

Ihre Mutter sagt nichts.

»Mom?«

»Rita ist gekommen. Dein Vater ist bei Jay geblieben, während Rita und ich einen Sarg ausgesucht haben. Und Blumen. Rita meint, Tim hat sich nichts aus Blumen gemacht, aber man kann doch nicht ohne Blumen ...« Die Stimme ihrer Mutter klingt gefasst, dennoch spricht sie nicht weiter.

»Er mochte Papageientulpen«, sagt Christina, »orangefarbene mit gelbem Rand.«

»Ja, die sind schön ...«

Ihre Mutter verabschiedet sich rasch und legt auf.

»Zum Einstand«, hat Tim gesagt, nachdem er am nächsten Tag Delikatessen und Blumen eingekauft hatte. »Sind die nicht schön! Papageientulpen. Irgendwie denke ich dabei immer ans Paradies.«

Christina kämpft gegen die Tränen an. Sie muss zu Jay, und sie muss jetzt ins Badezimmer.

Die Blutspuren auf den Fliesen, Jay in der Dusche, all das hat sich in ihr Gedächtnis gegraben, und sie starrt in den Raum und macht die Tür wieder zu.

Der Pizzabote hat den Mörder gestört. Er hat Tim erschossen, nachdem der Bote geklingelt hatte, und ist durch die hintere Tür verschwunden. Ein kleiner Junge kann ihm nicht viel schaden, hat er vielleicht gedacht.

Der Pizzalieferant hat Jay wahrscheinlich das Leben gerettet.

Gerade als sie das Haus verlassen will, ruft Rita an.

Es ist mehr als ein Jahr her, dass Christina ihre Schwägerin getroffen hat. Vorletztes Weihnachten haben sie alle zusammen drüben im Haus bei Christinas Eltern gefeiert. Anzeichen für eine Trennung hat Christina da nicht ausmachen können. Abgesehen davon hat sie sich auch nie sonderlich interessiert für die Frau ihres Bruders. Christina fand sie oft zu launisch, wie eine Diva ihrem Bruder gegenüber. Christina hatte einen Monat Knochenarbeit hinter sich, Ed und Rob waren krank gewesen, sie waren hoffnungslos unterbesetzt, aber wie immer zu dieser Jahreszeit gab es mehr Raubmorde, Totschläge, Überfälle als sonst. Sie kam selten zu mehr als vier Stunden Schlaf. Vorletztes Weihnachten war sie einfach nur froh gewesen, dass sie sich um nichts kümmern musste und dass sie Jay und ihren Bruder um sich hatte. Sie hatte sogar das Getue ihrer Mutter ertragen, die wie immer perfekte Weihnachten haben wollte ...

»Hi«, bringt Rita heraus, Tränen glitzern in ihren Augen. Sie ist den kurzen Weg vom Haus der Eltern herübergekommen. Christina erkennt sie kaum wegen der neuen Frisur, kurze statt halblange Haare und blond statt hellbraun.

»Tim und ich ...« Rita wischt sich die Tränen ab.

Dunkle Schatten, Reste von Wimperntusche, hängen unter ihren Augen, ihre Nase ist gerötet. Nein, so aufgelöst und verzweifelt hat Christina ihre Schwägerin noch nie erlebt. Aber wie soll sie Rita trösten, wenn sie selbst so verzweifelt ist?

Sie umarmt ihre Schwägerin. »Ich muss gleich in die Klinik«, sagt sie dann. »Willst du sehen ...?«

»Nur kurz. Wo ist es ...« Rita spricht nicht weiter.

Christina muss nicht viel erklären, sie führt Rita zum Durchgang ins Wohnzimmer.

»Er war sofort tot, ja?«, sagt Rita leise.

»Beide Schüsse müssen tödlich gewesen sein.«

»Killer machen das so«, sagt Rita gedankenverloren. »Sie geben immer zwei Schüsse ab.«

Das weiß sie wahrscheinlich aus dem Fernsehen, sagt Christina sich.

»Jay konnte sich in Sicherheit bringen?«

»Soll das ein Vorwurf sein?« Das wollte Christina nicht sagen, aber es ist passiert.

»Nein!« Rita schüttelt den Kopf. Ihre Brillantohrringe blitzen auf. »Aber natürlich nicht!« Zögernd nähert sie sich der Couch und streicht über die Lehne. »Er hätte … zu Hause bleiben sollen.«

Christina erspart sich einen Kommentar. Stattdessen fragt sie: »Hatte Tim Feinde?«

Rita lacht auf. »Natürlich hatte er Feinde! Was glaubst du, wie viele Frauen sich von ihren gewalttätigen Männern getrennt haben, nachdem sie bei ihm in Therapie waren?« Sie starrt auf den Blutfleck. »Er hat manchmal anonyme Anrufe bekommen. Und in der letzten Zeit ist er nach den Fernsehauftritten immer durch den Hinterausgang direkt zu einem Wagen gebracht worden.«

Davon hat er Christina nichts gesagt.

»Hast du das nicht gewusst?«, fragt Rita.

»Nein.«

»Das sieht ihm ähnlich! Nur die anderen, die müssen immer alles sagen!« Rita schlägt die Hände vors Gesicht und schüttelt den Kopf. »Ich wollte nicht, dass er auszieht. Ich wusste, wenn er auszieht, ist alles verloren.«

»Wie meinst du das?« Christina geht in die Küche.

Rita folgt ihr und setzt sich auf einen Stuhl. »Wenn er ins Hotel gezogen wäre …« Sie holt eine Schachtel Zigaretten aus der Manteltasche, sieht sich vergeblich nach einem Aschenbecher um und steckt die Schachtel wieder zurück. »Ich habe keine Geschwister«, sagt Rita unvermittelt. »Mein Vater ist gestorben, als ich fünf war. Meine Mutter hat wieder geheiratet, ich war ihr immer egal. Tim war … alles, was ich hatte. Aber ich hatte ihn nie ganz allein für mich.«

Wenn Rita nicht ihren Mann verloren hätte, würde Christina jetzt etwas ganz anderes sagen als »Niemand kann einen Menschen besitzen«.

»Ja, ja, so steht es in diesen Psychoratgebern.« Rita zupft sich an den Haaren. »Tim hatte auch immer solche Ratschläge parat. Wirklich, Christina, das muss ich mir jetzt nicht anhören!« Sie springt auf. »Du musst ja in die Klinik. Entschuldige. Margret sagt, Jay hat einen Schuss in die Lunge abbekommen.«

Christina nickt.

»Es tut mir sehr leid.« Rita blickt zu Boden. »Ich wollte auch immer ein Kind.« Sie geht in die Diele und hat den Türgriff in der Hand, da dreht sie sich noch einmal um. »Es lag an Tim, wir haben uns untersuchen lassen.«

Christina weiß nicht, was sie erwidern soll. Was will Rita damit sagen? Dass die Trennung Tims Schuld war? Dass Tim nicht der war, für den seine Familie und die Welt ihn gehalten haben: der erfolgreiche, strahlende Psychiater mit der großen Fangemeinde?

»Warte«, sagt Christina. »Wurden diese anonymen Anrufe weiterverfolgt? Hat Tim die Polizei verständigt?«

»Nein«, sagt Rita knapp. »Das hat er nicht für nötig gehalten.«

Typisch, denkt Christina.

Eigentlich will sie so schnell wie möglich in die Klinik zu Jay, doch jetzt ist sie zusammen mit Rita auf dem Weg in Tims Praxis.

»Ich kann den Schlüssel nicht finden«, hat Rita gesagt, bevor sie zurückgehen wollte. »Es gibt in der Praxis einen kleinen Elefanten aus Jade, den haben wir uns auf der Hochzeitsreise in Indien gekauft. Tim hat gesagt, der Elefant ist unser gemeinsamer Glücksbringer. Eines Tages hat er ihn einfach mit in die Praxis genommen. Vielleicht war das ein Zeichen, dass es mit unserem Glück zu Ende war. Und ich hab's nur nicht gemerkt, ich hab gedacht, er macht gerade eine schwere Zeit durch bei seiner Arbeit … Ich will ihn wiederhaben. Als Erinnerung an Tim – und an die guten Zeiten.«

Unterwegs zur Praxis in der North Water Street, überlegt Christina, dass sie bei der Gelegenheit die Patientenakten durchsehen kann, und sie hofft, das Brewer die Akten nicht schon beschlagnahmt hat.

»Ich war seit Jahren nicht mehr hier«, sagt Rita, nachdem Christina vor dem modernen vierstöckigen Gebäude aus Glas und Stahl angehalten hat. »Ich wollte irgendwann nichts mehr wissen über seine Arbeit. Namen durfte er ja sowieso nicht nennen, aber … ich konnte es irgendwann nicht mehr ertragen, dass er all diesen fremden Menschen zuhören konnte und Verständnis für sie aufbrachte – und dass ich immer unwichtiger wurde.«

Sie zieht ihre Handschuhe von den Fingern. »Und durch die Fernsehsendung kam noch ein Haufen Fans hinzu. Am Anfang hat er mir ihre E-Mails vorgelesen. *Sie haben mir zu einem neuen Leben verholfen! Ohne Sie wäre ich nicht mehr am Leben!* … oder so ähnlich.« Sie presst die Handschuhe in einer Hand zusammen. »All die Fremden konnte er retten«, sagt sie bitter.

Noch mehr Mitgefühl für Rita kann Christina nicht aufbringen, also sagt sie: »Vielleicht hast du ihm nie eine Chance gegeben. Vielleicht hast du immer so getan, als würde es dir gut gehen.«

»Warum hätte ich das wohl tun sollen?«, gibt Rita schroff zurück.

»Vielleicht wolltest du keine Schwäche zugeben.« Christina macht die Tür auf und steigt aus.

Es riecht nach Bohnerwachs, und das Parkett ist auf Hochglanz poliert. Im kleinen Vorraum steht nur ein Ledersessel, das Bild an der Wand ist ein Original, von wem, weiß Christina nicht, aber es ist Öl auf Leinwand. Sie macht die Tür zum Therapieraum auf.

Drei Ledersessel, einer mit einer höheren Rückenlehne, bilden das Zentrum des großen Zimmers, hinten links, vor der bis zur Decke reichenden Bücherwand, steht ein unauffälliger Schreibtisch, eher ein Sekretär.

Rita will gleich auf den grünen Jade-Elefanten auf dem Schreibtisch zusteuern, zieht dann aber vorher die Schuhe aus.

Stimmt, denkt Christina, den Therapieraum durfte niemand mit Straßenschuhen betreten. Aber Tim ist tot. Und Christina hat eiskalte Füße. Sie lässt die Schuhe an.

Beinahe andächtig setzt Rita sich in den Ledersessel mit der höheren Lehne.

»Er hatte hauptsächlich weibliche Klienten«, sagt sie, und Christina fragt sich, was Rita damit wohl meint.

Neben der Bücherwand stehen die Schubladenschränke. Tim hat Christina einmal gesagt, dass er in dieser Beziehung ein altmodischer Mensch ist und für seine Kartei keinen Computer benutzt. Er notiert sich die wichtigen Dinge per Hand.

Christina zieht an den Schubladen, sie öffnen sich.

Sie blättert die Reiter mit den Namen durch. Wonach sucht sie eigentlich? Sie weiß es nicht. Davon abgesehen dürfte sie aus rechtlichen Gründen die Akten gar nicht durchsehen.

»Chandler!«, sagt Rita. Sie ist aufgestanden und schaut Christina über die Schulter. »Valerie Chandler ist unsere Nachbarin! Ich wusste gar nicht, dass sie zu Tim ...« Rita nimmt ihr die Akte aus der Hand.

Christina versucht sie ihr wieder abzunehmen. »Auch wenn Tim tot ist, fällt das immer noch unter die Schweigepflicht.«

Rita wendet sich ab und blättert in der Akte. »Alkohol! Hab ich's doch gewusst!«

Christina gelingt es endlich, die Akte wieder in die Hände zu bekommen.

»Dein Elefant«, sagt sie und zeigt auf die kleine Skulptur auf dem Schreibtisch, »nicht dass du ihn noch vergisst.«

Seltsam, denkt sie, der Schreibtisch ist penibel aufgeräumt, noch nicht einmal ein Notizbuch oder ein Zeitplaner liegt darauf.

Sie sitzen gerade wieder im Auto, da sieht Christina im Rückspiegel einen Wagen an den Bordstein fahren. Nolan Brewer und ein zweiter Mann steigen aus. Sie kennt ihn nicht. Er trägt eine Lederjacke und hat einen militärischen Haarschnitt. Sie hat ihn schon einmal gesehen, aber er ist weder in ihrer Schicht noch in ihrem Team. Vielleicht ist er ja auch gar nicht bei der Mordkommission …

»Warum fährst du nicht los?«, fragt Rita. Sie dreht sich um. »Kennst du die beiden?«

Der mit der Lederjacke macht sich an der Praxistür zu schaffen.

»Mordkommission«, sagt Christina nur und fährt los. »Routine.«

»Aber warum kommen die nicht zu mir und fragen mich nach dem Schlüssel?«

»Vielleicht haben sie dich nicht erreicht.«

Rita zieht ihr Handy aus der Manteltasche. »Kein Anruf drauf.«

Sie wird der Sache nachgehen. »Ich muss jetzt in die Klinik. Soll ich dich an einem Taxistand absetzen?«

»Warum antwortest du nicht?«, sagt Rita mit vorwurfsvollem Ton. »Du bist genauso wie Tim! Weißt du, wie man sich fühlt, wenn man nie eine Antwort bekommt?«

»Rita, beruhige dich!«

»Genau das meine ich! Ist es denn so schwer, auf eine Frage zu antworten?«

Christina bremst abrupt vor der roten Ampel. Es reicht ihr. »Hör zu, Rita, du bist nicht die Einzige, die Probleme hat«, sagt sie schroff. »Und falls es dir entgangen sein sollte, mein Sohn liegt im Koma – und Tim war übrigens *mein Bruder*!«

Ritas Gesichtsausdruck bekommt etwas Trotziges, wie gewöhnlich sie die Lippen zusammenpresst und nach vorn aus dem Fenster starrt.

Christina ist erleichtert, als die Ampel auf Grün springt und sie Gas geben kann.

»Wir hätten Kinder haben sollen«, sagt Rita plötzlich. »Dann hätte er sich mehr mit ihnen beschäftigen müssen anstatt mit den Problemen fremder Leute.«

Christina sieht kurz zu ihrer Schwägerin hinüber. Rita hält den grünen Elefanten mit beiden Händen fest, als wäre er alles, was ihr von Tim geblieben ist.

»Deine Eltern haben mir angeboten, bei ihnen zu bleiben, aber ich fahre heim«, sagt Rita auf einmal. »Ich muss jetzt allein sein.« Liebevoll streichelt sie über den grünen Elefanten.

Draußen fallen weiße Schneeflocken aus einem weißen Himmel.

Gouverneur Carl H. Ochs hat einen kurzen Umweg über die Interstate 43 genommen und biegt dann auf die 32 ab, die Straße, die am Ufer des Lake Michigan entlangführt. Er genießt es, selbst zu fahren.

Der alte Teil von Milwaukee erstreckt sich nördlich des

heutigen Stadtzentrums, am Seeufer entlang. Dort, rechts und links der 32, erheben sich die alten herrschaftlichen Häuser wohlhabender Einwohner. Im Sommer breiten sich tiefgrüne Rasenflächen aus, jetzt sind sie von blütenweißem Schnee bedeckt, der in der Sonne blitzt. Mächtige Ahornbäume und Pinien wachsen in den Himmel, dichte Hecken umsäumen die Grundstücke. Hier fühlt er sich heimisch. Und nicht nur, weil er hier aufgewachsen ist. Es ist eher so etwas wie eine Seelenlandschaft. Alles hat seine Ordnung, alles ist an seinem Platz. Hier oben die Stützen der Gesellschaft, weiter unten, auch noch in hübschen gepflegten Häusern, die Angestellten, und dann, noch weiter unten und jenseits der Interstate 43, die anderen. Die, die Probleme machen. Die, für die all die anderen zahlen müssen.

Ochs fährt noch langsamer. Dreißig Meilen, ein Witz für seinen Mercedes. Aber er ist schon zu oft in die Radarfalle gerast, und jedes Mal musste sein Bruder Frank die Sache bei der Polizei regeln. Bis zu den Wahlen sind es nur noch sechs Monate, und er hat eine Menge Feinde, die nur darauf warten, dass er einen Fehler macht. Obwohl er gerade gestern wieder in so vielen Vorgärten Schilder mit seinem Namen gesehen hat. *I Stay with Gouverneur Carl H. Ochs*. Auch hier sieht er einige.

Er wirft einen Blick auf die Uhr. Seine Mutter besteht auf absoluter Pünktlichkeit. Zehn Minuten hat er noch. Er biegt ab zum See hinunter. Dort unten, am Sandstrand, haben er und sein Bruder als Kinder gespielt. Die Straße schlängelt sich zwischen stattlichen Seegrundstücken entlang. Es tut ihm gut, dass er auch hier ein paar Schilder mit seinem Namen entdeckt.

In den vergangenen Monaten hat er mit einigen Problemen fertigwerden müssen, die ihm nicht gerade Sympathie eingebracht haben. Da waren die finanziellen Einschnitte im öffentlichen Bereich, die Kämpfe mit den Gewerkschaften, allen voran mit den Lehrern – und da war diese ewige Diskussion um die Wiedereröffnung einiger Erzminen in Wisconsin. Er hat schließlich gewonnen, sogar den Naturschützern, die immer gegen alles sind, sind erst einmal die Argumente ausgegangen. Selbst das Großmaul Brad Whitner hat den Schwanz eingezogen. Ochs lächelt in sich hinein. Amerikanisches Neodym hat er versprochen, da hat Whitner mit dem Stars-and-Stripes-Anstecker am karierten Hemdkragen nichts mehr einwenden können.

Hier fährt er gern langsam. Hier kann er den Blick über den See genießen, der jetzt eine weiße Eisfläche ist, die sich bis zum Horizont auszudehnen scheint. Trotz Sonnenbrille muss er gegen die gleißende Helligkeit blinzeln. Ein schöner Tag. Der Besuch bei Mom passt ihm heute gar nicht. Aber es ist schließlich seine Mutter.

Nächsten Monat wird sie vierundachtzig.

Geräuschlos gleitet sein klimatisierter Wagen dahin. Plötzlich werden seine Gedanken vom Klingeln seines Handys unterbrochen. Es ist Kirsten. Sie will wissen, ob sie sich heute noch sehen.

»Du weißt doch, dass ich heute zu meiner Mutter fahre.«

Er stellt sie sich in dem champagnerfarbenen Unterkleid vor, das sie gestern Nacht getragen hat. Sie liegt auf dem Bett – nein, sie steht am Fenster mit dem Telefon in der einen Hand, die andere hat sie in die Hüfte gelegt. Ihre Haut duftet. Er findet sie noch genauso aufregend wie vor drei Jahren, als sie angefangen haben sich zu treffen.

»Dann warte ich nicht auf dich«, sagt sie. Es klingt nicht gekränkt, eher sachlich. Dafür schätzt er sie, und dafür schätzt er auch ihr Verhältnis.

»Wir sehen uns bald«, versichert er.

»Und was mache ich heute?«

Er muss lachen. Kirsten ist Anwältin, sie kann sich über mangelnde Arbeit nicht beklagen.

»Sag deiner Mutter einen schönen Gruß von mir!«

Er muss wieder lachen.

Wenn seine Mutter von seinem Verhältnis mit Kirsten wüsste, würde sie ihm die Bibel vor die Nase halten und ihn bestimmte Stellen vorlesen lassen.

»Du kleiner Teufel!«, sagt er.

Ihr kehliges Lachen jagt ihm wie immer einen Schauer über den ganzen Körper.

Als sie auflegt, fühlt er sich einen Augenblick lang allein. Als würde er ins Nichts fallen. Dann klingelt sein Handy ein zweites Mal. Diesmal ist es seine Mutter, sie will wissen, ob er pünktlich sein wird.

Gouverneur Carl H. Ochs weiß, er hat Ausstrahlung. So viel Ausstrahlung, dass Hunderte ihm zujubeln, wenn er eine Rede hält über Arbeitsplätze und über Amerikas Vormachtstellung in der Welt. Wenn er sagt, wir werden die Welt nicht den Chinesen überlassen, erntet er regelmäßig tobenden Beifall. Und so was sagt er nicht nur – er tut auch was dafür. Das mit der Mine in Ashland zum Beispiel.

Aber seiner Mutter gegenüber fühlt er sich noch immer wie früher, als er ein kleiner Junge war.

Er atmet durch, wendet am Ende der Straße und fährt wieder hinauf zum Haus seiner Eltern, wo er und sein Bruder von ihrer Mutter zum Lunch erwartet werden. Früher hat ihre Mutter darauf bestanden, dass dieses Familienessen immer samstags stattgefunden hat, aber irgendwann ist diese Regel seinem engen Terminplan zum Opfer gefallen.

Das zweistöckige Haus mit den ausladenden Seitenflügeln wurde Anfang des zwanzigsten Jahrhunderts aus dem berühmten braunen Sandstein gebaut, dem härtesten Sandstein der Welt. Damit wurde Chicago nach dem großen Brand im Oktober 1871 wieder aufgebaut. Das hat ihm neulich erst der

Bürgermeister von Ashland wieder in Erinnerung gerufen. »Diesem Landstrich hier oben«, so hat er seine Rede angefangen, »hat Amerika so vieles zu verdanken.« Daraufhin hielt er eine zwanzigminütige historische Abhandlung über die Einwanderer aus Nordeuropa, die als Pelzhändler am Lake Superior arbeiteten und für immensen Reichtum sorgten, dann folgte ein Abriss über die Holzindustrie in Nordwisconsin. »Vergessen wir nicht«, fuhr er fort – Ochs erinnert sich genau, er hat ein phänomenales Gedächtnis – »dass die berühmte White Pine, mit der die Städte Amerikas erbaut wurden, hier oben gefällt wurde.« Die Rede endete mit der Erzförderung, die vor zehn Jahren eingestellt wurde. »Die Zeiten haben sich geändert. Wir besitzen Bodenschätze. Warum sollten wir darauf verzichten und uns von Nationen abhängig machen, die unsere Ideale, all das, wofür Amerika seit Jahrhunderten gekämpft hat, mit Füßen treten?«

Diesen Satz hat Ochs letztes Jahr mehrmals in seine Reden eingebaut. Er konnte die Öffentlichkeit der betroffenen Regionen überzeugen und die Schürferlaubnis für *Polycorp Minerals* durchsetzen.

Das geht ihm durch den Kopf, während er den Wagen unter den schneebeladenen hohen Hemlocktannen parkt, die der Vater seiner Mutter gepflanzt hat. Ein Unternehmer mit Visionen, Mut, Tatkraft und mit dem unerschütterlichen Glauben daran, dass Amerika Gottes auserwähltes Land ist.

Er steigt aus. Sofort spürt er, wie kalt und klar die Luft ist. Er riecht den See, der gleich unterhalb des Hauses an einen kleinen Sandstrand leckt. Es ist wunderbar still. Die Stadt und ihr Verkehr, die Shoppingmalls, die Interstate scheinen weit entfernt zu sein. Es muss an dieser Weite des Grundstücks liegen und am See natürlich, dessen jenseitiges Ufer so weit weg ist, dass man es noch nicht einmal schemenhaft sehen kann.

Franks schwarzer Chevrolet Tahoe steht vor der Garage. Er

ist wie immer als Erster da. Er hat ja auch keine Frau – und keine Geliebte, denkt Ochs beim Aussteigen. Er hat sich öfter gefragt, ob sein Bruder vielleicht schwul ist.

Würde Frank ihm die Wahrheit sagen? Er weiß es nicht. Vielleicht hätte Frank Angst, dass sein Bruder ihn verurteilen würde, oder, schlimmer noch, dass er es Mom sagen würde. Könnte Frank das glauben? Schon als Kinder haben sie ihre Geheimnisse geteilt und vor den Eltern bewahrt.

Er geht die Stufen zum Eingang hinauf, da öffnet sich auch schon die schwere Haustür.

Sein Bruder lacht ihn an. Er trägt einen roten Pullover mit V-Ausschnitt über einem weißen Hemd mit Krawatte und eine schmal geschnittene dunkelblaue Hose. Die karibische Sonne hat ihm einen goldfarbenen Teint verliehen und seine blonden, wenn auch etwas spärlichen Haare gebleicht.

»Du siehst gut aus. Wir sollten unsere Jobs tauschen«, sagt Ochs.

»Du und Anwalt?« Frank mustert ihn grinsend. »Vielleicht solltest du dir einfach mal ein paar Tage Urlaub in der Karibik gönnen – und eine andere Krawatte. Außerdem könntest du mal mit Jasmine über dein Outfit sprechen. Wofür hast du schließlich eine Beraterin?«

Ochs trägt maßgeschneiderte Anzüge, passende Hemden und, wie er meint, auch passende Krawatten.

»Mir gefällt es so. Es zeigt, wo ich stehe. Politisch, meine ich.«

»Carl!« Seine Mutter kommt in die vornehm große Eingangshalle. Sie ist klein und zierlich und trägt ein schlicht geschnittenes Kleid in hellen Grüntönen, es passt perfekt zu ihrem weißen Haar. Sie ist sorgfältig geschminkt, ihr Parfüm duftet blumig, aber nicht aufdringlich. Seine Mutter ist ihr ganzes Leben lang immer perfekt gewesen. Er beugt sich zu ihr hinunter und gibt ihr einen Kuss auf die Wange. Sie war schon immer schlank, trotzdem fällt ihm auf, dass sie abgenommen hat, sie wirkt zerbrechlicher als noch vergangene Woche. »Geht es dir gut, Mom?«

»Warum sollte es mir nicht gut gehen?« Seine Mutter schüttelt energisch den Kopf. »Dein Bruder hat mich das auch schon gefragt. Sehe ich so miserabel aus?«

»Nein! Du siehst fantastisch aus! Stimmt's Frank?«

»Du siehst nicht älter aus als ... siebzig!«

»Na, übertreiben müsst ihr auch nicht!«

»Das ist nicht übertrieben«, sagt Frank.

Ochs zieht den Mantel aus und hängt ihn an die Garderobe. Heute hat Emily, die Haushälterin, frei. Darauf hat seine Mutter bestanden.

Der polierte dunkle Holzboden und die schweren antiken Möbel verströmen den unverwechselbaren Duft von Pflegeöl, der sich in Ochs' Kindheitserinnerung eingebrannt hat. Überhaupt hat seine Mutter in all den Jahrzehnten kaum etwas verändert an der Einrichtung. Sie hat ein paar Teppiche ausgetauscht, ja, und die Vasen sind andere und auch die Gemälde und natürlich die Fotos auf dem Couchtisch.

Die alten von Susan und ihm und den Kindern hat sie immer noch dort stehen. Und ein neues von Jason, ihrem Ältesten, und dessen Frau. Sie erwarten im Sommer ihr erstes Baby.

Sein Blick kehrt zurück zu Susan. Manchmal kann er sich nicht einmal mehr an ihr Gesicht erinnern. Nur noch an dieses weiße Krankenhausbett, an den Anruf der Polizei im Büro ... Er verdrängt die aufkommenden Bilder von dem Auto, das auf dem Dach liegt, direkt zwischen den spiegelglatten Fahrbahnen der Interstate. Sie haben ihm Fotos gezeigt. Er hat es Gott nie verziehen, dass er den Fahrer des anderen Wagens hat überleben lassen.

Seine Mutter hat ein neues Foto dazugestellt. Er und Heather in Jagdkleidung mit Schrotflinte. Es stammt vom letzten Urlaub im vergangenen Jahr. Vier Tage haben sie in einer Blockhütte bei Bayfield verbracht, oben am Lake Superior. Er konnte die Einladung von Charles Frenette nicht ausschlagen. Und Heather wollte unbedingt mitkommen. Er fragt sich immer noch, was Heather sich dort oben mit ihm erhofft hat.

»Wir sind alle stolz auf dich«, sagt seine Mutter und hält den *Milwaukee Sentinel* in der Hand. »Gouverneur Carl H. Ochs bietet den Chinesen die Stirn«, liest sie vor. »Sie schreiben da über dein Engagement im Bergbau. Warum sollen wir unsere eigenen Ressourcen nicht nutzen? Und wie kann es möglich sein, dass unsere Politiker die Stadtautobahn in Chicago verkaufen? Das kann ich nicht verstehen. Vielleicht bin ich ja zu alt dafür, aber warum verzichten sie auf die Millionen Dollar, die die Mautgebühr einbringt? Warum überlassen wir alles den Chinesen?«

Frank blickt zu ihm herüber und sagt dann: »Das amerikanische Volk wird es irgendwann einsehen.«

»Dann ist es längst zu spät!« Ihre Mutter winkt ab. »Carl, du musst diese Wahlen gewinnen! Wir müssen endlich einen neuen Weg einschlagen! Ach, ich kann dir gar nicht sagen, wie verzweifelt ich manchmal bin, weil ich mit ansehen muss, wie unser großartiges Land immer tiefer sinkt.«

»Ich weiß, Mom«, sagt Ochs und legt ihr den Arm um die Schulter. »Vertrau uns. Wir bringen Amerika wieder auf den richtigen Weg! Nicht wahr, Frank?«

»Ja, Carl hat recht, Mom.«

»Du solltest für die Präsidentschaft kandidieren, Carl«, sagt seine Mutter.

Ochs wechselt einen raschen Blick mit seinem Bruder. Das sollte eigentlich noch niemand wissen – außer Frank.

»Ja, Mom, mal sehen. Nach den Gouverneurswahlen.«

Seine Mutter nickt. »Frank, hol bitte den Braten aus dem Ofen. Und Carl, es fehlen noch Servietten.«

Ochs gehorcht, wie er es schon sein ganzes Leben lang getan hat. Gerade neulich, in einer dieser dämlichen Diskussionen mit jungen Leuten, hat jemand ihn gefragt, ob er früher auch gegen seine Eltern rebelliert hätte ... Er hat ausweichend geantwortet. Aber die Frage hat ihn die ganze Rückfahrt lang nach Madison beschäftigt – und auch danach noch. Er hat vielleicht gegen seinen Vater, den autoritären Richter, rebelliert, ihm provozierende Antworten gegeben, ihn insgeheim verachtet oder manchmal auch gehasst, aber seine Mutter ist für ihn immer unantastbar gewesen. Sie hat schon immer all das verkörpert, was er bewundert: Intelligenz, Stärke, Entscheidungsfähigkeit, Selbstbewusstsein und Stil.

Als alle drei schließlich am Tisch sitzen, sagt seine Mutter: »Ich hoffe, das Corned Beef ist weich genug.«

»Es ist sicher fantastisch, Mom«, sagt Frank wie immer und gießt Wasser in ihre Gläser. »Oder, Carl?«

»Bestimmt! Ich hab schon lange kein Corned Beef mehr gegessen«, antwortet er und denkt an einen Drink. Hätte sein Vater noch gelebt, hätte er seine Söhne erst einmal in sein Arbeitszimmer gebeten, einen ordentlichen Scotch eingeschenkt und gefragt: »Und, was machen die Geschäfte?«

Doch seit er tot ist, bietet seine Mutter keinen Alkohol mehr an. Über Dads Alkoholproblem hat sie nie gesprochen.

Das Fleisch ist tatsächlich zart, es zerfällt auf dem Teller.

»Hat Jason sich mal wieder gemeldet? Mich ruft er nie an«, sagt seine Mutter.

»Du weißt doch, dass er sehr beschäftigt ist, Mom«, sagt Ochs. »Mich ruft er auch nicht an.«

»Du hast mich immer angerufen, auch wenn du beschäftigt warst«, sagt seine Mutter.

Ochs lacht. »Ja, ich bin ja auch ein vorbildlicher Sohn.«

»Und Amber? Wann kommt sie endlich aus London zurück?«

»Mom, sie kommt nach dem nächsten Trimester.«

»Na, wer weiß, vielleicht hat sie jemanden kennengelernt und kommt gar nicht mehr heim.«

»Mom, du bist so pessimistisch«, sagt Frank. »Was ist los?«

»Was soll los sein? Nichts. Es ist nur schade, dass die Enkel einen vergessen.«

Ochs fängt einen Blick seines Bruders auf und wechselt schnell das Thema. »Wie geht's im Haus, Mom?«

»Alles in Ordnung«, sagt seine Mutter nur. Sie hat das Ablenkungsmanöver durchschaut, da ist Ochs sich sicher.

Sie essen schweigend weiter. Seit letztem Jahr schmatzt seine Mutter, es muss an ihren Zähnen liegen.

»Es wird eine wichtige Wahl, Carl«, sagt sie und legt das Besteck auf den Teller. »Die Menschen müssen wieder auf den rechten Weg gebracht werden. Sie haben so vieles vergessen, was uns und den Gründervätern wichtig war. Sie wollen nur konsumieren, ohne sich Gedanken zu machen, woher die Dinge kommen.«

»Der Meinung bin ich auch«, stimmt Frank zu und nimmt sich ein großes Stück Fleisch.

»Das erwähnst du doch in deinen Reden, oder? Das ist wichtig, Carl!«

»Ja, Mom, natürlich. Frag Frank, er liest alle Reden.« Er schluckt mit dem Fleisch seinen Groll hinunter. Kirsten würde sagen, davon kriegt man Magengeschwüre. Er wirft seinem Bruder einen Blick zu, worauf der wie auf Kommando nickt und die Reden lobt. So hat es schon immer zwischen ihnen funktioniert – Frank, der Klugscheißer, und er, das Großmaul. Jeder schnappt sich irgendwie am Anfang des Lebens eine Rolle, das hat Susan gesagt, wenn sie sich wegen irgendetwas gestritten hatten und es darauf hinauslief, dass jeder nun mal so war, wie er war, mit seinen positiven und negativen Anteilen. Susan ... Er weiß, dass man dazu neigt, früh Verstorbene zu idealisieren. Tja, er ist da wohl keine Ausnahme. Vielleicht wären sie ja inzwischen längst geschieden ...

»Wie geht es Heather?«, fragt seine Mutter betont beiläufig. »Dieses Mal wird sie doch gesund sein an meinem Geburtstag, oder?«

Ochs merkt, dass er viel zu viel gegessen hat. Er sehnt sich noch mehr nach einem Drink.

»Aber sicher, Mom.«

Er hofft, dass seine Mutter das Thema fallen lässt, seine Erklärungen sind allzu durchsichtig.

Frank kommt ihm zu Hilfe. »Migräne ist quälend, Mom.«

»Migräne ist eine Krankheit für Menschen, die zu viel Zeit haben«, erwidert sie.

»Ach Mom, du kennst Heather doch. Sie regt sich schnell auf.« Ochs hat die Spitze seiner Mutter ohne Widerwort geschluckt. Schließlich stehen die Essen bei seiner Mutter unter dem ungeschriebenen Gesetz, dass sie alles sagen darf, während ihre Söhne ihr beizupflichten haben und keinesfalls die verordnete Harmonie stören dürfen. So ist es schon früher gewesen. Alle haben sich daran gehalten. Ihr Dad hat später angefangen, sich in solchen Situationen einen Whisky einzuschenken. Das hat ihre Mutter regelmäßig zum Schweigen gebracht. Nach seinem Tod hat sie den Alkohol in die hinterste Ecke gesperrt, und so bleiben heute nur der Rückzug in die Küche und das Aufräumen.

Schon stellt seine Mutter die leeren Teller zusammen. Ochs ist sich sicher, dass sie schon längst ahnt, wie es um seine Ehe steht. Aber er wird einen Teufel tun und ihr das sagen, denn dann kann sie doch nur wieder triumphieren, weil sie ja schon von Anfang an wusste, dass Heather nicht die richtige Frau für ihn ist. Sie ordnet sich ihrem Mann nicht unter und ist ihm nicht ergeben, wie es richtig wäre, also sagt er:

»Wenn alles vorbei ist, wenn die Wahlen hinter uns liegen, wollen wir wegfahren. Heather möchte unbedingt mal nach Belize.«

»Belize?« Seine Mutter schüttelt tadelnd den Kopf. »Warum bleibt ihr nicht irgendwo hier in der Gegend? Denk doch an deine Reputation!«

»Heather möchte mal ins Ausland, in die Wärme …« Er hätte sich denken können, dass sie so reagiert. Manchmal fragt er sich, ob er vielleicht sogar versessen ist auf ihre Herabwürdigungen.

»In Florida ist es auch warm. Und in Kalifornien. Meinetwegen fahrt nach Texas oder Hawaii! In unserem Land gibt es doch wahrlich genügend schöne Plätze«, insistiert seine Mutter.

»Das weiß sie doch, Mom! Schließlich ist sie seit vierzehn Jahren eine Ochs.«

»Mom!« Frank wirft ihm einen beschwichtigenden Blick zu. »Heather und Carl wollen einfach mal ausspannen. Weg von Wählern, weg von den Problemen, ein bisschen Sonne tanken – einfach mal was ganz anderes, stimmt's, Carl?«

»Richtig.« Ochs nickt. »Seit fast einem Jahr dreht sich alles nur noch um die Wahlen.«

»Verantwortung und eine einflussreiche Position sind eine Ehre, keine Bürde, das hat euer Vater immer gesagt«, erwidert seine Mutter. »Er hat nie Urlaub von seinem Richteramt genommen. Ich habe das verstanden.«

»Mom, es geht um eine Woche!« Ochs ärgert sich, dass er sich vor seiner Mutter rechtfertigt.

Seine Mutter seufzt. »Frank, das Dessert steht im Kühlschrank.«

Frank fängt an, Teller und Besteck in die Spülmaschine zu räumen. Ochs nimmt zwei Gläser aus dem Küchenschrank, dann öffnet er eine andere Schranktür und holt eine Flasche Scotch hervor. Sie steht versteckt hinter Geschirr, das nicht mehr benutzt wird.

Frank winkt ab. Ochs stellt das zweite Glas wieder zurück und gießt sich einen extra großen Whisky ein. In zwei Schlucken trinkt er das Glas leer. »Heather weiß von Kirsten.«

Frank stöhnt auf. »Ich hab dich gewarnt, Carl! Hat sie euch erwischt?«

Ochs schenkt sich nach. »Sie will mir nicht verraten, woher sie es weiß. Aber sie kennt ihren Namen, ihre Adresse ...«

Frank fährt sich durch seine blonden Haare. »Vielleicht hat sie einen Privatdetektiv beauftragt.«

»Verflucht, Frank! Es ist mir egal, was sie gemacht hat. Fakt ist, sie weiß es, und sie hat mich in der Hand.«

Frank wäscht sich die Hände und trocknet sie mit einem Geschirrhandtuch ab. »Okay, das lässt sich wohl nicht mehr ändern. Wie lauten ihre Bedingungen?«

»Monatliche Zahlungen und das Haus in Sag Harbor.« Ochs merkt, wie er wieder wütend wird.

»Sie war noch nie bescheiden«, sagt Frank.

»Sie ist unverschämt!«

»Na ja, ich würde an ihrer Stelle auch nicht weniger verlangen.«

»Ich hätte sie nie heiraten sollen, ich hab mir was vorgemacht ... nach Susans Tod.« Da hat er jemanden gebraucht,

Nähe, Wärme, das Gefühl, er ist nicht allein auf dieser verdammten Welt.

»Ich hab's dir damals gesagt, aber du warst ja total verrückt nach ihr. »

Ochs erwidert nichts. Frank hat recht.

»Okay, sie hat konkrete Vorstellungen. Das ist gut. Und offiziell ...«, spricht Frank weiter, »bleibt sie ...«

»... meine Frau«, vollendet Ochs den Satz. »Keine Scheidung.« Ochs trinkt auch das zweite Glas leer. Jetzt fühlt er sich wieder besser. »Du bereitest am besten so schnell wie möglich die Verträge vor.«

Frank nickt. »Was weiß sie sonst noch? Hast du mit ihr über ... du weißt schon ... gesprochen?«

»Natürlich nicht! Was denkst du denn!« Ochs schüttelt den Kopf. »Glaub mir, manchmal kann ich nachts nicht mehr schlafen. Es hätte nie so weit kommen dürfen.«

»Es gab keine andere Option, Carl, das musst du dir immer ...« Frank bricht ab und blickt zur Tür, die sich gerade öffnet.

»Mom!«, sagt Ochs rasch, »wir sind gleich fertig.«

»So?« Sie hat sofort das Glas und die Whiskyflasche entdeckt. »Wenn ihr noch länger wartet mit dem Eis, ist es geschmolzen.« Sie nimmt Ochs die Flasche aus der Hand und räumt sie wieder zurück, dorthin, wo er sie jede Woche nach dem Mittagessen deponiert.

»Du weißt doch, wie Carl ist, Mom«, sagt Frank in leichtem Tonfall, »er hat immer so viel zu erzählen.«

Eine Stunde später verabschiedet sich Ochs von seinem Bruder und seiner Mutter.

Er steht schon draußen, als seine Mutter sagt: »Heather Gustafson war übrigens nie eine Ochs.«

Auf dem Rückweg nach Madison bekommt er eine Nachricht auf seinem Handy. *Polycorp* liest er auf dem Display. Während er die nächste Ausfahrt zurück nach Milwaukee nimmt, überlegt er. Was will Charles Frenette so dringend von ihm?

Es ist so etwas wie der Wunsch nach Normalität, der Christina, bevor sie zurückfährt in die Klinik, bei *Starbucks* anhalten lässt. Zweimal die Woche holt sie sich da ihren Kaffee. Manchmal auch öfter. Und sie wechselt immer ein paar Worte mit Alice, der netten Bedienung.

»Hi Christina!«

Alice braucht nichts zu sagen, Christina erkennt an ihrem Gesichtsausdruck, dass sie Bescheid weiß. Und sie sieht es an ihrem Blick, als sie ihr den Caffè Latte auf die Theke stellt.

»Es tut mir leid«, sagt Alice dann doch. Die rot geschminkten Lippen in dem runden Gesicht sind ein Blickfang, das weiß Alice, deshalb vergisst sie auch nie den Lippenstift. »Man ist nirgendwo mehr sicher!«

Christina nickt und will gehen. Sie fühlt sich so leer und so müde. Sie dreht sich um – und stutzt. Ein Mann am Ende der Schlange winkt ihr zu, und Christina braucht einen Moment, um zu begreifen, wer er ist. Pete. Seine Haare sind grau geworden, er trägt sie kürzer als damals, als sie ihn zum letzten Mal getroffen hat. Merkwürdig, sie hat geglaubt, es ist vorbei, er muss ihr nach so vielen Jahren fremd geworden sein. Er sieht gut aus, muss sie zugeben, besser als vor acht Jahren.

Sie sieht, wie er sich an mehreren Kunden vorbeidrückt. Sie will unsichtbar werden und verschwinden, sie müsste ihm etwas erklären – aber es ist zu spät.

»Christina!« Er sieht sie erstaunt an. »Was machst du denn hier?«

In seine Stirn haben sich Falten gegraben. Er hatte schon

immer etwas Grüblerisches, es ist kräftiger geworden, aber es steht ihm gut. Das macht ihn seriöser, denkt sie. Früher ist er für viele nur ein verträumter Spinner gewesen, der an den Wochenenden Fossilien sucht, anstatt Freunde zu treffen.

Wortlos hebt sie ihren Kaffeebecher hoch.

»Ja, klar ...« Er lächelt flüchtig. »Was macht man denn sonst hier?« Die Grübchen in seinen Wangen und in seinem Kinn sind noch da – natürlich, warum auch nicht?

Plötzlich wird er ernst. »Ich hab es heute Morgen gehört. Christina, es tut mir so leid! Es ist schrecklich! Ich kann es gar nicht glauben! Wieso Tim?«

»Das fragen sich alle.«

Er schüttelt den Kopf. »Und du hast ihn gefunden? Mein Gott, Christina ... Es muss furchtbar für dich gewesen sein. Und Jay?«

»Er liegt auf der Intensiv, ich muss auch gleich wieder los, aber ... Was machst du hier?«

»Ich wollte nur einen Kaffee«, sagt er, während jemand sich zwischen ihnen hindurchschiebt. »Komm, lass uns woanders hingehen.«

»Pete, ich muss ...«

»Ich war gerade in der Nähe«, sagt er und weicht einem Kunden mit einem Tablett aus. »Tim ... Ich kann es nicht fassen, und was ist mit Jay? Er liegt auf der Intensiv? Warum?«

»Sie haben ihn ins künstliche Koma ...« Hinter ihr schiebt sich jemand vorbei und drängt sie zu ihm. Sie will nicht alles erzählen und womöglich wieder anfangen zu weinen, sie hat sich gerade einigermaßen im Griff. Daher sagt sie nur: »Lungensteckschuss.«

Er seufzt tief und reibt sich die Augen. »Der arme Junge! Wie schlimm ist es, was sagen die Ärzte?«

»Sie hoffen ... Wir hoffen alle ...«

»Und, hat die Polizei schon eine Spur?« Er macht ein paar Schritte in eine ruhigere Ecke.

Notgedrungen folgt sie ihm. »Es wird ermittelt, mehr kann ich nicht sagen.« Sie trinkt einen Schluck und spürt, wie ihr die heiße Flüssigkeit in den Magen rinnt und sie wärmt. Warum muss er ausgerechnet heute hier sein? Warum erst heute? Wo war er, verflucht noch mal, all die Jahre? Unter dem dunklen Mantel trägt er ein weißes Hemd, seine Kleidung sieht teuer aus, sein Haarschnitt war es sicher auch – genau: Sandra ...

»Es gibt doch bestimmt schon einen Verdacht«, spricht er weiter, »ich meine, war es ein Einbruch?« Er wird unsanft gegen Christina geschubst, dabei spritzt Kaffee auf seinen Mantel. »Shit!« Rasch reibt er ihn mit einer Papierserviette ab.

»Nein. Der Täter hatte die Absicht, jemanden zu töten«, sagt sie, dabei weiß sie doch, dass sie keine Details erzählen sollte.

»Meinst du, es war ein Rachefeldzug gegen dich als Polizistin? Ich hab in der Zeitung gelesen, dass du den Mörder der kleinen ...«

Sie hebt die Hand. »Sorry, Pete, ich darf nichts sagen.«

»Ich bitte dich, Christina, Tim war auch mein Freund!«

»Ich weiß, Pete.«

»Ich kann es einfach nicht fassen, dass Tim nicht mehr lebt!« Er schüttelt wieder den Kopf. »Ich weiß noch, wie wir versucht haben, Tim unter die Haube zu bringen, und wie die Mädchen ihm immer nur von ihrem Liebeskummer erzählt haben! Erinnerst du dich, Chris?« Er lacht auf, wird aber sofort wieder ernst, als hätte er gemerkt, dass das jetzt unpassend ist. »Was ist das nur für eine Welt? Da spaziert einfach einer in dein Haus und erschießt dich ...«

Jemand rempelt ihn an und drückt ihn wieder gegen sie. »Komm, wir müssen hier raus!« Schon schiebt er sie Richtung Ausgang.

»Leidest du neuerdings unter Platzangst?« Ihr fallen die Schweißperlen auf seiner Stirn auf, und sie erinnert sich, dass er früher nie Probleme hatte in vollen Sportstadien, in die er sie an den Wochenenden geschleppt hat – wenn sie nicht gerade Fossilien gesucht haben.

»Nein, nein, es ist nur ... He, lass uns einfach verschwinden.«

Als sie endlich draußen sind, kann sie hören, wie er aufatmet.

»Tut mir leid«, er schluckt nervös, »aber das war mir einfach zu viel da drin.« Er greift sich an die Stirn, bemerkt die Schweißperlen und wischt sie mit einem Taschentuch ab. »Ich bin ... ehrlich geschockt. Wir haben uns aus den Augen verloren. Ich hab Tim ... ein paarmal zufällig auf Veranstaltungen getroffen. Du weißt doch, Sandra und ihre Eltern legen viel Wert auf soziale Events.« Sein Handy klingelt, er zuckt mit den Schultern und wirft einen Blick aufs Display. »Entschuldige, ich muss drangehen. Wir erwarten ein Baby.«

»Ich muss sowieso los.« Sie will sich nicht auch noch anhören, was er mit seiner Frau bespricht.

Er hält das Telefon ans Ohr und gibt Christina zu verstehen, dass sie warten soll. »Sandra? Alles okay?«

Sandra! Der Name ruft in Christina immer noch schlechte Erinnerungen hervor. Die Heirat mit Sandra war für Pete eine »gute Partie«, wie Christinas Mutter damals gesagt hat. Ihre Familie lebt schon seit mehr als hundert Jahren in der Gegend. Sie ist Mitglied in den wichtigsten Clubs. Und wohlhabend ist sie auch. Etwas, das Pete nie war.

»Ich denk dran«, sagt er ins Telefon. »Ich ruf dich später zurück, Honey ... keine Sorge. Ja ... ich dich auch.«

Als er das Handy zuklappt, wirkt er erleichtert. »Sorry, aber Sandra hat eine Fehlgeburt hinter sich, und jetzt ist sie ziemlich nervös, dass es diesmal klappt.« Er lächelt entschuldigend.

»Und ihr Vater macht sie noch ganz verrückt. Er kann's kaum erwarten, dass endlich ein Enkel da ist.«

Christina erinnert sich, dass ihre Mutter ihr damals dauernd in den Ohren gelegen hat, sie soll Pete die Wahrheit sagen. Sie hat sich dagegenentschieden.

»Pete, ich muss jetzt los.« Sie hat genug von Pete und seinen Problemen. Außerdem sollte sie längst wieder auf dem Weg zu Jay sein.

»Ja, ja, ich weiß, in die Klinik«, sagt er rasch. »Kann ich dich irgendwohin mitnehmen?«

»Mein Wagen steht da vorn.«

»Ja, okay, also, wenn … wenn ich was für dich tun kann oder wenn es Neuigkeiten gibt … dann gib mir Bescheid, ja? Und ich hoffe, dass … Jay … wieder ganz gesund wird.« Er sieht auf die Uhr und hat es plötzlich eilig. Er steigt in seinen Wagen, winkt noch flüchtig und fährt davon. Ausgerechnet Pete Kondracki muss ihr heute begegnen. Acht Jahre ist das jetzt her. Sie hat sich interessiert für den angehenden Wissenschaftler, weil er so ganz anders war als die Typen, mit denen sie damals ausging: ruhig und zurückhaltend. Meistens hat er ihr die Entscheidungen überlassen. Das hat ihr gefallen, sie hat das als souverän und selbstsicher interpretiert, bis sie irgendwann gemerkt hat, dass er gar keine Prinzipien hatte, nach denen er entschied. In gewissem Sinne war er orientierungslos. Und dass er sie schließlich wegen Sandra Rustand aus vermögendem Elternhaus verlassen hat, war Beweis genug. Trotzdem, denkt sie, als sie losfährt, trotzdem ist sie ganz durcheinander, weil sie ihn wiedergesehen hat.

Carl H. Ochs kennt die Spielregeln, er ist schon lange genug im Geschäft.

Das Bürogebäude von *Polycorp Minerals* im Westen von Milwaukee liegt mitten auf einem fast leeren, von schmutzigen Schneehaufen begrenzten Parkplatz.

Ochs fährt neben den silberfarbenen Jaguar am Eingang, steigt aus und klingelt. Er wird erwartet, denn die Tür öffnet sich, ohne dass nach seinem Namen gefragt wird. Der Aufzug bringt ihn in die oberste Etage.

Die Türen öffnen sich, und er tritt in einen großzügigen Vorraum mit einem tiefblauen Teppich. Charles Frenette kommt ihm mit großen Schritten entgegen. Sein Gesichtsausdruck verrät Besorgnis. Er trägt Joggingklamotten, keine eng anliegenden, wie sie heute modern sind, sondern alte, uramerikanische Sachen von *Fruit of the Loom*. Und die auch noch in Grau. Das gefällt Ochs.

Gut gelaunt sagt er: »Hallo Charly, wie viele Meilen sind Sie gelaufen?«

»Ich? Oh, zu viel Schnee und Eis auf den Wegen. Ich glaube, es waren nicht mehr als zwei. Gut, dass Sie gleich kommen konnten.« Frenette hat einen festen, sportlichen Händedruck, auch das gefällt Ochs.

»Ich war bei meiner Mutter. Sie hatten Glück. Sie wohnt unten am See.«

»Schön, schön. Hören Sie, Carl … Ich fürchte, wir kriegen noch ein Problem.«

Frenette hat eine gesunde Gesichtsfarbe. Seine grauen Haare trägt er modisch kurz geschnitten. Er wirkt sympathisch, vertrauensvoll und erfolgreich. Er ist genau der Typ Unternehmer, den Ochs in seinem Dunstkreis braucht.

»Haben Sie was zu trinken hier?«, fragt Ochs. »Corned Beef in allen Ehren, aber mit Wasser schmeckt es einfach nicht.«

Frenette verzieht das Gesicht. »Wie wär's mit einem Scotch?«

»Perfekt.«

Ochs folgt Frenette einen Gang entlang. An den Wänden hängen Fotos von abgetragenen Bergrücken und von mit Erde und Steinen beladenen Trucks, dazwischen Großaufnahmen von verschiedenen Gesteinsbrocken.

Obwohl er sich in der letzten Zeit mit Erzförderung und Mineralien beschäftigen musste, kann er sich kaum die nach Science-Fiction klingenden Namen merken: Cer und Ytrium, Holmium und Promethium. Und Neodym. Dabei hat er eigentlich ein exzellentes Gedächtnis.

»Wie geht's oben in Ashland?«, fragt er.

Frenette dreht sich um. »Gut, alles läuft perfekt.«

Sie gehen in Frenettes Büro. Hinter der großen Glasscheibe erkennt Ochs in der Ferne die Hochhäuser von Milwaukee. Auch der Miller-Park ist von hier aus zu sehen. Ochs denkt, er müsste sich dort mal wieder zeigen, wenn die Brewers spielen. Er zieht zwar Football vor, aber hier geht es um Publicity und nicht um seine persönlichen Vorlieben.

»Ich hatte heute Besuch von unserem Freund«, sagt Frenette, während er aus einem modernen Metallschrank eine volle Flasche Scotch und ein Glas nimmt. »In meinem Büro. Er war völlig aufgelöst. Eis?«

»Nein, danke.« Ochs greift zum Glas. »Und Sie?«

»Nicht nach dem Sport.«

Ochs trinkt einen Schluck und setzt sich in einen der vier Ledersessel. In den vielen Jahren seiner politischen Karriere hat er gelernt, Ruhe zu bewahren. Ein Leittier sollte nie in Panik geraten.

Ochs nippt an seinem Whisky. »Und was wollte er? Mehr Geld?«

Frenette schüttelt den Kopf. »Er wollte wissen, ob wir was zu tun haben mit der Sache.«

»Wir? Hat er es so gesagt: *Wir?* Sie und ich?«

»Was denken Sie! Er hat keine Ahnung, dass Sie die Sache in die Hand genommen haben.«

»Gut.« Ochs setzt ein entspanntes Lächeln auf, dann sieht er Frenette eindringlich an. »Charly, wir sitzen im selben Boot, das ist Ihnen klar, oder?«

Frenette lächelt zurück. »Misstrauen Sie mir etwa?«

Ochs bricht in Lachen aus. »Wie kommen Sie darauf, Charly? Wir profitieren doch beide von der Wiedereröffnung von *Redmill*!« Ohne zu fragen, gießt er sich nach und sagt gut gelaunt: »Und, wie gehen die Arbeiten voran? Wann wird das erste Neodym das Tageslicht erblicken?«

»Wir sollten das nicht auf die leichte Schulter nehmen, Carl. Frauen sind unberechenbar. Wenn sie der Polizei gegenüber irgendeinen Zusammenhang erwähnen sollte ...«

»Halten Sie mich für einen Idioten, Charly? Die Sache ist unter Kontrolle.«

Ochs weiß, dass er gut darin ist, Menschen zu überzeugen. Ständig muss er den Menschen die Angst vor der Zukunft nehmen, vor dem Verlust ihrer Jobs, vor der Verpfändung ihrer Häuser. Er setzt sein berühmtes Lächeln auf, mit dem er auf vielen Fotos zu sehen ist. Dieses Lächeln drückt alles aus, worauf es ankommt: Mut, Zuversicht und Aufrichtigkeit.

»Was haben Sie ihm gesagt, Charly?«, fragt er.

Frenette betrachtet seine Hände und sieht dann auf. »Ich hab versucht, ihn zu beruhigen.« Das Lächeln, das er hinterherschiebt, gefällt Ochs nicht. Es ist zu kurz und zu angestrengt.

»Und? Wie hat er darauf reagiert?«

»Ehrlich gesagt: Er macht mir Sorgen. Es hätte nicht so weit kommen dürfen.«

Ochs sieht Frenette lange an. Dann sagt er ernst und ruhig: »Dinge entwickeln sich manchmal anders als erwartet, das wissen Sie doch genauso gut wie ich.«

Frenette wirkt immer noch nicht ganz überzeugt.

»Charly, ich verspreche Ihnen: Wenn es irgendwelche Probleme geben sollte, obwohl das sehr, sehr unwahrscheinlich ist, aber gut, wenn doch – dann überlassen Sie alles mir.«

Ochs steht auf und klopft Frenette auf die Schulter. Sollte er sich in ihm getäuscht haben? Sollte der erfolgreiche Unternehmer plötzlich Skrupel haben?

»Sobald der Schnee getaut ist, will ich mit Ihnen Golf spielen.«

»Ja«, sagt Frenette. Auf einmal wirkt er gut gelaunt. »Drüben in Kohler. Bis dahin sollten Sie schon mal ein bisschen an Ihrem Driver arbeiten.«

Ochs winkt lachend ab. Er hätte viel früher auf Golf kommen müssen. »Haben Sie etwa vor, mich zu schlagen?«

»Natürlich!« Frenettes Lachen wird immer gelöster.

»Das werden wir ja sehen, Charly!«

4

Nach der Begegnung mit Pete Kondracki bei *Starbucks* ist Christina in die Klinik zurückgefahren. Jays Zustand ist unverändert, aber die Ärzte sind zuversichtlich, dass er sich wieder erholt. Sie will ihnen glauben, doch jedes Mal, wenn sie Jay in seinem Bett liegen sieht, erschrickt sie. Und wenn er doch nicht mehr aufwacht? Sie verdrängt diesen Gedanken, sagt sich, sie muss an das Gute glauben, sie darf die Hoffnung nicht aufgeben.

Eine Schwester kommt herein, sie trägt eine Plastikschüssel mit Wasser, Seife und Waschlappen.

»Entschuldigen Sie, ich habe es nicht früher geschafft. Heute ist der Teufel los …«

»Lassen Sie nur. Ich mache das«, sagt Christina.

Die Schwester nickt dankbar und geht wieder hinaus.

Sie stellt die Schüssel auf den Nachttisch, dann nimmt sie vorsichtig Jays Arm, als könnte es ihm wehtun, und streichelt ihn. Ob er die Berührung spürt? Seine Haut ist so zart, und der Gedanke, dass jemand ihm Gewalt angetan hat, nimmt ihr die Luft. Sie prüft die Temperatur des Wassers und taucht den Waschlappen ein. Als er ein Baby war, hat sie das auch so gemacht; sie hat ihn gewaschen und sich immer wieder gewundert über die kleinen Finger und Zehen, über das weiche Haar und die kleinen Ohren …

Sie achtet darauf, dass sie den Verband nicht nass macht. Es kommt ihr vor, als müssten die weißen Binden den kleinen Körper zusammenhalten.

»Mein Kleiner …«, flüstert sie und muss die Tränen zurückhalten.

Jedes Mal wenn seine Augenlider zucken, hofft sie, dass er sie aufschlägt.

Aber Jay wacht nicht auf.

Irgendwann am Nachmittag reißt Aarons Anruf sie aus dem Halbschlaf.

»Ich wette, du hast schon lange nichts Richtiges mehr gegessen«, sagt er. »Wir treffen uns bei *Perkins.*«

Perkins! Das tut er nur ihr zuliebe.

Erst als sie im Lokal sitzt, in der Nische am Fenster, merkt sie, dass sie tatsächlich Hunger hat, und so hält sie sich mit der Bestellung nicht zurück.

Aaron sieht ihr zu, wie sie ein *Cajun Steak & Eggs Benedict* und *Hash Browns* hinunterschlingt, noch zwei Pancakes mit Ahornsirup schafft und alles mit drei Tassen Kaffee hinunterspült. Er hat nur ein bisschen Obst gegessen.

»Wie schaffst du das nur, vegan zu essen?«, fragt sie und schiebt ihren leeren Teller zur Seite.

Er zuckt mit den Achseln. »Am Anfang viel Disziplin, danach ist es nur noch Gewohnheit.«

»Ich könnte nie auf Eier verzichten«, sagt sie.

Auf einmal fühlt sie sich irgendwie schuldig, als hätte sie kein Recht dazu, so etwas Banales zu äußern, nach all dem, was passiert ist.

Aaron lächelt und legt die Arme auf den Tisch.

»Wie weit seid ihr?«, will sie wissen und trinkt noch rasch einen Schluck Kaffee.

»Nolan hat die Patientenakten überprüft. Ihm ist nichts Besonderes aufgefallen.«

Er runzelt die Stirn, weil sie nicht reagiert. »Lass mich raten: Du warst dort?«

»Ja, kurz vor Brewer. Aber ich habe nichts gefunden. Tim hatte noch nicht mal einen Terminplaner auf dem Tisch.«

Gedankenverloren spielt er mit der Flasche Ahornsirup. Auf einmal sieht er auf. Sein Gesichtsausdruck hat sich verändert.

»Was ist?«, fragt Christina.

»Warum fragst du mich nicht, was ich aus Raymond rausgekriegt habe?«

»Ich ...« Er hat sie erwischt. »Tut mir leid, ich bin so durcheinander. Was hast du rausgekriegt?«

»Ich war nicht im Knast. Muller hat mich zurückgepfiffen.«

»Muller? Die wusste doch gar nichts davon.«

»Offenbar doch.« Er mustert sie skeptisch. Seine grünen Augen sind schmal geworden.

»Hey, du bist angepisst, oder?«, sagt sie.

»Warum hast du mir nichts gesagt von dem Typen im Knast, der Ed und Rob noch was schuldet? Du hast es doch gewusst, oder?«

»Tut mir leid, Aaron ... Ed und Rob haben erzählt, dass sie einen Typen im selben Trakt wie Raymond hätten und dass ...«

Er fällt ihr ins Wort: »Er ... sie ... wer auch immer, Raymond ist tot. Jemand hat ihn umgebracht.«

»Raymond?«, wiederholt sie mechanisch.

»Mit einem Metalllöffel. In den Hals gestochen.« Sein Blick hat etwas Hilfloses. »Es heißt, sie haben ihn fertiggemacht, weil er ein Kind ermordet hat.«

»Verdammt!« Die einzige Spur, der einzige Verdacht – nichts.

»Du hättest es mir sagen sollen, das wäre fair gewesen«, sagt Aaron. Er legt zwanzig Dollar auf den Tisch und steht auf.

Er geht, ohne sich noch einmal umzudrehen. Ihr Blick bleibt an seiner blauen Daunenjacke haften, dann ist er hinter der Glastür verschwunden.

»Scheiße, scheiße, scheiße ...«, murmelt sie, schiebt die gerade eben noch einmal gefüllte Tasse weg und steht auf.

Sie steht an einer roten Ampel. Aus dem Auspuff des Lieferwagens vor ihr kommt weißer Qualm. Er steigt nicht auf, sondern kriecht über den Boden, sammelt sich dort, bis er die Temperatur der Luft angenommen hat und sich auflöst.

Die Ampel wird grün. Die ganze Zeit hat sie es geschafft, irgendwie zu funktionieren. Jetzt kann sie nicht mehr. Sie fährt an den Bordstein, stellt den Motor ab und fängt an zu weinen.

Harpole steht vor seinem Container und wartet. Er weiß, er muss Ruhe und Sicherheit ausstrahlen. Dann kommt sie. Und vielleicht bleibt sie sogar. Das Futter, das er oben auf die Tonne gelegt hat, hat sie schon gefressen. Und jetzt sitzt sie da, neben dem Teller, und putzt sich. Das hat sie noch nie gemacht, wenn er in der Nähe war. Wie schön ihr Fell glänzt! Und wie sie die Beine streckt! Jimmy fällt ihm ein, der Kater, den er als Kind am liebsten überallhin mitgenommen hätte. Was Jimmy aber gar nicht mochte. Er lacht in sich hinein. Es gibt nur weniges aus seiner Kindheit, an das er sich gern erinnert. In diesem Augenblick hört die Katze auf, sich zu putzen, und sieht zu ihm herüber. Dann springt sie von der Tonne und geht ganz langsam davon. Sie schreitet. Sonst ist sie immer davongerannt. Na ja, vielleicht kommt sie morgen zu ihm.

Ablenkung, weiß er, das ist alles Ablenkung. Dann muss er

nicht an den Albtraum denken, der ihn regelmäßig heimsucht und der in den vergangenen zwei Jahren nichts von seiner Bedrohlichkeit eingebüßt hat. Im Gegenteil: Harpole hat das Gefühl, als würde er von Monat zu Monat, ja sogar von Tag zu Tag grausamer. Zuerst hört er den Knall der Sprengung, dann fliegt der Körper von Ike durch die Luft, dabei wird er in Stücke gerissen. In seinem Albtraum sieht Harpole einzelne Körperteile durch die Luft fliegen. Und plötzlich prasseln sie auf ihn herunter. Ikes abgerissene Arme und Beine.

»Hal?«

Er dreht sich um und sieht seinen Vorarbeiter kommen, der sich unter dem weißen Baustellenhelm am Kopf kratzt.

»Was gibt's, Keith?«

»Es sind nicht genug Rohre geliefert worden.« Keith steht jetzt vor ihm. Er trägt ein rot kariertes Flanellhemd, Jeans und schwere Arbeitsstiefel, genauso wie Harpole. Er ist ein guter Arbeiter, hat zwanzig Jahre Erfahrung in Minen und auf Bohrinseln gesammelt. Auf ihn kann Harpole sich verlassen.

»Hast du gestern den Lieferschein nicht kontrolliert?«

»Klar hab ich das. Muss was mit der Berechnung schiefgelaufen sein.«

Harpole nimmt den Lieferschein, er ist von Keith abgezeichnet, wie er feststellt. »Vierhundert Fuß. Und was stimmt daran nicht?«

»Es fehlen zweihundertfünfzig Fuß.«

Harpole schreit gegen den Lärm eines der Lastwagen an, der gerade vorbeidonnert. Er transportiert den alten Schrott weg und bringt neues Material. »Ich kümmere mich drum!« In der kalten Luft bleiben die Abgase unten hängen. Er hält sich den Schal vor die Nase, um nicht zu husten.

»Und dann müssten dahinten noch die Bäume gefällt werden!«, schreit Keith zurück.

Harpole nickt. Sonst kommen die Lastwagen nicht durch. In den zehn Jahren, in denen die Mine stillgelegt war, ist das Gelände größtenteils renaturiert worden. Bäume sind angepflanzt worden, Gras wurde ausgesät, und Wasser hat sich in der großen Grube gesammelt, sodass ein See entstanden ist. Ein schöner Platz zum Picknicken und zum Schwimmen im Sommer. Und zum Schlittschuhlaufen im Winter. Kein Wunder, dass die Wiedereröffnung der Mine nicht bei allen Anwohnern auf Zustimmung stößt.

Harpole hört das typische dröhnende Surren eines Helikopters und sieht zum Himmel hinauf.

»Ist das Frenette?« Keith hat den Kopf in den Nacken gelegt.

»Sieht ganz so aus.« Einen Tag zu früh. Harpole hätte es sich denken können. Frenette scheint Überraschungen zu lieben.

»Warum kommt er nicht erst zur Sprengung morgen?«, will Keith wissen, der noch immer in den Himmel sieht.

»Frag ihn doch selbst«, gibt Harpole zurück.

»Den Teufel werd ich tun!« Keith dreht sich um und stapft durch den Schnee davon.

Das mag Harpole an Keith, seine Direktheit. Man weiß, woran man bei ihm ist. In gewisser Weise erinnert Keith ihn an Ike …

Im lauter werdenden Dröhnen hört er gerade noch sein Funkgerät piepsen.

»Mr. Harpole? Da ist jemand für Sie am Zaun!«, meldet der Pförtner.

Harpole sieht hinüber, und da, auf der anderen Seite des Stacheldrahtzauns, entdeckt er sie, die Frau mit dem hellen Anorak über dem blauen Krankenschwesterkittel. Katie. Der Wind zerrt an ihren Haaren. Sie winkt ihm zu. Sie hält etwas in der bloßen Hand.

Er muss lächeln. Manchmal hat sie etwas von einem jungen Mädchen. Ohne dass es peinlich wirkt, wie bei anderen Frauen Mitte fünfzig, die sich geben, als wären sie zwanzig. Das hat ihm noch nie gefallen, das Unechte. Katie ist echt.

Er geht los, nicht über die geräumte Straße, sondern über den schmalen Trampelpfad zum Zaun.

»Katie, was machst du hier?«, ruft er.

Sie schwenkt eine Plastikbox. »Ich hab dir doch ein Sandwich mit Huhn und Mango-Chutney versprochen!«

»Du hättest doch nicht extra herfahren müssen!« Er muss lachen.

Auch er hat seine Handschuhe ausgezogen, und ihre Hände berühren sich, als sie ihm die Box durch ein Loch im Zaun reicht. Er hält ihre Hand ein wenig länger fest, und Katie lacht auch. Ihr Gesicht ist rosig von der Kälte, ihre Nasenspitze richtig rot. Das mag er. Er würde die rote Nase am liebsten mit seinen Lippen wärmen.

»War ja nur ein kleiner Umweg«, sagt sie und zwinkert mit ihren hellen blauen Augen. »Ich muss auch gleich los, meine Kranken wollen ein frisches Nachthemd und Kaffee! Die machen Theater, wenn ich mich verspäte!«

Ihre Art bringt ihn oft zum Lachen. Überhaupt, er hat in seinem ganzen Leben nicht so viel gelacht wie in den zwei Monaten, seit er mit Katie ausgeht.

Er deutet zum Himmel. Der Hubschrauber hat die Mine fast erreicht. Plötzlich stutzt er. Da ist noch etwas anderes. Ein riesiger dunkler Schatten, der den Hubschrauber zu erfassen droht.

Es sind schwarze Vögel. Ein ganzer Schwarm, Hunderte.

»Das ist ja unheimlich!« Katie blinzelt hinauf in den Himmel.

»Wildgänse. Kanadagänse vielleicht«, meint er.

»Jetzt, im Februar? Sie fliegen hinter dem Helikopter her.«

»Das ist Frenette«, sagt er.

»Der hat aber seltsame Flugbegleiter.« Sie drückt seine Hand. »Ich muss los. Dann mach's mal gut, Hal! Und lass Frenette ja nicht probieren, der lässt dir garantiert nichts mehr übrig!« Sie haucht ihm einen Kuss zu, dann dreht sie sich um, steigt in ihren rostigen Oldsmobile und winkt noch einmal aus dem Fenster.

Und er steht da, am Zaun, mit der Frühstücksbox in der Hand und sieht ihr nach, bis das ohrenbetäubende Dröhnen des Helikopters ihn daran erinnert, dass Charles Frenette, der CEO von *Polycorp Minerals*, in wenigen Sekunden landen wird. Der Vogelschwarm ist höher gestiegen. Irgendwie ist Harpole erleichtert.

Er läuft hinüber zum ehemaligen Pförtnerhaus und wartet, während der Hubschrauber sinkt. Noch schreddern die Helikopterblätter die Luft, da klappt schon die Tür auf, und Frenette steigt aus. Er kommt federnden Schrittes auf Harpole zu. Frenette erinnert ihn immer an einen seiner Sergeants bei der Army, der es selbst im blutigsten Kampf noch schaffte, seine Leute anzufeuern. Anfangs fand er solche Leute faszinierend. Bis er die Toten sah, die sie zu verantworten hatten.

Aber wir sind nicht in einem Scheißkrieg, sagt er sich. Und hier geht es nicht um Tote, sondern um Neodym. Und das ist ein ziemlicher Unterschied.

»Hi!«, ruft Frenette.

Harpole geht ihm entgegen.

Frenette sieht sportlich aus in seiner roten Daunenjacke mit der Kapuze und dem Fellbesatz, dazu die verspiegelte Sonnenbrille und die Mütze über den grauen Haaren. Als wäre er zum Skifahren eingeflogen.

»Hallo Harpole!«, ruft er. »Schönes Wetter haben Sie hier draußen!«

Harpole schüttelt Frenette die Hand.

Der legt ihm zusätzlich noch die andere Hand auf die Schulter. »Sie sehen gut aus! Die Luft hier draußen scheint Ihnen gut zu bekommen!«

Harpole will sagen, das kann nicht sein, ich schlafe kaum, und je näher der Tag der Sprengung rückt, desto weniger kann ich schlafen. Aber er sagt nichts. Er ist froh, dass er den Job hat.

Ohne eine Antwort zu erwarten, fährt Frenette fort: »Und, läuft alles nach Plan?«

»Ja, Sir, alles unter Kontrolle.«

»Keine besonderen Vorkommnisse?«

»Nein, Sir.«

Frenette stemmt die Hände in die Hüften und sieht sich anerkennend um. »Schön! Sehr schön! Und sehen Sie«, Harpoles Blick folgt Frenettes ausgestrecktem Arm, der über den Zaun hinaus in die bewaldete Weite deutet, »sobald der Frost aufhört, bauen wir den *Think Tank*. Sie sollten das Modell sehen, Harpole! Einfach großartig! Es wird eines *der* Zentren in unserem Land, das sich ausschließlich mit Zukunftstechnologien und den dafür notwendigen Rohstoffen beschäftigen wird. Wir werden das Feld doch nicht kampflos den Chinesen überlassen, nicht wahr, Harpole?«

»Nein, Sir, natürlich nicht.«

»Genau! Also, dann führen Sie mich mal rum!«

»Ja, Sir. Da wäre noch was mit einer Lieferung. Sehen Sie.«

Harpole zieht den Lieferschein aus der Jackentasche und gibt ihn Frenette.

»Wo ist das Problem?«, will Frenette wissen, nachdem er ihn überflogen hat.

»Da muss ein Fehler in der Berechnung des Ingenieurs vorliegen.«

»Hm. Sicher?«

Harpole hat vergessen, dass Frenette von Technik und Ingenieurdingen keine Ahnung hat.

»Laut Plan«, erklärt er, »beträgt die Leitung nur vierhundert Fuß, doch in Wirklichkeit ist sie zweihundertfünfzig Fuß länger.«

»Hm, das ist ein kleiner Unterschied, da haben Sie in der Tat recht.«

»Und … was soll ich inzwischen machen? Meine Leute müssen weitermachen, sonst können wir den Termin nicht einhalten.«

»Harpole«, Frenette sieht ihn belustigt an, »machen Sie die Sache nicht komplizierter, als sie ist! Bestellen Sie einfach die fehlenden Leitungen!«

»Ich wollte es nur mit Ihnen absprechen, damit …«

»Bestellen Sie das Zeug, ja? Wenn wir amerikanisches Neodym hier rausholen, interessiert keinen mehr, wie viel das gekostet hat!« Er klopft Harpole auf die Schulter. »Glauben Sie mir! Wie sieht es mit der Sprengung aus? Haben Sie für morgen alles vorbereitet?«

»Ja, natürlich! Aber Sie sollten dabei sein.«

»Nein«, Frenette schüttelt den Kopf. »Ich seh mir so was lieber auf Video an.« Er lacht. »Da kann einem nichts auf den Kopf fallen!«

Harpole versucht ein Lächeln, aber er spürt, dass es misslingt.

»Also, was ist jetzt, Harpole?«, ruft Frenette. »Führen Sie mich rum!«

Harpole zögert. »Haben Sie die Vögel gesehen?«

»Was?«

»Es müssen Hunderte gewesen sein. Sie sind hinter Ihrem Helikopter hergeflogen.«

Frenette sieht hinauf in den Himmel.

»Vorhin, jetzt sind sie weg«, sagt Harpole.

»Tja, dann können Sie mich ja jetzt rumführen, oder?«

Er begreift es nicht, denkt Harpole. Er sieht die Zeichen nicht. Sie waren da, ganz sicher. Hunderte. Sie haben ihn an seine Schuld erinnert, da ist er sich ganz sicher.

»Ich hab dich drum gebeten, ja. Es wäre wichtig gewesen«, sagt Ochs müde. Er bindet sich vor dem Spiegel im Badezimmer seine Krawatte. Obwohl er das Gefühl hat, der Knoten wird ihn gleich erwürgen. Wie hängt ihm das ewige Gestreite mit Heather zum Hals raus!

»Ich würde auch mitkommen, wenn ich könnte. Ich halte mein Wort. Im Gegensatz zu dir ...«, sagt sie aus dem verdunkelten Schlafzimmer heraus.

»Nach Ashland zur Eröffnung kommst du aber mit«, sagt er. Es ist eine Feststellung, keine Frage.

»Wenn es sein muss ...«

»Es muss sein. Ganz Amerika sieht zu, wenn ein Schacht gesprengt wird.«

»Ich kann mir nichts Interessanteres vorstellen.« Sie stöhnt.

Er erwidert nichts. Wenn sie ihre Migräne hat, kann man sowieso nicht vernünftig mit ihr reden. Außerdem braucht er einen kühlen Kopf. In einer Stunde hält er eine Rede im *American Club Resort Hotel* in Kohler. Das ist zwar ein Heimspiel, aber er will es richtig gut machen. Er will sie alle plattmachen. Sie sollen alle mit an Bord seines Schiffes kommen, mit dem er sie zu neuen Ufern steuert. Bildlich gesprochen natürlich. Er hätte Heather gern dabeigehabt, eine glückliche Ehe vorgespielt. Das macht einen Politiker sympathischer und glaubwürdiger.

Der Knoten sitzt schief, stellt er verärgert fest.

»Hörst du mir überhaupt zu?«, kommt es weiter aus dem Schlafzimmer.

Er fummelt immer noch an der Krawatte herum.

»Die Sache mit deinen sogenannten Parteifreunden! Erinnerst du dich? Du bist abends nach Hause gekommen und hast geweint!«

Er reißt die Krawatte wieder los. »Ich hab nicht geweint!«, schreit er in Richtung Schlafzimmer.

»Du hast deinen Kopf in meinem Schoß vergraben und hast …«

Seine Knöchel sind weiß, so fest umschließen seine Hände die Krawatte. Im Spiegel blickt ihm sein wutverzerrtes Gesicht entgegen. Abrupt wendet er sich ab.

»Warum sagst du nichts?«

Er beißt sich auf die Lippen und spannt die Krawatte zwischen seinen Händen, aber die Scheißkrawatte reißt nicht!

»Carl Ochs, dem Spitzenpolitiker, hat's die Sprache verschlagen!« Sie lacht, aber es klingt, als würde sie jeden Augenblick anfangen zu weinen.

Er stürzt aus dem Bad. »Halt endlich den Mund!« Er steht vor ihr, die Krawatte in den Händen, und zittert vor Wut. Und da stellt er sich vor, wie es wäre, wenn er jetzt die Krawatte um ihren Hals legen und zuziehen würde.

Er dreht sich um, reißt eine andere Krawatte und sein Jackett aus dem Schrank und stürzt hinaus. Er kann sie einfach nicht mehr ertragen.

Draußen, vor der Tür des stattlichen Hauses aus rotem Backstein, holt er tief Luft. Er atmet die kalte Luft ein, als könnte sie ihn reinigen.

Tony kommt mit der schwarzen Limousine die Einfahrt herauf. Das ist seine Welt. Dort will er sein, nicht bei seiner Frau, die ihn schon lange anwidert.

»Guten Morgen, Sir!« Tony grüßt höflich und gut gelaunt wie immer und öffnet ihm die Tür.

Und Ochs geht es sofort besser. »Hi, Tony! Was meinen Sie, wird es heute schneien?«, fragt er mit einem Lächeln.

Tony blickt hinauf in das undurchdringliche Weiß des Himmels und schüttelt den Kopf. »Sieht nicht so aus.«

Ochs lacht. »Gut! Dann hoffen wir mal, dass wir ein volles Haus haben!«

»Bestimmt, Sir!«

Als er sich auf den Rücksitz fallen lässt und Tony ihm im Rückspiegel zulächelt, fühlt Ochs sich gut, stabil, motiviert. Er kann es kaum abwarten, im großen Saal des *American Club* vors Mikrofon zu treten und seine Mission zu verkünden. Das Projekt in Ashland wird sie begeistern!

Vergiss Heather, sagt eine Stimme in ihm, vergiss sie ... Aber dennoch ist da etwas in ihm, das ihn hinunterzieht. Er fühlt sich allein ... Mit Kirsten an seiner Seite wäre das etwas ganz anderes, oh ja, da könnte er Berge versetzen. So seltsam es klingt, aber er, Carl H. Ochs, den so viele achten und bewundern, wünscht sich einen Menschen an seiner Seite, der ihn versteht. Von Grund auf versteht und zu ihm hält, egal, was passiert.

Tony nickt ihm im Rückspiegel zu.

Wenn sie nichts tun kann, ist sie am schlimmsten: die Erinnerung an die entsetzlichen Minuten. Nach dem Treffen mit Aaron ist Christina wieder in die Klinik gefahren. Irgendwie hat sie gehofft, dass ihre Mutter sie mit einer Neuigkeit begrüßt. Doch sie hat nur den Kopf geschüttelt.

Zwei Stunden sitzt sie mit ihrer Mutter bei Jay, dann kommt ihr Vater.

»Fahr nach Hause, und ruh dich ein bisschen aus!«, sagt er und müht sich ein Lächeln ab.

Sie nickt nur, sie ist zu müde, um zurückzulächeln.

Immer wenn er nach Kohler fährt, empfindet Carl H. Ochs Bewunderung für den Mann aus einem Dorf in Österreich, der im neunzehnten Jahrhundert mit seinen Kindern und seiner zweiten Frau nach Amerika auswanderte, sich zuerst als Farmer bewies, dann aber eine Stahl- und Eisenfirma übernahm, die sein Sohn zu einem weltweit führenden Unternehmen für sanitäre Anlagen ausbaute. Hotels und Real-Estate-Unternehmen gehören inzwischen zur Firma, genauso wie ein Pferdegestüt und mehrere Golfplätze.

Ochs denkt an seine erste Begegnung mit Charles Frenette. Es war beim Golfen. Anschließend haben sie in der Bar des *Blackwolf Run* ein paar Drinks genommen und sind sich schnell einig geworden …

Als er am Rednerpult im prachtvollen Saal des *All American Club* steht, um seine Rede zu halten, geht ihm das alles durch den Kopf.

»Gott hat uns die Erde geschenkt. Den Boden, die Sonne, das Wasser und den Wind«, so beginnt er. »All das spendet uns Kraft und Leben – und Energie. Aber wir müssen sie bewusst und intelligent einsetzen. Wir haben gelernt, Erdöl zu fördern und die Kraft der Sonne zu nutzen, wir haben Windräder entwickelt. Damit sie Strom erzeugen, sind besonders starke Magnete notwendig, und für die braucht man ein besonderes Metall: Neodym.«

Als er dann konkret wird und Zahlen nennt, spürt er beinahe körperlich, wie das Publikum von einer Schockwelle erfasst wird. »Im vergangenen Jahr hat China dreißig Prozent weniger Neodym exportiert als im Vorjahr. Und die Preise sind über siebenhundert Prozent gestiegen!«

Er vergisst nie, auf die schwierigen Arbeitsbedingungen hinzuweisen. Auf die Zerstörung der Umwelt. »Dürfen wir Neodym überhaupt guten Gewissens fördern?«, fragt er dann.

Natürlich erwähnt er auch, dass Amerika in anderen Ländern nach Seltenen Erden sucht. »Afghanistan verfügt über ein immenses Vorkommen an Seltene-Erden-Metallen. Die warten nur darauf, dass jemand kommt und sie einsammelt!«

Er schafft es wieder einmal, die Zuhörer an Bord zu holen. »Wir müssen wieder unabhängig werden, uns auf unsere eigenen Kräfte und Ressourcen besinnen. Auf unser Potenzial. Die Zukunft hat einen Namen: Amerika!«

Zum Abschluss verschränkt er die Hände in der Luft und schüttelt sie wie ein Sieger. Die begeisterten Zuhörer haben sich von den Plätzen erhoben. Die meisten stammen aus der Gegend, ältere Menschen mit Geld, mit gesicherter Pension und mit der Einstellung, dass man sein Leben selbst in die Hand nehmen muss, um sein Glück zu finden.

»Gut gemacht!« Frank klopft ihm auf die Schulter, als er sich wieder auf seinen Platz gesetzt hat, und sagt ihm leise ins Ohr: »Ich hab ein Angebot von *Windpower US* gekriegt. Sie spenden uns noch mal vierhunderttausend – inoffiziell ... Was sie unbedingt brauchen, ist die Genehmigung für einen weiteren Windpark. Ob wir da was machen können.«

»Und, was hast du ihnen gesagt?«

»Sie sollen mit dir reden.«

»Ist einer von denen da?«

»Ryan Feldman.«

»Wo ist er?« Ochs sieht sich um.

»Oben, im Clubraum.«

Ochs steht auf, geht die Treppe hinauf, schüttelt dabei noch ein paar Hände, nimmt Glückwünsche entgegen und verteilt Dankeschöns.

Die dicken Teppiche schlucken die Schritte, und die dunkel gehaltenen Wände mit der Holzverkleidung lassen ihn jedes Mal vergessen, welche Tageszeit ist. Hier kann man sich am helllichten Tag fühlen wie in einer Bar.

Die Tür zum Clubraum ist nur angelehnt, und Ochs tritt entschieden ein.

»Hi, Ryan«, fängt er an und bricht irritiert ab. Der Mann da am Fenster mit den bunten Glasscheiben, die kaum Sonnenlicht hereinlassen, ist definitiv nicht Ryan Feldman.

»Guten Tag, Gouverneur Ochs!« Den gedrungenen, farblos wirkenden Mann im grauen Anzug hat er noch nie gesehen. Verdammt, er hätte einen Bodyguard mitnehmen sollen, schießt es Ochs durch den Kopf, und er hofft, dass der Typ jetzt keine Waffe zieht und auf ihn schießt. Alles schon da gewesen ...

»Wer sind Sie?« Er greift zu seinem Handy in der Jackentasche.

Der Mann kommt lächelnd auf ihn zu. »Ich soll Ihnen diese Nachricht überbringen.« Er hält Ochs ein Kuvert hin.

Der nimmt es entgegen, der Mann nickt und geht eilig hinaus. Ochs reißt es auf und überfliegt die Nachricht. Er stürzt zur Tür. Doch der Mann ist in der Menge verschwunden.

Und jetzt ist Christina zu Hause, aber ausruhen kann sie sich nicht. Ich muss den Teppichboden reinigen lassen, denkt sie. Wahrscheinlich werde ich einen neuen brauchen.

Nein, ins Wohnzimmer wird sie nicht gehen, das kann sie nicht, erst recht nicht ins Bad. Bei dem Gedanken an das viele Blut beginnt sie zu zittern.

Sie kann sich jetzt nicht hinlegen, sie muss etwas tun, damit dieses Zittern aufhört. Ich werde sauber machen, beschließt sie.

Sie fängt mit der Küche an. Sie putzt die Oberflächen, die Spüle, sie versprüht Desinfektionsmittel, als könnte sie so auch das Böse vernichten. Sie räumt Küchenschränke aus, wirft alte Gewürze und Tüten mit längst vergessenem Inhalt weg und sortiert angeschlagenes Geschirr aus. Als sie irgendwann aus dem Fenster sieht, ist es längst dunkel geworden, aber sie ist immer noch nicht müde.

Um halb zehn meldet sich ihre Mutter aus dem Krankenhaus, sie will die Nacht bei Jay bleiben. Christina zögert, aber dann stimmt sie zu. Im Krankenhaus müsste sie still sitzen, und das würde sie nur noch nervöser machen.

Schließlich saugt sie noch die Diele. Die alte Truhe mit den Metallbeschlägen, die unter der Garderobe steht, stammt von einem Flohmarkt. Damals hat sie sich noch Zeit genommen für solche Unternehmungen. Für Jay ist sie eine Schatztruhe. Früher, als er noch kleiner war, hat sie Schatzsuche mit ihm spielen müssen. Sie musste irgendetwas darin verstecken, Schokolade, Spielzeug oder auch eine selbstgemalte Schatzkarte. Die beschrieb dann einen Weg durch den Garten zur Hecke, wo Christina den Karton mit den neuen Sportschuhen oder mit dem Baseballhandschuh versteckt hatte. Ihr wird ganz warm ums Herz, als sie daran denkt und mühsam die Truhe von der Wand wegschiebt, um dahinter uralten Staub wegzusaugen.

Da liegt etwas. Wahrscheinlich hinuntergerutscht vom Deckel. Es ist ein schmales, schlichtes schwarzes Buch. Sie ahnt, was es sein könnte, und als sie es aufschlägt, hat sie Gewissheit: Es ist Tims Organizer. Die Spurensicherung hat hinter der Truhe nicht gesucht, warum sollte sie auch? Christina merkt, dass der Staubsauger immer noch dröhnt, und schaltet ihn aus.

Der Organizer enthält Tims Termine und die Namen der Patienten. Und dann hält sie den Atem an.

Kondracki steht dort. Und nicht nur einmal. Tim hat ihn zweimal eingetragen, beide Male montags. *Kondracki*. Einmal um 13.30 Uhr, eine Woche später um 13.00 Uhr.

Christina greift zum Telefon, doch dann lässt sie die Hand wieder sinken. Sie wird ihn nicht anrufen, sie wird ihn morgen damit konfrontieren. Morgen früh. Persönlich. Sie will ihm dabei ins Gesicht sehen.

»Woher weiß der das? Was meint der mit Dokumenten? Ja, wer war das überhaupt?«

Frank liest den Brief zum wiederholten Mal, während Ochs versucht, gegen seinen Zorn anzukämpfen. Gerade hatte er noch so gute Laune nach seiner gelungenen Rede im *American Club*, und dann wird sie ihm vermiest durch diesen Kerl, der ihn offenbar erpressen will.

»Ich hab keine Ahnung, Frank!«, sagt er. »Ein korrupter Bankangestellter dieser Scheißbananenrepublik? Oder jemand, der sich in unsere Computer eingehackt hat? Wirklich, ich hab keine Ahnung.«

Sein Bruder nagt an der Unterlippe, ein Zeichen, dass er nervös ist.

»Vielleicht ist alles nur ein Bluff«, sagt Ochs. Er nimmt Frank den Brief aus der Hand und liest vor: »Wir sind im Besitz von Dokumenten, die beweisen, dass Sie finanzielle Vorteile aus den Aktivitäten von *Polycorp Minerals* ziehen ...« Er lässt das Blatt sinken. »Das ist doch nichts Konkretes!«

»Der Rest aber schon«, sagt Frank ungewöhnlich heftig.

»Dass Sie hunderttausend Dollar haben wollen? Ja, das ist allerdings sehr konkret!« Die Wut kocht hoch in Ochs.

»Wir müssen herausfinden, wer dahintersteckt. Dann können wir vielleicht etwas unternehmen.« Frank hat wieder seine normale Stimme, das beruhigt Ochs. Einer muss einen klaren Kopf bewahren.

»Und wie stellen wir das an?«

»Wir warten, bis sie sich mit den Informationen für die Übergabe melden.«

Ochs schnauft. Am liebsten wäre er gleich losgelaufen und hätte diesen Mistkerl von vorhin gesucht und in die Mangel genommen.

Er sieht zum Fenster hinaus. Die verschneite Landschaft mit Ortsnamen wie Luxemburg, Oostburg, Belgium, das ist seine Heimat. Früher, als sie noch Kinder waren, hat ihr Vater darauf bestanden, dass sie Ausflüge machten, damit sie ihre Heimat kennenlernten. Die Pflanzen, die Tiere, auch die Kojoten und Wölfe und Bären, die sich immer noch in den Wäldern herumtreiben. Und die Menschen hat er ihnen nahegebracht. Du musst wissen, was den Menschen wichtig ist, worauf es ihnen ankommt, was für sie an erster Stelle steht – danach formen sie das, was sie Wahrheit nennen. Das hat er seinen Söhnen eingeimpft.

»Ich habe eine zu große und zu wichtige Aufgabe, um vor solchen schäbigen Angriffen in die Knie zu gehen. Ist es nicht so, Frank?«

»Absolut, Carl.«

Pete Kondrackis Institut liegt im Osten der Stadt, zwischen Shoppingmalls und Bürogebäuden. Hierher kommt Christina nur selten. Bei *Crate & Barrel* hat sie ein paar Möbel und Gläser für ihre Wohnung erstanden. Und einen Teppich für Jays Zimmer.

Über dem verglastem Eingang des flachen Betonbaus steht *Geo-Analytics Kondracki.*

Petes ganzer Stolz, denkt sie, als sie auf die Klingel drückt.

»Dr. Kondracki ist heute außer Haus«, sagt die junge Frau an der Rezeption mit einem professionell freundlichen Lächeln. Die Eingangshalle wirkt großzügig, an den Wänden hängen moderne Gemälde, bequeme Ledersessel warten auf Besucher. Das hier ist nicht irgendein Institut, signalisiert das alles, hier ist man gewöhnt, große Projekte zu entwerfen.

»Können Sie mir sagen, wo er ist?« Christina klappt ihren Ausweis auf. *Patty Stiegler* – das steht auf dem Namensschild an der weißen Bluse der jungen Frau – wirkt auf einmal unsicher.

Sie greift zum Telefon. Christina entnimmt dem kurzen Gespräch, dass er heute gar nicht ins Büro kommt.

»Es tut mir leid«, sagt die Angestellte dann auch und legt den Hörer auf. »Dr. Kondracki ist erst morgen wieder da.«

»Er ist verreist? Wohin?«

»Er ist in Ashland.«

»Ashland?«

»Das ist im Norden, am Lake Superior. Ist etwas passiert?«, fragt sie alarmiert.

»Wie kommen Sie darauf?«, fragt Christina.

»Nun …«, fängt Patty Stiegler zögernd an, »in letzter Zeit gab es öfter Demonstrationen und sogar Drohbriefe wegen der Sache mit der Mine.«

Christina wird hellhörig. »Das müssen Sie mir mal näher erklären, Patty.«

Patty Stiegler erzählt, dass *Geo-Analytics Kondracki* das Gutachten für eine der Minen erstellt hat, die wieder eröffnet werden. »Viele sind dagegen, dass dort wieder gegraben wird«, fährt Patty fort. »Aber jetzt ist es per Gesetz ja wieder erlaubt.«

Davon weiß Christina nichts, aber sie hat sich auch nicht dafür interessiert, und die Nachrichten hat sie schon ein paar Tage lang nicht mehr gesehen.

Die Mine heißt *Redmill Mine*, erfährt sie noch, sie liegt bei Ashland, ganz im Norden von Wisconsin. Sie geht zurück zu ihrem Auto. Von Milwaukee aus braucht sie vier Stunden, sagt ihr das GPS. Vier Stunden, um Pete zu fragen, warum sein Name in Tims Organizer eingetragen ist. Und zwar zweimal die Woche.

Sie kommt gut voran, es gibt nicht mehr so viele Baustellen. Doch die Müdigkeit macht ihr zu schaffen, und sie nimmt noch eine Provigil. Nachdem die Ermittlungen im Fall von Charlene einen Monat lag erfolglos verliefen, hat sie damit angefangen. Sonst hätte sie nicht durchgehalten. Sofort fühlt sie sich besser. Wenn das alles vorbei ist, wird sie damit aufhören.

Der Himmel ist grau, und auch die weite, hügellose Landschaft mit den dürren Bäumen, jetzt im Winter ohne Laub, hat etwas Eintöniges. Orte sieht man von der Interstate aus kaum, nur an Tankstellen, Supermärkten und Fast-Food-Restaurants wie *Burger King*, *Perkins*, *Arby's*, *KFC*, *McDonald's*, *Taco Bell*, *Wendy's* und wie sie alle heißen kommt sie vorbei.

In Green Bay, auf der breiten Brücke, auf der sie einen Truck nach dem anderen überholt, fällt ihr auf, dass sie vergessen hat, wie viele Raffinerien und Industriebetriebe sich hier niedergelassen haben. Die große Bucht an der tief ins Land schneidenden Mündung des Fox River in den Lake Michigan ist ein idealer Hafen. Sie erinnert sich an den Mord an einem Unternehmer aus Green Bay. Er hatte Sand, Holz und andere Produkte in den Süden verschifft, vor allem nach Chicago. Man hatte ihn mit durchgeschnittener Kehle in einem Kanal in Milwaukee gefunden. Der Mörder wurde nie gefasst.

Hinter Green Bay, Richtung Wausau zieht sich die Strecke endlos hin. Die Schneelandschaft kommt ihr noch eintöniger und langweiliger vor, nur ein paar Farmen mit ihren Silos erheben sich auf der weißen Fläche.

Irgendwann wird die Strecke wieder abwechslungsreicher. Dichte Wälder reichen bis an die Straße heran, bedecken sanfte Hügel. Die Farmhäuser sind kleiner und wirken nicht so gleichförmig. Werbetafeln weisen darauf hin, dass Amerika das von Gott auserwählte Land ist, dass Jesus die Amerikaner liebt und wann der nächste Gottesdienst in der Lutherischen Kirche ist. Christina wünscht sich Kurven und Ampeln, aber die kommen nicht.

Irgendwann klingelt ihr Handy, und sie schreckt auf. Es ist Aaron. Er will wissen, wo sie ist. Nach der Sache bei *Perkins* hat sie nicht mehr mit ihm gesprochen, umso mehr wundert es sie, dass er anruft.

»Ich bin unterwegs nach Ashland.«

»Und was willst du da?«

»Ich habe den Organizer gefunden.«

»Den von Tim? Ich denke, der hatte keinen. Unsere Leute waren doch in der Praxis.«

»Er war bei mir zu Hause. Irgendwie war er hinter eine Truhe gefallen. Könntest du mal was für mich überprüfen? Hatte Tim eine Patientenakte von einem gewissen Pete Kondracki?«

»Von wem?«

Sie wiederholt den Namen.

»Wer ist das?«

»Erklär ich dir später. Ruf mich an.«

Bevor er noch etwas einwenden kann, beendet sie das Gespräch. Auch das ist nicht fair, das weiß sie, aber sie kann ihm jetzt unmöglich erklären, was gewesen ist zwischen ihr und Pete.

Laut GPS sind es nur noch drei Meilen bis zur *Redmill Mine*. Die Heizung läuft auf vollen Touren. Die Sonne hat sich hinter dicken Wolken verborgen.

Der Winter, denkt Christina, ist hier oben verdammt hart.

Sie fährt durch Orte, die nur aus einigen wenigen Holzhäusern bestehen, manche sind halb verfallen. Auch die Autos vor den Häusern sind rostig und alt. Die Schneehaufen rechts und links der Fahrbahn türmen sich mindestens einen Meter hoch. Und auf der Straße liegt eine feste Schneedecke.

Sie entdeckt ein Schild, das offenbar für Baustellenfahrzeuge aufgestellt worden ist, und biegt links ab. Die Straße ist schmaler, sie führt durch einen lichten Wald aus dürren Bäumen.

Nach knapp einem Kilometer hört der Wald auf, und vor ihr erstreckt sich ein hoher Stacheldrahtzaun. Dahinter erkennt sie Baucontainer, Pipelines, Bagger und Kräne. Trotz Schnee und Kälte arbeiten Männer in gelb leuchtenden Jacken und mit orangefarbenen Schutzhelmen. Gerade kommt ein Lastwagen durch das Eingangstor. Sie fährt rechts ran und lässt ihn vorbei. Dann rollt sie vor eine Schranke.

Ein Wachmann, dick verpackt in warmer Jacke, Mütze und Handschuhen kommt aus seinem Pförtnerhaus. Jetzt erst bemerkt sie die Schiene mit den Eisenzacken, die langsam aus der

Erde hervordringt. Sie dient offenbar dazu, dass Autos nicht unbefugt auf das Gelände gelangen.

Bevor der Wachmann etwas fragen kann, zeigt sie ihren Ausweis und sagt: »Ich möchte mit Pete Kondracki sprechen.«

»Ma'am, hier findet gleich eine Sprengung statt. Ich kann Sie nicht reinlassen.«

In diesem Augenblick ertönt ein lautes Hupen. Kurz darauf gibt es einen ohrenbetäubenden Knall. Christina zuckt zusammen, es ist, als würde die Erde explodieren. Eine riesige Staubwolke schießt in die Höhe, sie scheint in der Luft zu schweben, doch dann fällt sie in sich zusammen.

»Wow!«, sagt sie in einer Mischung aus Faszination und Erschrecken.

Über das Gesicht des Wachmanns zieht sich ein Lächeln. »Ihre erste Sprengung?«

Sie nickt. Dass der Schuss einer Smith & Wesson sich beim ersten Mal ähnlich anhört, sagt sie nicht. Sie gibt ihm ihren Ausweis, worauf er im Pförtnerhaus telefoniert.

Christina fährt die Scheibe hoch. Hier oben ist es noch ein paar Grade kälter als in Milwaukee. Ihre Finger sind schon jetzt steif gefroren.

Der Pförtner kommt zurück, und sie lässt die Scheibe wieder hinunter.

»Fahren Sie den ersten Weg links rein. Gleich am Anfang auf der linken Seite ist das Büro. Ein grauer Container. Warten Sie dort.«

Die Schiene mit den Eisenzacken verschwindet im Boden, und Christina fährt los. Baumstämme stapeln sich links und rechts der Straße, Rohre liegen in offenen Erdschächten, riesige Kabeltrommeln sind aufeinandergestapelt, Kräne lassen Rohre durch die Luft schweben. Und überall sind Männer mit Schutzhelm bei der Arbeit.

Kurz bevor sie den grauen Container erreicht, geht eine Gruppe von Arbeitern über die Straße. Christina stellt den Wagen ab und steigt aus. Der große Temperaturunterschied nimmt ihr erst einmal die Luft. Die Männer werfen ihr feindselige Blicke zu. Bestimmt hat der Wachmann sie längst informiert, dass ein Cop zu ihnen unterwegs ist.

Einer löst sich aus der Gruppe und kommt auf sie zu. Sie erkennt ihn sofort an der leicht vorgebeugten Haltung und an den langen, schweren Schritten.

»Chris?« Die weiße Atemwolke verdeckt für einen Moment Petes Gesicht. »Was machst du hier?«

»Du weißt doch, was passiert ist, Pete!«, fährt sie ihn an.

»Entschuldige, natürlich ...« Sein Lächeln wirkt gezwungen. »Aber ... woher weißt du, dass ich hier bin? Bist du extra von Milwaukee hier hochgekommen?« Unter dem Helm trägt er eine schwarze Wollmütze.

Sie sieht sich um. »Gibt's hier einen etwas gemütlicheren Ort zum Reden? Ich dachte an was mit Zimmertemperatur.«

»Im Büro.« Er gibt den Männern ein Zeichen und geht die roh gezimmerten Stufen zu dem grauen Wohncontainer hinauf. Christina folgt ihm.

Drinnen herrschen ein karibikverdächtiges Klima und eine Geruchsmixtur aus Kaffee, feuchtem Teppichboden und Schweiß.

»Kaffee?«, fragt er. Er zieht Jacke und Handschuhe aus, setzt den Helm ab und schiebt die Mütze vom Kopf. Sein Gesicht wird rot von der plötzlichen Wärme.

Christina bemerkt, dass er sich Mühe gibt, nicht nervös zu wirken. Auch sie zieht ihre Jacke aus.

»Hast du die Sprengung gesehen?«, fragt er und sucht im Hängeschrank nach Kaffeebechern. »Sie wurde auf Video aufgenommen, wenn du willst –«

»Deswegen bin ich nicht gekommen«, unterbricht sie ihn, worauf er kurz in der Bewegung innehält, sie ansieht und ein Lächeln aufsetzt. »Klar, dachte ich mir schon.«

Auf einmal wirkt er entspannter, als hätte er sich von seiner Überraschung erholt. Er gießt ihr einen Becher Kaffee ein. »Immer noch schwarz, ohne alles?«

»Nein. Mit Zucker. Zwei Löffel.«

»Also, weswegen bist du den weiten Weg hierhergefahren?«, fragt er und gibt ihr den Becher. Dann gießt er Kaffee in einen zweiten Becher.

Sie wärmt sich die Hände und sieht sich um. »Was machst du hier eigentlich?«

Er zögert einen Augenblick und sieht sie argwöhnisch an. Dann antwortet er doch: »Ich ... Mein Institut erstellt Gutachten. Ich schreibe Berichte über die Eignung bestimmter Standorte für ... In diesem Fall geht es um die Wiederaufnahme des Minenbetriebs.«

»Aha. Und was holen sie hier raus?«

Wieder dieser argwöhnische Blick. »Bist du deswegen hier?«

»Nein.« Sie trinkt ein paar Schlucke.

»Neodym«, sagt er und sieht an ihr vorbei zum Fenster hinaus, wo offenbar gerade ein Lastwagen vorbeifährt.

»In der Gegend wurden schon vor hundertfünfzig Jahren Erze gefördert«, redet er weiter. »Auch Sand und Sandstein. Dann wurde es billiger, den Stahl im Ausland zu kaufen. Und mit Sandstein wird auch nicht mehr gebaut.« Er nippt an seinem Kaffee. »Diese Mine hier hat die letzten zehn Jahre brachgelegen. Wie die meisten Minen in der Gegend. Die Regierung hat die Wiederöffnung beschlossen, weil sich in Zukunft der Abbau wieder lohnen könnte – vor allem was das Neodym angeht.«

»Neodym?«

»Ein Seltene-Erden-Metall. Braucht man für Hybridmotoren, Windräder ... so was.«

»Es ist giftig, oder?«

»Wie kommst du darauf?«

»Es klingt so.« Wie naiv soll sie sich denn noch geben!

Er versucht zu lächeln. »Nein, ich kann dich beruhigen, es ist nicht giftig.«

Die Tür geht auf, und ein Arbeiter steckt seinen Kopf herein. Er wirft einen überraschten Blick auf Christina. »Hal will mit Ihnen sprechen, er will ...«

»Sagen Sie ihm, ich bin in zehn Minuten da, ja?«

Pete schließt die Tür hinter ihm. »Wir haben einen ziemlich engen Zeitplan. Harpole, der Leiter, ist immer ein bisschen nervös, dass was dazwischenkommt.«

»Was sollte dazwischenkommen?«

Sein Lächeln bekommt etwas Gezwungenes. »Ach, was weiß ich. Er ist einer von der Sorte, die überall ein Unglück heraufziehen sehen.«

»Aber Neodym ist ja nicht giftig, richtig?« Sie setzt auch ein Lächeln auf.

Er gießt sich Kaffee nach. »Also, Christina, es tut mir leid, dass ich nicht so viel Zeit für dich habe. Worum geht es?«

Sie setzt sich auf einen grauen Plastikstuhl und sieht ihn über den Rand ihres Bechers an.

»Wann hattest du zum letzten Mal was mit Tim zu tun?«

»Ich hab dir doch gesagt, dass wir uns nur flüchtig bei Abendveranstaltungen gesehen haben ...«

»Dein Name steht in seinem Terminplaner.«

Er massiert sich die Stirn, als hätte er Kopfschmerzen. »Es gibt ja wohl noch mehr Leute, die Kondracki heißen, oder?«

»Du hast ihn nie wieder angerufen oder getroffen?«

»Aber nein!« Er zuckt mit den Schultern und sagt nach einer Pause: »Vielleicht wollte dein Bruder ja mich anrufen?«

»Warum sollte er?«

»Keine Ahnung«, sagt er schnell. »Es tut mir leid, dass ich dir keine befriedigendere Antwort geben kann.«

Das Lächeln kennt sie. Sie muss ihn irgendwie aus der Reserve locken. Sie will eine Information. Der verdammte Weg kann nicht umsonst gewesen sein. Wortlos zieht sie den Terminplaner aus der Tasche und blättert ihn auf. Sie lässt sich Zeit. Bis sie vorliest:

»*Kondracki, Montag, 13.00 Uhr*, in der darauffolgenden Woche *13.30 Uhr*. Sieht irgendwie nach Terminen aus.«

Sein Lachen gerät zu laut. »Ich brauch keinen Psychiater, Christina, tut mir leid. Auch wenn du das damals vielleicht gerne gehabt hättest.«

Ohne auf seine Anspielung einzugehen, fragt sie: »Und was ist mit deiner Frau?«

»Sandra? Mein Gott, Christina, du kennst Sandra doch gar nicht! Ich glaube, sie wäre die Letzte, die zum Psychiater gehen würde. Sie hält überhaupt nichts davon. Da ist sie wie ihr Vater. Weißt du, was der sagt? Psychiater manipulieren einen. Wenn du zu denen gehst, hast du schon verloren.«

»Dann versteht ihr euch ja bestens«, erwidert sie trocken.

Sein Lächeln verblasst. »Also, tut mir leid, Christina«, sagt er schließlich, »aber das muss alles ein Irrtum sein. Wie gesagt, ich hab ihn sehr lange schon nicht mehr getroffen oder was von ihm gehört.«

»Okay, ein Irrtum also.« Sie zuckt mit den Schultern.

Er schenkt sich noch mal Kaffee ein. »Ich verstehe ja, dass du in deiner Situation jeder noch so kleinen Spur nachgehen willst ... Aber sag, wie geht es Jay?«

Sie sieht ihm an, dass er in Gedanken woanders ist. Nein, sie wird es ihm nicht sagen. Nicht jetzt und … niemals.

»Unverändert.«

»Das tut mir leid, Christina.« Er sieht auf die Uhr an der Wand. »Für heute ist wieder Schneefall angesagt. Du solltest dich besser auf den Weg machen.« Er greift zu Wollmütze und Helm, zieht seine Jacke an, dann öffnet er die Tür und wartet, bis sie schließlich auch ihre Jacke anzieht und an ihm vorbeigeht.

»Fahr vorsichtig! Und alles Gute für Jay!«, sagt er noch, als sie ihren Wagen aufschließt. »Und … sorry, dass du den ganzen Weg umsonst gemacht hast.«

Sie sagt betont gleichgültig: »Das kommt vor.«

Als sie losfährt, hebt er langsam die Hand. Christina bemerkt noch, dass er nachdenklich aussieht.

Sie weiß, dass er gelogen hat.

Es ist nicht nur der Hunger, der Christina nach Ashland zurückfahren lässt. Sie will sich bei den Einwohnern umhören, bevor sie sich an öffentliche Stellen wendet.

Ashland ist tief unter Schnee begraben. Der See breitet sich aus wie eine endlose weiße Eisfläche, die im neblig weißen Dunst in den Himmel übergeht. Die Schneehaufen rechts und links der Straße und neben den Parkplätzen sind erdrückende zwei oder gar drei Meter hoch. Die Autos – neben den Ampeln und den Schaufenstern die einzigen Farbflecken im winterlichen Grauweiß – quälen sich durch die Kälte und ziehen eine Wolke aus dichtem weißen Qualm hinter sich her.

Sie sucht sich im erstbesten Restaurant einen Platz. Über dem Eingang hängt ein blau leuchtender Fisch in einem Netz, und irgendwie hat sie das einladend gefunden.

Drinnen herrschen heimeliges Dämmerlicht und einladende Geräusche. In der Küche zischt die Fritteuse, die Kaffeemaschine brodelt, die Mikrowellen klingeln, und vom Nebentisch dringt das Gelächter von drei jungen Frauen zu ihr. Christina bestellt sich einen Hamburger und Kaffee.

An der Theke sitzen vier Männer, zwei von ihnen sind sicher die Fernfahrer, deren Trucks vor dem Diner parken. Hier war offenbar eine Menge los, denn die Bedienung deckt die Tische neu.

Wenn sie mit Aaron unterwegs ist, lassen sie solche Restaurants aus, zu viel Fett, zu wenig Vitamine – und zu viel Fleisch.

Ob er immer noch sauer ist wegen der Sache mit Travis Raymond? Sie nimmt ihr Handy und wählt seine Nummer.

Er klingt reserviert, als sie sich meldet.

»Hast du die Patientenakten durchgesehen?«, fragt sie.

»Bist du noch da oben?«

»Ja.

»Willst du mir immer noch nicht sagen, was du da treibst?«

»Ich erkläre es dir später.«

Sie hört ein Seufzen. Dann sagt er: »Ich war im Archiv, hab alles durchgesehen, was die Spurensicherung aus der Praxis mitgenommen hat. Es gibt keine Akte Kondracki. Warum ist das überhaupt so wichtig? Wer ist dieser Kondracki?«

Soll sie ihm die Wahrheit sagen? Besser erst einmal nicht. »Der Name steht in Tims Organizer. Aber Kondracki leugnet, er sagt, er hätte nie einen Termin gehabt, weder er noch seine Frau. Gibt's sonst noch was?«

»Der Pizzabote ist verschwunden. Er hat keine Aufenthaltsgenehmigung und natürlich auch keine Arbeitserlaubnis.«

»Also wieder eine Sackgasse.«

»Sieht ganz so aus. Ich muss Schluss machen.«

Bevor sie noch etwas fragen kann, hat er das Gespräch beendet. Ohne sich zu verabschieden.

»Ihr Kaffee!« Die Bedienung, eine Frau um die vierzig mit verwaschenen Gesichtszügen und rot geäderten Wangen, stellt ihr mit einem Lächeln den Becher auf den Tisch.

»Der Hamburger kommt gleich. Müssen Sie heute noch weiter?«

»Ja.«

Sie seufzt, es hört sich aber eher an wie ein Schnaufen. »Es soll wieder schneien.«

Christina macht eine wegwerfende Handbewegung. »Ich fahr gleich.«

»Oh nein, das mein ich nicht! Sagen Sie das bloß nicht meinem Chef, der denkt sonst noch, ich würde die Gäste vergraulen!« Sie verzieht den Mund zu einer Grimasse.

»Ich habe die Mine hier besichtigt«, sagt Christina gerade, als ihr Handy anzeigt, dass sie eine Mail bekommen hat.

»Sie meinen die *Redmill Mine?*«, fragt Dani, wie Christina auf ihrem Namensschild liest.

»Was halten die Leute hier in der Gegend davon?«

»Sind Sie von der Zeitung?«, fragt Dani neugierig.

»Nein, aber ich habe einiges darüber gelesen.«

»Die Mine geht wie ein Riss durch unseren Ort«, meint Dani mit einem Seufzer. »Die einen wollen sie, die anderen nicht. In den Fünfzigern haben sie hier schon dieses Neodym gefördert. Das brauchte man für die Farbfernseher. Aber dann wurde alles zu teuer, und man hat es importiert. Außerdem wusste man nicht mehr, wohin mit dem Abfall.«

»Dem Abfall?«

»Na ja, mit dem, was sie da sonst noch rausholen. Das Neodym kommt nicht so in der Erde vor, so wie Erdöl, verstehen Sie?«

»Ja …«

»Es ist verbunden mit Uran und … Ach, ich hab den Namen von dem anderen Zeug vergessen.«

»Aber Sie scheinen eine Menge darüber zu wissen.«

»Ich krieg hier so einiges mit, außerdem bin ich hier geboren, mein Großonkel hat damals in der Mine gearbeitet.«

»Verstehe.«

»Kommen Sie mit, ich zeig Ihnen mal was.«

Christina folgt ihr eine Treppe hinauf. Von oben aus kann man in der Ferne, mitten in der Schneelandschaft, die Baustelle sehen: die Kräne, die Rohre, den Zaun, die grauen Blöcke der Container.

»Und, was sehen Sie?«, fragt Dani.

»Die Mine …«

»Sie sehen keinen See, oder?«

»Nein.«

Dani senkt die Stimme. »Und wohin sind die radioaktiven Abfälle verschwunden und die Laugen und die Säuren und was man alles braucht, um dieses Neodym aus dem Gestein zu holen?«

»Das hat *Polycorp Minerals* doch sicher erklärt, oder?«

»Sehen Sie das da, links neben dem Kran?«

Christina ist der an einen Rücken erinnernde dunkle Hügel noch nicht aufgefallen.

»Da drin ist es. Das Gift. In sicheren Auffangbecken. Behaupten sie.« Dani seufzt. »Die einen sehen die Arbeitsplätze, die anderen sehen das Gift. Die Leute von der Umweltorganisation versuchen immer noch durchzusetzen, dass die Mine wieder geschlossen wird. Aber …«

»Hey, Dani!«, ruft eine raue Männerstimme von unten herauf. »Dein Hamburger!«

»Ja, gleich!«, ruft sie zurück, und zu Christina sagt sie: »Aber es heißt, es ist von nationalem Interesse. Fortschritt und Unabhängigkeit von China und so ein Zeug. Ist ein ziemlicher Krieg hier.« Sie wendet sich zur Treppe. »Aber jetzt hol ich Ihren Hamburger, nicht dass er noch kalt wird. Das Ganze hat Ihnen doch hoffentlich nicht den Appetit verdorben?«

Dazu braucht es schon mehr, denkt Christina und geht hinter Dani die Treppe zum Gastraum hinunter.

Auf einmal hat sie es eilig wegzukommen. Doch da stellt Dani ihr schon den Teller auf den Tisch.

»Dani, tun Sie mir einen Gefallen, packen Sie ihn mir ein, ja?«

Die Bedienung schaut sie verwundert an, dann lächelt sie. »Klar doch, kein Problem. Ich hab Ihnen wirklich nicht den Appetit ...?«

»Nein, ich denke nur, ich sollte vor dem Schnee losfahren.«

Christina schließt die Augen. Plötzlich ist sie wieder da, die Panik. Hektisch tastet sie nach ihrem Handy und wählt die Nummer ihrer Mutter.

Doch niemand nimmt ab. Natürlich nicht, sie ist ja sicher im Krankenhaus, wo sie nicht telefonieren darf.

Endlich kommt Dani mit der Tüte und der Rechnung. Christina bezahlt und geht zur Tür.

»Warten Sie!« Dani folgt ihr nach draußen. »Ich konnte da drinnen nicht so reden. Mein Chef ist nämlich für die Mine. Er sagt, da kommen dann endlich mehr Fernfahrer und andere Gäste vorbei, und außerdem soll hier auch noch dieses Center gebaut werden.«

»Welches Center?«

»Ein *Think Tank*. Haben Sie nicht die Schilder hinter der Tankstelle gesehen? Da finden dann jede Menge Kongresse statt und so. Das belebt die Gegend, die Leute müssen dann hier übernachten und wollen ja auch was essen. Haben Sie mal gesehen, wie viele Häuser hier leer stehen? In der Main Street verfällt jedes zweite Haus. Inzwischen ziehen selbst die weg, die eigentlich bleiben wollten.« Sie wirft einen schnellen Blick zur Tür.

»Und wenn die Mine wieder schließen muss, dann bauen sie den *Think Tank* nicht, und es ziehen noch mehr Leute weg«, sagt Christina, und Dani nickt. »Und Sie, wie stehen Sie zur Mine? Haben Sie auch Angst, Ihren Job zu verlieren?«

»Ich bin dagegen«, sagt Dani ernst. »Mein Neffe hat Leukämie gehabt.«

»Dani!«, ruft die raue Männerstimme. »Wo, zum Teufel, bleibst du?«

»Mein Chef!« Sie dreht sich um und geht zurück.

»Leukämie? Wegen der Mine?«, ruft Christina noch hinter ihr her.

Nachdenklich geht sie zu ihrem Wagen und fährt Richtung Tankstelle. Auf einem großen Schild wird ein Bauprojekt angekündigt. *Polycorp Minerals Think Tank*, steht da.

Hinter den letzten Häusern verlässt sie die Hauptstraße, die sie nach Green Bay zurück nehmen würde. Der Wagen schlingert kurz über eine vereiste Stelle, sie folgt der schmaleren Straße einen bewaldeten Hügel hinauf. Inzwischen ist die Sonne hinter grauen Wolken verschwunden, und alles wirkt auf einmal bedrückend und bedrohlich.

Irgendwann wird die Fahrbahn schmaler, die schneebedeckten Zweige streifen beinahe das Auto.

Nach etwa einer Viertelmeile steht Christina vor einem hohen Bauzaun aus Maschendraht. Sie steigt aus, die Kälte überfällt sie. Die Dämmerung ist schneller gekommen, als sie erwartet hat. Sie lässt die Scheinwerfer brennen.

Die Bauarbeiten ruhen, weil es so kalt ist. Ein *Think Tank* wäre für diese Gegend tatsächlich etwas Besonderes. Hotels, Motels, Unterkünfte müssen gebaut werden. Das gäbe eine Menge Jobs. Die Region würde an Attraktivität gewinnen, das versteht sie.

Am Rande des Zauns fällt ihr ein Schild auf. Schnee und Eis haben sich darauf festgesetzt, und Christina kann nur Milwaukee entziffern.

Christina blickt sich noch einmal um, dann geht sie zurück zum Auto, wendet und fährt zurück Richtung Highway. Inzwischen hat es angefangen zu schneien. Sie muss sich beeilen, dass sie von hier wegkommt.

Als sie auf die Straße nach Ashland stößt, sieht sie im Rückspiegel Scheinwerfer aufblinken. Sie fährt an den Bordstein und tastet nach ihrer Waffe im Schulterholster. Mit laufendem Motor bleibt sie stehen. Der andere Wagen hält hinter ihr an. Die Fahrertür geht auf.

Im Licht des Scheinwerfers kommt eine dunkle Gestalt auf sie zu. Christina zieht die Waffe aus dem Holster und wartet, bis die Gestalt zum Seitenfenster gekommen ist.

Die Gestalt, die einen dunklen Parka trägt, bedeutet ihr, das Fenster herunterzulassen. Das Gesicht wird von der Kapuze verdeckt. Sie entsichert die Waffe. Endlich streift die Gestalt die Kapuze ab. Christina atmet auf und lässt das Fenster herunter.

»Ist ziemlich gefährlich, was du da machst, Pete!«

Er beugt sich zum Fenster herunter und entdeckt ihre Waffe. »Ich hab glatt vergessen, dass du Cop bist!«

Sie steckt die Smith & Wesson wieder zurück.

»Ich hab dein Auto erkannt«, sagt er. »Sie hat nicht auf mich gehört, hab ich gedacht. Sie hätte schon längst weg sein müssen. Hast du es nicht im Radio gehört? Der Sturm muss jeden Moment den Ort treffen. Ich würde dir vorschlagen, hier zu übernachten.«

Der Himmel hat sich noch mehr verdüstert, durchs Fenster bläst ein scharfer Wind. Auch der Schnee fällt immer dichter.

Sie will nach Hause, aber die Vernunft sagt ihr, dass er recht hat.

»Okay, und wo übernachtet man hier?«

»Ich fahr vor dir her. Ist nicht weit.«

Sie will noch ihrer Mutter Bescheid geben, dass sie heute Nacht nicht nach Hause kommt. Aber sie hat keinen Empfang.

5

Die Scheibenwischer schaffen es kaum noch, die dicken Flocken zur Seite zu schieben, und im Kegel der Scheinwerfer wirkt das Schneegestöber noch wilder.

Christina hat sich übers Lenkrad gebeugt, um wenigstens schemenhaft die weißen Markierungen auf der Fahrbahn zu erkennen und die Rücklichter von Petes Auto nicht aus den Augen zu verlieren. Sie hat keine Orientierung mehr. Irgendwann sind sie links abgebogen in eine Nebenstraße. Die ist übersät von Schlaglöchern, hohe Schneemauern türmen sich bedrohlich auf.

Pete bremst, sie kann gerade noch reagieren. Fluchend fährt sie wieder an. Wenig später biegt er in eine Toreinfahrt ein. Nach ein paar Metern hält er an und steigt aus. Schummrige Lichter lassen ein lang gestrecktes flaches Gebäude erkennen. Schwache Lichter tauchen es in ein kränklich gelbes Licht. Großartig, denkt Christina. Sie macht die Autotür auf, der Wind reißt sie ihr sofort aus der Hand. Sie beeilt sich, durchs Schneegestöber unters schützende Dach zu kommen.

Pete nimmt sie kurz in die Arme. Sein dicker Parka ist weich, und es irritiert sie, dass ihr so etwas auffällt.

»Es ist nicht so übel, wie es aussieht. Ich bin seit gestern hier«, sagt er und hält ihr die Tür auf.

»Manchmal hat man keine Wahl«, brummt sie.

Drinnen ist es immerhin warm. Sofort schmelzen die Schneeflocken auf ihren Haaren, und Wasser rinnt ihr in die Augen. Christina sieht sich um: eine mit Aufklebern geschmückte Theke, dahinter ein übergewichtiger Typ mit gezwirbeltem Schnurrbart und Glatze.

»Hey Leute! Habt ihr's vorm Weltuntergang noch geschafft?«

»Hallo Fred, sieht ganz so aus. Das ist Christina, wir brauchen noch ein Zimmer. Das schönste natürlich.«

»Ich sag immer: Echte Liebe braucht so was nicht!« Fred grinst Christina an.

»Ein *anderes* Zimmer, Fred«, erwidert Christina, und sie weiß, wie humorlos das klingt.

»Oh, Entschuldigung! Aber ich dachte, so eine attraktive Frau wie Sie ...« Sein Blick gleitet zu Pete.

Der sagt nüchtern: »Ist noch was frei, Fred?«

Fred seufzt. »Bei dem Mistwetter? Ich bin bis aufs letzte Loch ausgebucht. Sie haben gestern das letzte Zimmer gekriegt.«

Sein Blick geht neugierig zwischen ihr und Pete hin und her.

Ein Donner lässt alle drei zusammenzucken.

»Hey! Diesen Winter erwischt es uns ganz schön!«, sagt Fred kopfschüttelnd.

»Nimm du das Zimmer«, sagt Pete zu ihr, »ich fahr in den Ort zurück. Vielleicht gibt es da noch was.«

»Das können Sie vergessen«, sagt Fred. »Das *Motor Inn* hat wegen Renovierung geschlossen. Das *American Inn* hat nach Weihnachten dichtgemacht. Dann gibt's nur noch das *Jack's Hut*, aber die haben nur fünf Zimmer. Außerdem ist es bis dahin noch vier Meilen weiter. Aber ich kann gern mal anrufen.« Er greift zum Hörer.

Währenddessen versucht Christina noch einmal, zu Hause anzurufen. Diesmal hat sie endlich Empfang, wenn auch nur schlechten, aber das genügt, um ihrer Mutter mitzuteilen, dass sie oben bei Ashland übernachten muss. Bevor ihre Mutter wieder Vorwürfe loswerden kann, bittet sie sie, bei Jay zu bleiben.

Fred hat aufgelegt. »Schlechte Karten. *Jack's Hut* ist auch voll.«

Es donnert wieder, diesmal bedrohlich laut.

»Schön«, sagt Christina, um dem Ganzen ein Ende zu machen. »Stehen wenigstens zwei Betten im Zimmer?«

»Na klar! Ein Queensize und ein Einzelbett. Brauchen Sie Hilfe mit dem Gepäck?«

Christina wirft ihm einen genervten Blick zu und schultert ihre Handtasche.

Das Zimmer ist nicht gerade geschmackvoll eingerichtet. Aber es ist sauber – und vor allem gut geheizt. Sie wirft ihre Handtasche aufs Einzelbett. Ein Blitz zuckt hinter den zugezogenen Gardinen, der Donner knallt, sodass Christina zusammenfährt. Pete, der hinter ihr steht, hält sie fest.

»Sorry.« Er lässt ihre Schultern sofort wieder los.

»Kann ich ins Bad?«, fragt sie schnell.

»Klar«, murmelt er, »ich bin draußen ... Sie haben eine Bar ...«

Als sie die Badezimmertür hinter sich abschließt und sich auszieht, spürt sie einen Augenblick lang wieder seine Hände auf ihren Schultern. Schnell dreht sie die heiße Dusche auf.

Am Badezimmerfenster wehen Schneeschleier vorbei, es braust und donnert. Irgendwo schlägt Metall an Metall, ein loses Drahtseil vielleicht.

Sie hat keine frischen Sachen dabei, nur eine Reisezahnbürste und ein bisschen Gesichtscreme. Sie zieht also alles wieder an und öffnet die Tür.

»Pete?«

Sie atmet auf, er ist nicht da. So kann sie sich wenigstens schon mal ins Bett legen. Es fühlt sich kalt und klamm an.

Sie schaltet den Fernseher ein. Nur Geflimmer. Sie versucht weiterzuzappen, aber auch das funktioniert nicht, denn in der Fernbedienung fehlen die Batterien. Schließlich gibt sie auf.

Eigentlich müsste sie todmüde sein nach der Fahrt und den anstrengenden und aufreibenden Tagen, aber sie kann sich nicht entspannen. Sie hat das Gefühl, dass sie keine Minute länger in diesem Zimmer bleiben kann. Hastig nimmt sie ihre Handtasche und geht hinaus.

Pete sitzt an der Bar und telefoniert. Als er Christina sieht, beendet er das Gespräch. »Ich wollte gerade was trinken. Leistest du mir Gesellschaft?«

Sie zieht sich einen Barhocker heran. Vielleicht kann sie ihn ja jetzt zum Reden bringen.

Fred hat eine Flasche Whisky hingestellt, Pete gießt ihnen ein, und nach einiger Zeit fragt er:

»Warum ist das damals eigentlich schiefgegangen zwischen uns?«

Christina lässt die Eiswürfel in ihrem Glas kreisen. »Du hast Sandra kennengelernt.«

»Manchmal macht man einfach Dummheiten.«

»Sandra ist also eine Dummheit?«

Er trinkt einen großen Schluck. Nach einer ganze Weile sagt er: »Du kennst das nicht, oder? Du hast Träume, aber du kannst sie nicht leben, weil dir die Scheißkohle fehlt.«

»Oh, ich hab 'ne Menge Träume, die ich nicht bezahlen kann. Ein Apartment in Florida zum Beispiel.«

»Es geht mir nicht um ein Scheißapartment in Florida, Chris! Es geht mir um die Welt!«

Christina sieht ihm direkt in die Augen. »Du glaubst, du musst die Welt retten?«

»Ja! Ja, verdammt, ja! Jeder ist verpflichtet, seinen Beitrag zu leisten! Wir tragen Verantwortung für diese Welt, jeder von uns!« Seine Augen sind gerötet und glänzen.

»Und warum arbeitest du dann für die *Redmill Mine?*«

Er gießt sich nach. »Ach Chris, ich hab gehofft, wir könnten das Berufliche mal ausblenden.«

»Okay, worüber möchtest du dann reden? Über Sandra vielleicht?« Die Spitze konnte sie sich nicht verkneifen.

Ein Blitz zuckt, und er dreht sich zum Fenster.

»Wir können nur hoffen, dass dieser verrückte Schneesturm morgen aufhört. Stell dir vor, wir werden eingeschneit!« Er lacht, dann sagt er ernst: »Das bei *Starbucks* ... war kein Zufall.« Seine Stimme klingt auf einmal anders. »Ich habe dich reingehen sehen.« Er zögert. »Ich bin dir gefolgt.«

Sie weiß nicht, was sie darauf erwidern soll.

»Du wunderst dich, warum, ja?« Er berührt mit einem Finger die Hand, die ihr Glas hält. Eine flüchtige Berührung, eine Geste, die elektrisiert.

»Ich hätte dich nie verlassen dürfen, Chris.« Er seufzt. »Du bist ganz anders als Sandra.«

Christina schluckt eine Entgegnung hinunter. Und dass er ihr damit das Herz gebrochen hat – mein Gott, es muss am Whisky liegen, dass sie solche Gefühle hat –, ja, dass er wirklich ihre große Liebe war, dass sie danach keinen anderen Mann mehr geliebt hat, dass, ach ... all das hätte sie ihm jetzt sagen können, aber sie sitzt hier als Cop ... als Detective Christina Andersson, die den Mord an ihrem Bruder und den Angriff auf ihren Sohn aufklären will ...

»Sandra und ich hatten eine schwere Zeit nach der Fehlgeburt«, redet er weiter, »sie war depressiv, hatte Essstörungen, konnte nicht mehr schlafen. Von den Streitereien zwischen uns gar nicht zu reden.«

Sie trinkt aus. Es ist das Beste, was sie im Moment tun kann, findet sie.

Er schenkt wieder nach. »Glaub mir, es war schrecklich. Ich hab mich ... so, so schlecht gefühlt, so ... ohnmächtig, verstehst du?« Er schüttelt den Kopf. »Ich wusste einfach nicht mehr, was ich tun sollte.«

Er schließt die Augen, nur kurz, und als er sie wieder öffnet, sagt er: »Irgendwann hab ich Tim angerufen und ihn um Hilfe gebeten. Seit September ist sie zweimal die Woche bei ihm.«

Christina knallt ihr Glas auf die Theke.

»Es tut mir leid«, sagt er rasch, »aber Sandra wollte nicht, dass irgend jemand davon erfährt. Ich musste es ihr versprechen.«

Ein Gefühl sagt ihr, dass das immer noch nicht die ganze Wahrheit ist.

Wie weit willst du gehen, um sie herauszufinden?, fragt ihre innere Stimme, während er leise »Christina«, sagt, ihre Hand nimmt und sie an seine Lippen führt.

Sie versucht, sich gegen das aufkommende Gefühl zu wehren. Es ist nicht richtig, sagt die Stimme, aber da ist plötzlich noch eine andere, die sagt, tu es. Sie zieht die Hand weg und beschäftigt sich mit ihrem Glas.

»Ich musste also diesen verdammten langen Weg hier herauf machen, damit du mir das sagst?«

Sein Seufzen klingt echt. »Tut mir leid ... wirklich. Ich hätte es dir gleich sagen sollen.«

Sie will sich ärgern, aber der Ärger stellt sich nicht ein. Stattdessen erwidert sie seinen Blick und lässt zu, dass er wieder ihre Hand nimmt.

Vielleicht liegt es am Whisky, vielleicht liegt es aber auch daran, dass sie sich schon so lange nach diesem Gefühl gesehnt hat – sie schließt die Augen, sie hört auf zu denken, und ihr Widerstand fällt immer weiter in sich zusammen.

Sie erwidert seinen Kuss, und etwas in ihr beginnt, sich aufzulösen. Eine alte Erinnerung steigt auf: das Hotelzimmer in Miami nach der Gründung seines Instituts, das große Bett, die träge Musik aus dem Fernseher, ihre hungrigen Körper, die sich den ganzen Tag nacheinander gesehnt haben …

Sie wehrt sich nicht, als er sie vom Barhocker zu sich zieht, nicht, als seine Hände über ihren Nacken und ihren Rücken gleiten und sich auf ihren Po legen, auch nicht, als sie nach vorn über ihre Schenkel wandern. Und es ist ihre Stimme, die sagt, sie sollten lieber ins Zimmer gehen.

Sie machen das Licht nicht an, während sie sich gegenseitig ausziehen. Christina wischt die letzten Bedenken beiseite und lässt sich von der Schwere und Kraft seines Körpers überwältigen.

Harpole wacht um 01:32 Uhr auf, weil seine Matratze zittert. Zuerst glaubt er, es ist der Blizzard, dann ist er sicher, er hat schlecht geträumt, schließlich denkt er, dass er gerade eine Sprengung verpasst hat. Er setzt sich auf und schaltet das Radio ein.

»… und diese Dinge können wir nicht mit unserem Verstand erklären. Sind es Zeichen von Gott? Wir haben hier einen Augenzeugen am Telefon. Eric, du hast gesehen, wie es passiert ist?«

»Hi, ja! Ich wohne in der Nähe von Ladysmith. Das ist ein bisschen weiter draußen. Gestern bin ich wie jeden Tag mit Troy, meinem Golden Retriever, spazieren gegangen. Es war halb fünf nachmittags. Um die Zeit gehen wir immer. Das sind wir beide so gewöhnt.«

»Und was ist da passiert, Eric?«

»Ich hab gedacht, hey, warum wird es auf einmal so dunkel? Und in dem Moment wird Troy total panisch, er bellt und zieht an der Leine, springt aufgeregt hin und her, was er eigentlich schon lange nicht mehr macht. Und ich guck schließlich hoch, und was seh ich? Eine schwarze Wolke. Aber sofort war mir klar, dass es keine Wolke sein konnte, denn dieses Ding hat geflattert und sich schnell bewegt. Vögel, hab ich gedacht, das sind ja Hunderte von Vögeln! Wir sind losgelaufen und haben uns hinter einem Felsen versteckt, dann erst hab ich noch mal hingesehen. Sie sind vom Himmel geprasselt. Es war unglaublich!«

»Was, Eric? Was ist vom Himmel geprasselt?«

»Die schwarzen Vögel! Sie sind runtergefallen, als wären sie plötzlich in Steine verwandelt worden!«

»Und was hast du in dem Moment gedacht?«

»Ich hab gebetet. Laut gebetet. Und da hat Gott zu mir gesprochen.«

»Wirklich? Was hat er gesagt?«

»Er hat gesagt: Das ist erst der Anfang. Es werden noch viel schlimmere Dinge geschehen, wenn ihr mich nicht achtet. Die Flüsse werden sich vor euch erheben, und die Meere und die Berge werden wanken, die Erde wird sich auftun, und heiße Lava wird sich über alles sündige Menschenwerk ergießen!«

»Das ist eine gewaltige Prophezeiung.«

»Ja, das ist es.«

»Danke, Eric, dass du uns an deinem Erlebnis hast teilhaben lassen. Lasst uns beten. Es ist an der Zeit, dass sich die Menschheit besinnt, damit ...«

Das Zittern ist zu einem Schwanken geworden. Allmählich ist Harpole sich sicher, dass er es sich nicht einbildet. An der Tür rüttelt der Wind, und das Licht flackert.

Harpole steht auf und zieht sich eilig an. Dann öffnet er vorsichtig die Tür. Der Wind reißt sie ihm aus der Hand und bläst ihm eine Wand aus Schnee entgegen. Der Schnee hat schon längst die Treppe bedeckt. Ein dichter weißer Vorhang aus Schnee weht vor den Scheinwerfern, die das Gelände beleuchten. Aber die Erde wankt nicht mehr. Er schaut zum Büro hinüber, und da sieht er etwas vom Himmel stürzen, einen gewaltigen Schatten.

»Himmel ...«, murmelt er. Seine Stimme wird vom Wind weggetragen. Angst erfasst ihn, dennoch rennt er los, mitten durch die Schneewehen, er versinkt bis zu den Hüften, gräbt und rudert sich frei und kämpft sich weiter, immer weiter zu dem Bergrücken am Rande der Mine, dorthin, wo der Schatten vom Himmel gestürzt ist. Er keucht, seine Kehle brennt, und seine Lunge droht zu bersten, aber er muss weiter, er muss diesen Schatten suchen und herausfinden, was es ist.

Und endlich steht er dort, wo sich das weite weiße Schneefeld erstreckt. Es ist nicht mehr weiß, sondern schwarz, bedeckt von etwas riesenhaftem Schwarzen.

»Gott«, murmelt Harpole, »steh mir bei ...«

Ganz langsam geht er auf dieses Schwarze zu, während sein Herz in den Ohren pulsiert.

Noch vor sieben Uhr ist Christina losgefahren. Kaffee und einen Muffin hat sie sich an der erstbesten Tankstelle besorgt, ein Fehler, sie hätte einen *Perkins* abwarten und sich einen Blaubeer–Muffin holen sollen.

Jetzt hat sie schon zwei Stunden Fahrt hinter sich.

Der Anruf ihrer Mutter hat den peinlichen Moment, der dem Aufwachen folgte, verkürzt.

Jay ist aus dem Koma aufgewacht, hat ihre Mutter ohne

Einleitung gesagt, und Christina ist aus dem großen Bett gesprungen, hat hastig geduscht und sich angezogen.

Sie war so aufgeregt, dass sie kein Wort über die letzte Nacht verlieren musste, und Pete war wohl auch froh darüber. Als Fred fragte, ob sie denn nichts vom Erdbeben mitbekommen hätten, wusste Christina einen Augenblick lang nicht, ob das eine Anspielung sein sollte.

Pete zog die Augenbrauen hoch und fragte: »Erdbeben?«

Fred zeigte ihnen die Nachricht im Internet. Das Epizentrum lag in der New Madrid Seismic Zone. In einer der aktivsten Erdbebenzonen der USA.

»Na ja, hier oben ist ja nichts passiert, aber in Chicago hat's 'nen ganzen Highway verschoben.«

Pete murmelte irgendetwas und öffnete ihr die Tür. Er half ihr noch, ihren Wagen vom Schnee zu befreien. Der Blizzard hatte nicht allzu sehr gewütet und war schon in der Nacht weitergezogen. Ein paar Äste hat er von den Bäumen gerissen, aber keine größeren Schäden angerichtet.

»Fahr vorsichtig«, hat Pete ihr noch gesagt und ihr einen Kuss auf die Wange gedrückt. Sie hat knapp genickt und nur an Jay gedacht.

Doch jetzt, als Christina Ashland hinter sich gelassen hat, taucht die vergangene Nacht in ihrer Erinnerung auf. Sie hat es genossen, ja, so lange schon hat sie sich körperlich nicht mehr fallen lassen, so lange schon hat sie keinen anderen Körper mehr so nah gespürt. Aber es war auch eine Reise in die Vergangenheit. Und unwillkürlich kam der Schmerz, als sie daran gedacht hat, wie alles endete.

Sie verdrängt ihre Gefühle und beschließt, lieber darüber nachzudenken, warum es von Sandra Kondracki keine Patientenakte gibt. Doch auch da kommt sie nicht weiter.

Die letzte halbe Stunde dehnt sich endlos. Der Verkehr auf

der Interstate macht sie nervös und gereizt, dazu noch die Baustellen, die eine lächerliche Geschwindigkeit von dreißig oder vierzig Meilen vorschreiben.

Alles geht nicht schnell genug. Auch Aaron, den sie vorhin angerufen hat, ist immer noch nicht bei Sandra Kondracki gewesen, worum sie ihn gebeten hat. Er muss in einem Prostituiertenmord einen Zeugen verhören.

Erst als sie endlich in Jays Zimmer steht und er sie ansieht und *Mom* sagt, hat sie alles andere vergessen. Sie will sich zusammenreißen, um nicht in Tränen auszubrechen, aber sie schafft es nicht. Sie hält ihn fest, drückt ihn an sich und weint. Und ihre Mutter weint mit.

Sie hat die ganze Nacht an seinem Bett gesessen, und plötzlich hat er *Mom* gesagt, sagt sie jetzt schon zum dritten Mal.

Die Ärzte haben schon angefangen, zu untersuchen, ob er Gedächtnislücken hat, sie sind recht zufrieden. Er weiß seinen Namen, er hat seine Großmutter erkannt, und er hat ihnen erzählt, dass er mit seinem Onkel ferngesehen hat. Er erinnert sich sogar noch an die Sendung. Dann bricht seine Erinnerung ab.

»Wir wissen nicht, wann er die Erinnerung an diesen schrecklichen Moment wieder zulässt. Sie sollten ihn jedenfalls noch nicht damit konfrontieren«, erklärt Dr. Joffe und fügt hinzu, dass noch immer Komplikationen wegen der Lungenverletzung auftauchen können.

»Bleiben Sie bei ihm«, sagt er und streichelt Jay über den Kopf.

Christina legt Jay wieder hin, dann erzählt sie ihm die Geschichte, die er, als er noch kleiner war, so sehr mochte. Die von dem Bären und der Ameise. Sie ist keine gute Erzählerin, aber sie kriegt die Geschichte doch irgendwie zusammen. Da fragt Jay plötzlich, als hätte er gar nicht zugehört: »Wo ist Tim?«

Vor dieser Frage hat sie sich gefürchtet. Sie wollte sich eine Antwort zurechtlegen, aber jetzt weiß sie doch nicht, wie sie es erklären soll.

»Er ist nicht mehr bei uns«, sagt sie schließlich.

Jay sieht sie fragend an, er versteht sie nicht, natürlich nicht.

Wie, verflucht, soll sie es ihm erklären? »Tim ist jetzt woanders. Er ist … im Himmel.« Himmel und Hölle, Gott und Teufel – daran glaubt sie nicht, aber irgendetwas muss man seinem Kind doch erzählen, wenn es solche Fragen stellt.

Jay sagt nichts. Sie hat das Gefühl, dass er das längst gewusst hat.

»Tim hat mit dir ferngesehen, ja?«, fängt sie an.

Jay starrt an die Decke.

»Christina!«, mahnt ihre Mutter. »Dr. Joffe hat doch gesagt, du sollst ihn nicht …«

»Ja, Mom! Aber vielleicht will Jay ja was sagen!«

Sie überlegt, ob sie es wagen kann, weiterzufragen. Schließlich nimmt sie seine Hand. »Jay, mein Schatz … du hast mit Tim ferngesehen. Und er hat Pizza bestellt?«

Jay runzelt die Stirn. »Weiß nicht mehr.«

Unwillkürlich wirft sie ihrer Mutter einen hilfesuchenden Blick zu.

»Ihr habt zusammen auf der Couch gesessen«, fährt Christina fort. »Und dann? Was ist dann passiert?« Sie will nicht ungeduldig werden, aber sie hört an ihrer eigenen Stimme, dass sie ihn drängt.

Jay antwortet nicht. Er sieht sie nur an, als würde er sich fragen, warum sie das alles wissen will.

»Schätzchen«, fängt Christinas Mutter an, sie setzt sich auf die andere Seite des Bettes. »Jetzt erzähl mir doch mal, ob Tim auch über den Film gelacht hat.«

»Nein!«, sagt Jay sofort. »Er hat nicht gelacht!«

»Warum nicht? Fand er den Film nicht lustig?«

»Weiß nicht.«

»Er braucht noch Zeit, Christina«, sagt sie leise. Ihre Mutter hat recht, sie darf ihn nicht so drängen, er ist gerade eben erst aufgewacht. Aber Geduld war noch nie ihre Stärke. Die ihrer Mutter allerdings auch nicht, doch wenn es um Jay geht, ist ihre Mutter ganz anders. Christina beobachtet, wie sie mühsamer als sonst aufsteht.

»Ich geh dann mal, Christina.«

»Ja, sicher, ruh dich aus, Mom.«

»Ach, ich hab schon ab und zu mein Nickerchen gemacht. In meinem Alter braucht man nicht mehr so viel Schlaf.«

Sie beugt sich über ihren Enkel, gibt ihm einen Kuss und geht hinaus. Leise schließt Christina die Tür hinter ihr. Sie will sich gerade wieder zu Jay ans Bett setzen, als es klopft und der Wachmann ins Zimmer kommt.

»Detective Andersson? Ich wollte nur Bescheid sagen, ich übernehme jetzt die Schicht.«

»Danke, Officer …«, Christina liest seinen Namen auf der Uniform, »Phillips. Gab es in letzter Zeit irgendwelche … Auffälligkeiten?«

Er schüttelt den Kopf. »Nichts. Alles in Ordnung. Sie können ganz beruhigt sein.«

»Danke, Officer.«

»Nichts zu danken.« Er sieht zu Jay. »Geht es ihm besser?«

Christina folgt seinem Blick. »Jay?« Sie stürzt zum Bett. »Jay, was ist denn los?«

Ihr Sohn hat sich unter der Decke zusammengekauert, zittert und starrt mit großen Augen ins Leere.

»Schnell, holen Sie einen Arzt!«, ruft sie dem Officer zu und drückt auf den Notruf. Sie nimmt Jay in die Arme und wiegt ihn, wie sie es immer getan hat, als er noch ein Baby war. Er fühlt sich steif an, so wie vorletzte Nacht im Badezimmer.

»Jay, es ist alles gut. Ich bin bei dir.« Ein Rückschlag, denkt sie, ich hab ihn zu sehr gedrängt. Sie legt ihn vorsichtig wieder zurück ins Bett, streichelt seinen Kopf.

»Sieh mich an, Jay, Mommy ist bei dir. Alles ist okay.«

Ein Arzt, den sie noch nie gesehen hat, kommt mit dem Officer ins Zimmer.

»Es ist ganz plötzlich passiert!«, sagt Christina. Sie merkt, wie schrill ihre Stimme klingt.

»Das kann vorkommen«, meint der Arzt ruhig. Er kontrolliert die Geräte und leuchtet in Jays Pupillen. Christina beobachtet ihn, wie er eine Injektion aufzieht. Und ganz plötzlich wird ihr alles klar …

»Moment! Keine Bewegung!« Christina zieht ihre Smith & Wesson und richtet sie auf den Arzt. Der wird sofort kalkweiß im Gesicht. »Das gilt auch für Sie!« Damit meint sie den Officer, der starr an der Tür steht.

»Hände hoch! Beide! Los!«

Der Arzt gehorcht sofort, der Officer zögert. Aber nur kurz, denn Christina richtet die Waffe auf ihn, und er begreift, dass sie es ernst meint. Sie hat zwei Gegner, und sie hat Jay, den sie schützen muss. Sie braucht Verstärkung, unbedingt.

»Umdrehen und die Hände an die Wand!«

»Detective …«, sagt Phillips.

»Schnauze!«, fährt sie ihn an.

Sie bedeutet dem Arzt, sich auf den Boden zu legen. »Runter!«, herrscht sie ihn an.

Ungeschickt lässt er sich auf die Knie fallen.

Da steht plötzlich Dr. Joffe in der Tür. »Was ist denn hier

los?« Sein Blick wandert zu dem Mann am Boden, dann zur Wand und schließlich zu ihr.

»Gut, dass Sie hier sind, Doktor! Wer ist das? Kennen Sie ihn?«

»Ja, sicher! Das ist Dr. Andrews!«, schreit Dr. Joffe. »Was fällt Ihnen ein?«

Dr. Andrews … Sie holt Luft und steckt die Waffe langsam zurück. »Officer Phillips, tut mir leid.«

Der Wachmann dreht sich vorsichtig um.

»Dr. Andrews, sorry.«

Dr. Andrews steht auf und starrt sie entsetzt an.

»Ich gehe wieder auf meinen Posten«, sagt Phillips und nickt Christina zu, als wäre nichts geschehen. Sie ist ihm sehr dankbar dafür.

»Ich wollte gerade …«, fängt Dr. Andrews an zu erklären.

»Tun Sie, was Sie tun wollten!«, befiehlt Dr. Joffe. »Und jetzt zu Ihnen!« Er ist außer sich. »Was fällt Ihnen ein, auf meiner Station …«

Sie sieht nicht ein, dass sie sich von ihm auf diese Weise zurechtweisen lassen muss. »Für mich ist das alles nicht so einfach, Doktor!«, fällt Christina ihm heftig ins Wort. »Sagen Sie mir lieber, warum Jay einen Rückfall hat!«

Joffe schluckt eine Bemerkung hinunter und tritt an Jays Bett. Jay hat eine Injektion bekommen, und er wirkt wieder ruhiger.

»Er ist über irgendwas erschrocken. Eine Erinnerung vielleicht«, sagt Dr. Joffe und sieht sie streng an. »Sie sollten aufhören, alle verrückt zu machen, Mrs. Andersson.«

Als die beiden Ärzte das Zimmer verlassen haben, sinkt sie auf den Bettrand. Sie streichelt Jays Arm, sein Gesicht, seine

Hand. »Es tut mir leid, mein Liebling. Mommy ist manchmal ein bisschen dumm.«

Nein, sie macht sich keine Vorwürfe. Dr. Andrews hätte genauso gut ein falscher Arzt sein können und Officer Phillips ein falscher Polizist.

Als ihr Handy klingelt, wirft sie einen besorgten Blick auf Jay, aber er schläft tief.

»Was gibt's, Aaron?«

Aaron hat Sandra Kondracki zu Hause nicht angetroffen. Von einem Nachbarn hat er erfahren, dass sie gegen acht Uhr morgens mit einer großen Reisetasche aus dem Haus gegangen und in ihren Wagen gestiegen ist.

»Shit!« Sie hat gehofft, sie könnte Sandra über Pete befragen.

»Tut mir leid, dass ich keine besseren Nachrichten hab. Wie geht es Jay?«

»Er schläft gerade.« Alles andere will sie ihm nicht erzählen.

»Ich hab mir mal ein paar Infos über die Firma von Pete Kondracki geben lassen. Er hat das Institut vor acht Jahren gegründet.«

»Ja ... ich weiß.« Warum sie das weiß, sagt sie ihm lieber nicht.

»Er ist Geophysiker und Geologe ... und jetzt wird es interessant.« Er räuspert sich. »Pete Kondracki ist zusammen mit Tim aufs College gegangen!«

Du müsstest ihn eigentlich auch gekannt haben, diesen Satz erwartet sie jetzt. Aber Aaron sagt: »Warum sagst du nichts? Er hat Tim gekannt! Du hast den richtigen Riecher gehabt!«

»Ich?«

»Ja! Hey, was ist los mit dir?«

Sie müsste es ihm jetzt sagen.

»Also, hör zu!«, fährt er fort. »Kondrackis Institut stand schon ein paarmal kurz vor dem Aus. Finanzspritzen von seinen Schwiegereltern haben es immer wieder gerettet. Sein Schwiegervater war einige Jahre lang stiller Teilhaber, das wurde dann aber wieder geändert. Wieso, hab ich noch nicht rausgekriegt. Offiziell gehört die Firma nur Pete Kondracki.«

Diese Schwierigkeiten hat Pete ihr gegenüber mit keiner Silbe erwähnt. Du musstest dich ja auch unbedingt auf andere Art mit ihm beschäftigen, bemerkt ihre innere Stimme lästernd.

»Und das wird dich sicher auch noch interessieren – seine Firma hat gerade einen ziemlich dicken Auftrag bekommen: Erstellen eines Gutachtens für die *Redmill Mine* bei Ashland. Sie wird von *Polycorp Minerals* betrieben und ist gerade wieder eröffnet worden. Es gab Umweltauflagen, die *Polycorp* vor zehn Jahren nicht mehr erfüllen konnte.« Er macht eine Pause und fragt dann: »Meinst du nicht, es wäre mal an der Zeit, mir zu sagen, was du da oben gemacht hast? Wenn du nichts sagst, kann ich dir auch nicht helfen.«

»Ich hab Kondracki ein bisschen auf den Zahn gefühlt.« *Tolle Beschreibung, Christina, für das, was ihr da oben getrieben habt.* Und bevor Aaron weiterfragen kann, sagt sie schnell: »Sandra Kondracki war Tims Patientin, das wissen wir inzwischen, aber es gibt keine Akte.«

»Ja, das ist seltsam …«

»Sandra wollte nicht, dass jemand erfährt, dass sie zum Psychiater geht …«

»Psychiater sind doch an die Schweigepflicht gebunden, also hat dein Bruder es bestimmt nicht an die große Glocke gehängt, dass er eine Sandra Kondracki als Patientin hat.«

»Nein, natürlich nicht …«

»Vielleicht hat jemand die Akte mitgehen lassen«, meint

Aaron, »oder sie hat sie selbst mitgenommen. Ich habe gelesen, Sandra Kondracki stammt aus einem konservativen Elternhaus. Ihr Vater ist immerhin Vorsitzender des *Carroll College*. Vielleicht hat sie ein Verhältnis mit einem verheirateten Mann, oder sie nimmt Drogen, vielleicht hat sie abgetrieben oder entdeckt, dass sie 'ne Lesbe ...«

Christinas Handy zeigt einen neuen Anruf an. »Ich muss auflegen, Aaron, ich melde mich wieder.«

Die Telefonnummer auf dem Display kennt sie. Sie ahnt nichts Gutes.

»Setzen Sie sich, Andersson.«

Christina schiebt den Stuhl vor Mullers Schreibtisch ein Stück nach hinten, dann setzt sie sich und wartet. Muller wartet auch. Sie trägt einen champagnerfarbenen Hosenanzug aus einem Stoff, der aussieht wie Seide. Ihre Haare sind perfekt geschnitten, und mit der frischen Tönung glänzen sie wie in einer Shampoo-Werbung. Der ganze Schmutz der Straße, der Verbrechen und Intrigen scheint ihr nichts anhaben zu können.

Christina erspart sich, ihr eigenes Outfit genauer zu betrachten. Seit gestern, als sie nach Ashland aufgebrochen ist, hat sie dieselben Sachen an: den grob gestrickten Pullover, den sie vor zwei Jahren bei *Kohl's* im Schlussverkauf erstanden hat, und die Jeans, die auch schon ein Jahr alt ist. Ihre festen Boots haben Schneeränder – und ihre Haare hat sie heute Morgen einfach zurückgebunden, nachdem sie wenigstens noch schnell unter die Dusche gesprungen ist.

»Sie waren in Ashland.« Es ist eine Feststellung, keine Frage.

»Ja, weil ... Ich hatte einen Grund.« Sie gibt Muller Tims

Organizer. »Da steht ein Name drin. Der Name einer Person, die ich … die ich gut kenne.«

Muller blättert in Tims Organizer, während Christina kurz zusammenfasst, was sie herausgefunden hat: dass Sandra Kondracki Tims Patientin war, dass aber keine Akte von ihr existiert.

»Warum haben Sie den Organizer nicht bei Ihren Kollegen abgegeben?«, fragt Muller. »Ich muss Ihnen nicht sagen, dass sie Beweismaterial unterschlagen.«

»Sie haben es ja jetzt.«

»Sie müssen nicht glauben, Andersson, dass Sie sich über alle Regeln hinwegsetzen können. Übrigens waren Ihre Kollegen nicht untätig, während Sie einen Ausflug in den Schnee gemacht haben.«

»Es war kein …«, erwidert sie wütend, bricht aber mitten im Satz ab. Warum schnappt sie immer wieder nach Mullers Köder?

Muller nimmt eine Akte zur Hand und schiebt Christina ein Foto hin. »Das ist er.«

»Wer?«, fragt Christina und betrachtet es. Es ist ein Typ, wie sie zu Hunderten rumlaufen: schmales Gesicht, hellbraune Haut, Irokesenschnitt, oben gegelt, aufgeworfene Lippen – und ein dämlich provokanter Blick. Wahrscheinlich ist er high gewesen, als er fotografiert worden ist.

»Rizal Al-Khalib, dreiundzwanzig«, sagt Muller, »schon dreimal gefasst wegen Drogenhandel. Er ist selbst drogenabhängig und war auf der Suche nach Bargeld. Vermutlich hat er die Nerven verloren, als er gesehen hat, dass jemand in der Wohnung war.«

Christina starrt Muller an. »Moment, reden Sie gerade von dem Mord an meinem Bruder?«

Muller schiebt das Foto in die Aktenmappe zurück.

Christina hat noch nie gelacht im Büro von Muller. Jetzt tut sie es. »Das ist doch Bullshit. Wer hat Ihnen das denn geliefert?«

»Detective Lieutenant Brewer wäre sicher sehr erfreut zu hören, wie Sie seine Arbeit bezeichnen.« Mullers Lippen verziehen sich zu einem halb spöttischen, halb amüsierten Lächeln.

»Und was ist mit der Spur Kondracki?« Christina zwingt sich, ruhig zu bleiben.

»Geben Sie das an Brewer weiter. Er wird sich drum kümmern.«

»Sie wissen genau, dass Brewer einen Scheiß tun wird …«

Muller bringt sie mit einer knappen Handbewegung zum Schweigen.

»Andersson, Sie sind beurlaubt. Halten Sie sich raus. Sie scheinen sich nicht im Klaren zu sein, was das für Folgen haben kann. Ich hatte wegen Ihnen schon eine Unterredung mit dem Chief of Police.«

»Was wollen Sie damit sagen?«

»Der Chief of Police will keine Polizistin, die ihren eigenen Privatkrieg führt.«

Christina springt auf. »Ich möchte mal wissen, wie Milosz reagieren würde, wenn jemand aus *seiner* Familie in *seinem* Haus ermordet worden wäre! Dieser miese kleine polnische Wich …« Ihre Hände zittern. Sie merkt, wie ihr Mund trocken wird.

»Nicht in meinem Büro, Andersson!«, unterbricht Muller sie. »Ich habe weder die Zeit noch die Lust, mit Ihnen über die Anordnung von Chief of Police Milosz zu diskutieren. Und jetzt gehen Sie und kümmern sich um Ihren Sohn. Ich habe gehört, er ist aus dem Koma erwacht.«

Christina ist sprachlos, sie nickt mechanisch. Dass Jay einen Rückfall erlitten hat, verschweigt sie jetzt lieber.

»Ich habe Ihnen ja gesagt, bei Dr. Joffe ist er in besten Händen.« Muller öffnet irgendeine Akte und beginnt zu lesen. Die Unterredung ist also zu Ende.

»Ach«, sagt Christina, als sie endlich die Sprache wiedergefunden hat. »Wer hat Ihnen eigentlich gesagt, dass ich in Ashland war?«

»Das tut nichts zur Sache, Andersson.«

Christina ist schon an der Tür, als Muller sagt: »Der Fall ist so gut wie abgeschlossen. Ach, und im Übrigen haben wir Big Dee mitgeteilt, dass wir auf keinen Fall mit ihm verhandeln. Die Polizei lässt sich nicht auf solche Deals ein.«

Christina ist übel vor Wut, als sie schließlich Mullers Büro verlässt. Ein Junkie soll ihren Bruder erschossen haben?

Wenn wenigstens ihre Kollegen da gewesen wären, dann hätte sie bei ihnen ein bisschen Dampf ablassen können. Aber ihre Schreibtische sind verwaist. Christina gibt dem Papierkorb einen Tritt und wirft die Tür zum Flur hinter sich zu.

Vor den Aufzügen wartet ein Mann. Christina kennt ihn nicht, vielleicht ein Journalist, denn er hat einen Plastikausweis um den Hals hängen. Sie hofft für ihn, dass er sie nicht anspricht, wenn sie sich gleich neben ihn stellt.

Die Tür von Verhörraum drei geht auf, und Nolan Brewer kommt heraus. Jetzt kann sie sich nicht zurückhalten.

»Was ist denn das denn für eine Scheiße, Brewer?«

Er sieht sie überrascht an. »Andersson! Bist du nicht beurlaubt?«

Ohne auf seine Frage einzugehen, fährt sie ihn an: »Was versprichst du ihm, wenn er was gesteht, was er nicht getan hat, hm?«

Brewer lächelt auf diese selbstgefällige Art, die sie jedes Mal wieder aus der Fassung bringt. »Er hat letzten Monat eine alte Frau in ihrem Haus überfallen und getötet, das hat er gerade gestanden.«

»Na und, was hat das mit dem Mord an meinem Bruder zu tun?«

Sein Lächeln wird noch eine Spur selbstgefälliger. »Ich hab ihn fast so weit. Noch einen halben Tag, höchstens einen, dann gesteht er.«

»Zwei Morde? Damit du dein *C* gleich auf zwei Zettel malen kannst?« Ihre Stimme wird lauter. Wie kann er mit seinen Methoden so weit kommen?

»Ich kämpfe für die Wahrheit, genau wie du, Andersson, genau wie wir alle hier.«

»Hast *du* Muller das mit Ashland gesteckt?«

»Wovon redest du, Andersson?«

Draußen flucht sie laut, es ist ihr egal, dass vor dem Eingang die beiden rauchenden Frauen sie geringschätzig ansehen. Und wenn sie nicht am Hot Dog-Stand auf der anderen Straßenseite Ed Ironman und Rob entdeckt hätte, hätte sie mit Sicherheit die Coladose da auf dem Boden an die Wand des Polizeipräsidiums gekickt. Sie ignoriert die rote Ampel und läuft zu den beiden hinüber. Ed bezahlt gerade. Rob will in seinen Hot Dog beißen, hält aber mit geöffnetem Mund inne.

»Sagt mal, habt ihr eine Ahnung, was Brewer vorhat?«, fragt sie ohne Einleitung.

»Diese Aktion mit dem Drogendealer?« Rob schiebt sich den Hot Dog in den Mund und beißt ab. Mit vollem Mund spricht er weiter: »Er will ihn endlich drankriegen. Egal, für was.«

»Er hat ein paar hieb- und stichfeste Beweise«, fügt Ed hinzu und steckt sein Wechselgeld ein.

»Was für Scheißbeweise?«

»Fasern von seiner Kleidung in deiner Wohnung. Ein Schuhabdruck im Schnee in deinem Garten.«

Davon hat ihr weder Muller noch Brewer etwas gesagt.

»Ich versteh das nicht.« Sie schüttelt den Kopf. »Das passt doch alles gar nicht richtig zusammen. Wenn er Geld brauchte, warum hat er dann nicht Tims Geldbörse genommen?«

Rob schluckt den letzten Bissen hinunter. »Brewer geht davon aus, dass der Pizzabote ihn gestört hat. Er hat Panik gekriegt und ist abgehauen.« Er leckt sich den Ketchup von den Fingern und wischt sie mit der Serviette ab. »Willst du nicht auch einen, du siehst verdammt hungrig aus.«

»Nein, danke.« Hot Dogs sind nur etwas für den absoluten Notfall.

»Was hast du übrigens oben im Norden gemacht? Aaron meinte ...«

Den Rest kriegt sie nicht mit, da ihr Handy klingelt.

»Sorry, Jungs. Muller ist dran. Vielleicht bin ich gefeuert, und ihr müsst mir gleich einen Drink ausgeben.«

Ed und Rob lachen noch, als sie das Gespräch annimmt.

»Ich wollte Sie für heute Abend einladen«, sagt Muller.

Christina ist so perplex, dass sie nicht antworten kann.

Ed und Rob deuten fragend auf den Behälter mit den Würstchen.

»Andersson, sind Sie noch dran?«

»Ja ...«

»Das Büro meines Mannes feiert die Grundsteinlegung eines ziemlich großen Projekts.«

Christina hat keine Ahnung, wovon Muller redet.

»Waren Sie schon mal oben bei *Muller Engstroem Architects*? Von dort hat man einen unglaublichen Blick über die Stadt.«

Christina weiß noch immer nicht, was sie sagen soll. Muller hat sie noch niemals irgendwohin eingeladen. Davon abgesehen ist ihr letztes Gespräch ja nicht gerade harmonisch verlaufen.

»Mein Mann und ich würden uns sehr freuen. Es würde eine Abwechslung für Sie sein.«

Christina räuspert sich. »Ich muss sehen, wie es Jay geht …«

»Ja, natürlich.«

Rob und Ed sehen sie neugierig an, als das Gespräch zu Ende ist.

»Und? Darfst du ab sofort ausschlafen?«, fragt Rob.

»Ihr werdet es nicht glauben, aber sie hat mich eingeladen.«

Die beiden werfen sich vielsagende Blicke zu. »Ich hab's doch gewusst! Muller ist 'ne Lesbe!«, sagt Ed grinsend.

»Sie hat irgendwas vor, ich hab nur keine Ahnung, was«, überlegt Christina laut.

»Willst du jetzt nicht doch einen Hot Dog?« Ed zwinkert ihr zu.

»Danke, aber heute gibt's Häppchen und Champagner.«

»Dann brauchst du vorher erst recht was Richtiges!«, sagt Rob.

Sie klopft ihm auf den Bauch. »Ich muss los.«

»Mach dich hübsch, Babe!«, ruft ihr Rob nach.

Obwohl wieder Schneefall angekündigt ist, haben sich viele nicht abschrecken lassen und sind zum Bowling-Center in der Sanborn Avenue gefahren.

Früher ist Harpole nur selten zum Bowlen gegangen. Seine Frau hatte keine Lust dazu, und die wenigen Abende, an denen er Zeit hatte, wollte er mit ihr verbringen. Verzweifelte Versuche, die am Ende doch nichts genützt haben.

»Alle zehn!«, ruft Keith und hebt sein Bierglas Katie entgegen, die sich zu ihnen umdreht und lachend mit den Schultern zuckt.

»Du bist ein echtes Naturtalent, Katie!« Hal grinst. Er ist stolz auf Katie. Wie sie sich mit den Arbeitern von der Mine unterhält, so zwanglos und irgendwie charmant, weder plump noch anzüglich. Sie hat genau die richtige Mischung drauf. Und seine Leute mögen sie.

Keith hat ihm schon zweimal einen anerkennenden Blick zugeworfen. Sie gefällt Keith, das hat er schon beim ersten Mal gemerkt, aber Keith ist anständig genug, um sich zurückzuhalten, und Katie ist keine, die wild herumflirtet. Das ist ihm gleich am Anfang aufgefallen, als er ihr zum ersten Mal begegnet ist. Im Krankenhaus, wo er sich wegen einer Schnittwunde behandeln lassen musste.

Dass er den Mut gehabt hat, sie überhaupt anzusprechen, wundert ihn immer noch. Aber sie hat ihm sofort gefallen, und er hat nicht lange nachgedacht.

»Ist nur Glück, Hal!«, ruft sie und greift zu ihrem großen Wasserglas. Sie trinkt selten Alkohol, aber es macht ihr nichts aus, dass er am Abend gern sein Bier trinkt.

Er mag ihr Gesicht, besonders wenn es leicht feucht und erregt ist, so wie jetzt, da glänzen ihre blauen Augen, und ihre rötlichen Locken leuchten feurig. Er mag auch ihre kräftige und doch weibliche Figur mit den Rundungen an den richtigen Stellen. Und er mag ihr Lachen, ihre breiten weißen Zähne und ihre rosafarbenen Lippen. Plötzlich muss er wieder an den Schatten denken, der sich vom Himmel herabgesenkt hat …

»Hal? Wo bist du gerade?« Katie steht vor ihm.

»Oh, bin ich schon wieder dran?«

»Mach jetzt bloß unseren Vorsprung nicht kaputt, Hal!«, ruft Tyler, der junge Blonde mit dem Körper eines Bodybuilders, vom Tisch herüber.

»Am besten springt Katie für mich ein«, sagt Harpole zum Spaß und lächelt Katie an. Er kriegt das Bild nicht mehr aus dem Kopf, wie er da durch den Schnee gelaufen ist, dorthin, wo der Schatten auf die Erde gefallen ist ...

»Das würde dir so passen!«, gibt sie gut gelaunt zurück und knufft ihn in die Seite. »Ich gehöre zum anderen Team!«

»Nächstes Mal kommt Katie in unser Team, was, Katie?« Tyler hebt sein Bierglas, und Vince und Larry tun es ihm nach.

Und Katie lacht wieder.

Tyler ist einer, der für Hals Geschmack ein bisschen zu viel quatscht. Er versucht, nicht voreingenommen zu sein und nicht nach Äußerlichkeiten und ersten Eindrücken zu urteilen. Aber in Tylers Augen liegt etwas Verschlagenes.

Er konzentriert sich auf den Wurf. Eigentlich will er Katie schon den ganzen Abend etwas Wichtiges erzählen, aber er weiß nicht, wie er es anstellen soll.

Draußen donnert es, und ein paar Besucher verlassen bereits die Halle. Aber manchmal ist es besser, noch ein bisschen abzuwarten, denkt er. Er nimmt Anlauf, zielt und lässt die Kugel auf die Bahn rollen.

Katies Team hat schließlich gewonnen. Hal konnte sich entspannen und die Mine vergessen. Jetzt will er nach Hause. Am liebsten zu Katie, denn in seinem Wohncontainer ist es nicht sonderlich gemütlich.

»Kommt, ich schmeiß noch 'ne Runde!«, sagt Keith. »Wir haben gewonnen.«

»Ich hab genug für heute«, sagt Harpole und wirft Katie einen Blick zu, er will wissen, ob es auch für sie okay ist.

»Aber Katie will vielleicht hierbleiben, Hal. Hast du sie gefragt?« Tyler, schon wieder. Er kann den Typen einfach nicht leiden.

»Katie will auch nach Hause«, sagt Katie lächelnd und gibt Hal einen Kuss auf die Wange. Ja, ihren Witz mag er auch.

»Wir sehen uns morgen, Männer!« Harpole steht auf.

Es schneit wieder stärker. Räumfahrzeuge sind schon unterwegs. Zu Katie ist es nicht weit.

»Komm, das schaffen wir schon!«, sagt er zu ihr, und sie hängt sich bei ihm ein. Ihr Arm fühlt sich gut an, selbstverständlich und richtig.

Und genau deshalb überfällt ihn manchmal diese Angst. Dass alles eine große bunte Luftblase ist, die plötzlich platzt und nichts übrig lässt.

Sie stapfen durch den Schnee, und Katie drängt sich an ihn. Das gefällt ihm. Das macht ihn glücklich. Brenda hat das nie gemacht. Sie ist immer allein vorausgegangen, sie hat es nie zugelassen, dass er sich um sie kümmert.

Es ist kalt im Auto. Aber er mag das, denn dann spürt er ihre Nähe noch stärker, diese Wärme, die ihr Körper ausstrahlt.

Der Duft ihrer Haut, ihrer Haare und ihres Atems erfüllt ihn mit Leben. Er hat gar nicht mehr geglaubt, dass es so etwas noch gibt für ihn … Hal, du bist ein sentimentaler Trottel, denkt er und startet den Motor.

Sie lehnt sich zurück und seufzt leise. »Danke für den schönen Abend, Hal.«

»Du warst die Einzige, die alle zehn geworfen hat.« Ihm fällt auf, dass er viel öfter lächelt als früher.

»Und deshalb habt ihr verloren!«

Er lacht. »Genau!«

Er fährt auf den Lakeshore Drive. Es ist die Straße, die am Seeufer entlangführt. Trotz der Schneeverwehungen kommt er gut durch. Der alte Steg ragt als dunkler Schatten weit hinaus auf die weiße Eisfläche des Sees. Im Diner auf der anderen Straßenseite brennt noch Licht. Er hat Hunger, aber er will lieber mit ihr allein sein.

»Ich hab noch was im Kühlschrank«, sagt sie, als hätte sie seine Gedanken gelesen. »Hackbraten mit Ei.«

»Das klingt gut. Aber ich sollte nicht so viel essen.«

»Du? Ach, du kannst noch was vertragen!«

Er ist glücklich, wie er so mit ihr durch die Nacht fährt. Die Scheibenwischer arbeiten auf Hochtouren, Gott sei Dank sind es nur noch wenige Hundert Meter zu ihrem Haus.

»Angela zieht nächsten Monat zu ihrer Tochter nach Green Bay«, sagt sie, als sie vor ihrem Haus angekommen sind.

»Angela?« Er versucht, mit dem Namen ein Gesicht zu verbinden.

»Die hab ich dir doch neulich vorgestellt. Sie arbeitet auf meiner Station …«

»Die, die die ganze Zeit von ihrem Mann erzählt hat?« Er hat Katie vor ein paar Tagen von der Spätschicht abgeholt. Die Überraschung hat ihr gefallen.

»Ja«, sagt Katie, »das macht sie einfach fertig, nach zwanzig Jahren!«

Er stellt den Motor ab, und sofort bedecken Schneeflocken die Scheibe. Nur ein Schimmer von den Laternen dringt noch zu ihnen herein. Er fragt sich gerade, warum sie ihm von Angela erzählt, da sagt sie: »Sie vermietet ihr Haus.«

Sie macht eine Pause, und er überlegt immer noch, was sie damit sagen will, da fährt sie fort: »Vielleicht wäre das was für dich.«

»Ich hab ein Haus, Katie. Eins in Helena und dann noch den Container bei der Mine.«

»Ich hab gedacht, es würde dir vielleicht gefallen, wenn du nicht immer auf der Mine ...«

»Das steht so in meinem Vertrag. Als Leiter muss ich vor Ort sein. Und außerdem ist es praktisch.«

»Ich dachte ...«

»Was dachtest du?«

»Diese Mine ...«

»Ja?«

Sie blickt auf die zugeschneite Scheibe. »Vielleicht könntest du woanders einen Job ...«

»Mir gefällt der Job. Davon abgesehen: Mit fünfundfünfzig kriegt man die Angebote nicht gerade nachgeschmissen.«

Sie erwidert nichts.

»Warum sagst du so was, Katie? Hast du was gegen meinen Job?«

»Du weißt doch, sie haben die Mine damals geschlossen, weil ...«

Er fällt ihr ins Wort: »... weil es Neodym woanders billiger gab, ja.«

»Weil es Getuschel gab.«

»Getuschel? Du glaubst, so ein Unternehmen wie *Polycorp Minerals* schließt eine Mine, in die es damals Millionen investiert hat, wegen ... Wie nennst du es? Getuschel?« Er sieht zu ihr hinüber. Solche Diskussionen mag er nicht führen, schon gar nicht mit ihr. Er will nicht, dass seine Arbeit ihr Zusammensein stört. Und doch kommen sie immer wieder darauf zu sprechen.

»Kinder sind krank geworden.«

»Katie, es gibt da keinen Zusammenhang.«

»Woher willst du das wissen, Hal?«

»Es gibt viele Untersuchungen. Es gibt das Gutachten. Glaubst du, die Mine hätte wieder eröffnet werden dürfen, wenn an den Vorwürfen etwas dran wäre?«

Sie schweigt.

So hat er sich den Ausklang des Abends nicht vorgestellt. Und, wie kriegt er es jetzt wieder hin? Darin ist er gar nicht gut.

Da greift sie nach seiner Hand und lächelt ihm zu. Den ganzen Abend schon wollte er ihr von dem Schatten erzählen und wie er durch den Schnee darauf zugelaufen ist und was er Grausiges entdeckt hat und wie groß seine Angst ist – aber es hat nie gepasst. Und jetzt passt es auch nicht mehr.

Bevor sie endlich von zu Hause losfährt, hat Christina sich drei Mal umgezogen und dabei überlegt, warum Muller sie eingeladen hat und ob sie die Einladung überhaupt annehmen soll.

Letzten Endes hat ihre Neugier gesiegt.

Gerade noch hat sie mit ihrer Mutter im Krankenhaus telefoniert. Jays Zustand ist unverändert. Er wirkt verstört. Christina muss zugeben, wie erleichtert sie ist, dass ihre Mutter sich um ihn kümmert. Die beiden scheinen sich sehr zu mögen. Als Großmutter ist sie ganz anders, als sie als Mutter gewesen ist. Damals hat sie nie Zeit gehabt, alles musste schnell gehen, und immer schien sie gehetzt zu sein und mit ihren Gedanken ganz woanders.

Jetzt, in der Dunkelheit, spürt Christina, wie müde sie ist. Als sie an Pete denkt und worauf sie sich oben in Ashland eingelassen hat, geht es ihr auch nicht besser. Sie hat das Gefühl, dass sie nichts mehr geregelt bekommt.

Die Tiefgarage des Bürohauses in Downtown Milwaukee

ist ziemlich voll. Sie muss durch mehrere Gänge fahren, bis sie endlich einen Parkplatz findet. Während sie auf den Aufzug wartet, ist sie immer noch in Gedanken bei Pete. Er hat sie hungrig gemacht. Und das ist nicht gut.

Der Aufzug ist leer. Im Spiegel kann sie sich noch einmal begutachten. Auf den ersten Blick findet sie sich gar nicht so übel. Schlank und groß, ein bisschen zu groß für manche Männer, aber sie ist froh, dass sie nicht immer zu ihnen aufblicken muss. Ihre Haare trägt sie offen. Sie hat endlich das neue Shampoo benutzt, das sie Weihnachten bekommen hat und das ihr Weizenblond noch strahlender macht – sodass man die ersten grauen Strähnen nicht so deutlich sieht.

Ihr Flower-Power-Lieblingskleid ist wahrscheinlich ein bisschen zu frühlingshaft für das Wetter – sie trägt ohnehin nur selten Kleider, und die anderen beiden sind noch in der Reinigung. Sie hat vergessen, sie abzuholen.

Am liebsten hätte sie ihren warmen Mantel angezogen, aber das geht nicht zu diesem Kleid, also hat sie sich für ihre sportliche Lederjacke entschieden – der Empfang wird ja wohl nicht draußen im Schnee stattfinden.

Die Leuchtziffer im Aufzug zeigt den 12. Stock an, und die Türen gleiten lautlos auseinander.

Sie presst die Handtasche unter den Arm. Da ein Schulterholster nicht zur Garderobe passt, steckt die Dienstwaffe da drin.

Die matte Glasscheibe mit dem dezenten Schriftzug *Muller Engstroem Architects* sieht nobel aus. Dahinter erwartet man etwas Modernes, Kreatives und Innovatives. Und Ruth Muller, denkt Christina, muss die banale Hässlichkeit eines städtischen Büros ertragen … Dabei könnte sie doch einfach nur die Ehefrau des erfolgreichen Architekten Adam Muller sein.

»Guten Abend, darf ich Sie um Ihre Einladung bitten?«

Hinter der Glasscheibe kommt ein elegant gekleideter Türsteher auf sie zu. Keiner von diesen Typen, die man sich eher im Knast vorstellen kann.

»Mrs. Muller persönlich hat mich eingeladen.«

»Ihr Name bitte?«

»Andersson.«

Er blättert in einer Liste.

»Beth?«

»Nein. Christina.« Sie ist nun wirklich ungeduldig.

Hat Muller das beabsichtigt?

»Ah! Hier! Verzeihen Sie, sie hat Sie nachträglich handschriftlich eingetragen.« Er weist mit dem Arm in einen breiten Flur. Dort entlang bitte. Ich wünsche Ihnen einen schönen Abend.«

Ich werde aus Muller einfach nicht schlau, denkt sie, während sie in eine Welt aus teuren Parfüms, Designerkleidern, gepflegtem Small Talk, Haifischlächeln – und zur Schau gestellten Eitelkeiten tritt. Hier gibt es keine hässlichen Menschen. Der Wohlstand hat sie in Schönheiten verwandelt.

»Christina!« Muller kommt auf sie zu. Sie lässt einen anerkennenden Blick über Christina gleiten. »Sie sehen gut aus!« *Ein Kompliment aus Mullers Mund – das muss ich Rob erzählen ...*

Muller trägt ein schlichtes, eng anliegendes Kleid in Rubinrot, das genau an der richtigen Stelle über dem Knie endet, damit es elegant und sexy zugleich wirkt. Und das Rot bringt ihre dunklen Haare und die ausdrucksvollen Augen noch stärker zur Geltung. Captain Ruth Muller, darin sind sich alle einig, ist eine aparte Erscheinung – die dem Büro des Chief of Police zweifellos mehr Glanz verleihen würde als der Quadratschädel Milosz, denkt Christina.

»Wie geht es Jay?«

»Es geht. Meine Mutter ist bei ihm.«

»Kommen Sie, ich stelle Sie ein paar Leuten vor.« Bevor Christina etwas sagen kann, hat Muller sie sanft am Ellbogen gefasst und dirigiert sie direkt hinein in einen großen, in hellem Licht erstrahlenden Raum, durch den Kellner in langen Schürzen Tabletts mit Champagner und Häppchen zwischen den Gästen hindurchbalancieren. Gedämpfte Jazzmusik mischt sich mit Gelächter und Geplauder.

Alles sehr geschmackvoll – und so ganz anders als in der West State Street, findet Christina, als Muller mit ihr vor einem freundlich lächelnden Mann mit dunkler Hornbrille stehen bleibt.

»Christina, darf ich Ihnen meinen Mann vorstellen.« Adam Muller ist ein bisschen kleiner als Christina, er ist nicht dick, aber man sieht ihm an, dass er gerne gut isst und trinkt.

»Guten Abend«, sagt sie höflich.

Perfekt sitzender dunkler Anzug, weißes Hemd, kurz geschnittene Haare – so sieht ein erfolgreicher Architekt aus, innovativ, aber kompromissfähig, einer der auf dem schmalen Grad zwischen Kunst und Kommerz zu wandeln weiß.

»Es freut mich, Sie kennenzulernen, Detective Andersson. Meine Frau hat mir schon viel von Ihnen erzählt!«

»Ja, das glaube ich«, kann sie sich nicht verkneifen zu erwidern. Er hat eine angenehme Stimme, sie klingt tief und voll. Adam Muller strahlt Autorität aus, sogar Charisma. Ein echter Frauentyp, denkt Christina und fragt sich, ob Ruth Muller Eifersucht kennt. »Mein aufrichtiges Beileid zu Ihrem Verlust. Ich hoffe, Ihrem Sohn geht es besser.«

»Adam, willst du Detective Andersson nicht dein Projekt vorstellen?«, fragt Muller.

»Was meinen Sie, Detective Andersson?« Er bietet ihr seinen Arm.

»Ja, gern.« Christina hat keine Ahnung, was Muller bezweckt. Ob sie überhaupt etwas bezweckt? Oder will sie sie nur ablenken … von etwas wirklich Wichtigem?, grübelt sie, während Adam Muller sie zwischen den Grüppchen hindurchnavigiert und ab und zu freundlich grüßt.

»Meine Frau hat mir erzählt, Sie wären kürzlich oben am Lake Superior gewesen«, sagt er.

Bevor sie etwas antworten kann, bleiben sie vor einer Projektionswand stehen, auf der mitten in einem dichten Wald ein futuristisch aussehendes Gebäude zu erkennen ist, das virtuos von einer Kamera um- und überflogen wird.

»Das ist unser Projekt«, sagt Adam Muller mit einem gewissen Stolz in der Stimme, »der *Think Tank* von *Polycorp Minerals* bei Ashland.«

Christina braucht ein paar Sekunden, um zu begreifen, was er gerade gesagt hat.

»Vielleicht haben Sie mitbekommen«, fährt er fort, »dass dort eine Mine wieder eröffnet wurde. Seltene Erden, sagt Ihnen das was? Aber ich will Sie nicht mit technischen Dingen langweilen …«

»Sie langweilen mich überhaupt nicht!«, sagt sie schnell.

»Wirklich nicht?«

»Nein, wirklich nicht. Bitte, erzählen Sie weiter!«

Er räuspert sich. »Gut. Man braucht dieses Neodym zum Beispiel für Magnete von Windrädern. Aber auch für viele moderne, zukunftsweisende Technologien. Deshalb hat *Polycorp* einen *Think Tank* in Auftrag gegeben. Hier sollen neue Ideen entwickelt werden, die unsere Welt revolutionieren. Sehen Sie sich ihn an! Woran denken Sie dabei?«

An Pete? An das Motel? An den Schneesturm? Schließlich sagt sie: »Sieht aus wie ein Blockhaus-Spaceshuttle.«

Er lacht. »Fantastisch!«

Wie peinlich! »Ich meine …«

»Nein, nein, es ist eine perfekte Beschreibung! Warten Sie!« Er blickt über ihre Schulter hinweg. »Charles! Kommen Sie doch mal her!«

Sie dreht sich um und sieht einen hochgewachsenen, schlanken Mann, die Hand lässig in der Hosentasche seines dunklen Anzugs, näher kommen, ein gewinnendes Lächeln auf dem Gesicht. Christina schätzt ihn auf Anfang fünfzig.

»Das ist Mrs. Andersson«, stellt Adam Muller vor, »*Detective* Andersson – aber heute ist sie privat hier, und das ist unser Auftraggeber, Charles Frenette von *Polycorp Minerals.*«

Christina blickt in ein markantes gebräuntes Gesicht. Die Augen erinnern sie an Gletscher und an eisblauen Himmel. Obwohl er lächelt, geht etwas Abweisendes von ihm aus.

»Mrs. Andersson hat mit einem Blick die Absicht hinter unserem *Think Tank* durchschaut«, sagt Muller.

Frenette betrachtet sie mit einer Mischung aus Skepsis und Neugier. Sie zuckt mit den Schultern.

»Blockhaus-Spaceshuttle!« wiederholt Muller amüsiert.

»Wissen Sie«, sagt er zu Christina, »genau das haben wir beabsichtigt, nicht wahr, Charles? Eine harmonische organische Symbiose von Technologie und Natur.« Muller zeichnet mit den Händen ein fiktives Schild in die Luft. *Blockhaus Space Shuttle*.

»Adam, wir sollten Mrs. Andersson nicht mit technischen Details langweilen.« Frenette spricht sehr präzise und akzentuiert.

Christina will etwas sagen, doch Muller kommt ihr zuvor: »Polizisten interessieren sich für alles, sagt meine Frau immer, richtig, Detective?« Was den Charme angeht, ist Muller Frenette deutlich überlegen.

»Da muss ich ihr recht geben«, sagt Christina. In diesem

Fall interessiere ich mich erst recht für alles, denkt sie, sagt es aber nicht, sondern fragt: »Wie stehen denn die Umweltschützer zu dem Projekt?«

Hat Frenettes Mundwinkel gezuckt? »Das Besondere an Seltenen Erden ist, dass sie in der Gunst der Umweltschützer viel weiter oben stehen als die altmodischen Erze«, sagt er mit einem Seitenblick auf Muller.

Der lacht amüsiert.

»Doch, Adam!« Frenette sieht Muller an, der nickt und sofort wieder ernst ist.

»Ja, sicher, Charles! Außerdem bieten wir ja den *Think Tank*. Der verspricht Nachhaltigkeit durch Innovation.«

Frenette scheint zufrieden zu sein und wendet sich wieder Christina zu. »Techniken, die man zur Gewinnung nachhaltiger Energien benötigt, sind ohne Neodym oder Cern oder wie sie alle heißen heute nicht vorstellbar – und nicht entwickelbar.« Mit einem Lächeln fügt er hinzu: »Das haben mittlerweile sogar die Ökos begriffen.«

Auch Christina setzt ein Lächeln auf. »Hm, aber es fallen doch sicher Abfallstoffe an oder ...«

Muller winkt einem Kellner und nimmt drei Gläser Champagner vom Tablett, während Frenette ihr ins Wort fällt: »*Polycorp Minerals* setzt modernste Technologien ein, die diese Stoffe binden und ungefährlich machen. Wir haben sogar einen Umweltpreis dafür bekommen.«

»Gratuliere!« Christina nimmt ein Glas, hebt es und muss plötzlich an Dani denken, die im Diner oben in Ashland arbeitet. »Auf *Polycorp Minerals*!«

»Und auf *Muller Engstroem Architects*«, fügt Muller vergnügt und selbstbewusst hinzu.

»Auf unser Projekt«, sagt Frenette und lässt seinen Blick durch den Raum wandern.

»Entschuldigt, aber ich muss neue Gäste begrüßen«, sagt Muller und will schon gehen, doch dann wendet er sich noch einmal an Frenette: »Detective Andersson war übrigens kürzlich oben bei Ashland, nicht wahr?«

»Wirklich?«

Er spielt die Überraschung nur, das spürt Christina sofort.

»Was hat Sie denn in diese gottverlassene Gegend geführt?« Lächelnd fügt er hinzu: »Doch nicht etwa eine Leiche?«

»Möglicherweise …«, sagt sie. Sie spricht bewusst nicht weiter.

Für einen kurzen Moment verändert sich sein Gesichtsausdruck.

»Das war nur Spaß.« Sie lächelt. »Ich hatte anderweitig zu tun. Aber ein alter Freund arbeitet dort oben. Dr. Pete Kondracki.«

Frenette denkt kurz nach. »Kondracki? Ja … richtig! Er gehört zu unseren wissenschaftlichen Mitarbeitern.«

»Mein Bruder war zusammen mit ihm auf dem College.« Plötzlich wird ihr die Kehle eng.

»Ihr Bruder?«

»Ja, er wurde ermordet.«

Frenettes Züge gefrieren. Oder spielt er auch das nur? »Das … tut mir leid. Und Sie … suchen jetzt seinen Mörder, nicht wahr? Aber Sie gelten doch sicher als befangen … So nennt man das doch, oder?«

»Ja, so nennt man das.«

Ihr entgeht nicht, dass er sich unauffällig nach neuen Gesprächspartnern umsieht. In diesem Augenblick kommt Ruth Muller auf sie zu, und Frenette nutzt die Gelegenheit, sich zu verabschieden.

»Ich muss mit Ihnen reden!«, sagt Muller ungewohnt hastig. Christina folgt ihr auf den Flur bis zu einer geschlossenen

Tür. Muller öffnet sie und lässt Christina den Vortritt. Es scheint der Rückzugsraum ihres Mannes zu sein. Hier, im gedimmten goldfarbenen Licht, stehen eine ultramoderne Liege, ein Bücherregal und ein großer Bildschirm. Muller schließt die Tür hinter ihnen. Sie versucht gar nicht erst, ihre Nervosität zu verbergen.

»Ich brauche Ihre Hilfe, Andersson.«

»Ich wüsste nicht, wie ich Ihnen in meiner momentanen Position helfen könnte, Captain.«

Muller übergeht ihren Einwand. »Das, was ich Ihnen jetzt anvertraue, muss absolut diskret behandelt werden.«

»Verstehe.«

»Gut«, fängt Muller an, dann stockt sie. »Unser … *mein* Sohn Alex … Wir haben entdeckt, dass er offenbar … mit Drogen dealt.«

Christina ist beinahe erleichtert. »Viele in seinem Alter verkaufen hin und wieder ein paar Pillen, um …«

»Es sind keine Pillen, Andersson«, unterbricht Muller sie, »es ist Kokain, und wahrscheinlich sind es auch noch Amphetamine.«

Zum ersten Mal ist Muller nicht überlegen und arrogant, stellt Christina fest. »Und wie kann ich Ihnen helfen?«

»Brewer führt heute Abend Razzien in gewissen Gegenden durch. Sie können sich vorstellen, was passiert, wenn Alex dabei gefasst wird.«

Ja, das kann ich mir vorstellen, deine Karriere steht auf dem Spiel, denkt Christina und sagt: »Rufen Sie Ihren Sohn an, sagen Sie die Razzien ab, verständigen Sie Brewer.«

Muller winkt ab. »Alex geht nichts ans Telefon, und ich müsste Brewer einen triftigen Grund nennen, dass er die Sache abbläst.«

»Sie sind der Captain …«

»Nein!«, sagt Muller entschieden. »Ich kann die Razzien nicht mehr aufhalten.«

»Und was wollen Sie von mir?«

Muller sieht ihr direkt in die Augen. »Setzen Sie sich mit Big Dee in Verbindung. Er bekommt seinen Deal. Sagen Sie ihm, das ist die letzte Razzia.«

Christina ist sprachlos.

Muller wirft einen Blick auf ihre Armbanduhr. »Er hat noch genau vierzig Minuten Zeit, um seine Leute zu warnen.«

»Und was ist mit Ihrem Sohn?«, fragt Christina. »Soll Big Dee ihn rausholen lassen?«

Mullers Gesichtsausdruck entspannt sich. »Ich sehe, Sie haben mich verstanden, Andersson.«

Schon öffnet sie die Tür. So schnell hat sie bekommen, was sie wollte, denkt Christina.

»Moment noch, Captain. Warum haben Sie mich heute Abend eingeladen?«

Muller wirkt erstaunt.

»Das habe ich doch gesagt. Ich dachte, Sie bräuchten Ablenkung.«

»Sie haben das geplant. Sie wussten das mit dem Deal, Sie wussten das mit den Razzien …«

»Sie täuschen sich! Dass Alex mit Drogen dealt, habe ich erst heute Abend von meinem Mann erfahren.«

»Warum also?« Christina wartet auf eine Antwort.

Muller schließt die Tür wieder. »Eigentlich hätte ich Sie nach Ihrem Ausflug suspendieren müssen«, fängt Muller an. »Aber Sie sind ein sehr guter Detective …« Sie spricht nicht weiter.

»Was wissen Sie über den Mord?«, fragt Christina in scharfem Ton.

»Im Moment noch weniger als Sie, Andersson.«

»Sie glauben also auch nicht an diesen Rizal?«

Muller holt nur Luft, sagt aber nichts.

»Warum heben Sie nicht einfach meine Beurlaubung wieder auf und lassen mich mitermitteln?«

Muller zögert. »Mir sind die Hände gebunden. Mehr kann ich Ihnen nicht sagen.«

Christina wartet, aber Muller schweigt.

»Wenn ich das mit Big Dee hinkriege«, sagt Christina schließlich, »sind Sie mir was schuldig.«

Ohne zu antworten, macht Muller wieder die Tür auf. »Sie sollten jetzt Big Dee anrufen. Ich hab Ihnen ein Foto von Alex aufs Handy geschickt.«

Christina sieht ihr nach, wie sie den Gang zurück zu dem hell erleuchteten Raum hinuntergeht. Dann blickt sie auf ihr Handy. Vor fünfzehn Minuten hat Muller ihr das Foto von ihrem Sohn geschickt. Da war sie noch im Gespräch mit Frenette ... Muller hat zu diesem Zeitpunkt schon gewusst, dass sie nicht Nein sagen würde ...

Sie hat Big Dee auf seiner geheimen Hotline, die er ihr damals anvertraut hat, sofort am Telefon, und sie erklärt ihm, dass Muller dem Deal zugestimmt hat.

»In vierzig Minuten. Es ist die letzte Razzia. Danach wirst du in Ruhe gelassen.«

»Ist das hundertprozentig?«

»Ja, aber nur, wenn du einen bestimmten Typen unauffällig aus einem deiner Clubs rausschleust. Ich schick dir ein Foto aufs Handy.«

»Was hat er gemacht?«

»Er vertickert Stoff.«

»Motherfucker!«

»Easy, Big Dee. Seine Mutter wird dir ewige Freundschaft anbieten.«

»Hey ... Seine Mutter ist doch nicht ...«

»Big Dee, ich verlasse mich auf dich.«

Sie steht wieder in dem großen Raum, der ihr jetzt noch voller und lauter vorkommt. Muller wirft ihr einen fragenden Blick zu. Sie beantwortet ihn mit einem unauffälligen Nicken, dann geht sie.

Kaum sitzt sie im Auto, ruft Big Dee an.

»Sister! Was soll die Scheiße? Die Scheißrazzien haben schon angefangen. Aber der kleine Scheißer hat wohl Glück gehabt. Deine Leute haben nichts bei ihm gefunden. Die Absprache gilt trotzdem. Keine Razzien mehr!«

»Du hast ihr Wort.«

»Du weißt, was Big Dee mit Leuten macht, die ihn anlügen.«

»Allerdings.«

Anschließend sagt sie Muller Bescheid, dass ihr Sohn in Sicherheit ist – und dass Brewer sich ganz offensichtlich über ihre Absprache hinweggesetzt hat.

Sie schaltet das Radio ein und fährt langsam aus der Tiefgarage.

»Und das Tier ward ergriffen und mit ihm der Lügenprophet, der vor ihm die Wunderzeichen gewirkt hatte, womit er die verführt, die das Malzeichen des Tieres angenommen und sein Bild angebetet hatten. Lebendig wurden sie beide in den Feuerpfuhl geworfen, der von Schwefel brennt. Und die Übrigen wurden mit dem Schwerte getötet ...«

Unglaublich, wie viele Radiosender diesen Mist verbreiten, denkt Christina, während sie durch die nächtliche Stadt fährt. Christina schaltet das Radio wieder aus.

Plötzlich horcht sie auf. Was ist das für ein Geräusch? Ein Schleifen und Klacken, seltsam, ist es gerade erst aufgetaucht? Oder hat sie es wegen des Radios nicht gehört? Auf einmal klappert etwas, es ist mehr ein Klacken ... Sie fährt an den Randstein, hält an und steigt aus. Irgendetwas ist mit den Reifen ... Sie geht um die Kühlerhaube herum auf die andere Seite. Nein, sie hat sich nicht getäuscht: Der linke vordere Reifen ist platt.

Jetzt steht sie in ihrer luftigen Abendgarderobe auf dem breiten Third Ward, ringsum nur Schneehaufen, leer stehende Fabrikgebäude und verwahrloste, verlassene Häuser. Es hat schon wieder angefangen zu schneien.

Ein Stück die Straße hinauf schimmert ein grünes Licht, sie glaubt sich zu erinnern, dass es zu einer Tankstelle gehört.

Fluchend steigt sie wieder ein und wühlt in der Handtasche nach ihrem Handy. Ein Uhr achtzehn. Sie hätte es nicht mehr weit gehabt nach Hause. Wie gern hätte sie endlich mal wieder richtig geschlafen. Ihre Mutter hat ihr vorhin noch eine SMS geschickt und sie beruhigt, dass alles in Ordnung ist. Mit steif gefrorenen Fingern wählt sie die Nummer eines Abschleppdienstes.

Die Zentrale vertröstet sie, sie muss mindestens dreißig Minuten warten, wegen des Wetters. Dreißig Minuten – eine Ewigkeit. Ihr Versuch, ein Taxi zu rufen, scheitert, sie landet in einer endlosen Warteschleife. Sie setzt sich wieder hinters Steuer und schaltet die Warnblinkanlage ein. Das gleichmäßige Ticken lullt sie ein, und schließlich kann sie sich nicht mehr gegen die Müdigkeit wehren. Irgendetwas zieht sie tiefer und tiefer, schließlich gibt sie den Widerstand auf und schließt die Augen.

Ein Klopfen lässt sie aufschrecken. Grelles Licht scheint ihr direkt in die Augen.

»Hey!« Sie reißt die Hände vors Gesicht.

»Ma'am, Ihr Abschleppwagen!« Durchs Fenster glaubt sie ein Abzeichen auf einer Uniformjacke zu erkennen. Gott sei Dank! Zwei Sekunden später ist sie hellwach, sie macht die Tür auf und steigt aus.

»Guten Abend, Ma'am. Verfluchtes Wetter«, sagt der Mann und hebt seine Hand an die Schirmmütze.

»Allerdings. Der Reifen vorne links.«

»Haben Sie einen Ersatzreifen dabei?«

Sie entriegelt den Kofferraum und öffnet ihn. In diesem Moment zerren kräftige Arme sie zurück. Es sind zwei Typen, das merkt sie. Sie tragen schwarze Skimützen, sodass Christina ihre Gesichter nicht erkennen kann. Sie wird durch den Schnee gezerrt, sie sträubt sich, sie versucht zu treten, zu schreien, doch plötzlich hat sie einen Knebel im Mund. Sie hört eine Schiebetür, sie wird hochgezerrt und fällt auf den harten Boden eines Lieferwagens. Es ist warm, die Heizung läuft. Werden die Männer sie umbringen und ihre Leiche irgendwo wegwerfen? Nein, daran will sie nicht denken, noch ist sie am Leben, sie tritt wieder, versucht sich loszureißen, doch da werden ihr hinter dem Rücken die Hände mit Kabelbinder zusammengedrückt. Ihr Gehirn sucht nach Gründen, nach Zusammenhängen, während einer sie auf den Bauch dreht und ihre Knie gewaltsam spreizt, während der andere ihren Oberkörper fest auf den Boden drückt. Das ist es, was sie wollen?, fragt eine Stimme in ihr. Oder ist das nur das Vorspiel vor dem Tod? Sie versucht, jede Anspannung loszulassen, sich nicht vorzustellen, was sie jetzt mit ihr tun werden … Sie hofft, dass die beiden nicht auch noch ein Messer nehmen, verdrängt all die schrecklichen Bilder von vergewaltigten und dann getöteten Frauen – sie zieht sich zurück bis auf den inneren Kern ihres Selbst, an den sie nicht herankommen, egal, was sie tun. Wenn sie sterben muss, dann will sie an sich denken, an Jay und an das Leben mit ihm und an die Sonne und …

Heißer Atem streift ihr Ohr. »Hör zu, du Schlampe, beim nächsten Mal bist du dran! Halt dich gefälligst an die Anweisungen. Halt dich raus!«

»Wo soll ich mich raushalten?«, will sie sagen, doch der Knebel verhindert es.

Der Typ reißt ihr den Kopf in den Nacken. »Bleib zu Hause und kümmere dich um deinen Balg!«

Er lässt ihren Kopf los, und sie knallt mit dem Gesicht auf den harten Boden. Dann spürt sie, wie sie an den Füßen nach hinten gezerrt wird. Ihr Körper schleift über die Metallkante der Hecktür und fällt hart auf die gefrorene Erde.

Sie versucht, etwas zu erkennen, irgendetwas, damit sie die Schweine identifizieren kann, aber es ist dunkel, und sie haben die Autoscheinwerfer ausgeschaltet. Sie hört die Hecktür hinter sich zufallen und einen Motor aufheulen, Reifen drehen durch, und dann fährt das Auto weg – ein dunkler Kastenwagen, mehr kann sie nicht erkennen.

Die Handgelenke sind so fest zusammengebunden, dass sie sich unmöglich befreien kann. Sie wuchtet sich auf den Rücken. Wenn sie jetzt einen scharfen Gegenstand finden würde, könnte sie die Plastikbänder vielleicht aufschneiden. Aber da ist nur Schnee, kalt und nass.

Tränen laufen ihr übers Gesicht, nicht aus Schmerz, sondern aus Wut darüber, dass sie sich ohnmächtig fühlt. Sie stemmt die Fersen in den Schnee, die Schuhe hat sie schon längst verloren, und drückt sich vorwärts. Irgendwo muss doch ein Stein sein, eine scharfe Kante, irgendwo auf dieser verdammten Straße! Sie wird nicht aufgeben, sie wird weitermachen, bis sie frei ist, oder … erfroren. Sie schiebt sich weiter, nur nicht still liegen bleiben, sie versucht, ihre Zehen zu bewegen, aber sie spürt sie nicht mehr … Sie kämpft gegen die Müdigkeit, die immer stärker wird und die ihre Gedanken betäubt.

6

»Lady! Was haben die mit Ihnen gemacht?«, sagt eine Stimme. Jemand nimmt ihr den Knebel aus dem Mund und hebt sie hoch. Geblendet zuckt sie zusammen.

»Keine Angst!«, sagt die Stimme beruhigend. »Keine Angst, es ist alles okay ...«

Sie kann nicht sprechen, kann sich nicht bewegen.

Erst als sie in Decken gehüllt auf dem Beifahrersitz des Abschleppwagens sitzt, fängt sie an zu zittern. Der Mann hat ihr aus seiner Thermoskanne Tee eingeschenkt. Aber sie kann den Becher kaum halten, ihre Hände sind taub und schmerzen und kribbeln. Er hat die Standheizung hochgeschaltet, und warme Luft bläst ihr entgegen. Aber sie zittert so stark, dass sie den Tee verschüttet. Durch die Scheibe beobachtet sie, wie der Mann ihren Wagen hochbockt und die Radmuttern lockert.

Sie starrt in das Schneegestöber und fragt sich, warum dies alles passiert. Und sie sehnt sich nach der Zeit zurück, als sie den Mörder der kleinen Charlene gejagt hat – als ihre Welt aber in Ordnung war. Tim lebt, und Jay liegt nicht mit Lungensteckschuss und einem Trauma auf der Intensivstation. Wie schnell kann sich ein Leben ändern ... Von einer Sekunde auf die andere. Weil man in einen falschen Wagen eingestiegen ist, weil man vorschnell die Tür geöffnet hat, weil man ein Geräusch überhört hat ... Plötzlich weiß sie, dass Jay in Gefahr ist. Sie muss unbedingt ins Krankenhaus, sie muss jemanden dorthin schicken ... Wo ist ihr Handy? Sie lässt den Becher fallen, der heiße Tee ergießt sich über ihre eiskalten Beine. Bitte, will sie nach draußen rufen, bitte, ich muss telefonieren. Sie hämmert an die Scheibe.

Der Mitarbeiter des Abschleppdienstes rollt gerade den kaputten Reifen zum Kofferraum. Er richtet sich auf, endlich hat er sie bemerkt. Sie zittert fürchterlich, ihre Zähne schlagen aufeinander, aber als er die Tür öffnet, kann sie ihm verständlich machen, dass er jemanden für sie anrufen soll.

Als die Streife kommt, ist Aaron noch nicht da. Die Beamten prüfen ihren Ausweis und sehen sie irritiert an. Aber sie ist zu erschöpft für Erklärungen. Dann endlich kommt Aaron.

Sie lässt sich von ihm festhalten und in sein Auto tragen. Er packt sie ein in Decken, aber das hilft nicht, sie zittert erbärmlich.

»Wir fahren zu einem Arzt …«

»Nein! Ins Krankenhaus, zu Jay!«, bringt sie mühsam heraus. Er weiß, dass es jetzt keinen Sinn hat, zu widersprechen. Also schaltet er die Heizung auf höchste Stufe und gibt Gas.

Erst als sie die Wache vor der Tür sieht und Jay, wie er friedlich schläft, ist sie beruhigt. Dann lässt sie sich von Aaron nach Hause bringen.

»Du zitterst immer noch«, sagt er, als sie vor ihrem Haus stehen. Sie will etwas sagen, aber sie bringt nichts heraus, sie kann vor lauter Zittern noch nicht mal die Autotür öffnen.

Er bringt sie ins Haus, ins Schlafzimmer, legt sie aufs Bett, hilft ihr, die nasse Kleidung auszuziehen. Es macht ihr nichts aus, dass er sie so sieht, für solche Empfindlichkeiten hat sie keine Kraft mehr. Er holt so viele Decken, wie er finden kann, hüllt sie darin ein und macht ihr heißen Tee.

»Geht's besser?«

Sie nickt. Allmählich spürt sie, wie die Wärme in ihren kalten, erstarrten Körper zurückkehrt und endlich das Zittern aufhört.

Er sitzt neben ihr auf dem Bett und sieht sie an.

»Danke«, bringt sie heraus. Sie greift nach seiner Hand, drückt sie. Er zieht sie nicht weg. Seine Hand fühlt sich so wunderbar warm an. Sie legt sie sich an die kalte Wange. »Ich hab gedacht, gleich ist es aus«, sagt sie schließlich. »So ausgeliefert hab ich mich noch nie gefühlt. Und ich wollte nur noch eins: die Typen töten.« Es wundert sie, dass sie so ruhig darüber reden kann.

»Und jetzt?«, fragt er.

»Jetzt?« Sie denkt nach, und fragt sich, ob sie ihm die Wahrheit sagen kann. »Jetzt?«

Er sieht sie immer noch an. »Schon okay. Ich hab gesehen, was du am liebsten mit Raymond gemacht hättest.«

»Ich frag mich manchmal, ob das normal ist.«

»Was?«

»Diese Wut. Diese Rachegefühle ...«

»Hat die nicht jeder in so einer Situation?«

»Siehst du das?« Sie legt Daumen und Zeigefinger zusammen. »So wenig trennt mich davon, es wirklich zu tun.«

»Vielleicht bist du deswegen so ein guter Cop?«, sagt er mit einem Lächeln.

»Ein guter Cop sollte seine Gefühle stets im Griff haben, Aaron.«

»Du bist zu streng mit dir.«

Wie er sie ansieht mit seinen grünen Augen ... Und seine Lippen sind so nah ... Sie ist verwirrt. Er ist dein Partner, okay!

»Ich ... ich glaube, ich muss jetzt allein sein ...«

Mit seinem Oberarm streift er ihre Schulter.

»Bist du sicher? Ich kann auch ...«

»Ist schon in Ordnung, Aaron«, versichert sie ihm mit einem Lächeln, das ihr beinahe wehtut.

Er steht auf. »Ruf mich an, okay, egal, wie spät es ist.«

Die Tür fällt hinter ihm ins Schloss, und sofort ist sie wieder da, die Angst …

Sie sitzt wieder in ihrem Auto, der Reifen ist platt. Sie steigt aus.

Und dann passiert alles noch einmal. Nur dass sie diesmal nicht nur Opfer, sondern zugleich Zuschauerin ist: der Strahl der Taschenlampe in ihren Augen, wie die Typen sie über den Schnee ins den Lieferwagen schleifen, der Geruch nach Gummi und Öl, die Tritte … Als sie hochschreckt, treffen die Schmerzen sie mit voller Wucht. Im Rücken, an den Händen, im Gesicht, auf der Brust … Ihr ganzer Körper ist ein einziger roher Klumpen Schmerz.

Sie muss raus aus dem Bett, sonst wird alles noch schlimmer.

Früher war ihre Wohnung ein warmes Zuhause, in das sie jeden Abend gern zurückgekommen ist. Sie hat es genossen, an freien Wochenenden mit Jay im Bett zu kuscheln, zu frühstücken und ihm etwas vorzulesen. Sie hat gern mit einem Glas Wein auf der Couch gesessen, Musik gehört, die Zeitung gelesen, im Winter in eine warme, weiche Decke gehüllt. Jetzt ist die Wohnung nur noch ein Albtraum.

Ihrer Mutter hat sie noch gar nicht gesagt, was passiert ist. Sie hat sie nur angerufen und gefragt, wie es Jay geht. Und sie hat gesagt, dass sie nicht kommen kann.

Übermorgen wird Tim beerdigt – sie will nicht daran denken. Sein Tod wird endgültig, und das Leben geht einfach weiter. Sie wird neben ihren Eltern und neben Rita am Grab stehen und die vielen Beileidsbekundungen entgegennehmen müssen. Und dabei wird sie nur daran denken, dass sie in der

Bar gesessen hat, als es passierte, und dass sie nicht zu Hause war, wo sie alles hätte verhindern können.

Sie bleibt im Türrahmen zum Wohnzimmer stehen und blickt zur Couch. Sie sieht Tim dort in der Dunkelheit sitzen. Sie erkennt ihn genau. Seine lockigen Haare, seine typische Haltung: den Kopf ein wenig zur Seite geneigt, die Beine übereinandergeschlagen.

Tim sieht fern. Plötzlich klirrt eine Scheibe. Er denkt, es war vielleicht der Wind, der ein Fenster zugeschlagen hat, oder eine Katze, die die Wärme sucht. Er steht auf und sieht nach. Der Eindringling feuert eine Kugel auf ihn ab, sie trifft ihn in die Brust.

Tim sackt tot zu Boden. Jay ist zu der Zeit nicht im Wohnzimmer, er läuft aber dorthin, da er die Schüsse gehört hat. Der Täter zielt auf ihn, der Pizzabote läutet, und er flieht durch das Fenster, durch das er gekommen ist. Ja, so muss es gewesen sein.

Christina will sich in der Küche einen Tee machen. Während sie darauf wartet, dass das Wasser heiß wird, schluckt sie zwei Schmerztabletten. Ihr Kopf dröhnt, und ihre Stirn fühlt sich fiebrig an. Ihr Körper will, dass sie sich wieder ins Bett legt. Sie sucht im Schrank nach Teebeuteln, findet aber nur Pfefferminztee. Nein, diesen Geruch erträgt sie jetzt nicht. Dann also keinen Tee.

Tim hat ihr gleich nach seinem Einzug eine *Keurig* Espressomaschine gekauft und zwei Sorten Kaffeepads. Wenn du es mal nicht zu *Starbucks* schaffst, hat er grinsend gesagt. Sie nimmt den *Rainforest Espresso Extra Bold*, und einen Augenblick lang steht sie unter einem in den Himmel ragenden Baum, durch dessen Wipfel warme Sonnenstrahlen zu ihr dringen, während es um sie herum zwitschert und zirpt und raschelt und nach süßen Blüten duftet. Tim hat am liebsten *French Roast* getrunken, stellt sie fest, denn die Packung ist fast leer.

Jetzt ist er tot.

Der Kaffee belebt sie. Sie geht mit der dampfenden Tasse zum Fenster am Ende des Flurs und bleibt stehen. Hier soll er reingekommen sein. Ihr Vater hat dafür gesorgt, dass die Scheibe erneuert worden ist. Unter der kaputten Scheibe hat ein Stein gelegen.

Auf der Fensterbank sind die Muscheln wieder aufgereiht. Sie stellt die Tasse ab, nimmt sie in die Hand und schließt die Augen. Sie ist mit Jay am Strand. Er ist vier, und sie hält seine kleine Hand. In der Bucht, wo ihr Apartment ist, liegen morgens an einer bestimmten Stelle immer neue Muscheln, die die Flut angeschwemmt hat. Jay bringt ihr eine Muschel nach der anderen, und sie steckt sie in ihre Strandtasche ...

Und plötzlich wird ihr klar, was nicht stimmt. Warum ist ihr das nicht gleich aufgefallen? Die Muscheln liegen wieder da. Aber der rot-schwarze Stein fehlt. Er liegt bei der Spurensicherung. Er hat unter dem Fenster gelegen – und zwar innen ...

Es war kein gewöhnlicher Stein von draußen aus dem Garten. Es war der Stein von den Rocky Mountains, den Jay letztes Jahr aus ihrem Urlaub in Colorado mitgebracht hat. Und dieser Stein hat seitdem neben den Muscheln auf der Fensterbank gelegen. Innen, nicht außen.

Der Täter kann also unmöglich mit dem Stein von draußen das Fenster eingeworfen haben. Er muss zur Tür hereingekommen sein. Und als der Pizzabote geklingelt hat, konnte er nicht mehr durch die Tür fliehen. Also hat er das hintere Fenster geöffnet, hat den Stein genommen, ist hinausgeklettert – und hat den Stein ins Fenster geworfen, damit es aussieht, als wäre er durchs Fenster eingestiegen.

Am Schloss der Eingangstür gibt es aber keine Spuren, die auf einen Einbruch hinweisen. Das kann nur heißen: Tim hat seinem Mörder geöffnet – oder der Mörder hatte einen Schlüssel.

Dieser Rizal Al-Khalib hat Brewer angeblich gestanden, er hätte einen Stein durchs Fenster geworfen und wäre vom Garten aus ins Haus eingedrungen. Wer hat ihm dieses Geständnis aufgezwungen?

Auf einmal hat sie das Gefühl, sie hält einen Faden in der Hand, zum ersten Mal in diesem gottverdammten Fall.

Halb sechs Uhr morgens. Die Razzien sind längst vorbei, ein paar Leute sind eingesperrt, und Brewer bleiben noch zwei Stunden Schlaf, dann muss er die Verdächtigen dem Staatsanwalt vorführen. Sie nimmt ihr Handy. Sie kann es kaum erwarten, ihn aus dem Schlaf zu reißen. Seit ein paar Minuten hat sie tatsächlich vergessen, was letzte Nacht passiert ist.

Irgendwann am frühen Morgen wacht Harpole auf. Er hat ihr nichts erzählt. Aber er hat noch eine Scheibe Hackbraten mit Ei gegessen. Jetzt hat er Durst. Er steht auf und zieht sich an. Katie atmet ruhig. Die Schneewolken haben sich verzogen, der Mond leuchtet herein. Ihr Gesicht strahlt ganz weiß. Ein Gefühl von tiefer Zuneigung erfüllt ihn. Und von Dankbarkeit.

DIE STIMME hat schon lange nicht mehr zu ihm gesprochen. Er fragt sich, ob das ein gutes Zeichen ist oder ein schlechtes. Er geht leise in die Küche und öffnet den Kühlschrank. Kaltes Licht fällt auf die prall gefüllten Fächer. Katie kauft mehr ein, seit er öfter zu ihr kommt, hat sie gesagt. 4:02 zeigt der Radiowecker. Er schaltet das Radio an und dreht die Lautstärke herunter.

»Kann Gott mir jemals vergeben?, fragen wir uns«, sagt die bekannte Stimme so leise, dass Harpole angestrengt zuhören muss. Er gießt sich ein Glas Wasser ein.

»Ja, natürlich! Nichts ist zu groß, und kein Mensch ist zu schlecht, als dass Gott nicht vergeben kann. Die Schuld, etwas falsch gemacht zu haben – ob es sich um das ganze Leben handelt oder um etwas, das du letzte Woche getan hast –, belastet dich wie eine Eisenkugel am Bein, mit der du durchs Leben gehen musst.«

Harpole setzt sich. Genau, denkt er, genauso fühle ich mich.

»Die Schuld nagt an dir«, spricht die Stimme weiter, »sie zerstört dein Leben, sie blockiert alles, was du tust. Das Leben sieht grau aus und ist ohne Hoffnung. Vergebung ist der Schlüssel, und Gott bietet sie dir an, weil er dich liebt.«

Ohne Katie ist sein Leben ganz grau. Und er hat Gott schon oft um Vergebung gebeten, aber er weiß, dass Ikes Frau und seine beiden Kinder ihm niemals vergeben werden.

»Du fragst dich vielleicht, ob du die Vergebung annehmen darfst«, sagt die Stimme im Radio. »Immer wieder befallen dich Zweifel, ob du nicht doch bestraft wirst für deine Taten. Aber Gott lässt dich niemals fallen. Denn er liebt dich.«

Unter seinen nackten Füßen beginnt der Fußboden zu zittern. Es ist ein leichtes Vibrieren, als wäre irgendwo eine Maschine angesprungen. Dann wird es zu einem Schwanken, als stünde er in einem Boot. Die Deckenlampe schwingt leicht hin und her.

»Gott sendet uns immer wieder Zeichen. Es ist an uns, sie zu lesen. Er spricht zu uns.«

Plötzlich ist alles vorbei. Im Radio spielt Musik, und sein Glas steht immer noch auf dem Tisch.

Er geht zurück ins Schlafzimmer und beugt sich zu Katie hinunter. Sie liegt noch genauso da wie vorhin. Sie hat bestimmt nichts gemerkt.

Vorsichtig, um sie nicht zu wecken, legt er sich zu ihr, taucht seine Nase in ihr Haar und atmet ihren Geruch ein.

Als sie später zusammen aufstehen, fragt er sie, ob sie etwas bemerkt hat. Sie schüttelt den Kopf. Also kein Grund zur Sorge. Hier oben haben sie wieder nur die Ausläufer mitbekommen – auch wenn sie überraschend stark gewesen sind.

»Das ist ja gruselig«, sagt Katie. »Du hättest mich wecken müssen.«

»Ich hätte dich geweckt, wenn es schlimmer geworden wäre«, versichert er.

Als er in seinen Wagen steigt, fällt ihm die Sache mit Angelas Haus ein. Es steht nur zwei Straßen weiter ... Er verbietet es sich, weiter darüber nachzudenken. Während er zwischen den hohen Schneewänden zur Mine fährt, muss er immer wieder in den Himmel sehen. Aber heute entdeckt er keine Wildgänse. Und auch keinen Schatten. Da ist nur der weiße Himmel. Es wird wieder schneien. Morgen, er wird es ihr morgen erzählen.

Sie hätte die Tabletten nicht nehmen sollen, denkt Christina, nicht Auto fahren sollen, sondern zu Hause bleiben und sich ins Bett legen sollen. Stattdessen fegt sie die Schneeschicht von den Scheiben und fährt ins Präsidium. Die vielen Umleitungen, die roten Ampeln, die qualmenden Abgase, der Schneematsch und die dahinschleichenden Autos regen sie auf.

Als sie schließlich doch irgendwann im siebten Stock aus dem Aufzug steigt, läuft sie beinahe Gary in die Arme.

»Weißt du, was Brewer diesem Typen versprochen hat, damit er so eine Scheiße erzählt?«

»Jesus, Chris! Was ist passiert?« Er mustert sie erschrocken.

»Später, Gary! Zuerst muss ich wissen, was Brewer hier abzieht!«

»Ich weiß es auch nicht, Chris.« Gary sieht auf die Uhr und tritt in den Aufzug. »Ich … muss leider los … Ich hab einen Gerichtstermin.« Da schließen sich auch schon die Aufzugtüren.

An der Glastür zur Abteilung gibt sie ihren Code ein, dann steuert sie direkt auf Ed und Rob zu, die ihr erstaunt entgegenblicken.

»Ich muss sofort mit diesem Rizal reden! Es passt einfach nichts zusammen!«

»Mit dem brauchst du nicht mehr zu reden«, sagt Rob. »Aber sag mal, was ist denn mit dir passiert?«

»Kleiner Unfall …« Sie winkt ab. »Was ist mit Rizal?«

Rob und Ed sehen sich kurz an.

»Könnt ihr mal Klartext reden, Jungs? Sagt bloß nicht, er ist schon entlassen.« Sie merkt, wie ihr schwindlig wird.

»Er hat sich selbst entlassen«, sagt Rob und verschränkt die mächtigen Arme vor der Brust.

Sie begreift erst, als Ed eine eindeutige Geste macht. »Tot?«

»Er hat sich aufgehängt.« Ed nickt. »Schuldeingeständnis, heißt es.« Er zerdrückt den Plastikbecher, aus dem er gerade noch getrunken hat.

»Das heißt, der Fall ist abgeschlossen? Tim soll von einem *Junkie* erschossen worden sein?« Das Einzige, was sie sicher weiß, ist, dass Rizal nicht der Täter ist.

»Frag sie …«, meint Rob mit einem Kopfnicken zur Tür, die gerade von Muller aufgestoßen wird.

Ruth Muller nickt ihnen kurz zu, ihr Blick bleibt an Christina haften. »Mein Gott, Andersson …«

»Die Spurensicherung hat Fehler gemacht«, fängt Christina an, bevor Muller weiterreden kann. »Der Mörder ist nicht durch das Fenster eingestiegen. Er muss ganz normal zur Eingangstür hereingekommen sein. Der Stein, mit dem angeblich …«

»Haben Sie Detective Andersson noch nicht in Kenntnis gesetzt?« Muller sieht zuerst Ed an, dann Rob.

»Sie glaubt uns nicht, Captain.« Rob hebt übertrieben die massigen Schultern und lässt sie wieder fallen.

»Es gibt zwei Möglichkeiten«, redet Christina einfach weiter. »Tim hat seinen Mörder gekannt – oder er hat Besuch erwartet und seinem Mörder die Tür geöffnet.«

Muller dreht sich um. »Ich erwarte Sie in meinem Büro, Andersson. Sofort.«

Erstaunlich, findet Christina, wie perfekt Muller es beherrscht, sich vom vergangenen Abend nichts anmerken zu lassen.

»Es tut mir leid, Andersson«, sagt Muller, nachdem sie sich auf ihren Schreibtischstuhl gesetzt hat. »Ihre Waffe, Ihre Dienstmarke und Ihren Ausweis.«

»Sie können mich nicht einfach …«, versucht Christina, aber Mullers Blick lässt sie sofort abbrechen.

»Ich habe Sie mehrmals aufgefordert, sich von den Ermittlungen fernzuhalten.«

»Ich habe die Ermittlungen zu keinem Zeitpunkt gefährdet oder behindert!«, kontert Christina. »Ganz anders als Lieutenant Brewer! Und von wegen Schuldeingeständnis! Brewer, dieser Bastard, hat Rizal so unter Druck gesetzt, dass der alles gestanden hätte!« Wütend lässt sie sich auf den Besucherstuhl fallen.

»Wir haben seine Aussage auf Band«, sagt Muller in ihrer überlegenen Art. Christina muss sich zwingen, sie nicht anzuschreien. »Sie wissen doch selbst, wie oft das Tonband bei Verhören ausgeschaltet wird!« Und als Muller nichts darauf erwidert, muss sie noch eins draufsetzen: »Übrigens, wie geht es Ihrem Sohn? Ich habe Big Dee gebeten, ihn nicht ganz so hart anzufassen.«

Muller setzt ein frostiges Lächeln auf. So eisig und glatt, dass jedes Argument daran abgleiten würde. »Sie haben Ihren Deal bekommen, Andersson, nicht wahr? Hat Ihnen Big Dee inzwischen Informationen gegeben?«

»Informationen? Sie haben doch gerade gesagt, der Fall ist abgeschlossen«, antwortet Christina herausfordernd.

Muller sieht sie nur an. »Das ist er«, sagt sie schließlich. »Es sei denn, wir finden neue Beweise.«

Christina kann dieses Um-den-heißen-Brei-Herumgerede nicht länger ertragen. »Hat er es getan, oder hat er es nicht getan?«

Muller steht auf und geht zum Fenster. Sie blickt nach draußen – als gäbe es dort etwas anderes zu sehen als grauen Beton.

Währenddessen fragt Christina sich, welches Spiel Muller spielt.

Da dreht Muller sich wieder um. »Die Angehörigen von Rizal sollten darüber informiert werden, dass sie die Möglichkeit haben, eine Beschwerde gegen Brewer vorzubringen.«

Ach, so läuft es also, denkt Christina. »Sie wollen Brewer eine interne Untersuchung anhängen?«

»Nun, immerhin haben die Eltern ihren Sohn verloren, und das ist bedauerlicherweise in meiner Abteilung passiert.« Muller macht eine Pause und fixiert Christina mit ihrem bekannt intensiven Blick. »Seine Mutter wartet übrigens schon.«

So einfach wie gestern Abend mache ich es dir heute nicht, denkt Christina, sie legt ihre Marke und die Dienstwaffe auf den Tisch.

»Sie wollen nicht, dass ein Detective aus Ihrem Team den Lieutenant anschwärzt. Und ich bin ja draußen. Stimmt's? Suchen Sie sich einen anderen dafür, Captain!«

Christina steht auf und geht zur Tür.

»Warten Sie«, sagt Muller, und Christina dreht sich um.

»Ich habe das Gefühl«, sagt Muller mit gesenkter Stimme, »dass sich hinter meinem Rücken irgendwas abspielt.«

»Eine Intrige? Gegen Sie?« Christina weiß nicht, ob das nicht wieder so eine Taktik von Muller ist.

»Offenbar gibt es Personen«, sagt Muller, »die sehr daran interessiert sind, dass dieser Fall nicht aufgeklärt wird.«

»Der Mord an meinem Bruder? Welche Personen?«, fragt Christina argwöhnisch.

»Das, was Ihnen gestern Nacht passiert ist, war kein Zufall. Darüber sind wir uns doch einig, oder?«, sagt Muller, immer noch mit diesem Blick, dem Christina nicht ausweichen kann.

Sie schluckt. Ihr Hals ist trocken, als hätte sie Staub eingeatmet.

»Wir müssen herausfinden, wer dahintersteckt«, sagt Muller entschlossen.

»Wir?« Christina folgt Mullers Blick zur Dienstwaffe und zu der Marke auf dem Schreibtisch. Und da begreift sie.

Wenn sie herausfindet, wer verhindern will, dass Tims wahrer Mörder gefunden wird, dann findet sie auch denjenigen, der Mullers Karriere stoppen will. Genauso denkt Muller – strategisch.

Und bleibt ihr eine Wahl? Eine Hand wäscht die andere, so funktioniert es, das weiß sie doch. Gut …

»Meinen Ausweis behalte ich aber«, sagt Christina. Muller zögert, dann gibt sie widerstrebend nach. »Ich will Sie aus dem Schussfeld haben«, sagt Muller noch. »Das verstehen Sie doch, oder?«

»Vollkommen.«

»Rizals Mutter wartet unten.«

In diesem Augenblick klingelt Christinas Handy. Es ist Dr. Joffe, und die Nachricht, die er hat, jagt ihr einen Stich ins Herz.

Im ersten Moment hat Harpole geglaubt, es sind Äste, festgefroren im Eis. Aber dann bemerkt er, dass sie sich bewegen. Und er sieht ihre Hälse und wie sie aufeinander zugehen. Er weiß, dass die kanadischen Wildgänse um diese Jahreszeit, wenn hier die Seen zugefroren sind, normalerweise schon in ihrem nördlicheren Quartier sind, wo sie Zugang zum Meer haben.

Haben sie sich verirrt? Er bleibt eine Weile am Zaun stehen und betrachtet die Schneefläche mit den Wildgänsen. Es beunruhigt ihn, dass die Gänse hier sind und nicht, wie es natürlich wäre, bei ihren Artgenossen in Kanada. Ob das ein Zeichen ist?

»Hal?« Keith ruft. »Komm mal rüber.«

Harpole reißt sich von dem Anblick der Wildgänse los. Nachdenklich geht er über die Straße zum Bürocontainer.

»Was gibt's, Keith?«

»Die Sache mit dem Erdbeben gefällt mir nicht. Ich hab alles gecheckt, wir haben keine Schäden. Trotzdem.« Keith blinzelt in den schneewolkenverhangenen Himmel.

»Wenn es keine Schäden gibt, müssen wir uns keine Sorgen machen.« Harpole setzt ein zuversichtliches Lächeln auf. »Geh wieder an die Arbeit, wir haben ein Auge drauf.«

Keith nickt, und Harpole sieht hinter seinem Vorarbeiter her, wie der mit schwerem Schritt durch den Schnee hinüber zu den Baggern und Kränen geht.

Harpole macht einen Schritt über den Riss im Asphalt.

Neuschnee hat ihn zugedeckt, aber er ist immer noch zu erkennen. Er bückt sich und schiebt mit den Händen den Schnee zur Seite. Täuscht er sich, oder ist er breiter geworden?

Er streift die Handschuhe ab und tastet mit den Fingern die Abbruchkanten ab. Der Riss ist tief, eigentlich ist es schon ein Spalt, seine ganze Hand verschwindet darin, als ginge die Öffnung ganz tief hinunter, bis in die Hölle. Und plötzlich glaubt er wieder *DIE STIMME* zu hören. Noch ganz leise und weit weg …

Christina hat mindestens eine rote Ampel und eine dunkelgelbe überfahren und eine Einbahnstraße ignoriert. Sie hat einem silberfarbenen Chevrolet an der Klinikeinfahrt die Vorfahrt genommen und einer älteren Frau in einem weißen Ford die Parklücke vor dem Eingang weggeschnappt. *Komplikationen*, hat Dr. Joffe gesagt, das Wort hört sich an wie ein Todesurteil.

Als sie durch den Eingang stürmt, stößt sie fast einen Patienten um, der mit seinem Gehwagen im Weg steht. Ihre gemurmelte Entschuldigung hört er wahrscheinlich nicht, denn sie ist schon bei den Aufzügen und drängelt sich an den Wartenden vorbei nach vorne.

Plötzlich hört sie, dass jemand ihren Namen ruft. Sie dreht sich um.

Er kommt mit schnellen Schritten auf sie zu. Offenbar hat er in einer der Sitzgruppen auf sie gewartet.

»Wie oft muss ich dir noch auf die Mobilbox sprechen?« Pete starrt sie sekundenlang an – zu lange, denn sie hört nur noch, wie sich die Aufzugstüren schließen.

»Was ist denn mit dir passiert?« Sein entsetzter Blick tastet ihr Gesicht ab, da spürt sie wieder die Blutergüsse und Abschürfungen und Prellungen.

Sie winkt ab und ärgert sich, dass sie den Aufzug verpasst hat. »Ich muss rauf …«, sagt sie ungehalten und wendet sich ab.

»Warte!« Er fasst sie grob an der Schulter. »Wenn du mir nicht sagen willst, was mit dir los ist, dann hör mir wenigstens zu: Sandra ist verschwunden.«

Erst da fällt ihr auf, wie er aussieht, unrasiert und übermüdet. »Sie geht nicht ans Telefon! Das Auto ist weg … ein Koffer … ihre Sachen …«

Eine von Sandras Freundinnen hat ihn am Morgen angerufen und ihm besorgt berichtet, dass Sandra zu ihr kommen wollte, dass sie aber nicht angekommen ist und sich auch nicht mehr gemeldet hat.

»Und warum hat sich diese Freundin nicht früher bei dir gemeldet? Hat sie denn nicht versucht, Sandra zu erreichen?«

»Doch. Aber sie wollte mich nicht gleich anrufen, um mich nicht zu beunruhigen. Sie hat gedacht, Sandra würde sich aus irgendeinem Grund verspäten.« Sein Gesicht ist zerfurcht, als hätten sich die Falten erst letzte Nacht eingegraben. Er hat Angst, richtig Angst, dass Sandra etwas zugestoßen ist. Aber da ist noch etwas anderes.

»Was verheimlichst du mir, Pete?«

»Ich? Ich hab dir alles gesagt, ich …«, stammelt er mit einem hilflosen Lächeln.

»Okay, Pete, ich sag dir, was du mir verheimlichst: Dein Institut läuft mies. Dein Schwiegervater hat dich schon ein paarmal vor dem Bankrott gerettet. Was hat Sandra eigentlich dazu gesagt?«

Auf einmal ist da wieder die Wut, weil er ihr keinen reinen

Wein eingeschenkt hat. Sie steht ganz nah vor ihm und sieht ihm direkt in die Augen. »Ich wette, du kannst mir auch erklären, warum es keine Akte gibt.«

Innerhalb weniger Augenblicke spiegelt sein Gesicht Wut, Angst, Misstrauen, Hoffnung, Enttäuschung – und Panik, aber er sagt nichts, und sie verliert die Geduld.

»Wenn du mir nichts sagst, Pete, kann ich dir auch nicht helfen.«

Wie auf ihr Stichwort öffnen sich die Aufzugtüren hinter ihr, und sie steigt ein. Er macht einen Schritt auf sie zu.

»Chris!«, ruft er, und sie lässt sich dazu hinreißen, den Knopf zu drücken, der die Aufzugtüren offen hält. Er hebt die Schultern und lässt sie wieder fallen. »Es tut mir leid ... aber ... ich weiß wirklich nichts.«

Warum glaubt sie ihm das nicht? Will sie ihm nicht glauben, weil damit ein Stück Hoffnung erlischt, dass das Verschwinden von Sandra mit dem Mord an Tim zu tun hat?

Die Türen schließen sich, und sie fragt sich, wie es überhaupt zu dieser Situation im Motel kommen konnte. Warum ist sie nur so blind gewesen? Pete hat sich nicht verändert. Seine wahren Gefühle und Gedanken hat er schon immer für sich behalten. Und Entscheidungen ist er grundsätzlich ausgewichen, er hat so lange auf Zeit gespielt, bis er keine Wahl mehr hatte. Menschen ändern sich nicht, das hat ihr irgendwann einmal ein alter Cop gesagt. Viele Jahre ist das her, als sie gerade die ersten Wochen Streife gefahren war und nicht wahrhaben wollte, dass der wimmernde Typ auf der Rückbank immer zu viel trinken und dann jedes Mal seine Frau verprügeln würde. Egal, wie oft man ihn einsperrte.

Menschen ändern sich nicht, Pete, genau.

»Gut, dass Sie da sind, Mrs. Andersson!« Die Krankenschwester im Stationsbüro ist nervös. »Dr. Joffe ist bei Jay.«

Christina stürzt durch den Flur zur Intensivstation. Hinter der Scheibe sieht sie Dr. Joffe und einen Stationsarzt an Jays Bett stehen. Jay selbst ist von ihren Rücken verdeckt.

»Was ist los?«, fragt sie den Wachmann, der müde auf seinem Stuhl vor der Tür hockt. »Was ist passiert?«

»Ich weiß nicht«, sagt er und errötet, als hätte sie ihn bei etwas ertappt. »Plötzlich kam 'ne Schwester rausgelaufen, und kurz darauf sind die beiden Ärzte rein.«

Sie klopft an die Scheibe, doch keiner da drin dreht sich um.

»Ich war die ganze Zeit da, Detective, hier ist keiner rein, der nicht reindarf. Das schwör ich Ihnen«, bekräftigt der Wachmann.

Sie will gerade die Türklinke hinunterdrücken, als sie jemanden »Chris!« rufen hört.

Pete kommt auf sie zu, atemlos, er ist offenbar die Treppe hochgelaufen.

Bevor Christina etwas sagen kann, kommt Dr. Joffe aus dem Krankenzimmer

»Was ist mit Jay?«, fragt Christina hastig.

»Mein Kollege ist noch bei ihm. Im Moment kann ich Sie nicht reinlassen. Jay hat eine Lungenentzündung. Seine Atmung ist durch die Verletzung stark beeinträchtigt«, erklärt Dr. Joffe. »Die Gefahr dabei ist, dass sich durch die reduzierte Sauerstoffzufuhr Bakterien entwickeln können. Aber machen Sie sich keine allzu großen Sorgen. Er bekommt Antibiotika, und die helfen in der Regel.«

»Und wenn sie nicht helfen? Dr. Joffe, Sic müssen mir keine Märchen erzählen! Es ist allgemein bekannt, dass gerade in Kliniken Bakterien längst resistent sind gegen Antibiotika!«

»Mrs. Andersson, bitte beruhigen Sie sich! Wir tun unser Bestes. Wir haben die Bakterien getestet, sie lassen sich gut antibiotisch behandeln. Sie dürfen jetzt nicht die Nerven verlieren! Das hilft Jay am allerwenigsten.« Sie spürt Petes Hand auf ihrer Schulter. »Sie hat gerade ihren Bruder verloren«, hört sie ihn sagen.

Sie senkt den Kopf und schluckt.

»Entschuldigen Sie«, murmelt Dr. Joffe und verabschiedet sich schnell.

»Was tust du hier, Pete? Wolltest du dich nicht um Sandra kümmern?«, sagt sie nicht gerade freundlich.

Langsam zieht er seine Hand zurück. »Ich dachte, du brauchst vielleicht Unterstützung. Und außerdem«, sein Blick wandert zur Glasscheibe, »wollte ich wissen, wie es Jay geht.«

»Du hast es doch gehört«, sagt sie. Da ist wieder diese Bitterkeit, die sie in letzter Zeit bei sich bemerkt hat. Von der hat auch der alte Cop gesprochen: *»Die stellt sich ein, Mädchen, keine Sorge, das ist so sicher wie der Tod, kannst drauf warten.«* Und sie hat es abgetan als das Gerede eines vom Leben enttäuschten, müden alten Mannes. Damals war Jay erst anderthalb, und ihr Leben war ausgefüllt, voller Erwartungen und Freude.

»Es wird schon wieder«, sagt er und unterbricht ihre Gedanken. »Ganz sicher. Wenn die Antibiotika wirken, wie der Arzt gesagt hat …« Sein Blick bleibt auf ihrem Gesicht haften. »Aber was ist mit dir passiert? Hast du einen Unfall gehabt?«

»Ach Pete …« Plötzlich spürt sie eine bleierne Müdigkeit. »Lass mich einfach in Ruhe.«

Als seine Schritte hinter der Tür verklungen sind, kehren die Schmerzen zurück, scharf und spitz. Sie braucht ihre Tabletten, wie soll sie mit diesen Schmerzen klar denken können? Sie kramt sie aus ihrer Handtasche und schluckt sie ohne Wasser.

Auf ihrem Handy sind drei Anrufe von Aaron eingegangen.

Sie zögert, ihn zurückzurufen. Der Moment, als sie in seine Augen gesehen hat, als sein Mund so nah war, hat sie verwirrt, und darüber ist sie immer noch nicht hinweg.

Schließlich geht sie doch auf den Flur und ruft ihn an.

Aaron berichtet ihr, dass in der Tiefgarage von *Muller Engstroem Architects* die Reifen von mindestens zehn Autos zerstochen worden sind. »Sieht so aus, als wäre das eine Protestaktion gegen Ashland gewesen. Während alle oben mit Schampus gefeiert haben, hatten die Typen freie Bahn.«

»Da stimmt doch was nicht, Aaron! Wieso kommt dann zufällig ein falscher Abschleppdienst daher und droht mir?«

»Wir müssen den Abschleppdienst checken. Vielleicht haben die was damit zu tun.«

»Bullshit, Aaron! Die haben gewusst, dass ich bei Muller eingeladen bin. Die kannten mein Auto und haben gewartet, bis ich wieder weggefahren bin. Zur Tarnung haben sie noch ein paar andere Reifen zerstochen!«

Sie legt mit einem knappen »Bye!« auf und lässt ihr Handy zurück in die Tasche zu den Tabletten gleiten. Dann geht sie wieder zur Glasscheibe, um Jay so nahe wie möglich zu sein.

Gouverneur Carl H. Ochs lässt den Blick über die Journalisten schweifen. Er hält gerne Reden, aber er mag keine Pressekonferenzen. Diese Schweinebande versucht immer, einen in die Enge zu treiben, denkt er, dass man sich zu einer Äußerung hinreißen lässt, die einen zu Fall bringen kann. Jedes Wort drehen sie einem im Mund um, man muss aufpassen wie ein Luchs. Und diese verfluchte Erpressung lässt ihn auch nicht in Ruhe. Er muss sich jetzt konzentrieren.

»Wir hatten eine schwere Zeit hier in Wisconsin. Ich muss nicht an die Proteste erinnern, die wir in letzter Zeit erlebt haben.« Er fixiert den Redakteur vom *Milwaukee Journal Sentinel*, der ihm das Leben schwer gemacht hat.

»Einschnitte bei den Finanzen, die Kontroversen mit den Gewerkschaften. Wir haben Opfer gebracht, damit unser Staat funktionsfähig bleibt, damit wir alle in Ordnung und Sicherheit leben können.« Er macht eine kurze Pause und fährt dann fort: »Doch Einsparungen allein bringen uns nicht voran, sie ermöglichen uns kein besseres Leben. Wisconsin hat viele Ressourcen. Und die müssen und werden wir auch nutzen.« Bevor einer der Journalisten ihn mit seinen Fragen unterbrechen kann, schiebt er nach: »Eine wichtige Ressource ist der Bergbau. Vor Jahren sind Minen geschlossen worden, weil es billiger war, die Rohstoffe im Ausland zu kaufen. Viele Arbeitsplätze sind verloren gegangen, ganze Landstriche sind verarmt. Doch die Zeiten haben sich geändert. Es geht nicht mehr nur um Erze, es geht um Metalle der Seltenen Erden. Sie heißen Cer und Lanthan, Promethium und Neodym – um nur vier von insgesamt siebzehn zu nennen. Sie kommen nur in anderen Mineralien vor, aber nur in kleinen Mengen, als Beimischungen. Und sie sind daher nur durch aufwendige chemische Prozesse aus diesen Verbindungen zu lösen. Fachleute können Ihnen das natürlich detaillierter erklären. Fakt ist: Ihre Handys, iPods, Blackberrys, Fernseher – ja auch unsere Windräder, die Energie liefern, sie alle sind nicht denkbar ohne diese besonderen Metalle! Und in der Zukunft werden noch mehr Technologien davon abhängig sein. Nach langen Diskussionen konnte endlich eine Mine für diese Seltene-Erden-Metalle im Norden unseres Staates wiedereröffnet werden. Diese Mine schafft außerdem Arbeitsplätze in der Region, die einstmals eine der produktivsten war. Wir konnten *Polycorp Minerals* auch dafür gewinnen, der Mine ein Technologie- und Forschungszentrum anzugliedern! Zukünftig wird dort oben also nicht nur Neodym gefördert und gewonnen, es werden sich dort auch Koryphäen für Zukunftstechnologien treffen – und zeitweise dort sogar forschen. Diese Region wird einen immensen wirtschaftlichen Aufschwung erleben und gut ausgebildete Menschen anziehen. Wir führen Wisconsin in die Zukunft. Darauf können wir sehr, sehr stolz sein.«

Bei den letzten Sätzen hat er etwas langsamer und lauter gesprochen, das hat ihnen noch mehr Bedeutung verliehen.

So schnell wird ihm keiner von denen da sein Projekt miesmachen. Sollen sie doch ihre verdammten Fragen stellen!

Der Rothaarige vom lokalen Fernsehsender ist der Schnellste.

»Es gab in der Vergangenheit Probleme mit der Entsorgung des anfallenden Giftmülls. Daher wurde die Mine vor zehn Jahren geschlossen. Wie ist die Situation jetzt?«

Ochs gibt seinem Lächeln etwas Nachsichtiges, das signalisieren soll, er ist nicht böse über so wenig Sachkenntnis. »Das ist richtig. Aber in der Zwischenzeit sind schon längst neue Methoden der Entsorgung entwickelt worden. Auch mit den Umweltschützern gibt es keine Probleme mehr, denn auch sie haben begriffen, dass ohne die Seltene-Erden-Metalle kein Fortschritt möglich ist – auch nicht im Umweltschutz.«

Die dicke Blonde in der zweiten Reihe meldet sich, die hat

ihn beim letzten Mal beinahe ins Straucheln gebracht. Allein ihre Stimme macht ihn aggressiv.

»Wie aber erklären Sie sich dann die Aktion vom gestrigen Abend?«, fragt sie spitz. »In der Tiefgarage des Bürohauses, in dem sich das von *Polycorp Minerals* beauftragte Architekturbüro befindet, haben Umweltschützer die Reifen von mehr als dreißig Autos aufgestochen.«

Und Sie haben Ihre Freude daran, oder?, würde er ihr am liebsten entgegenhalten, aber er sagt lässig: »Es gibt keinerlei Beweise dafür, dass es Umweltschützer waren. Das waren Chaoten! Leute, die gegen alles sind und die Freude daran haben, fremdes Eigentum zu zerstören!«

Schon wendet er sich dem nächsten Fragenden zu. Mit Nichtbeachtung kann er solche Typen wie die Blonde am meisten ärgern.

»Mit der Wiedereröffnung von Minen wird aber auch wiederhergestellte Natur zerstört«, hört er den Wichtigtuer von der *Madison Times* sagen. »Gerade oben in Ashland war ein See entstanden, es ging um touristische Erschließung. Jetzt stehen die Leute, die darauf gesetzt haben, vor dem Nichts!«

Du alte Schwuchtel kommst mir gerade recht, denkt Ochs und sagt freundlich: »Waren Sie schon einmal dort oben? Haben Sie gesehen, wie unsere Vorfahren das Land ausgebeutet haben? Pelzjäger haben Bären und Wölfe getötet, die Holzindustrie hat riesige Urwälder abgeholzt, und die Bergbauindustrie hat auf der Suche nach Erzen und dem Braunen Sandstein ganze Gebirgszüge abgetragen!«, echauffiert er sich. »Das Land wurde rigoros ausgebeutet, um Chicago zu erbauen, um Schiffe zu bauen – um Wohlstand und Fortschritt zu schaffen.« Er lässt diese gewaltigen Worte einen Augenblick lang nachhallen. Dann sagt er: »Heute zerstört man keine Wälder mehr. Die Natur ist unser höchstes Gut. Der

Abbau wird mit modernsten und schonenden Methoden betrieben. Und es wird ein Material gewonnen, das gerade dazu beiträgt, die Natur zu schützen! Neodym brauchen wir, um modernste Magnete herzustellen, ohne die auch Windräder nicht funktionieren würden.«

Zack! Keine Zeit geben für eine Gegenfrage, sondern gleich zum Nächsten!

»Es ist eine wasserreiche Gegend da oben, besteht da nicht die Gefahr, dass das Grundwasser kontaminiert wird?«, kommt als Einwand.

»Natürlich wurde diese Möglichkeit im Gutachten berücksichtigt! Keinem von uns ist daran gelegen, Risiken für Mensch und Natur einzugehen.« Er lächelt nachsichtig, zuversichtlich, Vertrauen ausstrahlend.

»Warum können wir Neodym nicht weiterhin importieren?«

Das kommt von seiner Lieblingsjournalistin, seiner Stichwortgeberin. Er schenkt ihr ein herzliches, wenn auch kurzes Lächeln und antwortet: »China hat nicht vor, die Exportbeschränkungen aufzuheben. Wollen wir uns die Möglichkeiten von Forschung und Fortschritt nehmen lassen? Wollen wir uns etwa Chinas Diktat unterwerfen? Wollen wir das?« Manchmal spürt er eine solche Wut in sich ... Er muss weiterreden: »Mit dieser Entscheidung, Minen wieder zu eröffnen, den Bergbau wieder aufzunehmen, stärken wir auch unser Land. Unsere Werte, unsere Demokratie. Wer von den jungen Leuten hält unsere Demokratie denn noch für etwas Besonderes?« Er lässt seine Stimme lauter werden. »Wer weiß denn heutzutage noch, mit wie viel Blut sie erkämpft wurde?« Seine Stimme steigert sich ins Leidenschaftliche.

Er holt Luft für das krönende Ende: »Das Projekt in Ashland ist ein patriotischer Akt. Wir können stolz darauf sein!« Ein großartiges Ende, findet er.

Doch ein paar Zwischenrufer wollen ihm das vermiesen.

Die Schwuchtel schon wieder: »Herr Gouverneur, Ihnen wird vorgeworfen, sich diktatorisch zu verhalten! Was sagen Sie dazu?«

Eigentlich will er sich nicht auf dieses Niveau begeben, aber er kann nicht anders und sagt: »Wenn ich ein Diktator wäre, würde ich solche Fragen gar nicht zulassen, und Sie ...«, und er macht eine kurze Pause, »... wären dann gar nicht hier!«

Seine Claqueure klatschen, er nickt würdevoll, bedenkt die Journalisten und die Kamera mit seinem typischen Zuversicht ausstrahlenden Blick und verlässt das Rednerpult.

An der Tür entdeckt er seinen Bruder Frank. »Hast du das gerade gehört? Hey, was machst du für ein Gesicht?«

Er klopft seinem Bruder aufmunternd auf die Schulter, während die beiden und sein Gefolge, sofort von Bodyguards abgeschirmt, durch den Flur hinaus in die Lobby gehen.

»Weißt du, dass Leute gegen dich demonstrieren?«, fragt Frank.

»Es protestieren immer irgendwelche Idioten«, gibt er zurück. »Die haben von nichts eine Ahnung, hetzen die Leute auf, nur damit sie ins Fernsehen kommen!« Er behält seine freundliche Miene, das kann er, er weiß, dass bestimmt irgendein Arschloch gerade die Kamera auf ihn gerichtet hat. »Wie die Schmeißfliegen, sieh sie dir an!«, raunt er seinem Bruder zu, als die Journalisten mit ihren Mikros und Kameras auf ihn zustürzen. »Wenn ich könnte, würde ich das verbieten, das sag ich dir!«

»Gouverneur Ochs, Ihre Umfragewerte sind nach der Zerschlagung der Gewerkschaften gesunken, wie wollen Sie die Wahl gewinnen?«

Ochs sucht den Fragesteller in der gestikulierenden und durcheinanderrufenden Menge. Da ist er, ganz vorn, der Kleine mit dem für sein Alter lächerlich jugendlichen Haarschnitt. Ochs setzt sein freundlichstes Lächeln auf. »Mit Mut und Entschlossenheit. Die Menschen in Wisconsin wissen, dass ich für sie eintrete und kämpfe!«

»Das sehen viele aber ganz anders!«

Frank will ihn weiterziehen. »Der Wagen wartet ...« Doch Ochs wendet sich noch einmal dem Fragesteller zu. »Wissen Sie, es gibt immer Menschen, die eine andere Sicht der Dinge haben. Das ist Demokratie.« Mit einer Spur Triumph im Lächeln geht er weiter.

»Kommst du mit zum Lunch?«, fragt er seinen Bruder.

»Eigentlich wollte ich dich das fragen«, sagt Frank.

Ochs lacht und klopft ihm auf den Bauch.

»Gouverneur Ochs! Sie sind die Hoffnung vieler Menschen!«

Er bleibt stehen und sieht ein Mikrofon auf sich gerichtet, das ein schmächtiger Typ mit Intellektuellenbrille hält. Für einen kurzen Moment läuten seine Alarmglocken. Solche Kerle sind immer falsch – und respektlos.

»Das freut mich zu hören! Danke!«

Er wundert sich, dass der Typ nicht weiterfragt. Manchmal täuscht auch er sich.

»Siehst du«, sagt Ochs zu seinem Bruder, »es gibt auch noch die anderen, die meine Werte und Vorstellungen teilen! Du kannst dich ruhig mal für mich freuen, Frankie-Boy!« Er ist jetzt wieder bestens gelaunt.

»Das tue ich die ganze Zeit. Was ist jetzt mit unserem Lunch?«

»Moment noch«, Ochs zeigt zum Gang mit den Toiletten, »zu viel Kaffee.«

Ochs stößt die Tür zum Vorraum auf und wirft sich einen kurzen Blick im Spiegel zu. Er ist zufrieden mit sich. Er hat sich noch nie als sonderlich gut aussehend empfunden, aber diesen Mangel macht er wieder gut durch seine Souveränität und Selbstsicherheit, die sich in seinem Gesicht widerspiegeln.

Er trocknet sich gerade die Hände ab, als sich die Tür öffnet und der Typ mit der Intellektuellenbrille hereinkommt. Ochs wundert sich, sonst sind die Toiletten für die Öffentlichkeit abgesperrt, aber nickt ihm zu und will hinausgehen, als der Typ ihn anspricht.

»Es gibt Hinweise, dass Sie sich persönlich an der *Redmill Mine* bereichern.«

Ochs ist so perplex, dass er ein paar Sekunden braucht, um zu reagieren.

»Ach ja?« Instinktiv geht er auf den Typen zu, den er um fast einen halben Kopf überragt, und bleibt direkt vor ihm stehen.

»Wissen Sie, dass ich Sie wegen Verleumdung anzeigen kann?«

»Wenn Sie glauben, dass Sie mir damit Angst einjagen können, dann liegen Sie falsch«, erwidert der Typ.

Ochs lacht. »Warum sollte ich das wollen? Hören Sie, behalten Sie Ihren Bullshit einfach für sich, okay?« Mit einem verletzend gönnerhaften Lächeln lässt er den Typen stehen und will zur Tür.

»Es gibt aber Beweise«, sagt der Typ.

»Beweise? Wovon sprechen Sie überhaupt?«

»Verbindungen zwischen Ihnen und Charles Frenette.«

»Wissen Sie, Mr. …«

»Springsteen.«

»Mr. Springsteen, Sie sind ein kleines, unbedeutendes Licht, würde ich mal sagen. Ich habe noch nie etwas von ihnen gehört oder gelesen. Und jetzt glauben Sie, dass Sie ganz groß rauskommen, wenn Sie solche Sachen in die Welt setzen? Ich kenne solche Typen wie Sie.«

Er tritt zu ihm und nimmt ihm die Brille ab. »Hab ich mir gedacht. Ohne dieses modische Ding sind Sie gar nichts.« Er klappt die Brille zusammen, stopft sie Mr. Springsteen in die Brusttasche, schenkt ihm noch ein gönnerhaftes Lächeln und wendet sich um.

»Ich mach Sie fertig, Sie Diktatorenschwein!«

Es geht ganz schnell, Ochs gibt ihm einen Faustschlag auf die Nase, Springsteen kippt aufjaulend nach hinten, während ihm Blut aus der Nase schießt.

Im selben Augenblick stürzen die Bodyguards herein, wollen ihn, Carl H. Ochs, packen und in Sicherheit bringen, doch er schüttelt sie ab.

»Wichser!«, zischt er Springsteen noch zu, der sich die Hand auf die blutende Nase drückt.

Auf einmal ist Frank neben ihm.

»Komm jetzt!« Er fasst Ochs am Arm.

»Lass mich!« Am liebsten würde er diesem Arschloch in die Eier treten. Manchmal muss man zu drastischeren Mitteln greifen, um zu verhindern, dass die Welt den Falschen überlassen wird.

Frank zieht ihn zurück auf den Flur, dann bringt er ihn zum Auto und schiebt ihn auf die Rückbank. »Beruhige dich endlich, Carl!«

Tony versucht, den Wagen durch die Menge zu steuern.

»Er hat mich *Diktatorenschwein* genannt! Ich hätte dem kleinen Wichser die Eier rausreißen sollen!«

Frank reibt sich die Schläfen. »Gut gemacht, Carl. Genau so was werden wir morgen in der Zeitung lesen.« Er seufzt. »So, und wie sollen wir das nun wieder regeln?«

»Was weiß ich!«, herrscht Ochs ihn an. »Das ist schließlich dein Job!«

Schweigend fahren sie durch die Straßen.

»Weißt du was, Carl, ich hab's manchmal so satt, deinen Dreck wegzumachen«, sagt Frank irgendwann. Er tippt Tony auf die Schulter. »Halten Sie! Ich steige hier aus.«

»Frank, warte!«

Doch sein Bruder ist schon draußen und wirft die Autotür zu.

»Wohin, Sir?«, fragt Tony.

Er muss jetzt zu Kirsten. Sie ist die Einzige, die ihn versteht.

Harpole stellt die Plastiktüte auf die Küchentheke. Endlich hat er sich dazu aufgerafft.

»Hast du was zum Dessert eingekauft?«, fragt Katie und nimmt den Topf vom Herd.

»Sieh rein!«

Er beobachtet sie, wie sie die Hände an einem Küchenhandtuch abwischt und erwartungsvoll zur Tüte greift.

Sie zuckt zurück und verzieht angeekelt das Gesicht. »Mein Gott, Hal! Bring das sofort in den Müll!«

»Es gibt Hunderte davon. Draußen, ein Stück hinter der Mine«, sagt er.

Sie schiebt ihm die Tüte hin. »Egal, weg damit, raus aus meiner Küche!«

»Sie sind vom Himmel gefallen. Hunderte sind vom Himmel gefallen, als die Erde gebebt hat! Es war ein riesenhafter Schatten ... Du hättest es sehen sollen ... Es war ... grauenvoll«, versucht er es noch einmal.

»Bring endlich diese Tüte raus! Dann kannst du mir alles erzählen.«

Er trägt die Tüte mit dem totem Vogel nach draußen und legt sie neben die Tür in den Schnee. Er fühlt sich beklommen und niedergeschlagen.

All diese toten Vögel, die dort lagen. Als er sich ihnen genähert hat, hat er sie gespürt, diese Totenstille, dieses Nicht-mehr-Sein. Aber das Schlimme war: Da war keine Ruhe, kein Frieden in ihrem Tod. Da waren Qual und Angst und … diese Ahnung von der Hölle …

Mit einem Mal war es ausgelöscht – das Leben … Er hätte die toten Vögel gern begraben, aber es ist Winter, und die Erde ist hart gefroren. So hat er sie in großen Mülltüten weggetragen und in die Grube am Rand der Mine gelegt. Dann hat er Äste über sie gedeckt und ist eine Weile dort stehen geblieben und hat daran gedacht, was sie wohl aus der Bahn geworfen haben mag. Und wie es für sie war, gemeinsam zu sterben …

Als er wieder hineingeht, sieht er, dass sie sich die Hände einseift.

»Solche Späße mag ich überhaupt nicht, Hal.«

Er setzt sich auf den Hocker an der Theke. »Es war kein Spaß, Katie«, sagt er ernst und sieht ihr zu, wie sie sich die Hände gründlich abspült und dann abtrocknet. Sie ist Krankenschwester und daran gewöhnt, ständig die Hände zu desinfizieren.

Sie stützt sich auf die Theke und sieht ihm in die Augen. »Gut, Hal, erzähl mir, was mit den Vögeln passiert ist.«

Er denkt nach. Wie soll er anfangen? »Glaubst du an die Hölle?«, fragt er schließlich.

Sie nickt, schiebt ein Schälchen mit Chips näher zu ihm und steckt sich einen in den Mund. »Es gibt einen Himmel und eine Hölle.«

»Du glaubst also daran?«

»Aber sicher.« Sie nickt wieder. »Nimm doch, sonst ess ich alle alleine auf.«

»Und wie stellst du dir die Hölle vor?«

Einen Kartoffelchip knabbernd, sagt sie: »Heiß und brodelnd, und überall springen kleine nackte Teufelchen rum und bohren den armen Seelen Speere in den Leib ...« Sie lacht.

»Du nimmst mich nicht ernst, Katie«, sagt er verärgert. »Du glaubst nicht an Himmel und Hölle, oder?«

»Ach Hal!« Sie stöhnt auf. »Ehrlich gesagt, darüber hab ich mir schon lange keine Gedanken mehr gemacht. Ich lebe jetzt und hier, und alles, was danach kommt ...« Sie hebt die Schultern und lässt sie wieder fallen. »Keiner ist von dort zurückgekommen. Und ich hab schon viele gehen sehen.« Ihre Wangen sind von der Wärme in der Küche gerötet.

»Dann beschäftigt dich die Frage also nicht, was nach dem Tod mit uns passiert? Hast du keine Angst vor dem Tod?«

»Hal, warum müssen wir so was jetzt besprechen?«

»Warum nicht jetzt? Sag mir, hast du keine Angst vor dem Tod? Davor, dass du für deine Sünden bestraft wirst?«

»Nein. Ich versuche mein Leben zu leben, so gut wie ich kann. Nach bestem Wissen und Gewissen. Und wenn ich was falsch mache, dann ... dann versuche ich, es wieder richtig zu machen, irgendwie.«

»Vor Gott?«

»Vor dem Menschen, dem ich vielleicht unrecht getan habe, dem gegenüber ich zu hart gewesen bin. Zum Beispiel.«

»Und bittest du Gott denn nicht um Vergebung?«

»Hal, wohin soll das führen?«

»Sag schon, bittest du Gott nicht um Vergebung?«

Sie seufzt. »Manchmal. Aber ...«

»Aber was?«

»Mir ist der Mensch näher. Komm«, sie legt ihre Hand auf seine, »wir wollen uns doch nicht den Abend verderben!«

»Du hast recht.« Er versucht zu lächeln.

»Ich mache mir manchmal Sorgen um dich, Hal«, sagt Katie. Sie nimmt den Braten aus dem Backofen und pinselt ihn ein. Der Geruch zieht durch das ganze Haus. Hal hat Hunger. Und er mag Katies Braten.

»Um mich?« Er sieht sie an, wie sie den Braten wieder in den Ofen schiebt und sich umsieht. »Gibt's noch einen Hal hier? Ich seh keinen anderen.«

»Ach Katie, dein Braten riecht wunderbar. Wie lange dauert's noch?«

»Lenk nicht vom Thema ab.« Sie steht vor ihm und betrachtet ihn mit schief gelegtem Kopf. »Du arbeitest zu viel. Du siehst müde aus.«

»Ich arbeite nicht mehr als sonst.«

»Dann war sonst eben auch zu viel. Du musst mehr auf dich achten, fünfundfünfzig ist ein kritisches Alter. Da kriegen viele Männer 'nen Herzinfarkt.«

»Mir geht's prima.« Er steht auf. »Und ich bin nicht einer von deinen Patienten.«

»Gott sei Dank nicht. Und das soll auch so bleiben.«

Er legt die Arme um ihren Körper, der sich drall und fest anfühlt, und gibt ihr einen Kuss in die Halsbeuge. Aber irgendetwas ist anders. Als wäre plötzlich eine Folie zwischen ihnen, eine durchsichtige dünne Folie, die sie voneinander trennt. Vielleicht hat sie recht, denkt er, und ich bin einfach nur überarbeitet.

»Du musst was gegen deine Schlafstörungen tun, Hal. Wenn man nicht schläft, kann der Körper sich nicht regenerieren.«

»Heute schlaf ich bestimmt gut!« Er küsst sie noch einmal, in der Hoffnung, dass es sich wieder so anfühlt wie früher. Aber die Folie ist immer noch da.

Er setzt sich an den Tisch und trinkt ein Bier. Die Fahnenmasten sind ihm aufgefallen. Sie wurden schon mal vorsorglich hingestellt, damit irgendwann der Union Jack neben der

Fahne von *Polycorp Minerals* im Wind wehen kann. Er hat sich an dem rechten Mast festgehalten, als er auf einer eisigen Stelle ausgerutscht ist. Zuerst hat er gedacht, es ist der Wind, aber es war windstill – und trotzdem hat der Mast vibriert. Daraufhin hat er den anderen berührt. Beide haben vibriert, als wären sie an einer Stromquelle angeschlossen. Er hat Frenette Bescheid gesagt und eine Messung in der Mine vorgeschlagen. Das, was Frenette erwidert hat, klingt ihm noch im Ohr. »Es schadet wohl keiner Fahne, wenn ihr Mast ein bisschen mitschwingt.«

Er überlegt, ob er ihr das sagen soll und ob er ihr auch von seinem Experiment erzählen soll, das er im Schuppen angefangen hat, da sagt sie:

»Hast du mal über die Sache mit dem Haus nachgedacht?«

»Mit welchem Haus?«

»Mit Angelas Haus!« In ihrem Blick erkennt er eine leichte Ungeduld.

»Ach so, ja, ja, hab ich«, sagt er schnell.

»Und?«

»Ich meine, wir sollten es so lassen, wie es ist.«

Sie dreht ihm den Rücken zu. Ablehnung.

»Ich meine, wir sollten nichts überstürzen«, probiert er es noch einmal, doch dann bleibt er stecken. Wie soll er ihr begreiflich machen, dass er Angst hat vor Versprechungen. Und vor dieser Folie. Vielleicht spürt sie die ja nicht …

Sie dreht sich wieder um und beugt sich zu ihm herunter. Ihr Gesicht ist jetzt ganz nah. »Hör zu, Hal Harpole: Wir sind beide nicht mehr die Jüngsten. Und wer weiß, wie lange wir noch leben. Und von Überstürzen kann überhaupt nicht die Rede sein. Ich denke nur, es wäre eine Chance, unser Leben zu ändern.« Sie wischt ihre Hände an einem Küchenhandtuch ab. »Vorausgesetzt, du willst dein Leben überhaupt ändern. Ich jedenfalls hab das Alleinsein satt. Ich hasse es, allein einzuschlafen, allein zu essen, Selbstgespräche zu führen und nur bei der Arbeit Ansprache zu haben. Ich will mein Leben mit einem Menschen teilen. Und du, mein Lieber, habe ich gedacht, bist derjenige, mit dem ich es teilen könnte. Aber sag mir, wenn ich mich getäuscht habe. Manchmal macht man sich was vor, wenn man etwas zu sehr will.«

Er sieht sie nur an.

»Katie ...«, fängt er schließlich an und nimmt ihre Hand. Er weiß, er muss jetzt etwas Bedeutungsvolles sagen, sonst ist alles vorbei. Sonst kann er aufstehen und gehen und braucht nicht wiederzukommen. »Katie, ich ...« Er steht auf. »... Ich liebe dich.« Er zieht sie an sich und hält sie fest, so fest, wie die Folie es zulässt. Und er strengt sich an, etwas anderes zu empfinden als Traurigkeit.

Als er sie loslässt, lächelt sie glücklich. »Himmel, der Braten verbrennt noch!«

Harpole musste aufstehen, er musste sich in ihre Küche setzen und das Radio einschalten. Jetzt sitzt er auf einem Barhocker im Dunkeln und lauscht.

»... Ablehnung. Jeder von uns kennt Ablehnung. Kinder erfahren Ablehnung in der Schule. Wenn der Lehrer unzufrieden ist mit ihnen. Oder wenn sie schlechte Noten bekommen. Das ist Ablehnung. Wenn Eltern sich nicht um ihr Kind kümmern – das ist Ablehnung. Abtreibung ist Ablehnung, wenn ein Antrag nicht bewilligt wird, das ist Ablehnung. Auch manche Spitznamen bedeuten Ablehnung: Fettwanst, Qualle, Drecksack. Scheidung ist Ablehnung. Ablehnung erfährt man wegen der Hautfarbe, Immigranten erfahren Ablehnung. Ablehnung verletzt uns tief, und wir quälen uns mit der Frage:

Was kann ich tun, damit ich nicht abgelehnt werde? Der Feind kommt auf unterschiedlichen Wegen zu uns. Er sagt uns: Jesus hasst dich! Und das ist die Hölle: die Ablehnung durch Gott.«

Er hat Katies Vorschlag mit dem Haus abgelehnt. Damit hat er sie verletzt. Hätte er Ja sagen sollen? Wenn er Ja gesagt hätte, wäre sie glücklich gewesen. Wenn er ... Er lauscht wieder der Stimme im Radio.

»Aber wahr ist: Jesus hasst dich nicht. Jesus lehnt dich nicht ab. Denn er hat sein Blut für dich vergossen. Das Lamm Gottes hat sein Blut für dich vergossen! Aus Liebe! Gott lehnt dich nicht ab. Aber wenn du das glaubst, dann wirfst du dich selbst in die Hölle. Die Hölle ist der Teufel, der dir sagt, dass Gott dich ablehnt, weil du Fehler gemacht hast. Er kommt jeden Tag mit neuen Vorwürfen. Und ich habe gelernt zu sagen: Ja, ich habe Fehler gemacht, aber das Blut des Lammes hat mich befreit! Jesus hat sein Blut für uns vergossen ...«

»Hal!«

Er blinzelt erschrocken ins Licht. Reflexartig macht er das Radio aus. Katie steht im Nachthemd in der Tür. »Was hörst du denn da für ein Zeug! Kein Wunder, dass du solche Sachen denkst!«

»Ich hab's ganz leise gemacht. Ich wollte dich nicht wecken.«

»Komm wieder ins Bett.«

»Ich kann nicht schlafen.«

»Wir müssen etwas dagegen unternehmen, Hal. Du siehst von Tag zu Tag schlechter aus. Hat es mit der Arbeit zu tun?«

»Nein!«, erwidert er sofort. » Es ... es ist ...«

Sie ist zu ihm an die Theke gekommen und sieht ihn besorgt an.

»Ich will nicht, dass du dir Sorgen machst.«

»Mach ich mir aber. Weil ich dich liebe. Weil du mir etwas bedeutest. Und ich kann einfach nicht mitansehen, wie du dich quälst ...« Sie nimmt seine Hand und drückt einen Kuss darauf.

»Du hast recht, ich sollte nicht so viel grübeln.« Er versucht ein Lächeln.

»Genau. Und am besten hörst du diesen Sender auch nicht mehr.«

Er rutscht vom Barhocker. »Ja. Ist wahrscheinlich besser.«

»Eben!«

»Und außerdem ist es noch viel zu früh zum Aufstehen«, sagt er.

Er nimmt ihre Hand, und sie gehen zurück ins Schlafzimmer. Er will sich Mühe geben, das nimmt er sich ganz fest vor. Er will nicht mehr daran denken. Nie, nie wieder.

Christina wünscht sich, sie könnte das Aufstehen noch hinauszögern. Da draußen wartet die Welt mit all ihren Grausamkeiten – aber da wartet auch Jay. In der Diele zieht sie ihre dicken Winterschuhe über die bloßen Füße und wirft sich die Daunenjacke über, dann stapft sie durch den Neuschnee zum Briefkasten. Aus dem Van, der am Bordstein steht, sieht ihr Tana Schriner entgegen. Sie wohnt mit ihrem Mann Kevin und ihrer Tochter Amy ein Stück weiter die Straße hinauf, Christina fährt jeden Tag an dem Haus vorbei. Tana hat das Seitenfenster heruntergelassen.

»Chris! Mein Gott, es ist so schrecklich! Ich kann immer noch nicht glauben, dass das passiert ist! Es tut mir ja so leid!«

Christina macht ein paar Schritte auf den Van zu.

Sie hat das Gefühl, die schreckliche Nacht liegt schon eine

Ewigkeit zurück und sie selbst ist inzwischen um Jahre gealtert.

»Mein Gott, ich hab gedacht…« Tanas Stimme zittert. »Hast du auch was abbekommen?«

»Ach das?« Christina erinnert sich an ihr zerschundenes Gesicht. »Das war eine andere Sache.«

»Oh, Chris…« Tana schüttelt den Kopf. »Ich hab fürchterliche Angst seit der Sache, ich meine, es ist doch nur ein paar Häuser von uns weg passiert, sozusagen nebenan, nicht wahr?«

»Ja, und trotzdem hat niemand was gesehen.«

Tanas Mundwinkel zucken. »Aber … wie geht es Jay?« Sie dreht sich zum Rücksitz um, wo Amy sitzt. »Amy, nicht wahr, du willst doch auch wissen, wie es Jay geht.«

»Hi Amy«, sagt Christina zu Jays Freundin.

»Hi«, gibt Amy zurück, ohne von ihrem Nintendo aufzusehen.

Jay hat Amy immer zum Geburtstag eingeladen, und Tana hat Jay oft an den Wochenenden zu Schulwettkämpfen mitgenommen, wenn Christina mal wieder Dienst hatte. Aber auch das liegt so lange zurück, als würde es zu einem anderen Leben gehören.

»Ich hab ihr alles erzählt«, sagt Tana, »warum sollte ich lügen?«

Es ist Christina egal, was Tana ihrer Tochter zumutet. Sie sagt: »Der Schuss ging in die Lunge. Jetzt hat er auch noch eine Lungenentzündung bekommen. Und in seinem Zustand ist das nicht ungefährlich.« Sie gibt sich Mühe, sachlich zu klingen.

»Dann können wir ihn jetzt nicht besuchen, oder? Amy würde ihn so gern sehen. Stimmt's Amy?«

Amy nickt. Trotz ihrer sieben Jahre hat sie etwas Erwachsenes. Sie ist ganz anders als Jay, viel ernster und vernünftiger. Und wenn sie mit lauter, fester Stimme spricht, blickt sie einem direkt in die Augen.

»Tut mir leid, Amy«, sagt Christina. »Du kannst Jay jetzt nicht besuchen. Er ist sehr krank. Jay muss sich jetzt ausruhen. Aber ich sage ihm, dass du an ihn denkst.«

Amy nickt wieder. Christina hat den Eindruck, dass sie noch etwas sagen will, aber sie beschäftigt sich wieder mit ihrem Nintendo. Wie sehr hat sie das an Jay genervt! Jetzt wäre sie glücklich, wenn er wieder mit diesem Ding spielen würde!

In Tanas Augen stehen Tränen. »Ich hab Tim an dem Abend ja sogar noch gesehen. Und dann hör ich, dass er ermordet worden ist! Unfassbar!«

Christina ist sich nicht sicher, ob sie Tana richtig verstanden hat. »Du hast ihn gesehen? Wann?«

»Ich hab gedacht, du wüsstest längst ...« Tana wischt sich rasch über die Augen und zieht leise die Nase hoch.

»Bitte, Tana, mal der Reihe nach! Wann hast du Tim gesehen?« Auf einmal ist sie hellwach.

Tana denkt nach. »So gegen acht. Ich war an dem Abend mit Amy beim Kieferorthopäden, und danach haben wir noch meine Schwägerin besucht. Sie hat gerade ein Baby ... Aber das ist ja jetzt unwichtig. Als wir die Straße hochfahren, hält ein Wagen vor eurem Grundstück. Ich denke noch, das ist aber gar nicht Christinas Wagen. Als ich bei uns aussteige, sehe ich, wie ein Kollege von dir zur Haustür geht und klingelt. Kurz darauf kommt Tim heraus.«

»Welcher Kollege? Aaron? Du kennst Aaron von meiner Geburtstagsparty ...« Doch da fällt ihr ein, dass Aaron ja in der Bar war, zusammen mit ihr und Rob und Ed und Gary.

»Nein, Aaron war das nicht.« Tana schüttelt den Kopf.

»Wer dann? Du kennst doch sonst niemanden, wieso wusstest du, dass es ein Kollege ist?«

Tana wirft einen Blick zu Amy, doch die ist weiter in ihren Nintendo versunken.

»Na ja«, räumt Tana ein, »er ist wahrscheinlich nicht bei der Mordkommission, weil er eine Uniform getragen hat, aber ...«

Christina hakt nach: »Moment ... Du hast geglaubt, es war ein Kollege, aber nicht von der Mordkommission, weil er eine ... Uniform getragen hat?«

»Na ja, es war so ein schwarzer Blouson und dazu eine schwarze Hose ...» Tana nickt.

»Kannst du den Typen beschreiben? Weißt du noch, wie er aussah, ich meine, außer der Uniform?«

»Ich hab ihn nicht richtig gesehen, es war ja schon dunkel. Ich weiß nur, dass er ziemlich groß und kräftig war, ich glaube, er war weiß.«

»Tana, hast du sonst noch jemandem davon erzählt?«

»Nein! Das heißt, doch, Kevin natürlich.«

»Was hast du sonst noch gesehen?«, fragt Christina weiter.

Tana sieht nach vorn durch die Windschutzscheibe und nagt an ihrer Unterlippe. »Er ist aus einem normalen Auto ausgestiegen«, sagt sie schließlich. »Es war kein Streifenwagen, und ich dachte noch, ach, der hat sicher auch Feierabend, vielleicht schaut er bei Christina vorbei.« Sie lässt das Lenkrad los und presst ihre Finger gegen die Schläfen. »Mein Gott, fast wär ich sogar noch rübergegangen und hätte ihn gefragt, ob er nicht mal jemanden vorbeischicken kann wegen der Nachbarn zwei Häuser weiter, die ihre Hunde immer auf meinen Rasen scheißen lassen.«

Christina versucht sich vorzustellen, was wohl passiert wäre, wenn Tana ihn wirklich angesprochen hätte ... Wenn es der Mörder war ... dann wäre er vielleicht geflohen ... und Tim wäre noch am Leben ... und ...

Tana reißt sie aus ihren Gedanken. »Mein Gott, Christina ... wenn das wirklich ein Polizist ... wem kann man denn da noch trauen?« Sie wirft einen Blick zu Amy, die von ihrem Gespräch nichts mitbekommt und immer noch mit ihrem Nintendo spielt.

Christina spürt auf einmal, wie die Kälte von unten heraufzieht. »Sag niemandem was, okay?«

»Okay.« Tana nickt. »Ich muss los, wenn du mich brauchst ...«

Christina nimmt die Zeitung und geht zurück ins Haus. Sie muss unbedingt mit Muller reden.

»Frank!« Carl Ochs sieht von den Zeitungen auf, die wie jeden Morgen auf seinem Schreibtisch bereitliegen, und winkt seinen Bruder herein.

»Vivian, bringen Sie uns bitte noch einen Kaffee.« Sein Blick verfolgt den prallen Hintern seiner Sekretärin.

Frank setzt sich auf den Besucherstuhl, knöpft sein Jackett auf und schlägt die Beine übereinander.

Sein Bruder sieht aus wie in einer Imagewerbung für Anwälte, findet Ochs.

»Das hat uns dein Ausrutscher gekostet.« Frank schiebt ihm einen Zettel zu.

»Ist die Angelegenheit damit erledigt?« Ochs zerknüllt den Zettel mit der Summe, die er so schnell wie möglich vergessen will.

»Und du wirst ihm ein Exklusivinterview nach der Wahl geben müssen.« Frank schnippt einen Fusel von seiner Hose. »So, und jetzt zu deinen Frauengeschichten.«

Ochs beobachtet Frank, wie er einen ganzen Stapel Papiere aus seiner Aktentasche holt. »Heather meint übrigens, sie sieht ordinär aus.«

Ochs bleckt die Zähne. »Natürlich! In ihren Augen sehen alle Frauen mit einer gewissen Oberweite ordinär aus.« Er schnaubt. »Ich kann dir gar nicht sagen, wie sehr sie mir in den vergangenen Monaten das Leben zur Hölle gemacht hat.«

»Tja, so ist es, wenn man Frauen verärgert.«

»Du scheinst dich ja gut auszukennen mit Frauen. Wann zeigst du mir endlich mal eine deiner Freundinnen?«

Frank lacht, aber da ist etwas in seiner Mimik, das Ochs nicht gefällt. Verheimlicht er etwas? Ochs wartet.

Doch Frank sagt nichts, sondern schiebt Ochs ein Schreiben zu.

»Ich habe es so gemacht, wie wir es besprochen haben: Sie kriegt das Haus in Sag Harbor und die vereinbarte monatliche Zahlung. Im Gegenzug erklärt sie sich damit einverstanden, in den nächsten zehn Jahre nicht die Scheidung anzustrengen.«

»Zehn Jahre lang kann sich dieses Miststück auf meine Kosten vergnügen!«

Ochs nimmt seinen goldenen Füllfederhalter und unterschreibt auf jeder Seite, die sein Bruder ihm aufblättert.

»Reifenaufstechen kommt in der Öffentlichkeit nicht gut an ...«, sagt Ochs, während er widerwillig seiner Frau das Haus überschreibt. »Jetzt ist das Thema *Ashland* wieder hochgepuscht. In jeder Zeitung kannst du es lesen, und im Radio reden sie dauernd drüber.«

»Na und? In deiner Pressekonferenz hast du dich doch ganz klar geäußert. Die meisten stehen auf unserer Seite.« Frank sammelt die Dokumente ein und steckt sie wieder in seine Aktentasche. »Mom lässt dir übrigens ausrichten, du und Heather sollt sie am Sonntagmorgen zur Messe begleiten.«

»Warum? Sie geht doch sonst auch allein. Oder hat Heather ihr etwas gesagt?« Er will sich den Kommentar seiner Mutter nicht vorstellen – den sonntäglichen Kirchgang noch weniger.

»Das war nicht nötig. Du kennst doch Mom. Ihr ist noch nie etwas entgangen.« Frank grinst. Er steht auf und wendet sich zur Tür. »Ach übrigens – deine Krawatte.«

Ochs blickt an sich hinunter. »Ein Geschenk von Kirsten.«

»Kirsten scheint einen besseren Geschmack zu haben als Heather.«

Er wird aus Frank einfach nicht schlau. Die einzige Freundin, die sein Bruder ihm – und seiner Mutter – vorgestellt hat, ist vor ewigen Zeiten eine kleine, pummelige Rothaarige aus dem College gewesen. Und Mom hat ihn daraufhin gefragt, ob er nicht an seine Kinder und an seine Gene denken würde.

Seitdem hat Frank nie wieder ein Mädchen mit nach Hause gebracht – ja, er hat noch nicht einmal von einer gesprochen. Das ist seine Art der Rache. Und Mom hat auch nie wieder nach einer gefragt. Das ist ihre Art, damit umzugehen.

Er will gerade Kirsten anrufen und hören, ob sie heute Abend Zeit hat, da kommt seine Sekretärin herein. Bevor sie etwas sagen kann, drängt sich schon jemand an ihr vorbei in den Raum. Großartig, der hat mir gerade noch gefehlt, denkt Ochs und zwingt sich zu einem herzlichen Lächeln.

»Stan!« Er steht auf und streckt dem Besucher die Hand entgegen. »Was führt denn den Polizeichef von Milwaukee zu mir?«

Die gläsernen Kuppeln im Botanischen Garten blitzen im frühen Sonnenlicht, das sich durch die Wolkendecke gekämpft hat.

Muller bleibt mitten auf dem Weg durch den Mitchell Park stehen und tut so, als genieße sie den Blick auf die Stadt.

»Weshalb haben Sie mich hier rausbestellt, Andersson?«, fragt sie. Sie hat die Sonnenbrille nicht abgesetzt.

»Es könnte ein Polizist gewesen sein«, sagt Christina. Jetzt bleibt auch sie stehen. Und dann erzählt sie von Tanas Beobachtung und erwähnt Jays Reaktion im Krankenhaus auf Officer Phillips.

»Officer Phillips? Wollen Sie ihm einen Mord anhängen?«

»Nein! Ich meine, es ist die Uniform.«

Muller geht weiter, Christina folgt ihr.

»Jemand hat sich als Polizist ausgegeben, und Ihr Bruder hat ihm die Tür geöffnet?«, fragt Muller. »Kann sich Ihre Nachbarin an noch mehr Details erinnern?«

»Nein. Aber wir sollten nach weiteren Augenzeugen suchen.«

Sie gehen schweigend weiter.

»Ihr Mann ist ein sehr erfolgreicher Architekt«, fängt Christina schließlich an. »Wie viele Millionen würde er verlieren, wenn man das Projekt in Ashland stoppen würde?«

Muller antwortet nicht.

»Die Bedenken der Umweltschützer interessieren ihn wohl nicht, oder?«, redet Christina weiter. »Um Gottes willen, bloß keine Geschichten von Kindern, die an Leukämie erkrankt sind!«

Muller bleibt stehen und starrt sie hinter schwarzen Brillengläsern an. »Adam ist ein sehr guter Architekt«, sagt sie in ihrer typischen arroganten Art, »einer der besten hier. Er hat sich diese Position über viele Jahre hart erarbeitet. Und er ist ein sehr rücksichtsvoller Mensch. Wenn es so schwerwiegende Bedenken gäbe, wie Sie gerade andeuten, Andersson, hätte er das Projekt niemals angenommen!« Und dann fügt Muller herablassend hinzu: »Er kann sich Absagen leisten.« Sie sieht auf die Uhr. »War das alles?«

Christina lässt sich nicht beeindrucken. »Nein. Sandra Kondracki ist verschwunden. Und Pete Kondracki arbeitet mit *Polycorp Minerals* zusammen. Sandra war bei meinem Bruder in Behandlung. Es liegt doch nahe, dass der Mord an meinem Bruder irgendwie mit der Mine in Verbindung steht, richtig?«

Muller lässt den Blick über den weitläufigen verschneiten Park schweifen. In der Ferne laufen zwei Jogger mit ihren Hunden. »Und ich profitiere durch meinen Mann auch von der Mine. Das wollten Sie doch sagen, oder?« Muller schüttelt den Kopf. »Glauben Sie wirklich, ich würde deshalb Informationen zurückhalten oder einen Mörder frei herumlaufen lassen? Glauben Sie das wirklich, Andersson?«, wiederholt Muller und setzt die Sonnenbrille ab. Ihr Blick ist abweisend und kalt. »Bisher haben Sie mir noch keine brauchbaren Informationen geliefert, dass eine Intrige gegen mich im Gange ist.«

»Vielleicht gibt es gar keine Intrige«, antwortet Christina herausfordernd. »Vielleicht wollten Sie mich damit nur auf Ihre Seite ziehen, damit ich nicht weiter in der Scheiße wühle?«

Muller setzt die dunkle Brille wieder auf. »Jemand weiß von Alex und den Drogen«, sagt sie. »Man hat mir Fotos geschickt.«

»Sie werden erpresst ...«

»Nein.«

»Sie wollen mir erzählen, jemand macht sich die Mühe und schickt Ihnen kompromittierende Fotos – und das war's?

Warum sollte jemand so etwas tun?« Muller will sie wohl für blöd verkaufen.

»Je höher Sie steigen auf der Karriereleiter, desto mehr Feinde und Neider haben Sie«, sagt Muller. »Und desto angreifbarer werden sie. Das will mir offensichtlich jemand sagen.«

Sie bleiben neben Mullers schwarzem Mercedes stehen.

»Brewer wusste von den Razzien«, sagt Christina. »Vielleicht hat er Ihren Sohn noch vor Big Dees Leuten entdeckt und die Fotos gemacht. Immerhin hat er die Razzien früher angefangen, als es mit Ihnen abgesprochen war.«

Mit einem Plopp springen die Schlösser auf.

»Brewer hat dasselbe Ziel wie Sie, Captain.« Christina ist sich ziemlich sicher, dass ihr Muller hinter der Sonnenbrille einen eisigen Blick zuwirft.

»Sie kennen meine Ziele, Andersson?«

»Hören wir doch mit diesem Spielchen auf, Captain! Jeder weiß, dass Sie Chief of Police werden wollen.«

Muller öffnet die Autotür und setzt sich hinters Steuer.

»Wenn Sie so gut informiert sind, Andersson, dann können Sie mir doch sicher sagen, wer Brewer deckt.«

Obwohl Christina ahnt, dass Muller auch das längst weiß, sagt sie: »Milosz? Der Bürgermeister? Oder noch höhere Stellen.«

Muller atmet tief durch. »Sehen Sie, genau das meine ich. Irgendetwas ist im Gange, und ich soll offenbar nichts davon merken.«

»Vielleicht haben Sie Einblicke in gewisse …«

»Natürlich habe ich Einblicke!«, unterbricht Muller sie ungehalten. »Glauben Sie, Milosz hat seinen Aufstieg aus eigener Kraft geschafft?« Ihre Lippen werden schmal. »Übrigens, Sie sollten auch keinem Ihrer Kollegen vertrauen. Oft sind die, die uns am nächsten stehen, die Verräter.«

Christina ist sprachlos.

»Ach …«, fügt Muller noch hinzu, »das mit der Mine und Adam, das behalten Sie für sich, ja?«

»Aber es ist kein Geheimnis.«

»Nein, aber man muss die Leute nicht mit der Nase draufstoßen.«

Christina beobachtet, wie der schwarze Mercedes losfährt und im fließenden Verkehr immer kleiner wird. Sie hat geglaubt, sie wird von Muller unterstützt, aber allmählich kommen ihr Zweifel.

»Ich kann nicht dauernd den Kopf hinhalten, Carl!« Milosz steht aufgebracht mitten in Ochs' Büro.

»Komm, setz dich erst mal«, sagt er und schenkt dem Chief of Police einen Scotch ein. »Also, Stan, worum geht's?«

Milosz wirkt nicht sonderlich entspannt, als er sich ächzend in einen der Ledersessel sinken lässt und seine Polizeimütze auf den Glastisch vor sich legt.

»Brewer«, sagt Milosz, nachdem er einen Schluck getrunken hat, »hat eine interne Untersuchung am Hals.«

»Wieso?« Ochs setzt sich ihm gegenüber. Heute lässt er den Scotch ausnahmsweise aus.

»Wieso?« Milosz ist geladen. »Weil er ein verfluchter Hurensohn ist!«

»Nun mal langsam, Stan, seine Tochter ist immerhin mein Patenkind.«

Milosz macht eine wegwerfende Handbewegung. »Ja, ja … Es ist der Fall Andersson, über den er stolpert.«

Ochs tut einen Moment so, als müsse er nachdenken. »Das ist doch diese Polizistin, deren Bruder …«

»Ja, genau.« Milosz nickt. Die Polizeimütze hat auf seinen

grauen Haaren einen kranzförmigen Abdruck hinterlassen. »Brewer hat irgendeinen verdammten Junkie als Täter angeschleppt und ihn dann dermaßen fertiggemacht, dass der sich in der Zelle erhängt hat.« Milosz trinkt noch einen Schluck und sagt dann: »Weißt du, Carl, Ehrgeiz kann ja eine nützliche Tugend sein, aber zu viel davon ist gefährlich.«

»Hm. Und wer hängt ihm die Untersuchung an?«

»Die Mutter des Junkies.«

Ochs steht auf und schenkt sich jetzt doch ein Glas ein. »Und, gibt es keine Mittel und Wege, die Sache im Sand verlaufen zu lassen? Es kann doch nicht sein, dass die Karriere eines vielversprechenden Mannes wie Brewer durch so eine dumme Geschichte ruiniert wird!«

Wieder ballt sich diese Wut in ihm zusammen. »Weißt du, wir können die Schalthebel doch nicht diesen blutleeren Bürokraten überlassen! Nur weil die guten Leute mal Fehler machen, oder? Es geht um Persönlichkeiten, Stan! Unser Land braucht wieder Persönlichkeiten!« Er setzt sich wieder, trinkt den Scotch in einem Schluck aus.

»Mag schon sein«, sagt Milosz ungehalten, »aber ich hab dir schon mal gesagt, dass ich meine schützende Hand nicht ewig über deinen Wunschkandidaten halten kann.«

»Stan«, sagt Ochs, der sich jetzt wieder einigermaßen ruhig fühlt, »wir beide halten ihn doch für sehr fähig. Er soll dein Nachfolger werden. Darüber waren wir uns doch einig.«

»Dazu muss er erst mal Captain werden, und wenn er so weiter macht ...«, wendet Milosz ein.

»Dazu muss der Posten des Captains erst mal *frei* werden, Stan«, berichtigt Ochs.

»Ich weiß, Carl«, räumt Milosz ein, »wir beide mögen Captain Muller nicht besonders, aber sie hat sich nichts zuschulden kommen lassen.«

»Jeder hat 'ne Leiche im Keller, das müsstest du doch wissen. Aber darum geht es jetzt nicht«, sagt Ochs großmütig. »Wir beide lieben doch Football, nicht wahr. Ich persönlich fand die Defense schon immer den wesentlich spannenderen Part.« Er setzt sein bekanntes Lächeln auf, beugt sich vor und sagt: »Als Erstes muss Brewer diese Untersuchung loswerden. Das dürfte doch nicht so schwer sein.«

Milosz seufzt.

Ochs springt auf. »Komm her!«

Mühsam und widerwillig gehorcht Milosz und folgt Ochs zur Wand neben dem Bücherregal.

»Hier!« Ochs zeigt auf eines der ungefähr zwanzig gerahmten Fotos, darunter Schnappschüsse, die ihn zusammen mit Kindern, Sportstars und mit Expräsidenten zeigen. »Und das ist meine kleine Patentochter Sophia! Ist sie nicht süß? Wie stolz sie mal auf ihren Daddy sein wird, wenn er Chief of Police ist!«

Milosz gibt ein missgelauntes Grunzen von sich.

Ochs übergeht es und klopft dem kleineren Milosz auf die Schulter mit den goldenen Streifen. »Stan, ich nehm mir den Jungen zur Brust.«

Milosz wirkt einigermaßen besänftigt, sodass Ochs auf die Uhr sehen und sagen kann: »Tut mir leid, ich hab gleich einen Termin. Gut, dass du persönlich zu mir gekommen bist, Stan.«

»Ich dachte, es ist das Beste, wenn ...«

»Genau.« Ochs nickt.

Er hat Milosz schon zur Tür begleitet, da fällt ihm etwas ein. »Was hältst du davon, wenn ich Muller einen angesehenen Posten anbiete, irgendwo – aber ohne besondere Befugnisse?«

Milosz hebt die Brauen. »Ruth Muller ist eine von Ehrgeiz

zerfressene ... Zicke! Sie würde niemals ein solches Angebot annehmen! Nein, denk dir was Intelligenteres aus!«

Energisch setzt Milosz seine Mütze wieder auf, sie macht ihn noch ein bisschen gedrungener. »Zuerst kümmerst du dich um Brewer.«

Ochs klopft ihm ermutigend auf den Rücken. »Wir dienen diesem Land, Stan. Und dieses Land hat es verdient, dass es von den Richtigen gelenkt wird.«

Obwohl Christina es sich verboten hatte, muss sie doch immer wieder an Aaron denken. Wie er sie gehalten hat. Wie sich seine Hand auf ihrer Wange anfühlte. Aber Mullers Äußerung geht ihr nicht aus dem Kopf. Das muss sie klären. Und deshalb hat sie ihn noch vom Parkplatz oben am Mitchell Park aus angerufen.

Als er jetzt zu ihr ins Auto steigt, versucht sie, sich ihre Befangenheit nicht anmerken zu lassen.

»Verdammt kalt«, sagt er und vermeidet es, sie anzusehen. »Soll die nächsten Tage auch noch so bleiben.« Sie wartet, bis er sich angeschnallt hat, und fährt los. Das Fahren beruhigt sie, und es hilft ihr hoffentlich, einen Anfang zu finden.

Das Hinweisschild – eine halbe Meile bis zur Ausfahrt auf die 43er Interstate nach Green Bay – fliegt vorbei, und erst als sie das Schild mit der Viertelmeile schon sieht, fängt sie an: »Ich hab gerade mit Muller gesprochen. Hast du ihr irgendwas erzählt? Dass ich in Ashland war, zum Beispiel?«

Erstaunt sieht er sie an. »Wie kommst du auf so was?«

»Sie hat eine Andeutung gemacht.«

»Muller.« Er schüttelt den Kopf. »Muller ist eine Intrigantin.«

»So was Ähnliches hat sie auch von anderen behauptet.«

»Und du glaubst ihr? Chris!«

»Vielleicht hat Muller sich hinter meinem Rücken mit dir verbündet? Vielleicht hat sie dir Hoffnungen gemacht auf eine Beförderung, wenn du sie über mich auf dem Laufenden hältst? Vielleicht …«

»Chris! Hör auf!«

»Ich hab recht, oder?« Warum sagt er nichts? »Oder?«, fragt sie noch mal.

»Fahr an die Seite! Los! Halt an!«

Sie hält so abrupt auf der Standspur, dass die Sicherheitsgurte blockieren.

»Okay. Ich hab angehalten.« Sie schauen einander an, unfähig, auch nur ein Wort herauszubringen.

Christina spürt, wie ihre Wut versiegt. Sie fühlt sich nur noch furchtbar allein.

»Drei Dinge, Chris«, fängt Aaron an. »Erstens: Muller hat mir nichts versprochen. Zweitens: Ich hab ihr nichts gesagt wegen Ashland.«

»Und drittens?«

»Drittens: Was muss ich noch machen, damit du mir vertraust?«

Autos fahren vorbei, die Ampel an der Kreuzung vor ihnen schaltet auf Rot.

Vertrauen. Sie hat Tim vertraut. Nur ihm. Und früher einmal hat sie Pete vertraut. Aber Pete hat sie betrogen, und Tim ist tot.

»Weiß Muller, dass du dich mit mir triffst?«, fragt sie.

»Nein.«

Sie überdenkt ihre Lage.

»Gut«, fängt sie schließlich an, »ich weiß nicht, ob und wie tief Muller mit in der Sache steckt. Auf ihrer Party hat sie sich glänzend mit Charles Frenette, dem CEO von *Polycorp*, verstanden. Und ihr Mann baut den *Think Tank* neben der Mine.

Er wird damit Millionen verdienen. Tims Tod muss irgendwas mit der Mine zu tun haben. Muller benutzt mich, da kann sie nach außen hin so tun, als wüsste sie von nichts.«

»Und was willst du jetzt tun?«

»Eigentlich hab ich immer ein Programm laufen. Immer einen Plan B oder C ... aber ...« Sie merkt, wie ihr Widerstand immer weiter zusammenbricht. »Verdammt! Ich könnte ... Ich bin ...«

»Du hast einen Schock erlitten, das ist doch ganz normal ...«, erwidert er und legt ihr die Hand auf den Arm. »Du solltest zum Arzt gehen.«

»Ich renne andauernd in die Klinik.« Seine Berührung irritiert sie, sie kann nicht mehr klar denken.

Sein Handy klingelt. Er hört nur zu, und als er auflegt, sagt er: »Fahr mich zurück. Ich muss los.«

Ihr Blick fällt auf die Rolle mit den Kaubonbons. Sie steckt sich gleich zwei davon in den Mund. Der beißende Pfefferminzgeschmack brennt auf der Zunge, aber er klärt nicht ihre Gedanken.

»Was hast du dazu zu sagen?« Ruth Muller breitet die Fotos auf der Küchentheke aus. Sie ist heute früher nach Hause gekommen und steht jetzt mit Alex in der Küche, wo er sich gerade ein Sandwich macht. Er wirft nur einen kurzen Blick auf die Fotos, dann streicht er weiter Mayonnaise auf den Toast. Wie er da so steht, in seiner sackartigen Rapperhose, die teuren Joggingschuhe nicht zugeschnürt, kommt er ihr so fremd und feindselig vor, dass sie sich fragt, ob das da wirklich ihr Sohn ist, den sie geboren hat, den sie bis zum dritten Lebensjahr bei sich im Bett hat schlafen lassen, weil er sich immer gefürchtet hat, wenn es dunkel war.

»Ich rede mit dir, Alex!«

Immerhin zuckt er ein bisschen zusammen. »Warum tust du so was? Meinst du, die nehmen dich an der Uni, wenn rauskommt, dass du mit Drogen dealst? Und hast du mal an Adam und an mich gedacht? Wir stehen beide in der Öffentlichkeit!« Sie ist laut geworden, lauter, als sie wollte.

Sein verächtlicher Blick trifft sie. »Immer geht es nur um euch und eure Scheißkarrieren!« Dann dreht er sich um und geht mit seinem Sandwich hinaus.

Sie ist sprachlos. Doch dann wird ihr klar, dass sie so einfach nicht kapitulieren will. Sie geht hinter ihm her. Immerhin bleibt er stehen.

»Willst du dein Leben so ohne weiteres wegwerfen? Hat deine Freundin dich dazu gebracht? Willst du ihr damit imponieren? Mit Geld um dich werfen? Glaubst du, das ist cool?«

»Autsch!«, sagt er mit herablassender Stimme. Er zuckt mit den Schultern und geht weiter.

»Alex, bleib hier! Versuch nicht, diese Spielchen mit mir zu spielen!«

»Verhaftest du mich jetzt?«, sagt er mit provozierendem Grinsen. »Oder ziehst du deine Knarre und erschießt mich?« Langsam schlurft er den Flur hinunter und die Treppe hinauf zu seinem Zimmer. Wütend und verletzt – keiner außer Alex schafft es, sie so wütend zu machen – läuft sie hinter ihm her und reißt die Tür zu seinem Zimmer auf.

Er sitzt schon wieder am Computer und beachtet sie nicht. Sie versucht sich zu beherrschen, denn sonst hat sie gar keine Chance. Also fragt sie so ruhig und sachlich wie möglich: »Warum machst du das? So bist du doch gar nicht! Du bist doch kein Dealer!«

Er zuckt mit den Schultern. »Du kennst mich doch gar

nicht. Für dich sind doch alle anderen wichtiger, wichtiger als ich – und Adam.«

»Wie kommst du darauf? Ihr seid mir doch das Wichtigste …«

»Den Mist glaubst du doch selbst nicht!« Er lacht verächtlich.

Noch nie hat sie sich so machtlos gefühlt – und so gedemütigt. Wortlos verlässt sie sein Zimmer und zieht die Tür hinter sich zu. Sie geht hinunter ins Wohnzimmer und betrachtet die Fotos auf dem Kaminsims. Alex in seinem Trikot. Sie hat nur so wenige Spiele gesehen. An jenem Tag, als Adam dieses Foto gemacht hat, hat noch vor dem Anpfiff ihr Telefon geklingelt. Bei einer Schießerei im Midtown Center war ein Polizist tödlich getroffen worden. Sie hat Alex noch nicht einmal Bescheid geben können. Erst nach dem Spiel hat Adam ihm gesagt, dass sie wegmusste. Ähnlich war es bei Schultheateraufführungen, Geburtstagsfeiern …

7

Im Klinikaufzug schließt Christina die Augen, nicht nur, weil sie ihr Gesicht nicht sehen will. Obwohl sie gestern Abend, nachdem sie wieder Stunden bei Jay verbracht hatte, todmüde ins Bett gefallen ist, konnte sie erst einschlafen, als sie zwei Schlaftabletten genommen hat. Es ist also kein Wunder, dass sie sich heute Morgen selbst nach zwei Tassen *Rainforest Espresso Extra Bold* immer noch benebelt fühlt. Jay liegt nicht mehr auf der Intensivstation, hat ihre Mutter ihr vor einer Stunde berichtet. Worauf sie sich gleich wieder auf den Weg gemacht hat. Jay fehlt ihr so sehr. Sie will ihn wiederhaben. Bei sich. Dann wird alles anders, schwört sie sich. Sie will mehr Zeit für ihn haben. Allerdings hat sie noch keine Ahnung, wie sie das mit ihrem Job vereinbaren soll.

Auf dem Weg in die Klinik hat Pete angerufen. Er ist völlig verzweifelt. Er hat mehrere Kliniken angerufen, weil er Angst hat, dass Sandra abtreiben lässt, aber man hat ihm keine Auskunft gegeben.

»Wieso sollte Sandra abtreiben wollen?«, hat sie gefragt.

»Mein Gott, Chris! Es ist nur so ein Gedanke! Wir hatten ja nicht gerade eine leichte Zeit. Sandra ist fertig mit den Nerven, und ihr Therapeut ist tot!«

Sie hat ihm geraten, eine Vermisstenanzeige aufzugeben.

Aber er will unbedingt eine Garantie, dass die Angelegenheit diskret behandelt wird. »Wozu denn das?«, hat sie ihn genervt gefragt, »du bist kein Baseball- oder Footballstar, und Sandra ist kein Popstar, und die Polizei hat Besseres zu tun, als den *Sentinel* anzurufen und dem erstbesten Journalisten etwas über eure Ehe zu erzählen ...«

Christina öffnet leise die Tür des Krankenzimmers. Ihre Mutter zuckt zusammen. »Ach, hast du mich erschreckt!« Sie hat sich Stühle zusammengeschoben und sich eine Decke über die Beine gelegt.

»Ich konnte nicht früher.« Christina setzt sich aufs Bett und nimmt Jays Hand. Als er sie ansieht, glaubt sie ein Lächeln zu erkennen.

»Es geht ihm gut. Nur Officer Phillips und seinen Kollegen mag er nicht«, sagt ihre Mutter und setzt sich auf. »Christina, wie siehst du denn aus?«

»Kleiner Unfall, schon okay.« Die Wahrheit würde ihre Mutter nur noch mehr beunruhigen. Und wegen Jay ist sie sowieso schon besorgt genug.

»Was für ein Unfall?«

Sie schüttelt unmerklich den Kopf und gibt ihrer Mutter damit zu verstehen, dass sie vor Jay nichts erzählen will.

Ihre Mutter runzelt die Stirn, fragt aber nicht weiter.

Sie sieht auf einmal so alt aus, denkt Christina.

»Du musst unbedingt mal schlafen, Mom. Tut mir leid, dass ich dich so strapaziere.«

»Ach, es ist gut, wenn man gebraucht wird. Ich würde sonst verrückt werden.« Tränen laufen ihr über die Wangen.

Christina zupft ein Kleenex aus der Box auf Jays Nachttisch und gibt es ihr.

»Gibt es was Neues?«, fragt ihre Mutter und trocknet sich Augen und Wangen.

»Ich bin suspendiert.«

»Du bist *was?*«

»Suspendiert«, wiederholt Christina, während sie wieder Mullers Stimme im Ohr hat.

»Aus welchem Grund?«

»Ich hänge emotional zu sehr drin, verstehst du?« Das

klingt plausibel, und das wird ihre Mutter ihr abkaufen, ohne weiter zu fragen. »Was sagen die Ärzte?«

»Jay spricht gut an auf die Antibiotika.« Ihre Mutter seufzt.

»Wie geht's Dad?« Christina fällt ein, dass sie ihn in der Zwischenzeit nicht mehr gesehen hat.

Ihre Mutter winkt ab. »Ach, wie soll es ihm gehen? Du kennst ihn doch. Es ist noch schlimmer geworden. Er starrt nur vor sich hin oder sitzt mit seinem iPad auf der Couch. Er will nicht mehr aus dem Haus. Beim Essen sitzen wir schweigend da, und abends schläft er beim Fernsehen ein.« Sie tupft sich wieder über die Augen. »Ich hab gesagt, er soll zum Arzt gehen. Er hat einen Schock. Aber er will natürlich nicht.«

Christina betrachtet ihre Mutter. In den letzten Tagen sind sie sich nähergekommen, und sie hat eine Seite an ihrer Mutter entdeckt, die sie bisher nie wahrgenommen hat. Zum ersten Mal hat ihre Mutter kein Patentrezept für ein Problem.

»Geh trotzdem mal nach Hause, Mom«, sagt Christina und zieht endlich ihre Jacke aus. »Ich bleib noch ein paar Stunden hier.«

Zum Abschied streicht ihre Mutter ihr unbeholfen über die Haare. »Pass auf dich auf, Liebes.«

Die nächsten Stunden, die sie an Jays Bett sitzt, verbringt Christina in einer Art Halbschlaf. Erinnerungen an die letzten Jahre mit Tim und Jay – und auch die letzten Tage der Ermittlungen ziehen vorbei, werden zu einem immer schneller fließenden Strom aus Bildern und Stimmungen.

Als sie aufwacht, ist es halb zwei Uhr nachts, und die Nachtschwester steht mitten im Raum.

»Mrs. Andersson, wollen Sie nicht nach Hause gehen? Seine Werte sind in Ordnung, Sie müssen sich keine Sorgen machen«, sagt sie.

Christina blinzelt ins Neonlicht. Es fällt ihr schwer, aber schließlich steht sie doch auf. Jay schläft tief und fest. »Aber rufen Sie mich sofort an, wenn etwas ist.«

Sie streicht Jay zum Abschied über die Wangen und geht hinaus. Auf dem Flur ist es still, nur das gedämpfte Piepsen der medizinischen Geräte ist zu hören. Wie immer. Aber irgendetwas ist anders. Und dann fällt es ihr auf: Der Stuhl neben der Tür ist leer.

»Officer?«, ruft sie und sieht den leeren Flur hinunter.

»Suchen Sie den Polizisten?« Die Krankenschwester kommt aus Jays Zimmer.

»Er soll doch hier aufpassen!« Sie kann es nicht glauben. Wer weiß, wie oft er schon aufgestanden ist und eine Zigarette geraucht oder sonst was gemacht hat – jedenfalls hat er nicht seinen Job getan!

Die Krankenschwester sieht kurz auf die Uhr. »Er ist vor zwei Stunden gegangen.«

Adrenalin schießt in ihren Körper. Das kann doch nicht möglich sein! Was, wenn sie früher gegangen wäre, dann wäre ihr die Schlamperei gar nicht aufgefallen!

»Wieso?«, herrscht Christina sie an.

»Ich weiß nicht, ich hab gedacht, Sie wüssten Bescheid ...«

Christina ist ganz sicher, wer dahintersteckt! Sie holt ihr Handy heraus und wählt eine Nummer.

Brewer ist sofort dran.

Ohne Einleitung blafft sie ihm entgegen: »Hast du den Wachdienst in der Klinik abgezogen, Brewer?«

»Andersson?«

»Schick sofort jemanden hierher!«

»Was fällt dir ein, Andersson, so mit mir zu reden! Dir

scheint entgangen zu sein, dass der Fall gelöst und abgeschlossen ist. Es gibt keinen Grund mehr, einen Officer ...«

»Bullshit!«, schreit sie und merkt, wie ihre Hand sich um das Handy krallt – als wäre es Brewers Hals.

»Ich will jetzt nicht mit dir darüber diskutieren«, sagt er in seiner überheblichen Art.

»Ich auch nicht, Brewer. Also, schick verdammt noch mal einen Officer hierher, sofort!«

Sie geht zurück ins Krankenzimmer.

Jay schläft immer noch. Sie zieht ihre Jacke wieder aus und schiebt zwei Stühle zusammen. Sie darf nicht einschlafen, bis der neue Wachdienst da ist.

Manchmal fühlt sie sich so, als hätte sich eine Wand aus Eis zwischen sie und die Welt geschoben. Und auf diese Wand muss sie immer und immer wieder einschlagen.

Aaron, denkt sie in diesem Augenblick – Aaron hat sie gerettet. Da war diese Wand auf einmal nicht mehr da. Aber jetzt spürt sie sie wieder. Sie könnte Aaron jetzt anrufen. Aber ... es wäre nur egoistisch.

Direkt vor seinen Füßen ist der Riss verlaufen. Harpole hat ihn Keith gezeigt, aber der hat nur mit den Schultern gezuckt und gemeint, das wäre kein neuer Riss. Die Straße wäre schon immer schlecht gewesen. »Dünne Teerschicht, Hal. Die hält keinen Frost aus«, hat Keith gesagt und hinzugefügt: »Der Computer hat keine Unregelmäßigkeiten festgestellt, der Druck ist überall normal.«

Harpole konnte ihm nicht widersprechen. Wie hätte er Keith denn auch seine Visionen erklären sollen? Dann aber – wie ein Geschenk des Himmels – ruft ein Journalist aus Milwaukee an. Er ist schon in Green Bay und will den verantwortlichen Ingenieur treffen. Er hat ein paar Fragen, so hat er sich ausgedrückt. Harpole hat daraufhin Frenette informiert. Der hat einen Augenblick lang gezögert, dann aber gemeint, sie hätten ja nichts zu verbergen. Harpole solle offen und freundlich sein und Fragen über Sicherheit und Umweltverträglichkeit für *Polycorp Minerals* positiv beantworten. »Die Leute sind ganz heiß drauf, was Negatives zu hören, Harpole,« hat er ihm noch gesagt und zum Schluss hinzugefügt, »ich mache Sie persönlich dafür verantwortlich, falls die Mine in einem negativen Licht erscheint.« Harpole hat Ja gesagt ...

Jetzt wandert Harpole mit dem Journalisten über das Minengelände. Philipp Springsteen heißt er, er trägt eine Intellektuellenbrille, sie sitzt schief auf einem dicken Nasenverband.

»Was ist Ihnen denn passiert?«, hat Harpole gleich gefragt, als er ihn am Pförtnerhäuschen aus dem Auto steigen sah. »'ne kleine Auseinandersetzung. Als Journalist lebt man gefährlich ...« Springsteen hat gelacht, zumindest hat es für Harpole so ausgesehen. Mit einem dicken Verband auf der Nase kann man wohl nicht normal lachen.

Früher, bevor alles passiert ist, da hat Harpole sich öfter von solchen Typen beeindrucken lassen. Weil sie wortgewandt waren und ihm in null Komma nichts jedes Wort im Mund umgedreht haben. Aber inzwischen beeindruckt ihn so schnell nichts mehr, und dieser Springsteen in seiner flinken, nervösen Art ganz bestimmt nicht.

»Glauben Sie eigentlich an Gott?«, fragt Harpole den Journalisten, als er mit ihm über das Gelände geht.

»Aber natürlich. Gott ist der Schöpfer der Welt.« Springsteen lächelt auf eine bestimmte Art, und Harpole weiß sofort, was Springsteen für ein Typ ist.

Sie stapfen übers Minengelände. Der Schnee liegt an einigen Stellen sehr hoch, und an den Straßenrändern ist er zu schmutzigen Wänden zusammengepresst. Ein schwerer grauer Himmel hängt über dem Land. Harpole hält immer wieder Ausschau nach Vögeln. Aber es sind keine da. Die Katzen zeigen sich wieder öfter, und schon zweimal hat die Getigerte ihn lange angesehen.

»Kennen Sie Gouverneur Carl Ochs?«, will der Journalist auf einmal wissen.

»Nicht persönlich. Warum?«

Springsteen zeigt auf seine verbundene Nase. »Das war er.«

»Der Gouverneur?«

»Genau der.«

Harpole lächelt verblüfft.

Springsteen blinzelt ins Grauweiß des Schnees. »Ich hab ihn nur was gefragt – und peng! Schon hatte ich seine Faust im Gesicht.«

Harpole ist stehen geblieben. »Und warum erzählen Sie mir das?«

»Ich dachte, es interessiert Sie vielleicht. Ochs hat sich doch für die Wiedereröffnung der Mine stark gemacht. Wir dürfen den Chinesen nicht den Markt überlassen – und so was.«

»Damit hat er ja auch recht.«

Springsteen sieht Harpole durch seine runden Brillengläser an. In seinem Blick liegt etwas Unangenehmes, ja sogar etwas Verschlagenes, das Harpole ganz und gar nicht mag. »Was würden Sie zu einem Gouverneur sagen, der einen persönlichen finanziellen Vorteil aus der Wiedereröffnung der Mine zieht?«, redet Springsteen weiter.

»Das ist nicht korrekt, würde ich sagen.«

»Genau, das ist nicht korrekt.« Springsteen nickt. »Aber es kommt noch besser: Er schafft die Gelder auch noch außer Landes, sagen wir mal, nach … Antigua.«

»Antigua?«

»Zum Beispiel.«

Harpole mustert den Typen. Er hat was von einem Junkie.

»Warum erzählen Sie mir das eigentlich? Warum schreiben Sie es nicht gleich in Ihrer Zeitung?«

Springsteen zeigt seine Zähne. Sie sind schief gewachsen und gelblich. »Ich hör mich gern um. Ich möchte wissen, was die Leute so denken.«

Springsteen setzt die Brille ab und haucht auf die Gläser. »Wissen Sie was, Hal? Ich wette, Sie haben Anweisung von oben, dass Sie mir was Gutes zu essen und zu trinken geben und mir die Mine in den tollsten Farben schildern, stimmt's?«

Harpole überlegt, ob er den Typen einfach wieder zu seinem Auto zurückbringen soll.

»Aber Sie sind nicht so einer, Hal, das spüre ich.« Springsteen deutet mit einem Finger auf Harpoles Brust. »Sie haben ein Gewissen. So was kommt nicht so oft vor. Die meisten geben die Verantwortung einfach weiter. Aber Sie sind anders. Sie glauben nicht nur an Gott. Sie handeln auch in seinem Sinn.« Springsteen legt den Kopf schief. »Stimmt's?«

Und da ist sie plötzlich wieder, *DIE STIMME* – und sie bringt Harpole dazu, etwas zu sagen, das er gar nicht sagen wollte, nicht zu einem Fremden und schon gar nicht zu diesem Typen, der sein Gewissen verkauft, wenn man ihm nur den richtigen Preis dafür zahlt. *DIE STIMME* – Gottes Stimme – ist so eindringlich und bestimmend, dass sich jeglicher Widerspruch verbietet.

Und deshalb sagt Harpole in diesem Moment zu Springsteen: »Kommen Sie, ich zeige Ihnen etwas, worüber Sie schreiben können.«

An den Straßenrändern bis hin zum Wald, der sich auf beiden Seiten ausbreitet, türmen sich Schneehaufen, und Christina ist zuerst an dem kleinen Waldweg vorbeigefahren.

Aaron hat ihr Bescheid gegeben. Ein Sheriff Pascoli hätte das Auto von Sandra Kondracki gefunden. Und Christina ist sofort losgefahren, über frostglatte Straßen, hinauf in den Norden, Richtung Elkhart Lake, im letzten Moment hat sie die Abzweigung zur County Road J zum Sheboygan Lake erwischt. In einer Kurve konnte sie für einen Augenblick die weiße Fläche des Elkhart Lake und die dunklen Punkte darauf erkennen. Eisfischer.

»Sie hätten auch einfach Ihren verdammten Namen sagen können«, sagt der Sheriff nicht gerade freundlich zu Christina, als sie ihm ihren Ausweis zeigt.

Christina steckt ihn kommentarlos in ihre Daunenjacke zurück. Ihr Atem bleibt als weiße Wolke vor ihrem Gesicht hängen. Die Füße spürt sie schon jetzt kaum noch.

Sheriff Pascoli, wie er sich vorstellt, trinkt einen Schluck aus seiner Thermoskanne, erst dann steigt er aus. »Wieso übernehmen das die von der Mordkommission? Glaubt ihr, ich kann nicht selbst nachsehen, ob jemand da hinten im Blockhaus ist?«

Er knallt die Autotür zu und baut sich vor Christina auf. Er ist so groß wie sie, aber er wiegt mindestens doppelt so viel.

»Die Vermisstenmeldung kann etwas mit einem Mord zu tun haben«, erklärt Christina knapp, »deshalb.«

»Aha, und wer ist diese Sandra Kondracki?«

Sie ignoriert seine Frage. »Haben Sie was in dem Wagen gefunden?«

Er zeigt zu dem silberfarbenen Taurus. »Auf dem Rücksitz.«

Sie geht zu dem Wagen und öffnet die hintere Tür. Dort

liegt ein schwarzer Mantel. Der könnte Sandra Kondracki gehören, aber sicher kann das erst nach der Laboruntersuchung festgestellt werden. Sie öffnet die vordere Tür und beugt sich in den Wagen. Dabei fällt ihr ein umgekippter Kaffeebecher im Fußraum auf der Beifahrerseite auf. Die hellbraune Flüssigkeit auf der Gummimatte ist gefroren. Auf dem Sitz verstreut liegen ein offenes leeres Brillenetui, eine halb volle Flasche Mineralwasser, eine aufgerissene Tüte Kartoffelchips und eine zusammengeknüllte Papierserviette.

»Wer steigt denn bei dem Wetter ohne Mantel aus, frag ich mich. Außerdem hat sie wahrscheinlich einen Revolver. Ich hab Munition im Handschuhfach gefunden«, sagt Pascoli hinter ihr und schwenkt einen Plastikbeutel mit drei Kleinkaliberpatronen hin und her.

»Ist hier sonst noch was in der Nähe?«, fragt sie.

»Außer dem Blockhaus, meinen Sie?« Er kneift die Augen zusammen und sieht in die Weite. »Das hier ist die Sheboygan Marsh, Wildlife Area, falls Sie es noch nicht wissen sollten. Hinter dem Blockhaus ist ein kleiner See. Und dann gibt's nur noch Wald. Verdammt viel Wald. Ist jedenfalls seltsam, dass sie hier geparkt hat. Sie hätte auch weiterfahren können, direkt zum Haus, oder zum See.«

»Vielleicht ist sie im Schnee stecken geblieben?«

»Glaub ich nicht.« Pascoli bückt sich zu den Rädern hinunter. »Vor zwei Tagen hat hier noch nicht so viel Schnee gelegen. Ich fürchte, man wird keine Spuren finden.«

Was hat Sandra Kondracki hier gewollt, fragt sie sich. Was wollte sie mitten im Wald? Im Winter – und schwanger? Sie hat Pete noch nichts gesagt. Sie kann nur hoffen, dass das alles ein Missverständnis ist.

»Was ist, gehen wir jetzt endlich zu der Hütte?«, fragt Pascoli ungeduldig.

Christina zieht ihre Heckler & Koch – ihre Dienstwaffe musste sie ja abgeben, darauf hat Muller bestanden – und geht an ihm vorbei. »Sie bleiben hinter mir.«

»Hab nichts dagegen«, brummt Pascoli.

»Was ist das eigentlich für ein Haus?«, fragt sie. Ihre Schritte knirschen laut im Schnee.

»Gehörte mal einem Unternehmer aus der Gegend. Mulch«, antwortet er von hinten.

»Was?«

»Wissen Sie nicht, was Mulch ist? Dieses Zeug für den Garten! Er hat's hergestellt und verkauft.«

»Und wem gehört das Haus jetzt?«

»Keine Ahnung. Jedenfalls ist die Bude unbewohnt. Und wenn nicht bald was getan wird, fällt sie in sich zusammen.«

Etwa fünfzig Meter vor ihnen erhebt sich ein zweistöckiges Holzhaus aus grob gezimmerten Balken. Von Weitem sieht es noch ziemlich gut aus, doch als sie näher kommen, entdeckt Christina, dass die Schneelasten das Dach an einer Stelle eingedrückt haben, Fenster sind eingeschlagen – und die Tür steht einen Spaltbreit offen.

»Wollen Sie auch zuerst *reingehen?*«, fragt er herausfordernd.

»Sie können von mir aus draußen warten, Sheriff«, sagt sie und geht die Holzstufen hinauf. Kaum ist sie oben, hört sie, dass er hinterherkommt.

»Ich links, Sie rechts«, sagt sie. Er nickt. Auf ihr Kommando tritt er die Tür weiter auf, und Rücken an Rücken, die Waffe im Anschlag, treten sie ins dunkle Haus.

Der Lichtstrahl seines MagicLites gleitet über ein chaotisches Durcheinander. Umgestürzte Sessel, ein zerbrochener Beistelltisch, aufgeschlitzte Polster, dazwischen umgekippte Flaschen, Glasscherben – und hinten an der Wand … ein aufgeschlagener Schlafsack und Fesseln.

»Ist es das, wonach es aussieht?«, sagt Pascoli mit gedämpfter Stimme und leuchtet die Wand und den Boden um den Schlafsack herum ab.

»Wonach sieht es denn Ihrer Meinung nach aus?«

»Wollen Sie mich verarschen? Das sieht man doch auf einen Blick!«

»Sagen Sie es mir! Kommen Sie schon, Pascoli! Wonach sieht es Ihrer Meinung nach aus?«, drängt sie ihn. Sie hofft, dass er eine andere Idee hat als sie.

Er schnauft. »Entführung natürlich. Sie wurde in den Waldweg gelockt. Vielleicht saß der Entführer auch schon mit im Auto. Er schleppt sie hierher, fesselt sie ... Also, wieso ihr Detectives euch als was Besseres fühlt, will mir einfach nicht in den Schädel.«

»Lassen Sie endlich mal diesen Mist, okay? Also, er fesselt sie und ...«

»... und hält sie gefangen. Irgendwas passiert. Er ist alarmiert und flieht mit ihr.« Der Lichtkegel bleibt auf einer dunklen Stelle des Holzbodens haften. Christina geht neben Pascoli in die Knie. »Das hier ... sieht verdammt nach Blut aus«, sagt er. »Ich sag Ihnen, wie's war: Der Kerl hat geschossen, sie wurde verletzt ... oder ... Scheiße! Vielleicht haben wir 'ne Leiche ...«

Der Lichtstrahl streift über Christinas Gesicht.

»Hey!« Sie hebt die Hand vor die Augen. »Sie sehen im Haus nach, ich geh nach draußen.« Sie will lieber noch nicht darüber nachdenken, was sie Pete vielleicht gleich mitteilen muss.

Ein Wald aus hochgewachsenen dunklen Kiefern umschließt das Haus. Selbst im Sommer muss es im Haus kalt und dunkel sein.

Was ist wirklich passiert? Es hat viel geschneit, aber an

manchen Stellen ist der Schnee nicht bis auf den Boden gefallen, sondern in den dichten Kronen der Kiefern hängen geblieben. Gleich rechts neben dem Haus entdeckt Christina an zwei Bäumen abgebrochene Zweige. Als sie näher hingeht, sieht sie, dass sich diese Spur aus abgebrochenen Zweigen wie eine Schneise durch den Wald zieht. Und dann ist da eine Schleifspur, immer wieder unterbrochen von frisch gefallenem Schnee. Nein, denkt sie, bitte nicht, und fängt an zu laufen.

»Hey, wo wollen Sie denn hin?«, ruft Pascoli hinter ihr her.

Schnee rieselt von den Nadeln herunter, fällt ihr auf den Kopf und in den Nacken. Sie muss aufpassen, dass sie nicht über Wurzeln und Steine stolpert. Der Wald wird immer dichter, wenn sie sich umblickt, kann sie das Haus nicht mehr sehen. Plötzlich schimmert etwas Helles weiter vorn zwischen den Stämmen. Wenige Augenblicke später blickt sie auf die weiße Fläche eines zugefrorenen Sees, an dessen jenseitigem Ufer sich kahle Bäume gegen den grauen Himmel wie gewaltige Pfähle abzeichnen.

Dann entdeckt sie eine Einkerbung im Eis, etwa zehn Meter vom Ufer entfernt.

Pascoli atmet keuchend und geht vorsichtig ein paar Schritte aufs Eis. »Ist groß genug, um einen Körper da unten verschwinden zu lassen.« Er blickt Christina provozierend an. »Und, was macht ihr Schlauberger von der Mordkommission jetzt? Da friert sich doch jeder Taucher den Arsch ab.«

»Ist ja nicht Ihr Arsch«, entgegnet Christina und sieht auf die Uhr. »Pascoli, Sie bleiben hier, bis unsere Leute kommen.«

Auf dem Weg zurück zum Auto gibt sie Aaron Bescheid.

»Ein verlassenes Auto, Blut- und Kampfspuren im Haus, Schleifspuren durch den Wald und ein Loch im Eis. »Ich frage mich, warum der Täter ihr Auto so nah an der Straße hat stehen lassen.«

»Verdammt, klingt nicht gut.«

Sie hat die Tür von Sandras Auto geöffnet und überprüft noch einmal den Innenraum.

»Chris, bist du noch dran? Besser, du haust ab, wenn du Brewer nicht in die Arme laufen willst.«

Der hat ihr gerade noch gefehlt.

»Ich hab gerade gehört, dass er schon längst losgefahren ist.«

Christina will sich schon auf den Weg machen, da entdeckt sie das GPS. Ohne zu zögern, reißt sie es aus der Halterung und stöpselt das Kabel ab.

Sie setzt mit ihrem Auto zurück auf die Hauptstraße und tritt aufs Gaspedal. Zehn Minuten später fährt sie an einer Tankstelle hinaus und nimmt sich Sandra Kondrackis GPS vor.

Ungefähr fünfzig Meter hinter dem Bürocontainer bleibt Harpole mitten auf der Straße stehen und zeigt auf die Stelle vor seinen Füßen. Die Straße ist geräumt worden, in der Zwischenzeit hat sich nur eine dünne Schneeschicht gebildet. Harpole bückt sich und wischt sie mit seinem dicken Handschuh weg.

»Sehen Sie das?«

Auch Springsteen bückt sich, dann sagt er gelangweilt: »Bloß ein Frostschaden.«

»Da drunter ist die Hölle«, sagt Harpole. Er ignoriert, dass Springsteen ihn ansieht, als hätte er den Verstand verloren. »Stecken Sie mal die Hand rein.«

Springsteen wirkt plötzlich verunsichert.

Harpole kniet sich in den Schnee. »Nun machen Sie schon. Ich hab es auch schon gemacht, und die Hand ist noch dran.« Springsteen kniet sich langsam hin und steckt vorsichtig die Hand in den Riss.

»Und?«, fragt Harpole gespannt. Vielleicht hat Springsteen ja was gefühlt. Der zieht die Hand schnell wieder heraus und betrachtet sie, als würde irgendwas dran fehlen.

»Und was?« Springsteen scheint nicht zu begreifen.

»Es wurde heiß, nicht wahr, sehr heiß, oder?«

»Ich weiß nicht …«

»Sie merken es nicht wegen der extremen Außentemperatur. Ich hab die Tiefe gemessen.«

»Hm. Womit?«

Dieser Springsteen hat so clever getan, und jetzt ist er begriffsstutzig.

»Ich hab's berechnet«, sagt Harpole und steht wieder auf, »der Feuerpfuhl ist …«

»Wie nennen Sie das?«

»Feuerpfuhl.«

Springsteen begreift offenbar immer noch nicht.

»Feuerpfuhl, so heißt es in der Bibel.«

»Ah, ich bin nicht so bibelfest.« Springsteen richtet sich auf und klopft sich den Schnee von den Knien.

»Das macht nichts. Ich kann Ihnen die Stelle in der Bibel nachher zeigen«, sagt Harpole. »Also, der Feuerpfuhl hat nach meinen Messungen eine Größe von zwanzig Kubikkilometern.«

Jetzt ist Mr. Springsteen sprachlos!

»Sie meinen also wirklich, dass unter dieser Teerschicht ein riesiger See …«

»Mann, Sie müssen es doch gefühlt haben! Da sind zwei Meter Luft, und darunter brodelt der Feuerpfuhl!«.

Springsteen glaubt ihm immer noch nicht, das erkennt Harpole. Geduldig fängt er an zu erklären: »In den dreißig Jahren, in denen hier Neodym gefördert worden ist, hat man alle Abfallprodukte, Säuren, Laugen und sonstige Gifte in einen künstlichen See fließen lassen. Der war offen, wie ein normaler See, verstehen Sie? Schon mal vom *See der Seltenen Erden* gehört?« Der liegt bei Baotou in der Mongolei. Das ist ein See, der nur aus Abfallprodukten besteht: Laugen, Säuren und radioaktive Substanzen. Und das ist nicht der einzige See. In China gibt es viele davon. Hier hat es auch so einen gegeben. Jahrzehntelang hat man das ganze Gift da reingeleitet. Und warum? Ganz einfach: Man hat nicht gewusst, wohin mit dem Zeug. Und hat das Problem den späteren Generationen hinterlassen. Doch dann kam Gerede auf, angeblich häuften sich die Fälle von Leukämie in der Gegend. Und Umweltschützer haben herausgefunden, dass der See einen porösen Untergrund hat. Also sind die Gifte, die radioaktiven Stoffe, irgendwo im Untergrund versickert – und haben das Grundwasser kontaminiert. Die Mine musste schließen. Und natürlich musste auch der Giftsee verschwinden. Aber wohin? Da ist den Verantwortlichen der alte unterirdische Erzstollen eingefallen. Bevor man Neodym abgebaut hat, hat man dort gutes altes Erz gefördert.« Harpole macht eine Pause. »Können Sie mir folgen?«

»Ja, ja, sicher!« Springsteen denkt kurz nach. »Und dann hat man gedacht, in diesem Stollen bleibt die Brühe drin.«

Harpole nickt. »Aber dann kam das Erdbeben. Es muss Risse erzeugt haben, und der Giftsee ist in eine andere Schicht gesickert, und alles ist in diesen Hohlraum hier geflossen.«

Der Journalist sieht nachdenklich aus. »Ein ganz schön großer Tümpel.«

»Die Hölle ist groß.« Harpole macht eine weit ausholende

Bewegung mit dem Arm. »Der Hohlraum ist nur durch eine dünne Gesteinswand vom Lake Superior getrennt. Wenn die reißt, dann ... ergießt sich das Gift in den See. Sie wissen doch sicher, dass der Lake Superior der weltgrößte Süßwassersee ist. Stellen Sie sich vor: Es dauert hundertdreiundsiebzig Jahre, bis ein Wassertropfen von oben in Duluth den See durchquert bis zum Abfluss in Sault Ste. Marie. So lange bleibt auch das Gift im See.« Harpole lässt seinen Blick zum Himmel wandern.

Springsteen nimmt den Gedanken auf. »Es fließt weiter, den Mississippi runter und ... und verseucht das Trinkwasser von Millionen von Menschen! Richtig?«

Harpole nickt nur.

»Und woher ... ich meine, woher wissen Sie das alles? Haben Sie geheime Messungen durchgeführt?«

»Ich ...«, fängt Harpole zögerlich an, so viel wollte er gar nicht preisgeben, aber *DIE STIMME* hat ihm befohlen, zu sprechen, und so sagt er: »Es gibt offenbar Zweifel an der Korrektheit des Gutachtens zur Wiedereröffnung der Mine.«

»Wie bitte? Und wer behauptet so was? Reden Sie schon, Harpole!«

»Langsam, langsam!« Harpole hebt beschwichtigend die Hände. »Aber Sie müssen erst mit jemandem reden, bevor Sie das alles schreiben, ja?«

»Mit wem? Jetzt rücken Sie schon den Namen raus, und ja, ich verspreche es!« Springsteen hebt seine dick behandschuhte Hand.

»Whitner, Brad Whitner.«

»Dieser Umweltfreak?«

Harpole nickt.

»Warum mit dem? Warum haben Sie das nicht schon längst an die Behörden weitergegeben? Die hätten die Mine doch sofort schließen lassen!«

Harpole seufzt. »Mr. Springsteen, das hier ist ein Projekt von nationalem Interesse. Mit dem Gift werden wir schon fertig, denken die Verantwortlichen. Opfern wir ein bisschen Sauberkeit vom Lake Superior und nehmen wir ein paar Krebskranke mehr in Kauf, aber wir bieten China die Stirn ...«

»Das ist doch ...« Springsteen schüttelt den Kopf. »Da gärt also das Böse unter der Oberfläche, und keiner sagt was?«

»Sie haben's erfasst.« Harpole nickt. »Kommen Sie, ich zeig Ihnen noch was.«

Harpole geht zum Schuppen neben dem Bürocontainer, Springsteen folgt ihm. Die getigerte Katze springt von der Tonne, als er den Schlüssel ins Vorhängeschloss steckt.

Die Metalltür geht knirschend auf, Harpole schaltet das Licht an und kneift die Augen zu. Grelles Licht reflektiert von den Metallrohren und -platten, von Glasscheiben und Boxen mit Werkzeugen und Materialien. Er hat noch nicht alle Kisten aufgemacht, seit Jahrzehnten stehen sie hier rum, vergessen und nicht mehr gebraucht. Er geht zu der Werkbank, auf der ein Aquarium steht.

Neugierig geht Springsteen darauf zu – und zuckt angewidert zurück. »Mann, Harpole, das ist ja das reinste Horrorkabinett.« Er richtet seine Kamera auf die Fische im Aquarium.

»Ich hab sie ... noch nicht lange da drin, nur ein paar Tage.« Harpole ist entsetzt, wie schnell die Fische diese schrecklichen Symptome zeigen. Die Geschwüre sind seit gestern noch größer geworden. Wie aufgeschnittene Pestbeulen sitzen sie auf den schlanken Fischleibern. Blitzlicht zuckt, während Springsteen das Aquarium fotografiert.

»Und was genau ist da drin, in dem ›Feuerpfuhl‹?« Er lässt die Kamera sinken.

Harpole zieht ein Blatt Papier aus der Tasche. »Hier.« Er

beobachtet Springsteen, wie er die Liste, die darauf verzeichnet ist, überfliegt.

»Wer ist verantwortlich dafür?«

»*Polycorp Minerals*, die Bergbaubehörde und die Firma, die das Gutachten erstellt hat«, antwortet Harpole.

»Haben Sie denen denn nicht Bescheid gegeben?«

»Frenette weiß Bescheid.«

»Er weiß Bescheid? Und, was tut er?«

»Er hat sich noch nicht entschieden.«

»Wir sitzen hier also auf einem Pulverfass, ja? Beim nächsten Erdstoß kann die dünne Wand brechen, und die Giftbrühe fließt in den Lake Superior?« Springsteen deutet angewidert auf das Aquarium. »Und wir sehen dann auch so aus?«

»Möglicherweise reißt die Wand auch schon aufgrund des Drucks, der vom Giftsee ausgeht«, sagt Harpole nüchtern.

»Wenn das publik wird, muss die Mine schnellstens wieder geschlossen werden, oder? Und Sie und hundert andere verlieren ihren Job, können ihre Hypotheken nicht mehr zahlen, von denen, die Aktien gekauft haben, gar nicht zu reden …«, ereifert sich Springsteen.

Harpole muss darauf nichts antworten. So ist es. Genau so.

»Warum haben Sie mir das überhaupt erzählt? Ich bin Journalist, ich werde darüber was schreiben, das haben Sie doch gewusst.«

»Sie sind nur Ihrem Gewissen – und Gott gegenüber verantwortlich, sonst niemandem, Mr. Springsteen.«

»Moment mal, Sie lassen mich jetzt mit dieser Scheiße allein – damit es aussieht, als wäre ich schuld daran, wenn die Leute ihre Jobs und ihre Häuser verlieren?«

Harpole sieht ihn ausdruckslos an. Springsteen hat verstanden. Gott prüft ihn – und Harpole ist sein Werkzeug.

»Und Sie? Was machen Sie in der Zwischenzeit?

Harpole weiß schon lange, was er tun wird, er muss nur auf den richtigen Augenblick warten. »Ich werde tun, was *Er* von mir verlangt.«

»Frenette?«

»Nicht Frenette – Gott«, sagt Harpole, und es fühlt sich gut und richtig an.

»Hey, Mann, Scheiße! Sie sind doch Ingenieur! Es gibt doch bestimmt eine technische Lösung für das hier!«

»Es gibt für alles eine vordergründige Lösung, Mr. Springsteen.«

Springsteen hat es plötzlich eilig.

Harpole beobachtet, wie der Wagen des Journalisten zurück Richtung Ashland fährt.

»War das dieser Schreiberling von der Zeitung?« Keith steht plötzlich hinter ihm. »Wenn der hier was schlechtmacht ... Ich hab schon mal meinen Job verloren wegen so 'nem Typen.«

Harpole lässt ihn weiterreden.

»Ich meine, wir wissen alle, dass es schöner wäre, wenn wir die Bäume nicht hätten abholzen müssen, oder? Aber wir müssen auch an uns denken und an unsere Kinder. Und ich brauche meinen Job. Ich kann schon jetzt kaum noch die Krankenversicherung zahlen.« Keith zieht den Helm tiefer in die Stirn. »Aber jammern hilft auch nicht weiter. Also, was steht an, Hal?«

Harpole beobachtet einen Schwarm Vögel. »Hier wird bald was passieren. Und wir sollten uns mal über unsere Rolle dabei Gedanken machen.«

Keith' Blick ist voller Unverständnis.

»Du solltest dir was ansehen«, sagt Harpole und geht dahin, wo er vorhin mit Springsteen im Schnee gekniet hat.

Die Nummer 131, die Adresse in Sandras GPS, ist kein Einfamilienhaus, sondern ein zehnstöckiges Bürogebäude. Ratlos studiert Christina die zahlreichen Schilder:

Lehmann Associates; *Nelsson, Jenkins, Zellner – Law Office*; *J. L. Dell*; *Dr. F. Amin – Practitioner*; *A & V-Investment*; *Thomas K. Mercier Engineering*; *Whitner Public Relations*; *Myers & Henderson – Attorneys*; *C.P.J.*

Christina wartet darauf, dass ihr ein Name bekannt vorkommt. Jill Myers von *Lehmann Associates* kennt sie aus dem Gericht. Sie ist Scheidungsanwältin, und Christina ist vor Jahren einmal von ihr im Zeugenstand vernommen worden. Damals war sie noch in der Drogenabteilung.

Was hatte Sandra hier zu tun, warum findet sich die Adresse in ihrem GPS?

In der nüchtern, aber edel wirkenden Lobby geht sie auf den Pförtner hinter einer langen Theke zu.

»Mordkommission. Kennen Sie diese Frau?« Sie hält ihm ein Foto von Sandra Kondracki hin.

Ohne besonders überrascht zu sein, betrachtet er das Foto. Trotz seiner dunklen Haut sieht er blass aus, als würde er schon seit Jahrzehnten nachts arbeiten. Seine Uniform ist viel zu groß und zu weit, seine Wangen sind eingefallen, und seine Augen sehen müde aus. Schließlich schüttelt er den Kopf und gibt ihr das Foto zurück.

»Hatten Sie vor zwei Tagen Dienst?«

»Ich habe seit zwei Wochen jeden Tag Dienst, zwei Kollegen sind krank.«

Christina entdeckt einen Monitor hinter der Theke. »Wird die Lobby videoüberwacht?«

»Ja, natürlich.«

»Schön, dann würde ich gern die Bänder der letzten Tage sehen.«

Er kratzt sich am Kopf. »Die werden meistens schnell gelöscht ...«

»Zeigen Sie mir, was Sie haben.«

Er nickt beflissen, geht durch eine Tür hinter der Theke in ein Büro und öffnet eine weitere Tür. »Da hinten stehen die Kassetten.«

Christina blickt auf ein riesiges Durcheinander aus Papieren und Kassetten. »Ist das Ihr Ernst? Wozu haben Sie überhaupt eine Videoüberwachung, wenn man nichts finden kann?«

Verlegen zuckt er mit den Schultern.

Auf einem kleinen Tischchen steht ein Videogerät. Christina legt die erstbeste Kassette ein. Gott sei Dank, wenigstens funktioniert es. Die Kassette ist von vor drei Tagen, das gibt ihr Hoffnung.

»Sie heben die Kassetten also doch ein paar Tage auf, oder?«, ruft sie, worauf der Pförtner den Kopf zur Tür hereinsteckt und nickt. »Wollen Sie auch einen Kaffee?«

»Wäre nicht schlecht.«

»Mit Milch?«

»Und Zucker.«

Während Christina sich in dem Geflimmer die Augen müde sieht, wartet sie ungeduldig auf eine Nachricht wegen der Suche nach Sandra Kondracki. Wieso ist eigentlich Brewer gekommen und nicht Ed, Rob oder Gary, die auch Dienst haben?

Warum Brewer?

Sollte sie Muller Bescheid sagen?

Die Filme zeigen fast immer dasselbe: Menschen kommen rein, gehen zu den Aufzügen, manche telefonieren erst, einige gehen zur Empfangstheke. Dann ist die Lobby wieder lange Zeit leer.

Die Hand des Pförtners zittert, als er ihr den Becher Kaffee gibt.

»Was ist eigentlich mit der Frau?«

»Sie wird vermisst. Und sie ist offenbar hier gewesen.«

»Ist sie tot?«

»Vermisst«, wiederholt sie.

Er nickt, als hätte er begriffen, dass sie nicht mehr sagen kann.

»Wenn Sie noch etwas brauchen, sagen Sie Bescheid.«

Als er wieder weg ist, sieht sie noch drei Kassetten durch, dabei trinkt sie den Kaffee, auch wenn er lauwarm und bitter ist, dann gibt sie auf.

Vierzig Minuten später hat Christina in allen Büros des Gebäudes, in denen jemand geöffnet hat, Sandras Foto gezeigt. Ohne Erfolg. Sandra Kondracki ist weder Klientin einer der Anwaltskanzleien oder hat etwas zu tun mit dem Investmentbüro noch war sie Patientin von Dr. F. Amin. Auch im Ingenieurbüro kennt sie keiner.

Zurück im Aufzug überlegt sie, wie sie weitermachen soll. Es können doch nicht alle Spuren im Sand verlaufen ... Die Aufzugtüren öffnen sich, sie geht hinaus und läuft, ganz in Gedanken versunken, einem Mann in die Arme, der gerade in den Aufzug treten will. Sie murmelt eine Entschuldigung und geht an ihm vorbei. Dabei nimmt sie irgendetwas im Augenwinkel wahr. Bevor sie weiß, was es ist, dreht sie sich um. Er trägt einen Rucksack mit einem Emblem. *Sheboygan Wildlife Areas.*

»Moment!« Sie zwängt sich zwischen den sich schließenden Türen hindurch zurück in den Aufzug. »Kommen Sie von einem Ausflug zurück?«, fragt sie den hochgewachsenen, schlanken Mann mit dem wettergegerbten, gebräunten Gesicht.

Liegt etwas Argwöhnisches in seinem Blick?

»Gewissermaßen, ja«, antwortet er und sieht weg.

»Waren Sie zufällig beim Eisfischen?«

»Nein.« Er drückt auf den Knopf für den dritten Stock, daneben kleben zwei Firmenschilder. *Whitner Public Relations* und *Dr. F. Amin – Practitioner.* Er sieht nicht so aus, als hätte er einen Termin beim Arzt. Bei *Whitner* hat keiner geöffnet.

»Ich wollte zu *Whitner Public Relations*, aber da hat keiner aufgemacht. Sind Sie das zufällig?«, fragt sie.

Jetzt wird sein Blick noch argwöhnischer. Aber ihm fällt wohl keine ausweichende Antwort ein, denn er sagt: »Ja ...«

»Sie wurden mir empfohlen.«

»Von wem?«

»Es geht um die Sache mit der *Redmill Mine*.«

Neben seinem Argwohn hat sie offenbar auch seine Neugier geweckt. Sie kann an seinem Gesichtsausdruck ablesen, wie er das Für und Wider abwägt, ob er mit ihr sprechen soll.

»Und?«, sagt er schließlich. Der Aufzug stoppt, die Türen öffnen sich, und sie folgt ihm hinaus.

»Sandra Kondracki.«

Ihr entgeht nicht, dass er zusammenzuckt, während er die Bürotür aufschließt. »Kondracki«, murmelt er. Er dreht sich um und sieht sie direkt an. »Der Name sagt mir gerade nichts.«

Schon mal eine gute – und verdächtige Antwort.

»Ihr Mann hat das Gutachten für die *Redmill Mine* erstellt.«

»Ach ja?«, sagt er mit einem nicht überzeugenden Lächeln. »Nun, was kann ich für Sie tun, Mrs ...?«

Sie zeigt ihren Ausweis. »Detective Andersson, Mordkommission. Wir suchen Sandra Kondracki. Vor ihrem Verschwinden war sie hier im Haus.«

Seine Züge werden ausdruckslos. Solche Typen kennt sie. Man muss sie nur ein bisschen schockieren, in die Enge drängen und unter Druck setzen, dann reden sie.

Inzwischen stehen sie in seinem Büro, einem Zimmer mit Blick auf Schornsteine und eine hohe Mauer.

»Also, Mr. Whitner. Wo ist Sandra Kondracki?«

Er wirft einen Blick zum Fenster, als gäbe es dort einen Fluchtweg.

»Wenn Sie nicht kooperieren, können wir die ganze Sache auch im Präsidium besprechen. Es kann aber auch ganz einfach gehen. Wir setzen uns, und Sie erzählen mir, was Sandra Kondracki hier wollte – und wo Sie mit Ihnen hingefahren ist.«

Whitners Blick kehrt zu ihr zurück. »Tut mir leid, Detective, ich habe keine Ahnung, wovon Sie reden.«

»Gut«, sagt sie kühl. »Dann werden Sie mich jetzt ins Präsidium begleiten.«

»Ich möchte zuerst meinen Anwalt anrufen.«

Mit einer schnellen Bewegung schlägt sie ihm das Handy aus der Hand und hält ihm die Pistole vor die Nase.

»Setzen.«

Er ist so überrumpelt, dass er wortlos gehorcht.

»Sie beantworten meine Fragen, und zwar jetzt.«

»Aber ... Sie dürfen das gar nicht.«

»Richtig.«

»Und Sie tun es trotzdem ...«

»Richtig.«

»Haben Sie ein persönliches Interesse an der Sache?«

Sie drückt ihm die Pistole an die Schläfe. »Auch richtig. Und deshalb, Mr. Whitner, muss ich mich auch nicht mehr an irgendwelche Regeln halten. Verstehen Sie? Also: Was wollte Sandra Kondracki hier?«

»Ich weiß nicht, was ...«, fängt er an, doch dann besinnt er sich.

Er hat Sandra Kondracki bei einer dieser Charity-Veranstaltungen kennengelernt, die er oft mitorganisiert. Sein Hauptgebiet sind ökologische Themen. Daher engagiert er sich in Ashland. Doch von anderen Ökogruppen gibt es keine oder nur wenig Unterstützung, da dieses Neodym, das man dort fördern will, für nachhaltige Energiegewinnung benötigt wird, was von den Ökogruppen ja begrüßt wird. Sandra Kondracki hat ihn, Whitner, vor ein paar Monaten aufgesucht. Ihr Mann hatte einen Auftrag von *Polycorp Minerals* angenommen, und er hat ihr anvertraut, dass er sich eigentlich nicht für die Wiedereröffnung der Mine einsetzen könnte, da der See mit den giftigen Laugen, Säuren und radioaktiven Stoffen, der sich vor zehn Jahren gebildet hat, offenbar in den Untergrund gesickert sei. Solange man nicht wüsste, wohin damit, dürfte man auf keinen Fall das Risiko eingehen, dort weiterhin mit Giftstoffen belastete Abwässer zu sammeln.

Die Gefahr für das Grundwasser und auch die Nähe zum Lake Superior und damit zum gesamten Seensystem und der Wasserversorgung des Mittleren Westens wäre viel zu groß.

Als Kondracki *Polycorp* die Bedenken mitgeteilt hat, hat man die Summe erhöht, denn *Polycorp* weiß, dass Kondracki erhebliche finanzielle Probleme hatte. Kondracki hat schließlich Ja gesagt. Der Firma ging es nicht gut, und er wollte von Sandras Eltern kein Geld mehr annehmen.

»Sie hatten deswegen ziemlich Probleme miteinander«, sagt Whitner, »und Sandra wollte, dass ich ihr helfe, ihren Mann zu überzeugen, dass er die Finger lässt von dem Projekt. Ich hab ihr gesagt, ich brauche Beweise für die Behauptung mit dem unterirdischen Giftsee. Sie wollte mir die Untersuchungsergebnisse aus dem Institut ihres Mannes beschaffen.« Er atmet tief durch. »Könnten Sie nicht endlich den Revolver wegnehmen?«

»Erst wenn wir fertig sind.«

Er schluckt. »Die beiden haben immer wieder gestritten. Sandra war mit den Nerven am Ende. Ihr einziger Halt war in dieser Zeit ihr Therapeut ...«

»Tim Andersson?«

»Ja. Der, der ermordet wurde. Moment ...« Whitner stutzt. Sie sieht, dass er allmählich begreift. »Sie sind seine ... Frau?«

»Seine Schwester.«

Whitner ist schockiert. Jetzt hat er verstanden, dass sie keine Rücksicht nehmen wird.

»Wie ging es weiter?«, drängt sie. Endlich, endlich hat sie eine Spur.

»Sandra hat Panik bekommen nach dem Mord an ihrem Therapeuten«, redet Whitner hastig weiter. »Sie hat das ihrem Mann angelastet. Weil er *Polycorp* etwas erzählt hätte. Wir haben dann überlegt, dass es das Beste wäre, wenn sie erst mal verschwindet. Sandra hatte die Idee, eine Entführung vorzutäuschen, damit die Polizei anfängt, ihren Mann unter die Lupe zu nehmen, und dass dann die ganze Geschichte mit dem Gutachten rauskommt ...«

»Und Sie haben ihr dabei geholfen.«

»Ich wollte es ihr ausreden, aber Sandra war außer sich.«

»Und dann ist sie zu Ihnen gefahren, und Sie sind gemeinsam mit ihr ...«

»Ich hab meinen eigenen Wagen genommen, ja.«

»Sie sind also mit zwei Autos zu dieser Hütte am See gefahren.«

Er nickt wie ein Schüler, der vom Lehrer gerade getadelt worden ist. »Sie hat gemeint, es wäre glaubwürdiger, wenn man diesen Schlafsack hinlegt und ein paar Blutspuren hinterlässt.«

»Wo ist sie jetzt?«

»Das darf ich nicht sagen. Verstehen Sie, sie hat panische Angst! Angst vor den Leuten, die Ihren Bruder umgebracht haben!«

Christina nimmt die Pistole herunter. »Die Polizeimaschinerie ist schon längst in Gang gesetzt.«

Seine Lippen sind trocken, und er ist bleich unter seiner Bräune.

»Wo ist das echte Gutachten?«, fragt sie, aber Whitner weicht ihrem Blick aus.

»Ich muss Ihnen nicht sagen, Mr. Whitner, dass Sie sich mitschuldig gemacht haben, indem Sie Beweise zurückhalten und die Polizei auf eine falsche Spur führen …«

Noch immer sagt er nichts.

»Hat Sandra es?«

Seine Antwort kommt kaum hörbar: »Sie hat die Datei kopiert …«

»Wie nehmen Sie Kontakt auf zu Sandra?«

Er starrt auf die Waffe. »Ich hab ihr ein Handy gegeben.«

»Rufen Sie sie an. Sofort. Ich will mit ihr reden.«

»Aber …«

Sie hebt die Pistole wieder. »Sofort.«

Nur wenig später hat er die Nummer gewählt und gibt Christina das Handy.

Das Apartment liegt im fünften und damit im obersten Stock eines sanierten Gebäudes im heruntergekommenen Viertel Third Ward, direkt neben einem verfallenden Fabrikgebäude.

Christina hat Sandra Kondracki tatsächlich dazu bringen

können, einem Treffen zuzustimmen. Am Telefon wirkte sie sogar ein bisschen erleichtert.

Als nach dem ersten Klingeln unten an der Tür niemand öffnet, denkt Christina im ersten Moment, dass etwas passiert ist. Doch bevor sie ein zweites Mal auf den Knopf drücken kann, summt der Öffner. Sie nimmt den Aufzug. Oben muss sie sich zwischen zwei Apartmenttüren entscheiden. Sie sieht, dass die eine einen Spaltbreit offen steht.

Sie rechnet nach. Ihr Telefonat liegt ungefähr vierzig Minuten zurück. Sie entsichert ihre Pistole und drückt die Tür auf. Es ist still, viel zu still. Im Wohnzimmer des modern und unpersönlich eingerichteten Apartments liegen Kissen, so als hätte gerade noch jemand dort gesessen und sie sich in den Rücken gedrückt. Ein halb leerer Kaffeebecher steht auf dem Tisch.

»Sandra?«

Die Küche sieht benutzt aus, und in der Spüle steht schmutziges Geschirr.

»Mrs. Kondracki?« Christina geht langsam weiter, die Wand als Deckung hinter sich. Im Schlafzimmer ist das Bett nicht gemacht, auf einem Stuhl liegen Kleidungsstücke. Nein, denkt Christina, sie will nicht ins Badezimmer. Die schrecklichen Bilder von Jay haben sie schon wieder in der Gewalt. Aber das hier ist etwas anderes, sagt sie sich. Das ist nicht meine Wohnung ... Sie gibt der Tür einen Tritt, sodass sie gegen die Wand knallt.

Die Wände sind rot. Aber es ist kein Blut. Es ist rote Wandfarbe.

Sie hört, wie unten auf der Straße ein Motor gestartet wird. Sie stürzt zum Fenster und kann gerade noch einen blauen Wagen davonrasen sehen. Keine Chance, ihm zu folgen.

»Was soll das, Sandra?«, flucht sie.

Da klingelt ihr Handy.

»Hören Sie, ich hab es mir anders überlegt«, sagt eine gehetzte, atemlose Frauenstimme.

»Wo verflucht sind Sie, Sandra? Ich bin in Ihrer Wohnung!«

»Ich kann Ihnen nicht helfen!«

»Wer hat meinen Bruder umgebracht?« Christina schreit ins Telefon.

»Frenette und seine Leute! *Polycorp* hat noch andere Minenrechte! Da hängen Millionen dran! Außerdem kassiert *Polycorp* staatliche Subventionen! Pete wollte das Gutachten nicht so verfassen ... Gehen Sie zu Frenette!«

»Sandra! Glauben Sie, dass Sie so leicht davonkommen? Sie hauen einfach ab? Verdammt, rücken Sie wenigstens dieses Gutachten raus!« Christina brüllt ins Telefon, aber es klickt.

Sie rennt die Treppen hinunter und stürzt zu ihrem Auto. Die ganze Gegend scheint ihr wie ausgestorben, das war ihr vorhin gar nicht aufgefallen. Sie checkt die verschiedenen Möglichkeiten: Muller anrufen, Aaron anrufen, Pete anrufen. Dann entscheidet sie sich doch für etwas anderes.

Sandra braucht Unterstützung, sie kann die Sache nicht allein durchziehen. Wahrscheinlich wird sie sich an Whitner wenden.

Christina fährt zu Whitner zurück. An einer roten Ampel ruft sie Aaron an, sie muss ihn einweihen ...

»Chris, wo bist du? Ich hab gerade was über die Akte Kondracki herausgefunden!«, kommt er ihr zuvor.

»Ich denke, es gibt keine«, sagt sie, doch Aaron redet weiter: »Pass auf: Ich hab mir die Liste der Spurensicherung angesehen. Es wurden zweihundertdreiundfünfzig Akten aus Tims Büro sichergestellt und in unserem Archiv eingelagert. Zweihundert*drei*undfünfzig. Ich hab nachgezählt: In der Box waren zweihundert*zwei*undfünfzig.«

»Du hast dich verzählt.«

»Drei Mal?«

»Also hat jemand Sandra Kondrackis Akte aus unserem Archiv verschwinden lassen …«

»Nicht jemand, Brewer war dort. Ich hab die Aussage der Aushilfe.«

»Brewer … Was verdammt hat Brewer mit der ganzen Sache zu tun?«

»Christina, wo bist du überhaupt?«

Die Ampel wird grün. »Ich hab keine Zeit, Aaron.« Sie legt auf, sie muss es ihm später erklären. Was hat Brewer damit zu tun?

Sie fährt viel schneller als erlaubt. Diesmal findet sie keine Parklücke vor der 131, ein Bagger blockiert die Einfahrt. Ihr bleibt nichts anderes übrig, als in die offene Tiefgarage zu fahren. Wenigstens gibt es genügend freie Plätze in Deck eins, gleich gegenüber von den Aufzügen und Treppenaufgängen. Die Neonlampen flackern, manche springen erst gar nicht an. Christina steigt aus, stößt die graue Eisentür zum Treppenhaus auf und läuft in die dritte Etage hoch.

Die Eingangstür zu Whitners Büro steht einen Spaltbreit offen.

Warum ist sie nicht geschlossen, fragt sie sich, dann entdeckt sie, dass der Teppich sich wellt und die Tür blockiert.

Christina entsichert ihre Heckler & Koch und drückt die Tür auf. Whitner sitzt in seinem Schreibtischsessel, er sieht zum Fenster hinaus.

»Mr. Whitner?«

Er reagiert nicht.

Spätestens jetzt weiß sie, dass irgendetwas nicht stimmt. Die Schreibtischschubladen sind aufgerissen. Papiere, Zettel, Briefumschläge, Stifte liegen auf dem Teppich. Sie macht einen Schritt auf den Sessel zu, jetzt kann sie Whitner richtig sehen. Den Knebel in seinem Mund, die aufgerissenen Augen, das Loch im Hinterkopf.

Rasch sieht sie sich um. Sie ist sicher, dass der Mörder auch in Whitners Computer gestöbert hat.

Unten in der Lobby befiehlt sie dem Portier, die Polizei zu rufen, dann rennt sie weiter zum Treppenhaus, die Stufen hinunter zum Parkdeck eins. Die Neonleuchten flackern, die Röhre über dem Bereich, wo ihr Wagen steht, springt nicht an.

Instinktiv spürt sie die drohende Gefahr, sie ist sich sicher, dass sie von jemandem beobachtet wird. Ihre Hand tastet zur Pistole unter ihrer Achsel, sie dreht sich um.

»Pete?«

Er weicht erschrocken zurück.

»Ich erklär dir alles ... aber wir müssen verschwinden, wenn die Polizei ...«

»Ich bin die Polizei! Warum bist du hier?«

»Chris! Bitte! Wir müssen hier weg!«

Sie richtet die Pistole auf ihn.

»Nein, Chris ... Das kannst du nicht machen!«

»Ich bin suspendiert. Ich muss mich nicht mehr an Regeln halten.« Blitzschnell presst sie ihm die Hand an den Hals und drückt ihn an einen Wagen.

»Du bist verrückt geworden!«, stößt er hervor. »Hast du vergessen, was zwischen uns war?«

»Was meinst du? Deinen Verrat vor acht Jahren oder das

kurze Intermezzo in Ashland?« Sie nimmt die Hand weg, und er fasst sich entsetzt an den Hals.

»Also, was ist mit dem Gutachten?«

»Mit dem Gutachten?« Seine Stimme zittert. »Was soll damit sein?« Sein Lächeln wird schief, er lässt die Schultern fallen, als wäre alles nur ein dummes Missverständnis.

Draußen ertönen Polizeisirenen. Manchmal sind sie verdammt schnell, denkt Christina. Wenn ihre Kollegen Whitner gefunden haben, wird es nicht mehr lange dauern, bis sie die Tiefgarage checken.

Sie wirft ihm ihre Autoschlüssel zu. »Du fährst!« Sie zeigt zu ihrem Auto.

Widerspruchslos geht er vor ihr her und schließt auf.

Zögernd setzt er sich hinters Steuer, sie lässt sich auf den Beifahrersitz fallen.

»Ich hab nichts damit zu tun, Chris ...«

»Fahr los!«, brüllt sie ihn an.

Der Motor springt an, endlich steuert er aus der Parklücke.

»Wo ist die Karte für die Schranke?« Er stoppt vor dem Automaten an der Ausfahrt.

»Wir zahlen nicht! Fahr endlich!«

Er holt Luft und tritt das Gaspedal durch. Der Motor heult auf, das Auto durchbricht die Schranke und schießt auf die Straße. Sie dirigiert ihn an den nächsten drei Blocks vorbei.

»Halt an!« Sie richtet die Waffe auf ihn. »So, und jetzt will ich wissen, was du da in dem Haus gesucht hast.«

Hektisch sieht er sich um, als könnte er fliehen. Dann stöhnt er auf. »Ich suche Sandra! Wo ist sie, Chris?«

»Antworte mir!« Mit einem Klicken entsichert sie die Waffe.

Er hebt beschwichtigend die Hände. »Das ist nicht okay,

Chris! Das ist ganz und gar nicht okay, was du hier machst! Du behandelst mich wie einen Verbrecher, ich ...«

»Was hast du bei Whitner gemacht?«

Er räuspert sich und sieht nach vorn durch die Windschutzscheibe. »Ich will zuerst wissen, wo Sandra ist!«

»Keine Ahnung, okay? Aber sie scheint noch am Leben zu sein.«

»Was heißt das?«

»Sie ist in Gefahr, Pete! Und wenn du jetzt nicht gleich mit der Sprache rausrückst, was du in hunderteinunddreißig gesucht hast, dann kann ich ihr bald auch nicht mehr helfen.«

Zögernd sieht er sie an, dann wandert sein Blick wieder zur Windschutzscheibe hinaus. Schließlich sagt er: »Whitner und ich ... Ich habe früher mal mit ihm an einem Projekt gearbeitet. Und er hat ...« Wieder holt er Luft.

»Was? Komm schon!«

»Ich glaube, Sandra und er hatten ein Verhältnis.« Er schließt die Augen, als wollte er nicht mehr zurückblicken, und als er sie wieder öffnet, hat sein Blick etwas Hilfloses.

Aber die Mitleidstour zieht bei ihr nicht mehr. Schon lange nicht mehr. »Und jetzt hast du dich an Whitner gerächt?«

»Ich ...«

An seinem Zögern merkt sie, dass er schon wieder Ausflüchte sucht. Sie ist drauf und dran, ihm ins Gesicht zu schlagen.

»Oder wolltest du wissen, ob Whitner das echte Gutachten hat?«

Er sieht sie an, als hätte sie den Verstand verloren. »Wie kannst du mir nur so was unterstellen?« Seine Stimme ist leise geworden.

»Ich helf dir mal ein bisschen auf die Sprünge, Pete. Sandra hat mit Tim über das Gutachten gesprochen, weil die ganze

Angelegenheit eure Ehe belastet hat. Tim hat also gewusst, dass du gelogen hast.«

Sein Blick wird starr, seine Hände krallen sich ums Lenkrad. Er kann jähzornig werden, das weiß sie. Die Narbe auf ihrem Rücken ist mit den Jahren verblasst, aber nicht verschwunden.

»Gelogen? Du hast ja keine Ahnung, Christina!«, brüllt er auf einmal. »Das Gutachten ist keine Lüge, es ist nur ...«

»Nur *was*? Schönfärberei?«

»Nein! Versteh doch! Es gibt keinen Fortschritt ohne Risiko!«

»So rechtfertigt man heutzutage also frisierte Gutachten?«

»Was denkst du denn? Dass ich der einzige Gutachter bin? Das ist doch lächerlich! Es gibt zig Gutachter und eine verdammte Behörde, die alles prüft und danach die Erlaubnis erteilt. Ich bin doch nur ...«

»Nur *was*?«

»Ein ... ein kleines Rädchen in dieser Maschinerie ...«

»Ein kleines Rädchen ... Das wolltest du doch nie sein, stimmt's? Du wolltest der Steuermann sein, der das große Schicksalsrad der Welt bewegt.«

Er schnauft.

»Du hast Angst gehabt, dass alles auffliegt«, redet sie weiter. »Dann hättest du nicht nur den Auftrag verloren, nein, du wärst auch ins Gefängnis gekommen, und das wär's gewesen mit deinem Institut. Und das bedeutet dir alles. Was hättest du dann noch gehabt, Pete? Eine Frau, von der du abhängig bist?«

Immer wieder schüttelt er den Kopf, dann sagt er schließlich: »Ich wollte zu Whitner, ja. Ich war oben, ja. Aber er war schon tot! Ich bin so schnell ich konnte wieder nach unten gefahren und wollte weg, aber dann hab ich dein Auto gesehen ...«

»Ich glaube dir kein Wort.«

»Fick dich, Chris!«, brüllt er ihr ins Gesicht. »Verdammt! Verschwinde! Verschwinde einfach aus meinem Leben!«

Seinen Worten folgt eine seltsame Stille.

»Ich würde nichts lieber tun, Pete«, sagt sie leise, »aber erst will ich die Wahrheit wissen. Also: Hat Frenette den Mord an Tim in Auftrag gegeben?«

»Das ... das ist doch absurd! Hör zu, Chris!« Er spricht jetzt wieder in diesem belehrenden Ton, den sie früher schon gehasst hat. »Sein Unternehmen macht dreiundfünfzig Millionen Dollar Gewinn im Jahr, du glaubst doch nicht, dass so ein riesiges Unternehmen einen – entschuldige – simplen Psychotherapeuten aus Sheboygan ermordet, weil ihm vielleicht eine Klientin irgendwas von ihren Eheproblemen vorgejammert hat – und dabei vielleicht ein Gutachten erwähnt hat, von dem dieser Therapeut sowieso null Ahnung hat? Hältst du das für nachvollziehbar?«

»Ja«, sagt sie ohne Zögern, »ja, Pete, genau das halte ich für nachvollziehbar.«

Hinter ihnen ertönen Polizeisirenen.

»Und jetzt? Was machen wir jetzt?« Hektisch wirft er einen Blick über die Schulter.

»Fahr weiter!«

Er startet den Motor, der Wagen fädelt sich ein in den Verkehr. Es hat wieder angefangen zu schneien, ein dichter Vorhang aus grauen Schneeflocken senkt sich über die Stadt, als wollte er alles unter sich begraben. Und auf einmal wird ihr etwas klar.

»Wegen dir musste Tim sterben«, sagt sie. »Wegen dir liegt Jay in der Klinik und kämpft um sein Leben. Letzten Endes, Pete, bist du an allem schuld.«

»Weil Sandra das behauptet hat?« Er lacht auf. »Okay, Chris.« Seine Stimme klingt ernst. »Dann muss ich dir etwas sagen: Sandra hatte gar keine Fehlgeburt.«

8

»Ich hab schon gesagt, dass du mich heute abholst.« Katie strahlt Harpole an.

Sie sieht adrett aus in ihrer blauen Schwesternuniform, ihre Beine und ihre runden Hüften kommen darin gut zur Geltung, findet er. Eigentlich zu gut.

Er ist ein bisschen zu früh, aber er will einen schönen Tisch im *Breeze* in Ashland, und dort reservieren sie nicht. Noch den ganzen Nachmittag lang ist ihm das Gespräch mit dem Journalisten durch den Kopf gegangen. Ob der wirklich etwas darüber schreibt, was Harpole ihm gesagt hat? Und was wird Frenette dazu sagen?

»Ich muss nur noch ein paar Essen austeilen«, sagt Katie gerade. »Trish ist heute ausgefallen. Setz dich doch noch ein bisschen in die Küche.«

»Ich kann auch Tabletts tragen.«

Sie lächelt ihn an und drückt ihm ein Tablett in die Hand. »Für dreihundertsechzehn.«

Er sieht ihr nach, wie sie mit dem Tablett in Zimmer 315 verschwindet, und auf einmal überfällt ihn die Angst. Er kann sich nicht erklären, wovor. Aber er fühlt sich auf einmal einsam und verlassen. Er atmet tief durch und geht los. Er wird es schon schaffen, ein paar Essen auszuteilen, oder? Er öffnet mit der freien Hand die Tür und bleibt erschrocken stehen. Aus dem Bett starrt ihm eine menschliche Fratze entgegen, und er schafft es gerade noch, das Tablett auf den Tisch zu stellen, dann stürzt er hinaus. Katie ist schon ins nächste Zimmer unterwegs, sie ruft ihm nur noch »Dreihundertachtzehn!« zu. Er bekämpft seine Panik. Das war nicht Ike, sagt er sich, nimmt ein neues Tablett und geht ins nächste Zimmer. Das Kind ohne Haare sieht ihn aus großen Augen anklagend an und fragt: »Was hast du getan?«

Harpole stolpert hinaus. Die Bilder in seinem Kopf werden immer schriller und lauter – dann wirft ihn eine Explosion zu Boden.

»Hal!« Das ist Katies Stimme. »Was, um Himmels willen, ist passiert?«

Erst jetzt begreift er, dass er mitten zwischen Scherben, Pudding und Kartoffelbrei kniet.

»Katie ...«

»Ich bin ja da! Komm, ich helf dir hoch.«

Mühsam kommt er wieder auf die Beine.

»Katie! Brauchst du Hilfe?« Eine Krankenschwester kommt, doch Harpole winkt ab. »Ist alles okay.« Er versucht ein Lächeln. »Wirklich.«

»Bist du sicher, Hal?«

»Ja, ja!« Er macht sich los und schüttelt den Kopf.

Katie seufzt. »Danke, Mae. Könntest du der Putzfrau Bescheid sagen?«

Mae nickt und geht wieder.

»Hal!«, fängt Katie an. »Du musst dich untersuchen lassen. Das war ein Schwächeanfall. Vielleicht ist es dein Herz.«

»Danke, Katie, es ist schon alles wieder in Ordnung.«

Ihr Blick verrät ihm, dass sie ihm das nicht abnimmt.

»Katie, glaub mir ... es war nur ...«

»Ja?«

Er schüttelt den Kopf. »Na ja, da hinter den Türen, da hab ich ...« Er schluckt, soll er es wirklich sagen, sie wird sich bestimmt aufregen, oder?

»*Was,* Hal?«, fragt sie sanft.

Er liebt ihre blauen Augen, ihre Sommersprossen ... und er

sagt ganz leise: »Diese Menschen, Krebskranke, ohne Haare, mit Missbildungen, Verätzungen, Verbrennungen, in dreihundertachtzehn liegt ein Kind ...«

»Langsam, Hal, ganz langsam, komm!« Sie gehen ein paar Schritte.

»Katie, nein ...« Das Zittern fängt wieder an.

»Doch, doch, du musst es mir zeigen.« Sie macht eine Tür auf. Er will die Augen schließen, doch es ist zu spät.

»Und, was siehst du?«, fragt sie.

Widerwillig öffnet er die Augen. Im Zimmer stehen zwei Betten, in einem liegt eine alte Frau und schläft, das andere ist leer.

»Aber das ... verstehe ich nicht.«

»Komm, jetzt gehen wir in dreihundertachtzehn.«

»Nein!«

Sie nimmt ein neues Tablett und öffnet die nächste Tür. Eine Frau lächelt ihnen entgegen. »Oh, krieg ich Besuch?«

»Später, Annie.« Sie stellt das Tablett auf den Nachttisch. »Jetzt lassen Sie es sich erst mal schmecken.«

Er kann es nicht fassen.

»Katie«, sagt er, als sie wieder draußen auf dem Flur stehen. »Es tut mir leid. Ich hab mich wohl geirrt.«

»Geirrt? Das nennst du *geirrt?* Hal, du musst dich untersuchen lassen! Es ist nicht normal, dass du solche Schuldgefühle mit dir herumschleppst.«

Die Schuld hindert uns daran, zu leben. Gott nimmt die Schuld von uns ...

»Ich kann einen Termin für dich ausmachen bei Dr. Kottman, er ist hier im Haus ...«

»Nein, Katie!«, sagt er entschieden und lächelt. »Ich brauche keinen Seelenklempner. Du hast recht. Ich hab mir diese Menschen nur eingebildet. Es tut mir leid, dass ich dir einen Schrecken eingejagt habe.«

Er streicht ihr über die Haare, die so schön fest sind.

Sie seufzt. »Hal ... wirklich, so geht das nicht weiter.«

»Komm, wenn wir einen schönen Tisch haben wollen, müssen wir jetzt los.« Er zeigt zu der Besuchernische mit den Stühlen und dem niedrigen Tisch. »Ich warte da, bis du dich umgezogen hast.«

Ein Zeichen, denkt er, als er sich setzt. Gott hat ihm wieder ein Zeichen geschickt.

Pete hat vor der Klinik angehalten und ist in ein Taxi gestiegen. Auf dem kurzen Weg zum Eingang versucht Christina, das, was er ihr gerade anvertraut hat, einzuordnen – in richtig oder falsch, in wahr oder unwahr. Sandra hätte so stark unter ihrem nicht erfüllten Kinderwunsch gelitten, dass sie nach vier Jahren Hormonbehandlung eine Scheinschwangerschaft entwickelt hätte. Natürlich hätten Ultraschallaufnahmen eindeutig gezeigt, dass keine Schwangerschaft vorlag, aber Sandra wollte es nicht wahrhaben und wäre depressiv geworden. In dieser Situation hätte er sich an Tim Andersson gewandt, und Sandra hätte sich – nach langem Zureden – in Psychotherapie begeben.

»Es ging ihr gut, bis ... bis sie plötzlich tatsächlich schwanger wurde. Sie wurde immer nervöser, ängstlicher, auf die geringste Aufregung reagierte sie mit Panikanfällen. Und wegen ihrer Schwangerschaft konnte sie keine Psychopharmaka nehmen ... Es war furchtbar. Für uns beide.«

Und als er irgendwann einmal Neodym erwähnt hätte, hätte Sandra angefangen, im Internet zu suchen, und ist dabei auf den Giftskandal in Ashland gestoßen.

»Sie hat sich richtig hineingesteigert! Und sie hat von mir verlangt, dass ich den Auftrag zurückgebe. Was völlig undenkbar war! Erstens brauchte die Firma den Auftrag, und zweitens waren ihre Befürchtungen ... völlig unbegründet. Ich konnte nicht mehr vernünftig mit ihr reden. Unmöglich. Sie hat sofort die Beherrschung verloren.«

»Also willst du damit sagen, dass dieses angeblich echte Gutachten gar nicht existiert?«, hat Christina daraufhin gefragt.

»Genau! Genau das will ich damit sagen. Es gibt nur ein einziges Gutachten, und das wurde der zuständigen Behörde für Bergbau vorgelegt. Und wie du ja weißt, wurde die Wiedereröffnung der Mine genehmigt.«

»Dann bildet Sandra sich also nur ein, dass sie verfolgt wird ... und ... Ach ja, Brad Whitner ist natürlich auch nicht erschossen worden ... und Tim ... Hältst du mich für eine Idiotin?«

»Es muss noch einen anderen Grund geben, Christina. Nur weil Sandra zu Tim gegangen ist, der vielleicht von einem verrückten Patienten ermordet worden ist, und nur weil du bei meinem Namen gleich angefangen hast nachzuforschen, bist du überhaupt auf das Projekt in Ashland gestoßen. Und Sandra hat dir dann ein passendes Konstrukt dazu geliefert.« Er redet hastig weiter. »Glaub mir, Sandra beherrscht es, die Realitäten zu verdrehen! Ich könnte dir einige Geschichten erzählen, was in unserer Ehe passiert ist und was ich ihr alles geglaubt habe, bis ich dahintergekommen bin, dass sie Dinge verdreht, Lügen verbreitet ...«

»Dann hat sie alles erfunden?«

»Du musst es so sehen: In ihrer Hysterie ist sie so überzeugend, dass ihr auch Whitner geglaubt hat. Und er ist dadurch in etwas hineingeraten, was ihn das Leben gekostet hat. Chris, Sandra ist sehr, sehr krank.«

Danach ist er ausgestiegen und hat sich auch nicht mehr nach ihr umgedreht.

Sie bleibt vor der Tür zu Jays Zimmer stehen und fragt sich, warum sie überhaupt der Wahrheit hinterherhetzt, warum sie sich Lügen und Beteuerungen anhören muss ... Zählt denn nicht nur das Glück, dass Jay am Leben ist?

In der Nacht bleibt sie bei ihm, sie schläft auf zwei zusammengeschobenen Sesseln neben seinem Bett. Jedes Mal schreckt sie auf, sobald er tiefer atmet oder sich bewegt. Am nächsten Morgen wartet sie auf ihre Mutter, dann erst geht sie heim. Und was sie nie geglaubt hätte, passiert: Sie fällt ins Bett und schläft sofort ein. Ganz ohne Tabletten.

Carl H. Ochs kämpft gegen die Rückenschmerzen an, die ihn immer auf unbequemen Kirchenbänken befallen. Seine Mutter hingegen sitzt unbeweglich und kerzengerade neben ihm und lauscht dem Pfarrer. Er wirft unauffällig einen Blick auf die Uhr. Schon fünf Minuten überzogen.

»Abimelech wollte unbedingt König werden, und deshalb betrog und ermordete er seine Geschwister. Nur Jotam, ein Bruder, überlebte. Und er trat vor das Volk und erzählte eine Fabel. Aber die Menschen hörten nicht auf ihn. Und Abimelech wurde König. Doch er blieb nur drei Jahre König. Eine Frau zertrümmerte ihm den Schädel mit einem Mühlstein. Was sagt uns diese Legende?« Der Pfarrer schlägt die Bibel auf. »Das Buch der Richter, Kapitel neun.«

Er hat Brewer entdeckt, zwei Reihen schräg vor ihnen. Der hat ihm schon mehrmals zu verstehen gegeben, dass sie reden müssen. Brewer ist allein gekommen, ohne Alyson, er nimmt es mit dem Kirchgang immer sehr genau. Ochs hat beobachtet, wie er nach allen Seiten gegrüßt und Hände geschüttelt hat. Zweifellos wäre Nolan Brewer der geeignete Chief of Police. Volksnah. Traditionsbewusst. Gläubig. Und nach oben hin loyal. Jemand, der nicht vergisst, wem er seinen Aufstieg zu verdanken hat. Schon sein Vater, der Richter, hat Brewers Vater unterstützt, als der Direktor der St. Thomas More High School geworden ist ...

Und jetzt – endlich, das Schlusslied. Die Gruppe am Altar singt inbrünstig, und die Gemeinde klatscht so begeistert im Rhythmus mit, dass es nicht auffällt, wenn er sich zurückhält. Singen war noch nie seine Sache. Aber seine Mutter ist mit Leib und Seele dabei, und selbst Heather, die auf der anderen Seite von ihm sitzt, bewegt die Lippen und klatscht, wenn auch verhalten.

Als es vorbei ist, schiebt er sich mit einem entschuldigenden Lächeln an ihr vorbei zum Seitengang, wo Nolan Brewer schon wartet. Brewers Schuhe glänzen, als wäre er über den Schneematsch geschwebt.

»Hallo Nolan, heute allein?«

»Alyson musste bei Sophia bleiben, sie hat eine schlimme Erkältung«, sagt Brewer leise. Er wirkt bedrückt.

Sie gehören zu den Ersten, die die moderne Kirchenhalle aus hellem Holz und Glas verlassen. Im Vorraum ist das Kuchenbuffet aufgebaut, es riecht nach frischem Kaffee, und ein paar ältere Damen lächeln ihnen freundlich entgegen.

»Gouverneur Ochs! Sie müssen unbedingt Abbys berühmten Teekuchen probieren!«, sagt eine von ihnen.

Ochs nickt. Er greift zu und wirft fünf Dollar in die Geldbox.

»Und Sie natürlich auch, Mr. Brewer!«

»Aber sicher doch! Auf Ihren Kuchen freu ich mich schon die ganze Woche!«

Du Schleimer, denkt Ochs.

Die Damen sehen Ochs erwartungsvoll an, als er den Kuchen probiert.

»Köstlich! Ladys, zu Ihnen komme ich bestimmt wieder!«, sagt er mit vollem Mund.

Sie lachen fröhlich und wirken fast wie Teenager, denen ein umschwärmter Typ gerade etwas Nettes gesagt hat.

Ochs schiebt Brewer unauffällig weiter.

»Nolan, ich wollte es dir nicht am Telefon sagen …«

»Ich weiß«, entgegnet Brewer rasch, »aber … der Typ ist schon mal davongekommen …«

»Diese interne Untersuchung müssen wir vom Tisch kriegen, Nolan. Und zwar so schnell wie möglich. Und vergiss Andersson nicht! Vor der müssen wir uns in Acht nehmen! Übrigens gut, das du mit den Fotos von der Razzia nicht an die Presse gegangen bist, ohne mich zu fragen. Wir sollten unseren Angriff unterfüttern, mein Junge. Wir müssen Muller in Atem halten. Wie beim Tennis. Einen langen Schlag auf die Vorhand, einen langen auf die Rückhand und dann einen schnellen vorne am Netz.«

»Ich wäre eher für ein K.O., wie beim Boxen.« Brewer schnaubt. Das ist seine andere Seite.

»Dein Vater war auch so, Nolan. Ihm ist ein paarmal die Hand ausgerutscht, wenn seine Schüler nicht auf ihn hören wollten. War leider nicht sehr förderlich für seine Karriere und seinen Ruf. Merk dir eins, du musst deine Gegner nachhaltig und für immer vernichten, sonst stehen sie wieder auf und hauen dir eins in die Fresse.«

Er legt Brewer den Arm um die Schulter und nickt den Leuten an der Garderobe lächelnd zu. »Glaub mir. Nur so bleibst du im Hintergrund. Es würde dir nichts nützen, wenn jemand draufkommt, wer hinter allem steckt. Zumal du jetzt diese Untersuchung am Hals hast.« Ochs hebt grüßend die Hand. Wie heißen sie noch? Heymans? So ähnlich … »Diese Sache war unklug, Nolan. Sehr unklug.«

»Du wolltest so schnell wie möglich einen Verdächtigen!«, entgegnet Brewer hitzig.

»Nolan! Nicht hier!«

Ochs erkennt in der elegant gekleideten weißhaarigen Dame Emily Kelly, die Nachbarin von früher, als er noch ein Kind war.

»Carl! Du siehst gut aus!«, sagt sie mit krächzender Stimme. »Wie geht's deiner lieben Mutter?«

»Gut! Haben Sie sie nicht gesehen, Emily? Sie ist auch hier ...« Er reckt das Kinn.

»Lass nur, bestell ihr Grüße! Man sieht sich im Club!« Eine etwas jüngere Frau, er kann sich nicht erinnern, sie zu kennen, bringt ihr den Mantel. Ochs winkt ihnen zu.

»Carl«, sagt Brewer jetzt, »ich will Captain werden, okay? Ich warte schon lange genug drauf. Ich brauche das Geld.«

»Bisher hast du mir die Raten doch immer pünktlich gezahlt, Nolan.«

»Ich will sie dir aber auch in Zukunft pünktlich zahlen. Ich mag es nicht, wenn ich Schulden habe.«

»Die ganze Welt hat Schulden, Nolan.«

»Ich habe übrigens Aktien von *Polycorp Minerals* gekauft. Schließlich hast du dich für die Wiedereröffnung starkgemacht.« Brewer grinst.

Irgendwie ist es Ochs nicht recht, dass Brewer davon anfängt. Aber er setzt sein strahlendes Gewinnerlächeln auf und sagt: »Du hast dir große Ziele gesteckt, mein Junge, du bist sehr ehrgeizig, aber wenn man etwas zu sehr will, unterlaufen einem manchmal Fehler, dann übersieht man die Details. Also, was diese interne Untersuchung angeht: Ab jetzt verhältst du dich ruhig, okay? Ich erledige das.«

»Carl!«, ruft Heather vom Ausgang herüber. »Willst du uns noch länger in der Kälte stehen lassen?«

Er klopft Brewer wohlwollend auf die Schulter. »Ich zähle auf dich, Nolan.«

»Warte!« Brewer hält ihn zurück. »Weißt du, dass Andersson nach Ashland gefahren ist, zur Mine? Ich hab mich ein bisschen umgehört. Der Mann von Sandra Kondracki arbeitet dort. Die Akte von ihr habe ich für dich aus unserem Archiv …«

»Nolan, meine Mutter und Heather reißen mir den Kopf ab, wenn ich nicht sofort bei ihnen bin«, unterbricht er Brewer.

»Carl, du hörst mir jetzt zu!« Brewer hält ihn am Ärmel fest. »Ich stecke in der Scheiße wegen dieser verdammten Untersuchung. Du wolltest, dass ich einen Täter präsentiere. Hab ich gemacht. Konnte ich voraussehen, dass der Idiot sich aufhängt? Es sieht ganz so aus, als ob diese Kondracki was zu tun hat mit dem Mord an Anderssons Bruder! Ich will wissen, was hier gespielt wird, Carl!«

Er will Brewers Arm abschütteln, doch es gelingt ihm nicht.

»Carl!«, sagt Brewer dicht an seinem Ohr. »Gibt es etwas, das ich wissen sollte? Hast du mit der Sache zu tun?«

»Wie kommst du denn auf so was, Nolan!« Ochs gibt sich empört und will weitergehen.

»Carl«, sagt Brewer leise, aber mit drohendem Unterton, »ich vertraue dir. Du hast mich immer unterstützt – aber … du musst auch mir vertrauen.«

Ochs lächelt. »Aber natürlich vertraue ich dir, Nolan. Du bist ein guter Mensch – und du wirst auch ein guter Captain und ein guter Chief of Police werden!«

Er geht einen Schritt weiter, er muss dieses verfluchte Gespräch endlich beenden. »Ich verzeihe dir, dass du gerade diese Frage gestellt hast, Nolan. Du kannst ganz beruhigt sein, ich habe nichts mit diesem Verbrechen zu tun, das schwöre ich vor Gott.« Er blickt Brewer geradewegs ins Gesicht, dann klopft er ihm gleich noch einmal auf die Schulter. »Sag Alyson einen schönen Gruß, und gib Sophia einen Kuss von ihrem Patenonkel!«

Mit schnellen Schritten geht er zu Heather und seiner Mutter, die am Ausgang warten. »Entschuldigt!«, seufzt er. »Geschäftliches …«

»Das war doch der junge Brewer«, sagt seine Mutter. Ihr entgeht einfach nichts.

»Ja«, sagt er, »ich soll euch Grüße von ihm und seiner Frau ausrichten. Die Kleine ist krank.«

»Sie ist mir schon immer etwas kränklich vorgekommen«, meint seine Mutter trocken.

»Sie ist halt ein zartes Mädchen, nicht so ein Rabauke, wie Frank einer gewesen ist.«

Heather funkelt ihn an.

In dem Augenblick schießt ein Verdacht in ihm hoch. Könnte sie hinter diesem Erpresserbrief stecken? Sie und … Vielleicht hat sie ja einen Liebhaber …

»Was ist?«, fragt Heather ungehalten. »Wärst du jetzt vielleicht so freundlich und lässt uns einsteigen, Carl? Es ist ziemlich kalt hier draußen. »

Auf der Rückfahrt zum Haus seiner Mutter gehen ihm Brewers Worte im Kopf herum.

»Du musst heute Abend allein zu diesem Kammerkonzert«, sagt Heather von hinten mitten in seine Überlegungen hinein. »Ich glaube, ich bekomme eine Erkältung.« Sie schnäuzt sich demonstrativ. Seine Mutter, die neben ihm sitzt, gibt ein Schnauben von sich, leise zwar, aber deutlich hörbar.

»Schade, Liebling«, sagt er. »Es ist sicher vernünftiger, wenn du zu Hause bleibst.«

Als Christina am Morgen wieder in die Klinik kommt, sitzt Jay im Bett und lacht. Das macht Christina so glücklich wie damals, als er sie zum ersten Mal angelächelt hat – oder *Mom* zu ihr gesagt hat.

»Mom«, sagt er, als sie ihn in die Arme nimmt. Sie streichelt und küsst ihn und will ihn nie wieder loslassen. Eine Weile hält sie ihn einfach so. Dann sagt er etwas. Sie versteht ihn nicht ganz und fragt: »Was hast du eben gesagt?«

»Scheißkerl.«

»Wer ist ein Scheißkerl, mein Schatz?«

»Tim hat *Scheißkerl* zu dem Mann gesagt.«

»Zu dem Mann, der an der Tür geklingelt hat?«

Jay nickt langsam und gewichtig, so wie Kinder das eben tun.

In ihr spult sich etwas zurück.

Acht Jahre früher.

Tim: Ich habe Pete übrigens mit einer anderen Frau gesehen.

Christina: Ich weiß.

Tim: Ach?

Christina: Sie heißt Sandra Rustand.

Tim: Dieser Scheißkerl!

Die nächsten Fragen stellt Christina, weil sie hofft, dass Jay einen ganz anderen Mann beschreibt – und nicht Pete.

»Und Tim hat ihn reingelassen?«

Jay nickt wieder.

»Kannst du den Mann beschreiben? War er groß? Größer als Tim?« Sie sitzt auf Jays Bett und muss sich zurückhalten, dass sie nicht dauernd seine Hand streichelt. Das mag er nicht.

Jay zuckt mit den Achseln. »Weiß nicht.«

»Und seine Haare? War er so blond wie ich? Oder so wie Tim?« Sie spürt, wie schwer es ihm fällt, sich zu erinnern.

»Grau.«

Ein Scheißkerl mit grauen Haaren, denkt sie gerade, da sagt Jay: »Pete.«

»Was hast du gesagt?«

»*Pete* und *Scheißkerl*, hat Tim gesagt.«

Ein Schwindel überfällt sie, der sie beinahe zu Boden reißt.

»Mom?«, hört sie Jay rufen.

Sie kann gar nichts dagegen tun. Jays Gesicht ist auf einmal ganz nah, aber schon verschwimmt es, als ein schriller Ton sie wieder ins Jetzt reißt. Reflexartig greift sie in die Jackentasche und spürt ihr Telefon vibrieren.

»Spreche ich mit Detective Christina Andersson?«

»Ja ...«

»Mein Name ist Phil Springsteen. Ich bin Journalist. Tim Andersson war Ihr Bruder?«

»Ja ...«

»Ich habe Hinweise, dass sein Tod mit einem Gutachten in Verbindung steht ...?«

»Von welchen Hinweisen sprechen Sie?«

»Wir sollten uns treffen. Passt Ihnen heute Abend, ich sage Ihnen noch, wo.«

»Warum nicht jetzt gleich?«

»Ich muss aufhören. Ich rufe Sie noch mal an.«

»Hey, warten Sie ...«

Doch er hat schon aufgelegt. Seine Nummer hat das Display nicht angezeigt.

Phil Springsteen. Den Namen hat sie noch nie gehört.

Sie tippt eine Nummer in ihr Handy. Pete, denkt sie, das stimmt alles nicht! Sag mir, dass das alles nicht stimmt! Doch Pete nimmt nicht ab.

Ruth Muller folgt den Klängen des Cellos und merkt, wie ihre Gedanken davonziehen. Gleichzeitig wird sie schläfrig. Es liegt nicht nur an ihrem Arbeitspensum, sondern auch an der Wärme und den vielen Parfümdüften um sie herum.

Zweifellos ist es ein beeindruckendes Haus. Schlicht und klassisch, ein Bungalow mit Glasfassade im verschneiten Garten. Die Tatsache, dass Frank Lloyd Wright es gebaut hat, hat Adam vorhin ein paar Augenblicke lang andächtig und ehrfürchtig verharren lassen, nachdem sie ausgestiegen sind. Frank Lloyd Wright kommt für Adam noch vor Gott.

Draußen schneit es wieder. Schon den ganzen Weg hierher nach Madison hat es geschneit. Sie hofft, dass es aufhört, denn sie muss nachher fahren. Adam liebt es, am Abend einen guten Whisky oder Brandy zu trinken, und auf den Abend im *Jacob's House* hat er sich schon die ganze Woche gefreut. In der letzten Zeit hat sie ihm das Leben nicht gerade leicht gemacht. Und das will sie jetzt wiedergutmachen.

Sie wirft einen Blick auf das Programm auf ihrem Schoß. Schumann, Klavierquartett Es-Dur, op. 47. Sie mag eher Bach. Das hat sie von ihrem Vater. In seiner Kanzlei hat er manchmal auch Kammermusik-Abende gegeben, und sie hat ihn immer dabei bewundert, wie er so selbstvergessen Violine gespielt hat. Da wurde er ein ganz anderer Mensch.

Sie streicht das Jackett ihres anthrazitfarbenen Hosenanzugs aus Rohseide glatt, der ein wenig mehr auf Figur geschnitten ist als der schwarze, den sie ins Büro anzieht. Adam drückt ihr kurz die Hand, dann schenkt er seine Aufmerksamkeit wieder den Musikern vor ihnen. Die fünfundzwanzig handverlesenen Gäste um sie herum lauschen aufmerksam den noch recht jungen Musikern. Sie ertappt sich dabei, wie sie sich Alex statt des Jungen dort am Klavier vorstellt. Die Klavierstunden waren eine Qual – nicht nur für Alex, auch für die Klavierlehrerin.

Nach zwei Jahren waren alle – auch Adam – am Rande eines Nervenzusammenbruchs. Der Unterricht fand ein abruptes Ende, und sie fand sich damit ab, dass ihr Sohn wohl genauso unmusikalisch war wie sie.

Der Schlussakkord verhallt. Applaus setzt ein, und die vier Musiker verbeugen sich. Die Veranstalterin bedankt sich und kündigt eine Pause an. Ruth steht schnell auf, ihr fehlen Bewegung und frische Luft. Adam signalisiert ihr, dass er sich mit dem Herrn, der auf ihn zukommt, unterhalten muss, sie lächelt ihm zu und wendet sich in Richtung Bar. Sie braucht unbedingt etwas zu trinken.

»Guten Abend, Ruth!« Carl H. Ochs kommt lächelnd auf sie zu. In der Hand ein Whisky- und ein Champagnerglas. »Das hab ich gerade ergattert.« Mit seinem typischen Lächeln reicht er ihr das Champagnerglas.

»Wie kann ich mich revanchieren? Mit einem alten, rauchigen Highlander?« Sie denkt auch jetzt wieder an die Nacht vor zwanzig Jahren, als sie – damals noch Streifenpolizistin – ihn in seinem Auto angehalten und eine Alkoholprobe verlangt hat. Die Probe war positiv, er hatte, das weiß sie noch genau, anderthalb Promille. Sie hat ihn ins Präsidium zur Blutprobe gebracht. Am nächsten Morgen waren beide Proben verschwunden – und sie hat niemals rausgekriegt, wie er das geschafft hat.

Mit übertriebener Empörung weicht er zurück, dann sagt er gedämpft hinter vorgehaltener Hand: »Aber offiziell trinke ich nur echten amerikanischen …«

»Ich wusste doch, dass Sie Geheimnisse haben«, erwidert sie.

Er lacht wieder. »Und Sie, Ruth?«, sagt er und trinkt einen Schluck.

Sie beugt sich ein wenig vor. »Eine Frau muss ihre Geheimnisse bewahren … Wie geht es Heather?«

»Sie hatte heute leider andere Verpflichtungen«, entgegnet er. »Eine Charity-Veranstaltung in Milwaukee.«

Er sieht ausgesprochen gut aus, stellt sie fest. Wahrscheinlich hat er eine Affäre.

Sie lässt sich von ihm zur großen Glasscheibe führen, hinter der sich der schneebedeckte Rasen ausbreitet. Im Licht der Laternen wirkt er gleißend und unberührt.

»Ist das nicht großartige Architektur?«, fragt er. »Simpel, funktional, wie wir Amerikaner das mögen, und dennoch klassisch schön?«

»Adam hat schon die ganze Woche vom *Jacob's House* gesprochen. Er konnte es nicht verstehen, dass ich noch nie hier gewesen bin.«

»Tja, Adam ist ein begnadeter Architekt. Wenn Menschen zu ihrer Bestimmung finden ... dann ist das ... wirklich ... wirklich ... großartig ...« Sein Lächeln wirkt verschämt, als hätte er ihr gerade einen intimen Einblick in seine Seele gewährt. Doch sofort wird sein Gesichtsausdruck wieder offiziell und glatt. »Wie geht es in diesem Fall voran, ich hab davon gehört? Eine Ihrer Detectives ist persönlich darin verwickelt. Schlimme Sache«, fügt er mit einem Stirnrunzeln hinzu.

»Wir ermitteln noch, aber wir machen Fortschritte. Sie kennen ja unsere Aufklärungsrate.« Sie lächelt höflich.

»Sicher! Die höchste in den Staaten!«

»Und wir tun alles dafür, dass es auch so bleibt. Das heißt aber nicht, dass der Zweck grundsätzlich immer die Mittel heiligt ...« Sie dämpft ihre Stimme. »Leider hat einer meiner Leute unbedingt einen Schuldigen finden wollen. Gegen Lieutenant Nolan Brewer musste jetzt ein Verfahren eingeleitet werden. Ach ... Sind Sie nicht Taufpate seines Sohns?«

Ochs räuspert sich. »Seiner Tochter.«

Die Erwähnung des Namens Brewer scheint ihm unangenehm zu sein. »Vielleicht könnten Sie ihm mal ein bisschen ins Gewissen reden. Auf Sie hört er doch sicher. Ich habe den Eindruck, er will unbedingt Karriere machen. Dagegen ist nichts einzuwenden, aber oft geht der Schuss dabei nach hinten los.«

»Ja! Da haben Sie absolut recht, Ruth! Ich werde mal mit ihm reden, Ruth, von Mann zu Mann.«

Sie lächelt genauso jovial wie er.

»Ach Ruth, was ich Sie fragen wollte ...« Er beugt sich ein wenig zu ihr herunter. »Sie wissen ja, eine Regierung braucht zuverlässige Mitarbeiter, Menschen mit denselben Ideen ... Menschen, die eine gemeinsame Vision von der Zukunft haben, sozusagen den Bauplan von einem immensen Bauwerk, so was wie einer ... einer ...« Er sucht nach einem Wort.

»Eine Kathedrale?«

»Ja, ja, genau!«

»Wie lange sind Sie schon Captain?«

»Ziemlich genau vier Jahre.«

Er nippt an seinem Whiskyglas. »Haben Sie nicht auch schon öfter daran gedacht, wie es in der Zukunft weitergehen könnte?«

»Ich denke, man sollte sich mehr mit der Gegenwart beschäftigen«, erwidert sie.

»Da haben Sie wohl recht, aber ... man wird nicht jünger ... Oh, Ruth, verstehen Sie mich nicht falsch! Jetzt bin ich ins Fettnäpfchen getreten!« Er lacht und wird gleich darauf wieder ernst und fährt leiser fort: »Sie wissen, Ruth, Sie sind eine sehr attraktive Frau ...«

»Ihre Schmeicheleien retten Sie jetzt auch nicht mehr.« Wie lange muss sie diesen Tanz denn noch mitmachen?, fragt sie sich.

»Ich schätze Ihren brillanten Verstand, Ruth! Es gäbe da die freie Stelle eines Sekretärs in der *Homeland Security* …« Er macht eine Pause und sieht hinaus ins Weiß des Gartens. »Uns schwebt jemand vor, der praktische Erfahrung mit Ermittlungen hat … jemand, der absolut integer ist …« Jetzt erst wendet er sich ihr wieder zu. »Ihr Gehalt – und damit auch die Pensionsansprüche – ist natürlich wesentlich großzügiger bemessen …«

Damit hat sie nicht gerechnet. Nicht damit. Sie weiß genau, was er damit beabsichtigt. »Ich fühle mich wirklich sehr geehrt, aber es gibt doch sicher eine ganze Menge anderer Kandidaten, die mehr Erfahrung haben als ich.«

»Darauf kommt es nicht immer an – viel wichtiger ist der Mensch selbst. Denken Sie darüber nach, Ruth.« Und dann fügt er wie beiläufig hinzu: »Ach, wie geht es eigentlich Ihrem Sohn, wie heißt er noch gleich?« Als er lächelt, zeigt er zu viele Zähne. Wie ein Haifisch, denkt sie.

»Alex. Er wird nach Pasadena gehen und Informatik studieren.« Alarmiert versucht sie aus seinem Blick herauszulesen, was er weiß.

»Pasadena? Gratuliere! Studium ist immer gut. Da kriegen sie schon ihre Flausen ausgetrieben, nicht wahr? Ach, es ist schlimm, wenn man mitbekommt, wie die Kinder auf die schiefe Bahn geraten …«

Kurz, aber eingehend mustert er sie, dann lacht er auf und zeigt hinüber zum Klavier vor der Bücherwand. »Es geht weiter. Zum Glück mit Bach. Ich kann Schumann nicht sonderlich viel abgewinnen. Und … überlegen Sie es sich mit meinem Angebot. *Homeland Security.*«

Sie bleibt stehen und sieht hinter ihm her, wie er sich so überaus siegessicher den Weg durch die Grüppchen bahnt.

»Hast du dich gut unterhalten, Liebling?« Adam ist auf einmal neben ihr. Sie überlegt immer noch, was Carl Ochs über Alex wissen könnte – und vor allem, woher.

»Was ist mit dir? Du wirkst schlecht gelaunt«, sagt Adam.

»Ochs hat mir gerade einen Job angeboten«, erwidert sie, immer noch in Gedanken.

»Oh!« Er hebt die Brauen und schiebt mit der Fingerspitze die Hornbrille höher auf die Nase. »Gratuliere! Wirst du endlich Polizeichefin?«

»Nein, ich soll zu *Homeland Security.* Gut bezahlt und gut versorgt.« Ochs' Vorschlag ärgert sie immer noch.

Er stutzt. »Ist doch nicht das Schlechteste«, sagt er schließlich.

Sie schluckt eine sarkastische Bemerkung hinunter und sagt: »Er weiß das von Alex.«

»Was? Das mit den Drogen? Bist du sicher? Vielleicht täuschst du dich. In letzter Zeit entdeckst du überall Feinde, Liebling.«

»Ich *hab* überall Feinde, Adam.«

»Ich gehöre jedenfalls nicht dazu! Was meinst du ...?« Er legt ihr den Arm um die Taille. »Du könntest einen dringenden Fall vorschieben, dann kämen wir hier raus.«

Sie lächelt matt. »Okay, lass uns gehen.«

»Und was sagen wir den Leuten hier?« Er sieht sich um und lächelt den Veranstaltern zu, die Namen hat Ruth vergessen. Sie will sich gerade einen Satz zurechtlegen, da erhält sie auf ihrem Handy eine Nachricht.

Adam sieht sie besorgt an. »Was Ernstes?«

Die Nachricht könnte kaum ernster sein, denkt sie und sagt: »Brad Whitner.«

»Der mit seiner Gruppe die Autoreifen aufgestochen hat?«

»Angeblich. Er hat sich nie dazu bekannt ...«

»Und, was ist mit ihm? Protestiert er jetzt gegen unser Projekt in Ashland?«, sagt er ein wenig belustigt, wie es oft seine Art ist.

Aber diesmal lächelt sie nicht darüber.

»Er wurde erschossen.«

Ochs macht sich nach dem Kammermusikabend gleich auf den Weg zu Kirsten. Erleichtert lässt er sich auf den Rücksitz seiner Limousine sinken. Der Whisky steht schon bereit. *Glenmorangie Signet*, die Flasche für hundertfünfzig Dollar. Den ersten Schluck genießt er wie eine Erlösung. Kammermusik von der CD, zu Hause im Sessel vor dem Kamin, weiß er durchaus zu schätzen, aber so, mit Publikum, ist es nicht gerade das, was er freiwillig und gern macht. Tausend Gedanken ziehen ihm wie Nebelschwaden durch den Kopf und lassen ihn kurz einnicken.

Tony ist diskret, und wenn sie zu Kirsten fahren, redet er kaum. Er tut quasi so, als wäre er gar nicht da, und das schätzt Ochs.

Doch diesmal merkt er, wie Tony immer wieder kurze Blicke in den Rückspiegel wirft. Als Ochs sich umdreht, wird er von Scheinwerfern geblendet.

»Folgt uns einer?«

»Er ist seit *Jacob's House* hinter uns«, sagt Tony.

»Ist wahrscheinlich auch eingeladen gewesen.« Ochs dreht sich wieder nach vorn. Ihm geht das Gespräch mit Muller nicht aus dem Kopf. Wie hat Milosz sie genannt? *Ehrgeizige Zicke?* Das ist noch milde ausgedrückt. Die geht doch über Leichen, wenn sie sich einen Vorteil davon verspricht. Man muss sich nur ihren Mann ansehen, diesen blassen Genießer. Ein Mann ohne Rückgrat – dem geht's doch nur um seine Kunst.

»Was soll ich tun?«, fragt Tony.

»Ist er immer noch hinter uns?«

»Es sieht ganz so aus.«

»Fahr einen Umweg. Nimm eine schmale Nebenstraße, wenn er uns dann immer noch folgt …«

Tony nickt und setzt den Blinker.

Sollte irgendjemand das mit ihm und Kirsten herausbekommen haben? Das würde ihm gerade noch fehlen. Einer von diesen dämlichen Paparazzi, der ihm seinen Wahlkampf versaut.

Ochs beugt sich nach vorn.

»Und, was macht er, kommt er nach?«

»Nein, Sir«, sagt Tony. »Es ist keiner mehr hinter uns.«

Ochs atmet auf.

»Es tut mir leid, aber …«

»Schon gut, Tony. Man kann nicht vorsichtig genug sein.«

Bis zum Apartment von Kirsten in der Van Buren Street herrscht wieder das gewohnte Schweigen zwischen ihnen.

Tony fährt langsam an den Bordstein.

»War ein langer Tag. Fahr nach Hause, Tony.« Ochs klopft ihm von hinten auf die Schulter und steigt aus. Noch bevor er die Tür zuwirft, hört er eine Stimme, die ihm irgendwie bekannt vorkommt.

»Einen schönen guten Abend, Gouverneur Ochs! Was für eine herrliche Nacht, nicht wahr?«

Ochs fährt herum. Der Mann schiebt die Kapuze von seinem Parka nach hinten.

Dieser Journalist! »Was machen Sie denn hier?«, sagt Ochs so ruhig wie möglich.

»Oh, ich bin zufällig hier, ganz zufällig …« Dass der Journalist grinst, kann Ochs nur an dessen Mund sehen, der weiße Verband klebt über der Nase, und die dämliche Brille verdeckt die geschwollenen Augen. Blau und gelb unterlaufen wahrscheinlich, aber das kann Ochs in dem spärlichen Licht, das von einer Laterne herüberfällt, nicht so richtig sehen.

»Passen Sie auf ... Springsteen, so heißen Sie doch, oder?« Ochs tritt ganz nah an ihn heran. Dass er größer ist, macht die Sache besser – Springsteen weicht einen Schritt zurück. »Wir haben uns doch geeinigt, oder?«, sagt Ochs.

»Ja, sicher.« Sein Grinsen wirkt schief.

Ochs würde es ihm am liebsten aus dem Gesicht prügeln. »Sie verfolgen und belästigen mich. Ich werde jetzt die Polizei rufen.« Sein Handy hat er schon in der Hand. In der Zwischenzeit ist auch Tony ausgestiegen.

»Und was wollen Sie denen erzählen? Dass Sie hier einen Wahlkampfbesuch machen, oder was?«, sagt Springsteen provozierend.

Tony stellt sich neben Ochs. Seine Größe und seine Statur haben etwas Imposantes, und Springsteen weicht noch einen Schritt zurück.

»Tony«, sagt Ochs immer noch einigermaßen ruhig, »begleite Mr. Springsteen bitte zu seinem Auto.«

Mit einer schnellen Bewegung hat Tony dem Journalisten den Arm auf den Rücken gedreht. »Wo steht Ihr Wagen, Mr. Springsteen?«

Mit Abscheu sieht Springsteen Ochs an, aber gegen Tonys Griff ist er machtlos. Zwischen zusammengebissenen Zähnen zischt er: »Sie glauben, Sie können sich alles erlauben, oder?«

Ochs lacht. »Mr. Springsteen, machen Sie sich doch einfach mal einen schönen Abend.« Er greift in seine Hosentasche, in der er immer ein paar Scheine hat. »Gehen Sie was Anständiges essen, und genehmigen Sie sich ein paar Drinks.« Mit einem wohlwollenden Lächeln stopft er Springsteen die Scheine in die Parkatasche. »Vielleicht nehmen Sie noch 'ne kleine Freundin mit.« Ochs zwinkert ihm zu. »Das bringt Sie auf andere Gedanken.«

Springsteen zieht zischend die Luft ein. »Ich will Ihr dreckiges Geld nicht, Mr. Ochs! Sie glauben, Sie können sich alles kaufen! Und in Ihrer Selbstherrlichkeit sehen Sie gar nicht, dass die Menschen im Land schon längst wissen, was Sie sind: ein korrupter, bigotter Diktator. Ich ...«

Da schlägt Ochs zu, direkt in den Magen.

Der Schmerz nimmt Springsteen die Luft zum Schreien. Ochs gibt Tony ein kurzes Zeichen, worauf der Springsteen ein paar Schritte weiter in eine dunkle Hausecke schleift. Dann hört Ochs nur noch dumpfe Schläge. Wenig später kommt Tony zurück und gibt Ochs ein Handy.

Der Wichser hat ihr Gespräch doch glatt aufgenommen! Mit wenigen Schritten ist Ochs in der dunklen Hausecke. Er tritt zu, tritt diesem Schwein in die Rippen, dass der noch nicht mal mehr jaulen kann. »Du mieses kleines Stück Dreck! Solche Typen wie ihr machen unser ganzes Land kaputt! Du bist doch nur neidisch, weil du in einem dunklen Loch haust und billige Schlampen vögelst!« Das Stöhnen und Wimmern macht ihn nur noch wütender. »Du kleine Ratte, du elender Schmarotzer!« Ein letzter Tritt, dann spürt er, wie Tony ihn wegzieht. Aus der Dunkelheit kommt nur noch ein Röcheln ...

Plötzlich ist es, als würde er aufwachen. Er schüttelt den Kopf, vielleicht kann er das dumpfe Gefühl dadurch loswerden. Aber es gelingt ihm nicht.

Er muss unbedingt Frank anrufen. Aber Frank geht nicht ran.

»Tony?«, sagt Ochs.

»Ja, Sir?«

»Erledige die Sache. Danach fährst du in seine Wohnung und nimmst seinen Computer mit. Lass es wie einen Einbruch aussehen.«

Tony nickt und verschwindet in der Dunkelheit. Vielleicht

ist es ganz gut, dass Frank nicht rangegangen hat, denkt Ochs noch.

Dann blickt er hinüber auf die andere Straßenseite. Das Licht in ihrem Apartment ist angeschaltet. Langsam, nicht mehr mit dem Elan von vorhin, geht er los und überquert die Straße. Die wenigen Meter, hofft er, werden ausreichen, damit sein Kopf wieder klar wird und er sich besser fühlt – als würde er mit der Straßenseite auch vom Schatten ins Licht wechseln. So hat es immer funktioniert. Aber diesmal gelingt es ihm nicht. Irgendetwas in ihm ist angeschlagen – und er weiß nicht, warum.

Christina wartet immer noch auf den Anruf von Springsteen. Inzwischen hat sie im Internet ein paar Informationen über ihn gefunden. Er scheint ein mittelmäßiger Journalist zu sein, der vor allem für Zeitungen arbeitet. Sie fragt sich, von welchen Hinweisen er gesprochen hat – und wieso *er* sie anruft und nicht die Polizei. Die Nachtschwester hat gerade nach Jay gesehen und Christina ein Kissen gebracht. Jay schläft tief. Es geht ihm besser, und bald kann er nach Hause, hat Dr. Joffe ihr gesagt. So viel geht ihr im Kopf herum, dass sie nicht darüber nachdenken muss, wie es gewesen wäre, wenn der Mörder nicht nur Tim getötet hätte, sondern auch Jay. Es kommt immer noch vor, dass sie aufwacht und vergessen hat, dass Tim nicht mehr lebt. Warum haben sie sich nicht viel öfter getroffen? Haben sie geglaubt, sie würden ewig leben? Ein paarmal schon hat sie den Gedanken gehabt, wie es wäre, wenn sie aufhören würde bei der Polizei. Jay zuliebe. Und vielleicht auch sich selbst zuliebe. Sie weiß aus bitterer Erfahrung, dass jeder Fall Spuren hinterlässt, auch wenn man es nicht zugibt. Springsteen fällt ihr wieder ein.

Sie weiß, wer ihr helfen kann, und so dauert es nicht lange, bis sie Springsteens Adresse und seine Handynummer hat. Aber er geht nicht ran.

Sie überlegt kurz, dann steht sie auf, geht hinaus und schließt leise die Tür hinter sich.

Das Viertel Polonia liegt im Süden der Stadt. Langsam fährt Christina über eine der verschneiten Straßen und hält Ausschau nach der Nummer 145.

Hier brennen nur noch wenige Laternen, und läge kein Schnee, wäre die Straße mit den einstöckigen Holzhäusern vollkommen dunkel. Nur hier und da flackert das Licht eines Fernsehers durch die Fenster und färbt die kalte, dunstige Luft grau. Hausnummern entdeckt sie nur selten. Als sie vor der 151 angekommen ist, sieht sie ein Stück vor sich auf derselben Straßenseite, wie sich die Fahrertür einer dunklen Limousine öffnet. Sie bleibt stehen.

Ein Mann steigt aus, er trägt eine Art Uniform, einen Blouson mit Abzeichen auf der Schulter. Sie beobachtet, wie er die Eingangstür aufschließt und in der Dunkelheit verschwindet. Irgendetwas alarmiert sie. Dass er das Treppenhauslicht nicht eingeschaltet hat? Ein Licht blinkt auf. Ist es der Strahl einer Taschenlampe? Schnell steigt sie aus und hetzt über den Bürgersteig. 145! Sie hat recht gehabt. Die Tür ist nur angelehnt. Lautlos, die Pistole schussbereit, drückt sie sie auf und betritt einen schmalen Flur. Unter der Tür am anderen Ende dringt ein Lichtschein hindurch. Dieser Mann, der gerade in Springsteens Wohnung ist, ist sicher nicht Springsteen.

In diesem Augenblick öffnet sich die Tür. Der Lichtstrahl blendet sie, sie erkennt nur die Umrisse des Mannes. Er trägt irgendetwas unter dem Arm.

Sie reißt das Bein hoch und tritt ihm mit dem Fuß gegen die Kehle. Er lässt die Taschenlampe und den anderen Gegenstand fallen und stürzt nach hinten in den Raum. Christina ergreift die Taschenlampe und leuchtet ihm ins Gesicht, sodass er die Augen zukneift. Gleichzeitig drückt sie ihm das Knie auf die Brust und hält ihm die Pistole an die Schläfe.

»Was wollen Sie hier?«, fährt sie ihn an.

Sie legt die Taschenlampe neben sich auf dem Boden ab und will die Innentaschen seiner Jacke durchsuchen, doch plötzlich spürt sie, dass ihre Bewegungen langsamer werden. Ist es das Provigil, dessen Wirkung nachlässt? Ist es, weil sie übermüdet ist? Ist es die Verletzung ihrer Schulter, die sie schwächt? Jedenfalls bewegt sich der Mann unter ihr und schleudert sie von sich herunter, Christina verliert ihre Waffe und schlägt mit dem Rücken gegen etwas Hartes. Schon ist er bei ihr, sie spürt seinen Atem, als er sie brutal hochreißt. Sie will ihm das Knie in den Unterleib rammen, aber er kann ausweichen, immerhin kommt er ins Taumeln, und sie tritt nach, er pariert mit einem harten Schlag mit der Handkante, der sie am Kinn streift, sie aus dem Gleichgewicht bringt und sie auf einen Tisch wirft. Ihre Hand tastet verzweifelt nach etwas, mit dem sie sich wehren kann, im selben Augenblick dringt mit einem dumpfen *Plopp* ein Projektil neben ihrem linken Ohr in die Tischplatte ein. Ihre rechte Hand stößt an etwas Spitzes, sie greift zu und reißt die Faust hoch. Genau in dem Moment, als er sich über sie beugt, stößt sie zu. Die Spitze dringt in seinen Bauch, er sackt nach vorn, sie hält den Körper mit den Armen auf und stößt ihn zur Seite. Dumpf landet er auf dem Boden. Sie setzt sich auf, greift nach der Taschenlampe und richtet den Strahl auf den reglosen Körper. Die Augen starren ins Leere. Sie hat ihm einen Brieföffner schräg von unten ins Herz gestoßen.

Rasch steht sie auf, sie weiß, sie hat keine Zeit für Sentimentalitäten, sie hat einen Menschen umgebracht. Es war Notwehr. So war es doch, oder? Oder nicht? Sie steckt seine Waffe in eine Plastiktüte und ihre eigene zurück in die Innentasche. Sie funktioniert jetzt mechanisch, sie ist der Cop, sie ist nicht selbst betroffen, so denkt sie, anders würde sie es gar nicht schaffen.

Jetzt erst schaltet sie das Licht an. Und für einen Augenblick ist es so wie immer, wenn sie an einen Tatort kommt. Eine Leiche. Blut. Umgestürzte Möbel von einem Kampf – oder einem Einbruch. Sie weiß, sie sollte ihre Kollegen anrufen, aber vorher muss sie sich noch umsehen.

Auf dem Schreibtisch liegen Papierstapel und Stifte. Sie hebt das Notebook auf und fährt es hoch. Währenddessen zieht sie Schubladen auf, blättert Papier durch. Phil Springsteen, was wolltest du mir sagen?

Irgendwo müssen doch Memorysticks sein, vielleicht ein Harddrive oder CD-ROMS. Ein Profi legt Kopien seiner Dateien an.

Ihr Blick fällt auf die DVDs unter dem Fernseher. Sie sieht sie schnell durch. Ein paar Spielfilme, *The Lord of the Rings* und sogar *Harry Potter* hat er, Serien hat er auch gesammelt, *24* und *The Wire* und *The Sopranos* fallen ihr auf, das war es auch schon. Auf einem Sessel entdeckt sie ein Telefon. Als sie die Taste *Wählen* drückt, erscheinen drei Nummern auf dem Display.

Zwei sind Handynummern.

Sie speichert sie auf ihrem Handy und geht zum Schreibtisch zurück. Sie überfliegt die Titel seiner Dokumente. Einer fällt ihr sofort ins Auge: *Die schmutzigen Minengeschäfte des Gouverneurs Carl H. Ochs.*

Sie nimmt einen Stick und speichert das Dokument.

Irgendetwas passt nicht ins Bild, das sie sich von Springsteen gemacht hat. Dann weiß sie auch, was es ist: Auf dem Schreibtisch liegt eine Bibel. Eine einfache Taschenbuchausgabe.

Sie nimmt Notebook und Bibel, lässt ihren Blick noch einmal durch den Raum wandern, greift dem Toten in die Taschen seines Blousons und findet den Autoschlüssel, dann geht sie nach draußen und schließt das fremde Auto auf. Es dauert nicht lange, bis sie im Handschuhfach die Zulassung und den Führerschein findet. Der Wagen gehört der Republikanischen Partei. Auf dem Rücksitz liegen Stapel von Wahlbroschüren: *I Stay with Governor Carl H. Ochs.*

»Scheiße«, murmelt sie.

Dann fällt ihr wieder der dunkle Blouson mit den Abzeichen auf der Schulter ein. Eine Uniform, hat Tana gesagt ...

Sie ist noch wach. Das zu wissen tut ihm gut, es ist wie Balsam. Bevor er zu ihr ins Schlafzimmer geht, gießt er sich allerdings einen ordentlichen Whisky ein. Vielleicht ist es auch eine Verzögerungstaktik. Er ist nicht mehr in Stimmung.

Er trinkt zwei Gläser, schließt die Augen und versucht die Bilder zu vertreiben, aber es gelingt ihm nicht. Irgendetwas zieht ihn zum Fenster. Tony ist längst weggefahren. Die Stelle, wo dieser kleine Scheißer gelegen hat, kann man von hier aus nicht sehen. Niemand – auch Kirsten nicht – hätte etwas mitbekommen können.

Langsam lässt er den Rest Whisky die Kehle hinunterlaufen, als könnte er damit auch alles Geschehene hinunterspülen. Warum ist dieser Kerl überhaupt aufgetaucht? Anstatt dass alle an diesem großartigen Bauwerk – *Kathedrale*, so hat Muller es sehr treffend bezeichnet, so etwas kann sie – mitwirken und sich fühlen wie eine große Gemeinschaft, fällt solchen Typen wie Springsteen nichts anderes ein, als zu zerstören, Steine, die die anderen in unerschütterlichem Glauben und unter großen Mühen und Entbehrungen herangeschafft haben, wieder aus der Mauer herauszureißen. Was geht vor in solchen Menschen? Da hat selbst sein Vater nur eine simple Antwort parat gehabt: Neid. Diejenigen, die kein Geld haben, sind neidisch auf die, die Geld haben – und sie bekämpfen sie, wann und wo immer sich die Gelegenheit bietet …

Kirsten liegt im Bett und liest. »Ich hab nicht mehr mit dir gerechnet, Darling. Ist alles okay?« Sie legt den Reader zur Seite.

Er versucht sein typisches Grinsen. »Ich musste mir nur ein paar Stunden Schumann anhören!« Er steht immer noch in der Schlafzimmertür und sieht sie auf die spezielle Art und Weise an, wie er nur sie ansehen kann. Er lockert die Krawatte. Sie trägt wieder diesen dünnen Fummel, der ihre Haut verführerisch durchschimmern lässt und so locker gebunden ist, dass ihm ihre üppigen Titten entgegenspringen. Aber er zögert.

»Ist was passiert?«, fragt sie.

»Nein …« Er zieht das Jackett aus und wirft es über die Stuhllehne. Hoffentlich kann er alles andere jetzt endlich vergessen. Er will sich auf sie stürzen. Er weiß, dass sie es mag, so von ihm genommen zu werden. Hart und ohne Vorspiel. Aber er fühlt sich verloren.

Langsam lässt er sich auf die Bettkante sinken. Als sie sich vorbeugt und den Arm um ihn legt, treten ihm beinahe Tränen in die Augen. »Tut mir leid, war ein anstrengender Tag.« Er bringt so etwas wie ein Lächeln zustande, steht wieder auf und geht ins Bad, um zu duschen. Er hat die Beherrschung verloren. Vollkommen.

Nicht einmal zwanzig Minuten sind vergangen, als Christina in Mullers Mercedes steigt. Sie zittert, ist durchgefroren vom Warten und registriert dankbar, dass Muller die Sitzheizung anstellt. Eingehüllt in den Duft von Leder und Mullers Parfum, kommt ihr das, was gerade passiert ist, unwirklich vor. Aber ihre Glieder schmerzen vom Kampf, der Puls hämmert in ihrem Kopf, und ihre linke Hand fühlt sich taub an.

»Der Chauffeur des Gouverneurs also?«, sagt Muller. »Wissen Sie, dass ich noch vor ein paar Stunden mit dem Gouverneur gesprochen habe?«

»Es war Notwehr«, sagt Christina und gibt Muller die Plastiktüte mit der Pistole.

»Sie werden übrigens verdächtigt, Brad Whitner umgebracht zu haben.«

»Das ist doch absurd!« Wirklich? Ist das wirklich so absurd?, denkt Christina und sieht sich im selben Augenblick, wie sie Whitner die Pistole an den Kopf hält. Absurd? Hätte sie nicht vielleicht doch abgedrückt, wenn …

»Für Milosz nicht«, hört sie Muller sagen. »Sie spielen ein gefährliches Spiel, Andersson. Ein paar Leute glauben, Sie wissen zu viel.« Muller macht eine Pause. »Milosz und der Gouverneur sind alte Freunde.« Sie wendet sich ab und blickt nach draußen. Die ganze Angelegenheit scheint ihr höchst unangenehm zu sein.

»Sie wollen doch nicht behaupten«, sagt Christina, »dass Milosz einen Mord decken würde, nur weil sein alter Freund …«

»Andersson«, unterbricht Muller sie, »tauchen Sie unter! Sofort!«

Christina starrt sie an. Das ist doch alles nicht möglich, denkt sie, und zum ersten Mal wird ihr bewusst, worauf sie sich eingelassen hat.

Muller setzt ein bitteres Lächeln auf. »Im Übrigen will der Gouverneur mich loswerden, indem er mich wegbefördert. Sie sehen, das System arbeitet …«

»Wegbefördern ist etwas anderes, als des Mordes verdächtigt zu werden«, sagt Christina barsch und gibt Muller Springsteens Notebook. *Die schmutzigen Minengeschäfte des Gouverneurs Carl H. Ochs*. Sie wartet nicht auf Mullers Reaktion und drückt die Autotür auf. »Sie sind genauso in Gefahr wie ich, Captain.«

»Man glaubt, mit mir kann man verhandeln.«

»Und, ist es so?« Sie steigt aus.

Muller antwortet nicht, und Christina wirft die Autotür zu. Der Mercedes fährt los.

Christina sieht hinter ihm her, bis die Rücklichter von der Dunkelheit verschluckt werden. Was wird Muller tun? Den Artikel veröffentlichen lassen? Würde nicht auch ihr Mann davon betroffen sein? Sein Bauprojekt müsste gestoppt werden … Und wenn Muller den Artikel verschwinden lässt?

Christina kommt nicht dazu, darüber nachzudenken, was sie als Nächstes tun wird, denn hinter ihr sagt eine bekannte Stimme. »Keine Bewegung!«

Trotz der tief in die Stirn gezogenen Wollmütze erkennt sie ihn. Nolan Brewer. Er hat die Pistole auf sie gerichtet.

»Was zieht ihr ab? Du und Muller?«, blafft er sie an.

Sie stellt sich dumm, sie muss Zeit gewinnen und sich irgendetwas überlegen. Im Haus gegenüber liegt ein Toter, und sie will nicht, dass Brewer das schon jetzt erfährt.

»Verkauf mich nicht für blöd, Chris! Es war ihr Wagen. Ich hab ihn bis hierher verfolgt.«

»Seit wann verfolgst du unseren Captain?« Sie nimmt die Hände herunter.

»Lass die Hände oben!« Die Hand mit der Pistole zittert

kein bisschen, er gehört zu den besten Schützen der Abteilung – genauso wie sie.

»Hast du Angst, dass ich dich erschieße?«, sagt sie provozierend und behält die Hände unten.

»Du bist schuld, dass ich eine interne Untersuchung am Hals habe.« Breitbeinig steht er vor ihr, die Pistole jetzt in beiden Händen, er zielt immer noch auf sie. Ihr Herz klopft bis zum Hals. Sie hat keine Ahnung, welche Rolle Brewer in diesem Spiel spielt.

»Willst du mich deswegen erschießen, Nolan?«, sagt sie.

»Offiziell hättest du dich gegen die Festnahme gewehrt. Es wäre also Notwehr.«

»Also, was hält dich davon ab?«

Er verzieht den Mund zu einem gehässigen Grinsen. »Immer noch eine große Klappe, Andersson! Ich hab nachgeforscht. Du warst oben in Ashland. Pete Kondracki hat das maßgebliche Gutachten für die Wiedereröffnung der Mine erstellt. Seine Frau war Klientin von deinem Bruder. Und du bist auf Rachefeldzug. Was hat Whitner dir getan?« Sein Blick schweift an den dunklen Häusern entlang. »Warum triffst du dich nachts mit Muller? Und warum ausgerechnet hier? Dafür würde sich sicher auch Milosz interessieren.«

»Nolan, weißt du, was *ich* mich frage?«, kontert sie. »Für wen hast du die Akte Kondracki aus dem Archiv verschwinden lassen?«

»Warum vertraust du Muller?«, fragt er, anstatt zu antworten. Seine Augen sind zu schmalen Schlitzen geworden, auf seine Augenbrauen haben sich Schneeflocken gesetzt. »Was hat Muller vor?«

»Warum fragst du nicht Milosz – oder Ochs? Hast du immer noch nicht kapiert, was hier gespielt wird?«, blufft sie. »Die spielen das Spiel ohne dich!« Sie dreht sich um und geht los.

»Bleib stehen!«, ruft er hinter ihr her.

Sie geht weiter.

»Christina!«, ruft er. »Ich werd es rauskriegen! Und dann ist Muller dran!«

Sie steigt in ihr Auto und fährt los. Ein paar Straßen weiter hält sie an und steckt den Memorystick mit Springsteens Dateien in ihren Computer.

Erst jetzt fängt sie richtig an zu zittern, gerade hat sie einen Menschen getötet. Und wenn es doch nur ein Einbrecher war – und nicht Tims Mörder? Er wollte dich töten, sagt sie sich, und ich musste es tun. Dennoch gehen ihr die Bilder nicht aus dem Kopf ... Und dann sieht sie wieder Tim auf dem Teppich und das Blut auf den Badfliesen und Jay, wie er in der Ecke der Dusche kauert. Ihr wird schwindlig, und sie zwingt sich, langsam und tief durchzuatmen. Dann drückt sie die Autotür auf und atmet die eiskalte Luft ein. Und endlich weiß sie wieder, was sie tun muss.

Christina ist sich nicht sicher, ob er ihr mitten in der Nacht die Tür öffnet. Doch beim zweiten Klingeln geht sie einen Spaltbreit auf, und Pete blickt ihr entgegen.

»Wie siehst du denn aus?«

Sie weiß, wie sie aussieht. Das Haar klebt ihr nass auf der Stirn, ein Ärmel ihrer Jacke ist halb ausgerissen, alles ist voller Blutspritzer. »Kann ich reinkommen?«

Pete zögert, dann öffnet er wortlos die Tür. Sie weiß auch, warum.

Sandra steht in der Küche, ein Glas Rotwein in der Hand.

»Sandra! Wo kommen Sie her?«

»Es ist alles okay, Chris«, antwortet Pete an Sandras Stelle.

»Wie schön für euch!« Christina hört, wie ihre Stimme zittert. Beide sind angezogen, und Sandra sieht aus, als hätte sie geweint.

»Alles okay mit dir?«, fragt Pete. Sein Blick bleibt an ihrer Jacke hängen.

Christina antwortet nicht, stattdessen fragt sie: »Wer ist Phil Springsteen?«

Pete zuckt mit den Schultern.

»Er hat eure Nummer angerufen.«

Pete hebt wieder die Schultern, Sandra macht einen Schritt auf Christina zu. »Brad Whitner ist tot. Und Sie waren bei ihm!«

Pete will beschwichtigend dazwischengehen, doch Sandra ist schneller. »Verlassen Sie auf der Stelle unser Haus!«

»Hat Pete Ihnen gesagt, dass auch er bei Brad war?«, fragt Christina unbeeindruckt.

Pete zuckt zusammen.

»Was wollte Springsteen, warum hat er hier angerufen?«

»Wer zum Teufel ist dieser Springsteen überhaupt?«, will Pete wissen.

»Ein Journalist, *Enthüllungsjournalist*, oder, Sandra, als was würden Sie ihn bezeichnen?«, antwortet Christina.

Sandra beißt sich auf die Unterlippe.

Endlich begreift Pete. »Du wolltest diese Lügen an die Presse weitergeben?«, fährt er seine Frau an.

»Ich hab diesen Springsteen nie getroffen! Brad hat ihm meine Nummer gegeben, er wollte Informationen über die Mine!«

»Brad?« Pete schreit jetzt »Brad, dieses gottverdammte ...«

»Brad ist tot! Und du ...«

»Aufhören!«, ruft Christina »Hört verdammt noch mal auf!« Tatsächlich gehorchen beide. Stille breitet sich im Raum aus, in die erst das Anspringen des Kühlschranks dringt, dann Christinas eigene Stimme.

»Sandra, Ihre Nummer ist auf Springsteens Telefon gespeichert. Er hat Sie angerufen.«

»Ich war nicht da«, sagt sie trotzig.

»Der Anruf wurde mit drei Minuten einundvierzig Sekunden angegeben. Ziemlich lang für ein Freizeichen, oder?«

»Ich hab nicht viel mit ihm geredet, okay?« Sandra wird wieder wütend. »Und jetzt gehen Sie endlich, lassen Sie uns in Frieden!«

Christina wendet sich an Pete. »Du warst bei Tim.«

»Ich ...?«

»*Scheißkerl* hat Tim nur einen genannt.«

»Das ist doch ... Christina! Du kannst doch nicht glauben, dass ich was mit dem Mord an Tim zu tun habe?«

Pete ballt die Hände zu Fäusten.

Auch Sandra sieht ihn fragend an.

»Was ist?« Pete weicht zurück. » Glaubt ihr etwa, ich habe Tim umgebracht und auf Jay geschossen?«

Pete sieht Sandra an und schluckt. Wenn das hier gespielt ist, dann macht er es ziemlich gut, denkt Christina.

»Ich wollte mit Tim über dich sprechen.« Er lächelt unsicher. »Nicht am Telefon, sondern sozusagen von ... Freund zu Freund.«

»Du hast mich schon wieder hintergangen, Pete!«, kreischt Sandra los und knallt ihr Weinglas auf die Küchentheke.

Pete ist außer sich. »Du warst ja total besessen von diesem Gutachten!«, schreit er. »Ich wollte wissen, was du ihm darüber erzählt hast! Und ich wollte ihm sagen, dass das alles nicht stimmt. Mein Gott, Sandra! Du weißt ja gar nicht, was du damit angerichtet hast!« Pete macht einen Schritt auf sie zu, doch Sandra hebt abwehrend die Hand, und er bleibt stehen.

»Ich? Hast du eben gesagt, ich? Willst du mir die Schuld an allem geben?« Sandras Stimme bricht.

»Ich will gar nichts!«, gibt er aufgebracht zurück und wendet sich an Christina. »Tim hat mir nicht geglaubt. Du musst aufhören, in dieser Sache herumzustochern, Chris! Du hast gesehen, was mit Whitner passiert ist. Du gerätst da in etwas hinein …«

»Zu spät, Pete.« Irgendwie hat sie gehofft, dass sie sich geirrt hat und Pete die Sache aufklären könnte. Sie dreht sich um und will gehen, doch Pete packt sie am Handgelenk und zerrt sie zu sich. Sein Gesicht ist jetzt ganz nah, und sie sieht die Wut in seinen Augen.

»Du willst Rache, und es ist dir egal, was du damit kaputtmachst! Aber ich werde nicht zulassen, dass du unser Leben zerstörst!«

»Lass mich los, Pete! Und fass mich nie wieder an!« Diese Sekunde, in der sie sich noch einmal so nah sind, wird sie niemals vergessen. Diesen Mann hat sie einmal geliebt, er ist Jays Vater und wird es immer bleiben, ob ihr das passt oder nicht. Wortlos macht sie sich frei und geht.

»Chris!«, hört sie ihn rufen. »Du bist total durchgeknallt! Damals schon! Deshalb hab ich dich verlassen! Hörst du? Weil du jedes Augenmaß verlierst! Deshalb!«

Ein letztes Mal, sie ist schon an der Tür, dreht sie sich zu ihm um. »Ich hab dir eine Datei von Springsteen geschickt, da steht alles drin.«

Zurück im Auto, als sie den Zündschlüssel ins Schloss steckt, steigen ihr Tränen in die Augen. Sie wischt sie mit dem Ärmel ab. Etwas ist endgültig vorbei, das spürt sie, auch wenn es in Ashland ganz anders ausgesehen hat, etwas ist zerrissen.

9

Rob und Ed stehen am Rand eines großen Schneefeldes in der Nähe der Messmer High School. Rob wirkt in seinem dunklen Mantel wie ein düsteres Gebirge. Ed trinkt einen Schluck Kaffee und zieht ihn zwischen den Zähnen durch. Vor ihnen liegt, unter einer dicken Schneeschicht versteckt, ein großes asphaltiertes Areal, das an den Parkplatz vor den Sportanlagen der Schule stößt. Hier wollte sich ein Speditionsunternehmen niederlassen, doch es hat Konkurs angemeldet, und das Grundstück ist an die Bank gegangen. Das war im letzten Frühjahr, seitdem ist nichts passiert. Auf der großen Schneefläche liegen nur ein paar Betonrohre. Und zu diesen Rohren ist GePeEs, geschrieben GPS, wie der Besitzer des Deutschen Schäferhundes Rob erklärt hat, gelaufen, und dann hat er ihn entdeckt: den Toten im Rohr.

Obwohl dem Toten mit dem Gesichtsverband und der Kugel im Kopf ein Ausweis fehlte, konnte er schnell als Phil Springsteen identifiziert werden. Denn nur eine halbe Stunde vorher hatte Muller Rob und Ed in die Wohnung eines gewissen Phil Springsteen geschickt, um einen Tatort zu sichern.

Dass sie den Bewohner so schnell finden würden, haben sie nicht erwartet, und erst recht nicht, dass er tot ist. »Phil Springsteen, neununddreißig, geboren in Ann Arbour, Michigan«, liest Ed auf seinem Handy, als er und Rob wieder im Wagen sitzen. »Es heißt, er ist nach Strich und Faden verprügelt worden – dabei hat er schon 'nen Nasenverband gehabt.« Ed ruft in verschiedenen Krankenhäusern an, während Rob sich auf den dichter gewordenen Verkehr konzentriert. Die Leute müssen zur Arbeit, Kinder werden in die Schule gebracht, und dann gibt es noch die vielen Lieferwagen und Lkws, die die Spuren verstopfen, sodass sich Schlangen vor den Ampeln bilden.

Es dauert eine halbe Stunde, bis Ed endlich die gesuchte Information hat, da ist Rob schon fast vor dem Präsidium in der West State Street angekommen.

»Er war im St. Mary's. In seiner Akte steht: Patient berichtet, er wäre in leicht angetrunkenem Zustand die Treppe hinuntergefallen.«

Rob schnaubt verächtlich. »Na klar.«

»Wir brauchen seine Auftraggeber, für wen hat er gearbeitet, was hat er recherchiert.« Ed stöhnt auf.

»Vielleicht hat er sich einfach nur die falsche Mieze ausgesucht.«

Beide wissen, dass er das bestimmt nicht getan hat.

Im Büro machen sie sich daran, etwas über Phil Springsteen herauszubekommen: Wächst als Einzelkind eines Lehrerehepaars auf. Schreibt für die Schülerzeitung und dann für die Studentenzeitung – immer mit rebellischem Ton, was seinen Eltern nicht gefallen haben wird – und dann für den *Ann Arbor Chronicle*. Artikel über die Eröffnung eines Zoogeschäfts oder die Einweihung von irgendwas. Bis sein Name plötzlich unter Enthüllungsartikeln des *Sentinel* in Milwaukee auftaucht. Zum Beispiel: Wieso der Betreiber eines gut gehenden Restaurants mit deutscher Küche, auf einmal beschließt, seinen Laden dichtzumachen. Weil er seit Jahren die Steuer beschissen hat. Und nicht nur die, das macht ja sowieso jeder in der Branche, sondern weil er an seine Stammkunden außer Sauerkraut und Würstchen auch noch Kokain verkauft hat. Und in der Gerüchteküche tuschelt man, dass er jetzt Kunden in Bangkok beglücken will, hoffentlich – so schreibt Springsteen süffisant – nur mit Sauerkraut und Würstchen, denn auf Drogenhandel reagiert man dort ja mit drastischeren Maßnahmen.

»Da schlagen sie dir gleich die Rübe ab«, brummt Rob.

Zwei Stunden später stehen sie vor Springsteens Freundin. Die ganze Wohnung riecht nach Pot, und die spindeldürre blasse Studentin mit den dunkel getuschten Wimpern erzählt ihnen, Springsteen hätte behauptet, er wäre an einer Superstory dran. Er hätte ihr einen zweiwöchigen Urlaub in Costa Rica versprochen. »In einem richtig coolen Hotel, nicht in so 'nem heruntergekommenen Guesthouse.«

»Daraus schließen Sie also, dass ...« Rob hebt fragend die Augenbrauen.

»... dass er ziemlich viel Kohle erwartet hat«, sagt die Studentin und sieht sie mit dem typischen glasig glücklichen Blick einer Bekifften an. »Er war an diesem Politiker dran, diesem *Diktatorenschwein*, hat er immer gesagt.«

Mit dieser Info stehen Rob und Ed kurze Zeit später in Mullers Büro.

Ruth Muller überlegt, wie sie jetzt vorgehen soll. Der Chauffeur des Gouverneurs liegt, von Andersson erstochen, in der Wohnung des Journalisten, der ein ganzes Dossier von Anschuldigungen gegen den Gouverneur in seinem Computer angelegt und einen druckreifen Artikel über dessen Verwicklungen bei *Polycorp Minerals* vorbereitet hat. Und dieser Journalist ist jetzt tot.

Die Ergebnisse der Ballistik werden hoffentlich bald Klarheit bringen. Nur was sie mit Andersson machen soll, weiß sie nicht.

Sonst sagt ihr der Instinkt sofort, was richtig ist – und was falsch. Auch wenn sie es nicht beweisen kann. Aber diesmal gibt es zu viele Schichten aus Wahrheit und Lüge. Und diesmal steckt sie persönlich mit drin.

»Schön und gut«, sagt sie von ihrem Schreibtischsessel aus zu den beiden Detectives, »aber das reicht nicht, ohne Beweise geht nichts, nie – und erst recht nicht in dieser delikaten Angelegenheit. Gentlemen, Ihnen sollte klar sein: Wenn auch nur die kleinste Info an die Öffentlichkeit dringt, dass Gouverneur Ochs Zielscheibe einer Kampagne gewesen ist, wird jeder unserer Schritte genau beobachtet. Und damit meine ich nicht nur die Presse, sondern auch die Regierung selbst. Und was das bedeutet, brauche ich Ihnen ja wohl nicht zu erklären.«

Beide nicken.

»Also, bringen Sie Beweise. Und zwar diskret. Ich betone: diskret.«

Sie steht auf und zieht ihr Jackett an. Milosz erwartet sie in seinem Büro.

»Captain, setzen Sie sich!«, sagt Milosz – und wie er es sagt, klingt es Unheil verkündend. Aber Muller hat auch mit Unheil aufzuwarten, und so setzt sie sich gelassen auf den ihr zugewiesenen Platz. Die grandiose Aussicht auf die Stadt und den See hat nur er von seinem Schreibtisch aus – sie sieht nur ihn und die Wand dahinter.

»Die Einleitung erspare ich uns, Captain. Ich will wissen, warum wir den Täter im Mordfall Andersson noch immer nicht haben. Wir hatten ihn doch fast – oder nicht?« Milosz beugt sich vor.

»Es war ein Irrtum«, sagt Muller.

»Nun, soweit ich unterrichtet bin, hatte dieser Rizal doch schon gestanden. Und jetzt hat einer unserer fähigsten Detectives eine interne Untersuchung am Hals. Wie konnte das passieren? War das wirklich nicht zu verhindern, Captain?« Er rollt die Augen, und Muller weiß, dass sich einige davon einschüchtern lassen. »Ich möchte eine Erklärung von Ihnen, Captain.« Er trommelt mit seinen dicken Fingern auf der Schreibtischplatte.

»Detective Brewer hat falschgelegen. Wir haben neue Hinweise.«

»Aha – und in welche Richtung gehen die?«

»Es gibt Hinweise auf einen Zusammenhang mit der Eröffnung einer Mine oben in ...«

»Sie meinen die Mine von *Polycorp* in Ashland?«

»Genau, Sir.«

Muller legt ihm die Akte mit Springsteens Recherchen auf den Schreibtisch.

»In Kurzfassung!«, sagt Milosz, nachdem er nur einen schnellen Blick daraufgeworfen hat.

Sie berichtet, dass Springsteen Ochs nach einer Pressekonferenz provoziert hat und dass er vom Gouverneur tätlich angegriffen worden ist. »Springsteen hatte offenbar Hinweise dafür, dass Ochs und sein Bruder finanziellen Nutzen ziehen aus der Wiedereröffnung der Mine in Ashland.«

»Hinweise?« Er steht auf und geht unruhig hin und her, von der Bücherwand zur Sitzecke und wieder zurück. »Geht's ein bisschen konkreter?«

Muller weiß, sie muss ruhig bleiben, sonst artet das hier ganz schnell aus, das hat sie schon mehrmals erlebt. Milosz ist ein Hitzkopf – trotzdem ist er Chief of Police geworden.

»Im Moment noch nicht, Sir, wir sind dabei«, antwortet sie. »Am Abend vor seinem Tod hat Springsteen seiner Freundin gesagt, er würde Ochs unter Druck setzen. Ein paar Stunden später ist er tot. Erschossen. Und in seiner Wohnung liegt ein Toter. Genauer gesagt, der Chauffeur des Gouverneurs von Wisconsin.«

»Moment, Moment!« Milosz hebt die Hände, als müsste er etwas abwehren. Die Wahrheit, denkt Muller, die Wahrheit in ihrer ganzen Wucht. »Der Chauffeur von Gouverneur Ochs?«

»Korrekt, Sir.«

Milosz bleibt abrupt vor ihr stehen. Er kann das alles gar nicht fassen, und sie kann es ihm noch nicht einmal verübeln.

»Und wer hat den Chauffeur getötet?«, bellt er sie an, als könnte sie etwas dafür. »Dieser Journalist etwa? Wie hieß er noch?«

»Springsteen, Sir. Es sieht eher so aus, als wäre Springsteen schon früher ermordet worden. Aber wir ermitteln, Sir.«

Die Stille, die sich ausbreitet, hat etwas Explosives, Muller spürt es körperlich. Und dann platzt es auch schon aus Milosz heraus:

»Der Chauffeur des Gouverneurs ... Muller! Das kann nicht wahr sein! Sie sitzen einer Intrige auf, einem Komplott! Wir können den Gouverneur nicht einfach in diese Sache hineinziehen! Das müsste Ihnen doch klar sein!« Seine Schläfen pochen, sein Gesicht ist rot angelaufen, seine Lippen beben, und in den Mundwinkeln erkennt Muller Speichelbläschen. Sie selbst ist ganz ruhig – ruhig und sicher. Siegessicher.

»Wir werden den Gouverneur nur um eine Aussage bitten.« Sie steht auf, bevor er das Gespräch für beendet erklären kann. »Er war am fraglichen Abend in einem Konzert, das war um elf zu Ende. Sein Fahrer hat ihn dorthin gebracht, und der hat ihn auch wieder weggefahren. Wo er danach gewesen ist, wissen wir noch nicht.«

Ein Anruf reißt Milosz aus seiner Erstarrung. Es muss etwas Ernstes sein, die Falten auf seiner Stirn werden tiefer, und er wirft hin und wieder einen schnellen Blick zu ihr herüber. Nachdem er aufgelegt hat, sieht er sie wütend an.

»Jetzt haben wir genau das, wovor ich Sie gewarnt habe, Captain.«

»Sir?«

»Sie erinnern sich, was ich Ihnen von Detective Scott erzählt habe.«

»Ich habe Detective Andersson suspendiert, wenn Sie das meinen. Sie hat Dienstmarke und Waffe abgegeben und kümmert sich um ihren Sohn.«

Muller überlegt, ob ihr etwas entgangen ist, aber da sagt er schon angriffslustig: »Der Portier des Hauses, in dem dieser Whitner ermordet wurde, hat Detective Andersson identifiziert! Sie hat sich Überwachungsbänder angesehen und Whitner vor den Aufzügen angesprochen!«

Muller könnte ihre Leute verfluchen. Warum hat man ihr das nicht gesagt? Und warum tut Andersson so etwas?

»Wie ich sehe, Captain, ist diese Information neu für Sie.« Er kostet seinen Triumph aus, Muller findet das abstoßend. »Lieutenant Brewer hat die Sache noch einmal überprüft«, sagt Milosz und beugt herausfordernd den Kopf nach vorne. »Das Merkwürdige nämlich ist, dass Ihre Detectives dem Portier offenbar nicht die richtigen Fragen gestellt haben. Deshalb hat er Ihnen auch nichts von Detective Andersson gesagt. Nur Lieutenant Brewer ist es zu verdanken, dass die Sache jetzt ans Licht gekommen ist. Das dazu. Ich nehme an, Sie verstehen, weshalb ich über diese interne Untersuchung nicht sehr glücklich bin.« Milosz kneift die Augen zusammen. »Und wenn Detective Andersson diesen Springfield …«

»Springsteen, Sir.«

»... wenn Andersson diesen Springsteen *und* den Chauffeur getötet hat?« Milosz fängt an zu schwitzen und lässt sich ächzend in seinen Sessel fallen. »Schaffen Sie Andersson her! Auf der Stelle! Ich muss Ihnen ja wohl nicht sagen, Muller, dass wir keine Rücksicht nehmen, auch wenn es sich um einen Detective handelt – im Gegenteil!« Er hebt die Stimme. »Sie ist offenbar bewaffnet, und sie ist darauf trainiert, eine Waffe auch zu benutzen. Und so wie die Sache aussieht, ist sie des Mordes an Brad Whitner verdächtig – wer weiß, womöglich hat sie auch den Chauffeur von Gouverneur Ochs erschossen! Finden Sie sie, sofort!«

Das kann Muller nicht unwidersprochen hinnehmen. »Entschuldigen Sie, Sir, aber ... Andersson ist immer noch einer unserer Detectives. Und ich kann nicht zulassen, dass Sie sie zum Abschuss freigeben. Noch dazu ohne irgendwelche Beweise. Ich kann nicht glauben, dass Detective Andersson einen Mord begangen hat, Sir.«

»Ach nein?« Er funkelt sie an. »Detective Andersson hat sich trotz Suspendierung mehrfach Ihren Anordnungen widersetzt! Sie ist spontan, hitzig und in einer extremen emotionalen Situation! Andersson ist gefährlich! Wir können nicht riskieren, dass sie noch mehr Schaden anrichtet, haben Sie mich verstanden, Captain Muller?«

Sie nickt. Es ist das Beste, was man in dieser Situation tun kann, das weiß sie.

»Stoppen Sie sie!«, brüllt er. »Sofort! Egal, mit welchen Mitteln! Ich mache Sie persönlich dafür verantwortlich, Captain! Ach, und wegen dieses Chauffeurs werden wir nichts nach außen geben, ist das klar?«

Das kann er doch nicht ernst meinen, denkt Muller und fragt betont naiv: »Und was sollen wir über die Identität des Toten sagen, Sir?«

»Lassen Sie sich was einfallen, Captain!« Er gibt ihr mit einer kurzen erschöpften Handbewegung zu verstehen, dass die Unterredung beendet ist.

Milosz, denkt sie, während sie aufsteht und zur Tür geht, dieser Fall wird dir den Hals brechen.

Als er den Anruf von Milosz bekommt, fragt Ochs sich gerade zum zweiten Mal, wo Tony bleibt. In den zwölf Jahren, seit er für Ochs arbeitet, hat er sich nie verspätet.

Noch Minuten, nachdem das Gespräch zu Ende ist, sitzt Ochs vornübergebeugt auf dem Stuhl am Esstisch, das Telefon in der Hand. Tony. Am dreiundzwanzigsten März wäre er fünfundvierzig geworden. Ochs merkt sich nicht viele Geburtstage, aber den von Tony hat er sich gemerkt. Weil Tony ein besonderer Typ war. So wie er selbst vielleicht. Aber Tony ist ohne Geld und ohne Vater aufgewachsen, ohne die Möglichkeit einer richtigen Ausbildung. Tony ist einer gewesen, der die Machtverhältnisse schnell durchschaut hat, der begriffen hat, wie ein System funktioniert. Einer, der gewusst hat, dass die Maschinerie rund läuft, wenn man an den richtigen Stellen schmiert – und dass manche Dinge aus der Welt geschafft werden müssen, *bevor* sie größeren Schaden anrichten können.

Ochs hat Tony schon ein Geschenk zum Geburtstag gekauft. Eine Rolex Submariner mit seinem Namen eingraviert. Sie liegt, in blau-goldenes Geschenkpapier verpackt, im Safe in seinem Arbeitszimmer. Er hat Tony nie etwas erklären müssen. Tony hat immer genau gewusst, worum es geht, was auf dem Spiel steht. Er war loyal – und er war ein Patriot. Hinter Ochs' Augen zieht sich etwas zusammen und fängt an zu brennen. Die Tränen kommen einfach, er kann nichts dagegen tun. Er kann sich nicht erinnern, wann er zum letzten Mal geweint hat. Als sein Vater gestorben ist? Ja, nach der Beerdigung, als alle weg waren und er mit Ginger, dem Cockerspaniel seines Vaters, den Weg am Seeufer entlangging, den sein Vater und Ginger zweimal täglich gingen. Ginger schien erst irgendwann unterwegs zu merken, dass ihn ein anderes Herrchen begleitete. Und in diesem Moment, Ochs erinnert sich genau, setzte sich Ginger und sah ihn an, tiefgründig und unbeweglich. Es war so etwas wie ein magischer Augenblick, anders kann er es nicht benennen, Ginger hatte sein Herz berührt. Und der fast vierzigjährige Carl H. Ochs fing an, mit Ginger zu reden. Er erzählte ihr von seiner Kindheit, wie er sich seinen Vater als Richter vorstellte, mit einem Schwert in der einen Hand, ja! – und einer Waage in der anderen ... Und er erzählte Ginger von seinen Träumen, er wollte so unabhängig und wahrhaftig werden wie sein Vater, und von seinem Scheitern, weil ihm der Mut zur Wahrhaftigkeit fehlte, weil ... ja, weil er sein Handeln nicht getrennt sehen konnte von Zweckmäßigkeit, weil er Macht wollte – und nicht wie sein Vater, der kein Kapital schlug aus seiner Macht ...

Als ihm das klar wurde, weinte er, still und unauffällig. Aber er war sich sicher, Ginger hatte es mitbekommen.

Geweint hat er auch, als Susan starb ... als er im Krankenhaus saß und ihre Hand hielt und sein Leben für ihres gegeben hätte, als er begriff, dass er mit ihr das Wichtigste in seinem Leben verlieren würde, da war er den Tränen nahe, aber geweint hat er erst, als ihr Blick brach ... Das war jetzt ... wie viele Jahre her?

Danach hat er versucht, sich abzulenken, jede Minute mit Aktivitäten auszufüllen, hat sich immer höhere Ziele gesteckt, deren Erreichen seine ganze Kraft und Aufmerksamkeit beansprucht haben. Was hatte ihn angetrieben? War es nicht auch so etwas wie – er sucht nach dem richtigen Begriff – so etwas wie Selbsthass? Verzweiflung? Solche Gedanken lässt er sonst nicht zu, aber Tonys Tod hat etwas aus seinem Innern herausgelöst, etwas, das tief vergraben war …

Jetzt weint er wieder, und erst ganz leise, wie aus weiter Ferne, dann immer näher und lauter hallen Milosz' Worte in seinem Ohr: »Es sieht so aus, als hätte Detective Andersson ihn erschossen.«

Jetzt erst bemerkt er, dass er seine Hand zur Faust geballt hat.

»Auf Ihre Verantwortung«, hat Dr. Joffe gesagt, als Christina ihm gleich am frühen Morgen mitgeteilt hat, dass sie Jay jetzt mit nach Hause nehmen würde. »Seine Werte sind in Ordnung, aber er ist noch nicht stabil. Ich würde ihn gern noch einen Tag behalten.« Doch Christina hat Angst. Jay, das ist die Stelle, an der sie am verwundbarsten ist. Und es ist so einfach, in sein Zimmer zu gelangen und ihn zu entführen oder ihm irgendetwas zu injizieren. Vielleicht ist sie paranoid, aber das Risiko, dass etwas Schreckliches passieren könnte, will sie nicht eingehen.

Wie er jetzt so hinter ihr im Auto sitzt, spürt sie, wie ein warmes Gefühl durch sie hindurchflutet. Immer wieder wirft sie einen Blick in den Rückspiegel und vergewissert sich, dass er auch wirklich da ist. Er kommt ihr so klein vor in dem warmen, dicken Anorak und mit der Mütze, die ihm bis tief in die Stirn reicht. Sie will ihn beschützen, immer, sein ganzes Leben lang. Sie wird alles tun, alles, damit ihm nie, nie wieder etwas zustößt. Und im selben Augenblick weiß sie, dass sie dieses Versprechen gar nicht halten kann.

»Wir fahren zu Grandma und Grandpa«, sagt sie und bemüht sich um einen fröhlichen Ton.

»Warum fahren wir nicht heim?«

»Ich muss arbeiten, und Grandma ist dann bei dir.«

Jay sieht aus dem Fenster. »Aber Grandma hätte auch zu uns kommen können.«

Natürlich hat er recht, aber sie fürchtet sich davor, was passieren könnte, wenn er das Haus betritt. Was, wenn er einen Schock erleidet und wieder ins Krankenhaus muss?

»Sie kann Grandpa nicht so lange allein lassen.«

»Aber Grandpa ist doch schon alt.«

»Genau deshalb. Außerdem gehst du doch gerne zu Grandma«, versucht sie ihn aufzumuntern.

Er antwortet nicht, sondern sieht weiter aus dem Fenster. Wenig später hält sie vor dem zweistöckigen Haus mit der dunkelroten Holzfassade und den weiß eingefassten Fenstern. Ihre Mutter scheint gewartet zu haben, sie öffnet sofort die Tür. Sie hält eine Decke bereit, damit Jay sich auf keinen Fall erkälten kann. Manchmal ist ihre Mutter wirklich rührend.

»Du lässt niemanden rein, okay?«, schärft Christina ihr ein. Im selben Augenblick denkt sie, dass sie Jay vielleicht doch viel weiter hätte wegbringen sollen.

»Natürlich nicht«, erwidert ihre Mutter empört.

Sie setzt Jay auf die Couch, er ist immer noch in Decken gehüllt, legt ihm einen Stapel DVDs auf den Schoß und gibt ihm einen Kuss. »Ich hab dir doch gesagt, dass es schön wird bei Grandma, mein Schatz.«

»Aber du musst auch dableiben, Mom!« Jay greift nach ihrer Hand, so wie er es früher getan hat, als er laufen gelernt hat. Christina streicht über seine weichen Haare. Gleichzeitig muss sie das aufsteigende Gefühl unterdrücken, das ihr schon wieder einen Kloß in die Kehle drückt.

»Ich hab Waffeln gemacht!«, ruft ihre Mutter aus der Küche.

Sie zieht den süßen Duft durch die Nase ein.

Jay lächelt ein bisschen, während er die DVDs durchsieht.

»Waffeln hab ich dir und Tim auch immer gemacht, wenn ihr krank wart!«

»Ja«, sagt Christina. »Tim mochte sie immer mit Kirschmarmelade und ich mit Ahornsirup.«

»Ich komme später und hole dich ab«, sagt Christina und gibt Jay noch einen Kuss. »Sei schön lieb, ja?«

Er nickt, ohne den Blick von den DVDs zu nehmen. Ein gutes Zeichen, sagt sie sich.

Ihr Vater kommt aus seinem Zimmer, er nennt es sein *Büro*, weil er dort immer noch übers Internet mit Autoersatzteilen handelt. Er hat sich nicht rasiert und gekämmt. Seine Jogginghose ist ausgebeult und fleckig. Seit er nicht mehr aus dem Haus muss, zieht er sich manchmal den ganzen Tag nicht richtig an. Aber dass er sich nicht rasiert und kämmt, das kennt sie nicht an ihm. Es muss mit Tims Tod zu tun haben.

»Dad, bist du okay?«, fragt sie und gibt ihm einen Kuss auf die kratzige Wange.

»Wisst ihr schon, wer's war?«, fragt er.

Sie schluckt. Was soll sie ihm sagen?

»Was ist?«, fragt er misstrauisch. Auch wenn er manchmal irgendwie abwesend wirkt, ist ihm ihr kurzes Zögern nicht entgangen. So wie früher – er war zwar selten da, aber er wusste immer, wenn sie oder Tim etwas auf dem Herzen hatten.

»Ich hab den Mörder wahrscheinlich letzte Nacht getötet.«

Die Worte hören sich an, als hätte eine Fremde sie gesagt, und diese Fremde hätte sie jetzt festnehmen müssen …

Im Gesicht ihres Vaters erkennt sie weder Erstaunen noch Erschrecken, er nickt einfach nur, als wäre es das Selbstverständlichste von der Welt.

»War es dieser Junkie?«

»Nein, der war es ganz sicher nicht.«

»Keiner von diesen herumlungernden Schwarzen?«

Ihr Vater wird seine Vorurteile wohl niemals mehr ablegen. Dabei ist sein bester Mechaniker ein Schwarzer gewesen, Leo, mehr als fünfundzwanzig Jahre hat er in der Werkstatt Motoren repariert, darin war er ein Genie. Und er hat ihr und Tim immer Zaubertricks gezeigt, als sie noch klein waren.

»Nein, Dad. Es war ein Weißer – mit einem festen Job.«

Er nickt wieder.

»Sag nichts zu Mom.«

»Warum nicht? Sie will doch auch, dass Tims Mörder gefasst wird.«

»Auch wenn ihre Tochter dabei einen Menschen getötet hat?«

»Er hat es verdient.«

Christina sieht, dass er schluckt, und auch sie hat wieder einen Kloß im Hals. Sie hat einen Bruder gehabt, und irgendjemand hat ihn ihr einfach weggenommen.

Ihr Dad macht eine Kopfbewegung in Richtung seines *Büros*. Sie folgt seinem Blick und sieht das Gewehr, das an seinem Arbeitstisch lehnt. »Ist geladen, für den Fall der Fälle.«

»Dad, Jay ist hier! Wenn er …«

»Schon gut, keine Angst, der Junge wird es nicht zu Gesicht bekommen.« Er lächelt ein bisschen mit seinem zerknitterten Gesicht, aber Christina fühlt sich dadurch nicht besser.

»Ich hätte ihn euch nicht bringen dürfen. Es ist zu viel für euch.«

Wie konnte sie nur, ihre Eltern haben doch auch einen Schock, warum hat sie nicht daran gedacht? Hat sie denn geglaubt, ihre Eltern wären Übermenschen? Sie haben ihren Sohn verloren, es ist wie … wie wenn sie Jay verloren hätte.

»Dad«, fängt sie an, doch ihr Vater unterbricht sie.

»Es war das einzig Richtige.« Etwas in seiner Haltung hat sich verändert. Etwas ist zurückgekehrt, etwas, das sie früher als Kind an ihm bewundert hat. Seine ruhige Stärke, die er ausgestrahlt hat und die ihr und Tim das Gefühl vermittelt hat, sie wären beschützt. Dieses Gefühl wollte sie auch Jay geben, aber oft ist sie ungehalten gewesen, wütend, unsicher ...

»Und was willst du jetzt tun?«, fragt ihr Vater. »Du hast den Mörder doch schon.«

»Man will mir was anhängen. Offenbar weiß ich zu viel ...«

Er reibt sich die Nase, und in seinen Augen erkennt sie, wie er sich zusammenreißt. »Du könntest Jay nehmen und zu Marybeth nach Seattle ziehen. Wär vielleicht 'ne Möglichkeit.«

»'ne Möglichkeit – für was?«

»Für einen Neuanfang. Was ist, wenn du die anderen gefunden hast? Willst du die auch erschießen? Und was ist mit Jay?«

Darauf weiß sie keine Antwort. Sie weiß nur eins: »Ich kann jetzt nicht nach Seattle ziehen, Dad.«

Sie umarmt ihn zum Abschied. »Mom hat Waffeln gemacht ...«

»Christina ... wir wollen nicht auch noch dich verlieren.«

»Ihr verliert mich nicht.« Sie gibt ihm noch einen Kuss und beeilt sich, wegzukommen.

Ochs hat ein Taxi ins Büro genommen. In der Partei wissen sie anscheinend noch nicht Bescheid. Sonst hätten sie ihm einen Wagen geschickt. Er fühlt sich zerschlagen, deprimiert, so kennt er sich gar nicht.

Kaum hat er sich in seinen Sessel fallen lassen und versucht, sich einigermaßen zu fassen, da platzt Frank herein und wirft ihm die Zeitung auf den Schreibtisch. »Springsteen. Hast du was damit zu tun?«

Ochs starrt auf die Schlagzeile. Wieso haben sie ihn schon gefunden? Einen Moment lang überlegt er, so zu tun, als hätte er keine Ahnung, aber seinem Bruder kann er nichts vormachen, das sagt ihm dessen Blick.

»Tony ist tot«, sagt er, worauf Frank ihn entsetzt anstarrt.

Und dann erzählt Ochs ihm die ganze Geschichte mit Springsteen und Tony. »Milosz sagt, es war wahrscheinlich diese Polizistin.«

Frank zieht die Brauen zusammen. »Andersson?« Nachdenklich setzt sein Bruder sich in den Besuchersessel und fängt an, sich die Schläfen zu massieren.

»Es gibt keine Spur, steht da drin, also ...« Ochs schiebt die Zeitung weg.

»Hast du den Verstand verloren?«

»Frank«, fängt Ochs in beschwichtigendem Ton an, »dieser Springsteen hat mir aufgelauert, nachts.«

Frank schüttelt immer wieder den Kopf.

»Es ist nun mal passiert, Frank! Wir hätten ihm gleich ordentlich was vor den Bug knallen sollen, anstatt ihm ein Angebot zu machen!«

Frank sieht ihn mit diesem Blick an, den er von ihrem Vater kennt und unter dem sich jeder wie der letzte Versager fühlte.

»Wie konntest du nur, Carl!«

Glaubt sein Bruder etwa, es hätte ihm Spaß gemacht? Manchmal ist Frank so überheblich. Dabei ist er, Carl H. Ochs, es doch, der die Hauptarbeit macht, der den Kopf hinhält, den die Medien zerpflücken, er ist das Hassobjekt, während Frank immer schön im Hintergrund bleiben kann.

»Die Sache ist nicht mehr so leicht zu regeln, Carl.« Frank

legt die Stirn in Falten. »Sie haben die Leiche von Springsteen gefunden und werden in alle Richtungen ermitteln.«

»Und wenn schon! Wie soll man auf mich kommen?«

»Ganz einfach. Was ist, wenn er jemanden eingeweiht hat?«

»Na und? Es gibt nicht die geringsten Beweise. Und außerdem bin ich sicher: Springsteen war der Erpresser.«

»Hat er das gesagt?«

»Nein, aber er muss es gewesen sein. Er hat die Sache mit der Mine erwähnt.«

»Das wird ja immer besser! Dann kommen sie gleich auf dich. Dann hast du nämlich ein Motiv!«

»Herrgott, *ich* war es, der Tony in Springsteens Wohnung geschickt hat.« Jetzt ist es raus. Und es fühlt sich noch schlimmer an. »Tony sollte den Computer mitnehmen. Falls dieser Schmierfink irgendwas geschrieben hat. Frank, *ich* bin an allem schuld!« Er erschrickt über sich selbst, über die Heftigkeit dieses Gefühls.

»Und Andersson hat ihn dort überrascht? Wunderbar, Carl! Du hast dir gerade dein eigenes Grab geschaufelt.«

Auf Franks Gesicht glaubt er so etwas wie Verachtung zu erkennen, und das verletzt ihn so sehr, dass er nichts sagen kann.

»Und weißt du, was noch schlimmer ist, Carl?«, redet sein Bruder weiter. »Wenn du untergehst, reißt du uns alle mit – Mom, die Familie – und die ganze Partei! Unsere ganze Arbeit der letzten Jahre ist dahin!«

Frank steht auf, und Ochs merkt, wie sein Bruder ihn innerlich verlässt. Es fühlt sich genauso an wie letzte Nacht – und wie heute Morgen, als dieser Abgrund sich vor ihm aufgetan hat. Warum ist es überhaupt so weit gekommen? Und warum jetzt? Ausgerechnet jetzt?

Frank greift zu seinem Handy.

»Wen rufst du an?«, will Ochs wissen, doch Frank gibt ihm ein Zeichen, still zu sein.

»Du verhältst dich ab sofort ganz ruhig, verstanden? Und du brauchst ein Alibi für die Zeit nach diesem Konzert.«

Ochs denkt sofort an Kirsten, aber das ist unmöglich, er kann ihre Beziehung auf keinen Fall öffentlich machen. Das wäre ein gefundenes Fressen für die Presse – und es würde auch Kirstens Stellung als erfolgreiche Anwältin schädigen.

»Nein …«

»Glaub mir«, sagt sein Bruder und drückt eine Nummer, »wenn die Polizei Springsteens Wohnung durchsucht und die Sache mit Tony an die Öffentlichkeit kommt, findet die irgendwas, das auf dich hinweist. Irgendwas, ganz bestimmt.«

Ochs geht hinaus, er will nicht mithören, was Frank anordnet. Vivian hebt fragend die Brauen. Er winkt ab, geht zum Fenster und sieht hinaus, ohne wirklich etwas zu sehen. Ein paar Minuten später geht er wieder ins Büro. Frank steckt gerade sein Handy weg.

»Brewer wird sich um Andersson kümmern.« Er sitzt hinterm Schreibtisch und massiert sich wieder die Schläfen, es sieht aus, als würde er Schrauben festdrehen. Ochs muss wegsehen, das macht ihn ganz schwindlig.

»Brewer hat so was noch nie gemacht, Frank. Und Andersson ist seine Kollegin.«

»Carl, Brewer ist nervös«, sagt Frank betont ruhig. »Er hat Angst um seine Zukunft! Er steckt schon zu tief mit drin. Die Akten, die Infos … Wenn das rauskommt, kann er einpacken.«

Sein Bruder sieht ihm mit diesem belehrenden Blick in die Augen, den er eigentlich hasst, aber im Augenblick ist er dankbar, dass Frank überhaupt da ist und sich über diese ganze verfahrene Situation Gedanken macht.

»Du warst bei diesem Kammerkonzert, dafür gibt es ja genügend Zeugen, und dann bist du nach Hause gefahren. Heather wird das doch bestätigen, oder?«

Ochs bezweifelt das, doch dann sagt er: »Sie muss. Wenn sie mich belastet, schneidet sie sich ins eigene Fleisch.«

Frank sieht ihn eine ganze Weile einfach nur an, ohne etwas zu sagen. Ochs weiß genau, was sein Bruder denkt: Er verachtet ihn. Noch nie hat er das so deutlich gespürt wie jetzt.

Über Franks Gesicht huscht ein spöttisches Lächeln. »Du warst also nicht bei ihr?«

»Nein.« Ochs steht auf, er will sich jetzt nicht von seinem Bruder herunterputzen lassen.

»Dann, mein Lieber«, auch Frank steht auf, »solltest du so schnell wie möglich nach Hause fahren und Heather bitten, dir ein Alibi zu geben. Und wenn es sein muss – auf Knien!«

Bei der Vorstellung, Heather um etwas zu bitten, verspürt Ochs Übelkeit. »Nein, auf gar keinen Fall!«

Frank knöpft sein Jackett zu. Man könnte glatt denken, *er* ist der Gouverneur, denkt Ochs. »Weißt du, was dein Fehler ist, Carl? Du unterschätzt deine Gegner. Und die Polizei ist schneller, als du denkst. Irgendwann kann ich nichts mehr für dich tun, Carl.« Er geht und wirft die Tür hinter sich zu.

Ochs hat das Gefühl, als wäre er auf einmal ganz allein, als hätten sich alle von ihm abgewandt.

Er überlegt, ob er zu Heather fahren und es wirklich versuchen soll. Um diese Uhrzeit ist sie sicher schon zurück von ihrem Yoga – oder was sie gerade macht.

Und je länger er darüber nachdenkt, desto klarer wird ihm, dass er es tun *muss*. Er hat keine andere Chance. Frank hat recht.

Er will gerade seinen Mantel aus dem Schrank nehmen, da meldet seine Sekretärin einen Besucher.

Captain Ruth Muller steht im Zimmer.

Na großartig, das passt ja wunderbar, denkt Ochs und bringt lächelnd eine Begrüßung zustande.

»Ruth, was verschafft mir die Ehre?«

Ihre Hand ist kalt – genauso wie ihr Blick. Trotzdem überlegt er kurz, ob er es auf die charmante Art versuchen soll. Aber Muller wirkt schroff wie ein Eisberg, und er entscheidet sich anders.

»Haben Sie den Mörder meines Fahrers gefunden?«, fragt er ohne Einleitung. Er deutet auf den Besuchersessel.

Sie setzt sich, ohne vorher den Mantel abzulegen, aber es sieht nicht so aus, als wollte sie gleich wieder gehen.

»Wir ermitteln noch.«

Er schüttelt den Kopf. »Und, haben Sie über mein Angebot nachgedacht?«

»Dieses Mal habe *ich* Ihnen ein Angebot zu unterbreiten. Am besten nehmen Sie Platz, Gouverneur Ochs.«

»So offiziell? Wollen Sie mich etwa zum Präsidentschaftskandidaten vorschlagen?«

Ihr Lächeln kommt unterkühlt, und wie immer verunsichert es ihn. Höflich fragt er: »Kaffee? Tee? Oder etwas Stärkeres – Captain?«

Sie lehnt ab, ihre Miene bleibt ausdruckslos. An dieser Frau kann man sich die Zähne ausbeißen.

»Springsteen«, fängt sie an. »Sagt Ihnen der Name etwas?«

In seinem Kopf laufen verschiedene Szenarien ab. Niemand wusste etwas von der Begegnung. Hat es doch einen Augenzeugen gegeben? Und, verflucht noch mal, wie kommt sie auf ihn?

Er setzt schon zu einem Grinsen an, weil er sich dumm stellen will, doch Muller macht ihm mit ihrem Blick klar, dass sie ihm sowieso nicht glaubt.

»Ich habe es in der Zeitung gelesen, aber … Ich dachte, Sie kommen wegen Tony«, bringt er seufzend heraus und überlegt, was sie wissen könnte. Muller lässt sich verdammt viel Zeit, und ihr Blick gefällt ihm gar nicht.

»Wir haben in seiner Wohnung Hinweise darauf gefunden, dass er sich mit Ihnen beschäftigt hat«, sagt sie, während sie die Fotos auf seinem Regal betrachtet.

»Er war schließlich Journalist, nicht wahr?« Lass sie mal kommen, denkt er. Aber Muller wirkt unbeeindruckt.

»Er behauptet«, redet sie weiter, »Sie hätten sich persönlich an der Wiedereröffnung der Neodym-Mine bei Ashland bereichert.«

»Das ist geradezu …«, fängt er an, aber sie fällt ihm ins Wort.

»Er beschuldigt Sie weiterhin, die Erstellung eines gefälschten Gutachtens forciert zu haben.«

»Das ist eine ungeheuerliche Unter …«

»Er bringt Sie auch mit dem Mord an Tim Andersson in Verbindung, das ist der Therapeut der Ehefrau des Gutachters.«

»Captain, hören Sie …!«, versucht er, sie zu unterbrechen, aber es gelingt ihm nicht.

»Es ist bekannt, dass es eine Auseinandersetzung zwischen Ihnen und Springsteen gab.«

Nein, wie das Gespräch verläuft, das gefällt ihm überhaupt nicht. »Wir hatten unlängst eine kleine Meinungsverschiedenheit auf der Toilette …«, räumt er ein.

»Und dabei haben Sie ihm das Nasenbein gebrochen«, sagt sie in spöttischem Ton.

»Was? Das hat er behauptet?« Ochs schnauft verächtlich. »Wissen Sie, die Leute glauben, sie könnten einen fertigmachen mit solchen Lügen. Das kennen Sie doch zur Genüge,

Ruth, nicht wahr? Wie oft werden Sie persönlich oder die Polizei für etwas verantwortlich gemacht, mit dem Sie gar nichts zu tun haben!«

»Wo waren Sie nach dem Konzert?«

Er sieht sich in dem Augenblick wieder im *Jacob's House*, wie er Muller ein Glas Champagner reicht. Da war alles noch in Ordnung. Tony war noch am Leben und dieser verdammte Springsteen auch.

»Das fragen Sie mich, Ruth?« Er neigt sich vor, sodass er ihr Parfüm riechen – und ihre Kälte noch deutlicher spüren kann. »Wir haben uns doch unterhalten, erinnern Sie sich, Sie sagten …«

»Danach«, fällt sie ihm ins Wort.

»Danach bin ich nach Hause gefahren. Ich war an diesem Abend sehr müde. Sie wissen ja, Schumann …« Er gibt sich Mühe, sie charmant anzulächeln.

»Gibt es Zeugen?«

»Sie fragen mich nach meinem … Alibi?« Er versucht, es absurd klingen zu lassen, als müsste sie sich geirrt haben. »Heißt das … heißt das, Sie ziehen in Betracht, dass ich … dass ich mit dem Tod dieses Journalisten etwas zu tun habe? Ist es so? Das ist eine schwere Anschuldigung! Das ist Ihnen doch wohl klar, Ruth!«

»Gibt es Zeugen?«

»Meine Frau kann es Ihnen bestätigen.«

Wie Muller ihn ansieht, als hätte sie alle Zeit der Welt und als hätte er keine Wahl mehr, das bringt ihn zur Weißglut, und das Schlimme dabei ist, dass sie gerade das Spiel bestimmt.

»Sie irren sich, Ruth. Ich habe nichts mit der Sache zu tun. Wo kämen wir hin, wenn ich jeden Journalisten, der was gegen mich hat, umbringen würde!« Er lacht. Aber es hört sich selbst in seinen Ohren unecht an.

Sie lächelt noch nicht einmal über seine Bemerkung. »Ich muss Sie bitten, sich zur Verfügung zu halten, Gouverneur Ochs.« Sie steht auf und wendet sich zur Tür.

»Warten Sie!«

Sie dreht sich um, und in vertraulichem Ton sagt er: »Das mit der *Homeland Security* hat Ihnen also nicht zugesagt, nicht wahr?«

Damit hat sie nicht gerechnet, Erstaunen zeigt sich auf ihrem Gesicht, und er fühlt sich ermutigt, die Schlacht ist noch nicht verloren, denkt er und sagt: »Stan Milosz wird sich übrigens in den nächsten Monaten zurückziehen, er hat ernsthafte gesundheitliche Probleme.«

»Davon hat er nie etwas erwähnt.«

Mir gegenüber auch nicht, könnte er sagen. Er kann nicht einschätzen, ob ihre Überraschung echt ist oder nur gespielt.

»Na ja, Sie wissen doch, wie Männer sind, nicht wahr? Wir wollen doch nie eine Schwäche zugeben.« Jetzt hat er sie, glaubt er, jetzt hat er sie. »Nun, es gibt wohl keinen geeigneteren Nachfolger für den Posten des Chief of Police als ... als Sie, Ruth.«

Ihr Blick scheint zu fragen, ob er das alles wirklich ernst meint.

»Wissen Sie, Ruth, wir sollten zum Wohl unseres Landes überflüssige Konflikte vermeiden, finden Sie nicht? Hin und wieder gibt es Widrigkeiten, sicher, aber gemeinsam sollte es uns gelingen, sie auszuräumen, nicht wahr?« Er fügt ein Lächeln hinzu. Vielleicht sollte er ihr ein wenig näher erklären, was er meint. »Drogen zum Beispiel sind ein wirklich ernstes Problem, und wenn der – sagen wir mal – Polizeichef der größten Stadt unseres Staates selbst irgendwie verstrickt ist in dieses widerliche Geschäft ...« Ihr Gesicht wird maskenhaft. Ochs registriert es mit Genugtuung. Es ist wie immer, man muss nur sein Gegenüber genau kennen, genauer, als der andere denkt. »Aber so weit muss es ja nicht kommen, Captain. Wir sollten also nicht unnötig im Dreck wühlen, sondern uns unseren wahren Aufgaben widmen und der Gesellschaft dienen.« Er ist in seinem Element, jetzt fehlen ihr die Worte, um ihn zu unterbrechen. »Überlegen Sie es sich.«

Ihre Augen und ihre Mundwinkel zucken, als hätte er sie gerade geohrfeigt. Er hält ihr die Tür auf. »Fahren Sie vorsichtig, Ruth, es schneit schon wieder.«

Als sie gegangen ist, denkt er an Heather und an sein Alibi. Jetzt ist er tatsächlich von diesem Miststück abhängig.

Als es an ihrer Haustür klingelt, zieht Christina automatisch die Waffe. Sie macht sich Vorwürfe, dass sie nicht schon längst weg ist. Seit Muller ihr geraten hat, unterzutauchen, hat sie es gerade mal geschafft, Jay bei ihren Eltern unterzubringen und ein paar Sachen zusammenzupacken. Wenn sie flieht, dann kommt das einem Schuldeingeständnis gleich, das ist ihr klar geworden. Davon abgesehen wüsste sie auch nicht, wohin sie gehen sollte. Nachdem sie durch den Spion gesehen hat, steckt sie die Waffe in den Hosenbund und öffnet.

»Ich will dir die Wahrheit sagen«, fängt Pete an. Seine Mütze ist weiß vom Schnee. Vor ihrem Haus steht kein Auto, sie sieht nur seine Fußspuren.

»Noch eine deiner Wahrheiten?«, sagt sie. Sie würde ihm am liebsten die Tür vor der Nase zuschlagen.

»Lässt du mich rein?«

»Bist du zu Fuß gekommen?«

»Nein, ich hab nur nicht direkt vor dem Haus geparkt. Aus ... aus Vorsicht ...«

Sein Blick hat etwas Verzweifeltes, wahrscheinlich zögert

sie genau deshalb. Die Schneeflocken wehen bis in die Diele hinein. Sie bringt es nicht fertig, ihn abzuweisen. »Meinetwegen.«

Er nickt und kommt herein. Sie schließt die Tür hinter ihm. Er setzt die Mütze ab und klopft den Schnee von seinem Mantel. Sein Gesicht glüht von der Kälte, und mit einem schiefen Lächeln fragt er: »Hast du einen Kaffee?«

Sie geht voraus in die Küche. Noch immer spürt sie Widerstand, sie will sich nicht noch einmal von ihm täuschen lassen – die letzte Begegnung mit ihm und Sandra hat ihr gereicht.

»Sandra hat recht«, fängt er langsam an, nachdem sie ihm einen Becher mit dampfendem Kaffee gegeben hat, »ich hab das Gutachten geschönt. Charles Frenette von *Polycorp Minerals* hat mir sehr viel Geld geboten, wenn ich gewisse Details nicht erwähne. Zum Beispiel, dass die giftigen Abwässer in einer Schicht lagern, die Risse aufweisen kann.« Er starrt in den Becher. »Jetzt weißt du es.«

»Und, Pete, was soll ich dazu sagen? Soll ich dich bedauern?«

»Nein ...« Seine Augen sind noch dunkler, als er sie wieder ansieht. »Sandra war dagegen ... Wir hatten heftige Auseinandersetzungen deswegen. Und irgendwann hat sie mir gesagt, dass sie mit ihrem Therapeuten darüber gesprochen hat. Ich bin daraufhin sofort zu Frenette gefahren und habe ihn gebeten, die Gefahrenpunkte in das Gutachten einzufügen. Aber er hat gedroht, dass er mir das versprochene Honorar kürzt. Ich hätte darauf bestehen müssen, ich weiß, aber ... Mein Gott, Christina, finanziell steht mir das Wasser bis zum Hals! Und ich will mein Institut nicht verlieren. Es ist alles, was ich habe! Du weißt, wie sehr ich mich damals ...«

Plötzlich ist ihr klar, warum er gekommen ist. Er will Absolution von ihr, Verständnis und Hilfe.

»Pete, hör auf mit den alten Geschichten!«, fährt sie ihn an.

»Ich ...« Er redet einfach weiter. »Ich bin dann zu Tim gegangen. Ich wollte mit ihm reden. Du glaubst ja gar nicht, wie ich mich gefühlt habe! Er hat *Scheißkerl* zu mir gesagt und mich rausgeschmissen!«

»Und dann bist du zu Frenette und hast ihm gesagt, dass Tim Andersson ein Risikofaktor ist?«

»Nein, aber nein ... ich ...« Er bricht ab, lässt sich auf einen Stuhl sinken und vergräbt das Gesicht in den Händen. Als er wieder aufsieht, liegt Entsetzen in seinem Blick.

»Mein Gott, Christina! Ich ... ich wusste doch nicht, ich konnte doch nicht ahnen, dass Frenette ... Glaub mir, ich würde alles dafür geben, dass Tim noch am Leben ist!«

Bitterkeit steigt in ihr hoch, sie überlagert die Wut, die gerade noch da war.

»Zu spät, Pete. Und beinahe ...« In diesem Augenblick bricht etwas aus ihr heraus, sie kann nichts dagegen tun, es ist, als hätte es so viele Jahre darauf gewartet, endlich ausgesprochen zu werden. »Beinahe wärst du auch noch verantwortlich für den Mord an deinem Sohn.«

Die Worte klingen unwirklich, als hätte jemand anders sie ausgesprochen, und es folgt eine Stille, die ihr unendlich lange vorkommt.

»Was?«, sagt Pete. Er steht langsam auf. »Jay ist ... mein ... *unser* Kind? Und du hast das all die Jahre geheim gehalten?«

»Ja.« Es klingt grausam, jetzt, wo sie sich selbst sprechen hört.

»Und oben in Ashland?« Er ist immer noch fassungslos. »Warum hast du es mir da nicht gesagt?«

»Warum? Nur weil wir angetrunken übereinander hergefallen sind?«, schleudert sie ihm entgegen.

Sein Unterkiefer beginnt zu mahlen – und dann, dann bricht es aus ihm heraus: »Chris ... du bist doch diejenige, die lügt! All die Jahre!« Er macht einen Schritt auf sie zu, packt sie an den Schultern und schüttelt sie. »Weißt du, was du getan hast? Mein Gott, Chris!« Wieder schüttelt er sie. »Ich wäre doch bei dir geblieben! Ich habe mir so sehr ein Kind gewünscht! Weißt du, wie unglücklich ich war? Ich ... ich hätte alles für dich getan, wenn ... wenn du mir wenigstens ein bisschen gezeigt hättest, dass ... dass du ... dass du mich brauchst!« Er schreit seinen Schmerz hinaus, in seinen Augen stehen Tränen.

Sie fühlt sich schuldig, aber das will sie nicht zulassen. »So, und was machen wir jetzt mit deiner neuen Wahrheit?« Sie weiß, dass sie ihn damit noch einmal verletzt.

Er schüttelt den Kopf. »Warum bist du so zu mir, Chris? Erinnerst du dich noch an das Haus am See?« Seine Stimme wird weich. »Wir sind immer am Wochenende hingefahren, einen ganzen Sommer lang.«

Natürlich erinnert sie sich daran. Es war die schönste Zeit, die sie miteinander verbracht haben. Sie will nicht zurückdenken, nicht an verpasste Chancen und nicht an Verletzungen. Es ist vorbei. »Und kurz danach hast du Sandra Rustand kennengelernt.«

»Ich wollte dich nicht verlassen. Aber ich war hungrig auf das Leben, ich wollte etwas bewegen in der Welt, ich wollte gebraucht werden, Geld haben – und ich war ... zu leichtsinnig.« Er senkt den Kopf, und seine Stimme ist leise geworden. »Es tut mir leid. Wirklich, es tut mir leid.«

»Hast du das auch zu Sandra gesagt?«, fragt sie herausfordernd.

»Chris, bitte ...«

»Hör auf, mich um Verständnis zu bitten, von mir kriegst

du es nicht! Geh jetzt endlich.« Sie muss ihn loswerden, sie kann das sentimentale Getue nicht mehr ertragen.

Er nickt. An der Tür sagt er mit einem schiefen Lächeln: »Vielleicht kann ich Jay ja mal besuchen kommen – wenn das alles hier vorbei ist …«

»Willst du dich bei ihm entschuldigen, weil du mich verlassen hast – oder weil du dafür gesorgt hast, dass er beinahe gestorben wäre?«

»Du hast recht … Ich hab alles kaputtgemacht …« Dann zieht er die Tür auf und stapft hinaus in den Schnee.

Schneeflocken wehen herein, Christina schließt nachdenklich die Tür. Sie hätte ihm das gar nicht sagen sollen, denkt sie, die ganzen Jahre lang hat sie es verschwiegen, warum also jetzt? Sie überlegt, ob es verletzter Stolz war, dass sie es ihm nie gesagt hat. Und ob sie daran schuld ist, dass alles so falsch läuft. Nachdenklich geht sie zurück in die Küche. Petes Kaffeebecher steht fast unberührt da, sie nimmt ihn, gießt den Kaffee aus, öffnet die Spülmaschine … Im selben Augenblick hört sie, wie Glas klirrt, es folgt ein Knall, sie wirft sich auf den Boden. Etwas Warmes läuft ihr über die Wange. Sie tastet mit den Fingern darüber. Blut. In der hell erleuchteten Küche gibt sie ein perfektes Ziel ab. *Tauchen Sie ab*, hat Muller zu ihr gesagt.

Vorsichtig robbt sie zum Schalter – und macht das Licht aus.

Muller kocht vor Wut, während sie nach Hause fährt.

Wie kann Ochs es wagen, ihr so einen Vorschlag zu machen – und noch schlimmer: Wie konnte sie sich das einfach so anhören, ohne ihn gleich der versuchten Bestechung zu beschuldigen? Wieso hat sie ihm das letzte Wort gelassen?

Dabei hat sie ihn in der Sache Springsteen weichklopfen wollen. Die Freundin von diesem Journalisten hat ihr genauestens geschildert, was Ochs angeblich mit Springsteen nach der Pressekonferenz gemacht hat. Ochs hätte ziemlich brutal zugeschlagen. Springsteen könnte noch froh sein, dass er keine Zähne verloren hat. Warum er Ochs nicht wegen Körperverletzung angezeigt hätte, wollte Muller wissen. Springsteens bekiffte Freundin hat gekichert und gemeint, er hätte wohl einen noch besseren Deal gemacht. Geld. Da ist Muller sich sicher. Und genauso sicher ist sie sich, dass Ochs irgendwas mit der Sache zu tun hat. Chief of Police – diesen Job hat er in die Waagschale geworfen.

Ihre Karriere, die von Adam und die Zukunft ihres Sohnes in der einen Schale, ein unaufgeklärter Mord in der anderen ... Das ist geradezu obszön.

Seit fast achtzehn Stunden ist sie jetzt auf den Beinen, die Tage vorher waren auch nicht viel kürzer, sie braucht unbedingt ein paar Stunden Schlaf – auch wenn das Gespräch mit Ochs sie aufgewühlt hat.

Adams Porsche steht in der Garage. Eigentlich ist sie gerne allein, wenn sie nach Hause kommt, sie will sich einfach gehenlassen und nicht mehr reden und denken müssen, aber heute ist sie erleichtert, dass sie nicht allein ist.

»Liebling!« Adam sieht zuerst sie an, dann blickt er auf seine Armbanduhr. »Haben sie dich gefeuert, oder warum bist du so früh?« Das sollte witzig sein, aber sie ist nicht in Stimmung. Eine Umarmung hätte sie sich gewünscht, aber zu oft schon hat sie ihn weggestoßen, das weiß sie. Also erwidert sie Adams Bemerkung mit einem schnellen Begrüßungskuss und mit einem Seufzen. Sie muss mit ihm reden, es ist zu viel passiert, aber sie hat noch keine Ahnung, wie und wo sie anfangen soll. Mit dem Abend bei *Muller Engstroem Architects*? Oder mit Adams Auftrag für *Polycorp Minerals*? Oder viel, viel früher, als sie angefangen haben, die Empfänge und Clubs zu besuchen, in denen sie Leute wie Carl Ochs und Charles Frenette vorgestellt worden sind?

Während Adam ihren Mantel aufhängt, geht sie in die Küche, um sich ein Glas Wein einzuschenken. Adam hat eine Flasche Rotwein geöffnet, sein Glas auf der Theke ist schon halb ausgetrunken. Ein Schälchen mit Oliven steht daneben, ja, Adam hat Stil. Manchmal trinkt und isst er zu viel. Warum denkt sie jetzt daran? Will sie unbedingt Fehler bei ihm finden – nicht nur bei sich?

»Du willst mir was sagen, stimmt's?« Adam steht in der Tür.

Hier, in der Küche, jeder mit einem Glas Wein in der Hand, haben sie schon vieles besprochen, sie haben gestritten – und es durchgestanden: entgangene Bauprojekte, Gerichtsverfahren, die von unzufriedenen Bauherren angestrengt worden sind, erfolglose Ermittlungen, drohende Steuerprüfungen und natürlich Alex' Schulprobleme, seine Veränderungen in der Pubertät, seine Orientierungslosigkeit, seine Selbstisolierung … und obwohl Alex' Zukunft ganz und gar nicht sicher ist, fühlt Ruth sich an diesem Ort ruhig und zuversichtlich. Sie und Adam werden auch dafür eine Lösung finden.

Ruth nickt. »Wenn *Polycorp Minerals* die Mine in Ashland wieder schließen müsste, dann würde auch der *Think Tank* nicht gebaut, oder?«

Verwundert hebt Adam die Brauen. »Ich verstehe dich nicht, Ruth. Sag mir offen, um was es geht.«

»Es geht um dich und mich, um uns, um unsere Zukunft, um … ach …«

»Das war auch nicht gerade verständlicher, Liebling.« Er schaut sie über seine Brille hinweg an. Sie will gerade beginnen, da hört sie Schritte auf der Treppe.

»Alex?«, ruft sie in den Flur und tauscht einen Blick mit Adam.

»Er war schon früh zu Hause.«

Mit wenigen Schritten ist sie im Flur, wo Alex gerade seine Jacke überzieht.

»Wo gehst du hin, Alex?«

»Seit wann willst du das wissen?«, fragt er zurück, ohne sich zu ihr umzudrehen.

»Seit sie dich mit Drogen erwischt haben.«

»Ich hab gewusst, dass du eine Riesengeschichte draus machen würdest.« Er wendet sich zu ihr um und lächelt sie provozierend an.

»Wegen dieser *Geschichte,* wie du es nennst, kann man mich unter Druck setzen.«

»Du meinst, deine Karriere ist in Gefahr. Siehst du, es geht immer nur um dich.« Es ist sein geringschätziges Grinsen, das sie verletzt, kränkt – und wütend macht.

»Glaubst du, das Leben, das wir dir bieten, ist kostenlos zu haben? Weißt du, wie viel dieses Haus gekostet hat? Wie viel deine Ausbildung kostet? Wie viel die Reisen kosten, die du seit deiner Kindheit gewöhnt bist?« Sie hört sich reden und weiß, dass es zu nichts führen wird.

»Sind wir deshalb glücklicher?«, gibt er arrogant zurück.

»Ich möchte mal sehen, wie glücklich du wärst, wenn wir in einer verwanzten Bruchbude leben würden!« Es ist die Wut, die sie solche Sachen sagen lässt.

»Ach Mom …« Er lacht. »Hör doch auf! Sei endlich mal ehrlich: Nur für dich ist das alles hier wichtig! Und glücklich bist du deswegen trotzdem nicht!« Er grinst sie an, und sie ist nahe dran, ihm eine runterzuhauen – was sie natürlich nicht tut, weil sie es noch nie getan hat ... Vielleicht war das ein Fehler, sie hat ihn immer mit Samthandschuhen angefasst, Alex ... ihren über alles geliebten Sohn ...

»Alex! Sprich nicht so mit deiner Mutter!«, hört sie Adam hinter sich sagen. »Davon abgesehen hat sie recht! Du hast sie in große Schwierigkeiten gebracht! Das ist dir wohl nicht ganz klar! Du weißt nicht, wie das da draußen läuft. Da warten viele nur darauf, deine Mutter fertigzumachen!«

So hat sie Adam noch nie reden hören, so deutlich, noch nie ist er so für sie eingetreten.

Ein paar Augenblicke lang wirkt Alex, als würde er tatsächlich darüber nachdenken, dann lacht er plötzlich auf, schultert seine Tasche und sagt: »Warum legalisiert ihr nicht endlich die Drogen?«

Noch bevor sie oder Adam etwas erwidern können, macht er die Tür auf und geht.

Sie fühlt sich elend. Ist denn alles umsonst gewesen? Die ganzen Anstrengungen, die Entbehrungen? Der Versuch, Vorbild und Orientierung zu sein? Sie liebt ihren Sohn, er war einmal ihr Ein und Alles, und jetzt muss sie mit ansehen, wie er sich immer weiter von ihr entfernt. Ist sie all die Jahre in eine falsche Richtung gelaufen, ist sie einer Illusion hinterhergehechelt? Und hat sie alles andere übersehen? Das, was wirklich gezählt hätte?

Adam legt den Arm um sie.

»Es ist das Alter, Ruth, er wird schon wieder anders.«

»Ich hoffe ...« Sie seufzt. Jetzt muss sie es ihm sagen. Sie trinkt ihr Glas leer. »Der Gouverneur bietet mir an, Chief of Police zu werden.«

»Auf einmal? Wie das?«, fragt Adam verwundert.

Dann erzählt sie es ihm. Sie müsste nur ein paar kleine

Zugeständnisse machen – und die Untersuchung gegen den Gouverneur fallen lassen.

»Das ist … perfide«, sagt Adam nach einer Pause. »Und was wäre die andere Lösung?«

»Ich würde mich nicht nur mit dem Gouverneur anlegen, sondern auch mit Milosz. Hätte ich Chancen, gegen sie anzukommen? Ich müsste Andersson belasten. Ochs und Milosz würden alle Geschütze gegen mich auffahren. Alex könnte angeklagt werden, und ich glaube kaum, dass sie an der Uni davon begeistert wären. Davon abgesehen wäre er unter Umständen vorbestraft. Ich … ich wäre am Ende meiner Karriere angelangt, und du würdest dein Projekt verlieren. Ochs hat großen Einfluss, und wer weiß, welche Steine er *Muller Engstroem Architects* bei lukrativen Ausschreibungen in den Weg legen würde.«

Adam nimmt ihr Gesicht in beide Hände und küsst sie zart, einen Augenblick lang legt sie ihren Kopf an seine Schulter. Seine Wärme zu spüren tut gut, sie hat es schon fast vergessen, wie er sich anfühlt, sie hat seinen Geruch vergessen, mein Gott, denkt sie, wofür hab ich all die Jahre und Monate gelebt?

»Ruth?«, sagt er ihr leise ins Ohr. »Wir schaffen das schon. Zusammen. Es gibt für alles eine Lösung. Du wirst sehen.«

Sie ist ihm dankbar für seinen Zuspruch, nicht nur dankbar, seine zärtlichen Worte und wie er sie hält, das alles rührt sie, und sie hält auch ihn fest, schlingt ihre Arme um seinen Körper. Viel zu lange hat sie das nicht mehr getan, sie wollte alles allein durchfechten, genauso wie er seine großen Bauprojekte durchgefochten hat, seine Wolkenkratzer erbaut, seine Visionen verwirklicht. Warum musste sie mit ihm konkurrieren? Was für eine verschwendete Energie … »Bisher hab ich mich immer wie ein Kapitän gefühlt«, sagt sie, noch immer lehnt sie an seiner

Schulter, »der sein Schiff mit ruhiger Hand durch alle Stürme und Stromschnellen steuert. Doch jetzt ist mir das Steuer aus der Hand gerissen worden, ich werde von einer Seite der Reling auf die andere geworfen, während mein Schiff auf zwei Felsen zuschießt.«

Als Adam ihr übers Haar streicht, wünscht sie sich, sie könnten woanders einfach neu anfangen, ohne Zwänge und ohne den vielen Ballast, den sie in ihrem Leben angehäuft haben.

Das fahle Licht von draußen bricht sich hell an den Rändern des Einschusslochs in der Scheibe. Kalter Wind bläst herein, und Christina fragt sich, ob der Schütze sie absichtlich verfehlt hat.

Das Projektil ist ins obere Drittel des Kühlschranks eingeschlagen, in der schwach glänzenden Kühlschranktür erkennt sie ein schwarzes Loch. Sie hört ein Auto wegfahren. Geduckt, mit der Waffe in der Hand, läuft sie zur Hintertür, öffnet sie und schleicht im Schnee durch den Garten, immer im Schutz der Hauswand, bis zur Haustür. Da ist niemand. Nur hinter dem Busch mit den immergrünen Blättern ist der Schnee platt getreten, als hätte dort jemand gestanden. Von dort aus sieht man direkt in ihr Küchenfenster.

Der Schütze war sich sicher, dass er sie getroffen hat.

Hat er gewartet, bis Pete weg war? Hat Pete vielleicht sogar etwas damit zu tun? Nein, das kann sie nicht glauben …

Petes seltsames Lächeln, seine Verabschiedung, sein schmerzlicher Blick auf eine Zukunft, die es nicht geben kann.

Erinnerungen steigen in ihr hoch, einander überlappende blendende Bilder, wie sie damals mit Pete bei Las Vegas durch die Wüste gefahren ist. Seine Stimme kommt von weit her, als er sagt: *Wie wäre es wohl, wenn man einfach weiterfahren würde, bis der Tank leer ist. Und dann weiterlaufen würde, Halluzinationen im Kopf … Ich denke, das wäre nicht der schlechteste Tod.*

Petes Augen hatten einen seltsamen Glanz.

Als sehnte er sich nach dem Tod.

Hatte er vorhin nicht denselben Glanz in den Augen?

Christina läuft zurück ins Haus.

Auf seinem Handy meldet Pete sich nicht, und als sie bei ihm zu Hause anruft, teilt ihr Sandra schnippisch mit, dass er nicht da ist.

Wenn er sich etwas antut – sie kann nichts tun … Aber vielleicht will er ja auch den Helden spielen …

Sie nimmt ein Provigil, reißt die Jacke vom Haken und rennt zum Auto. Beim dritten Versuch springt es endlich an. Der Wagen schlingert auf der festgefahrenen Schneedecke, sie fährt trotzdem nicht langsamer. Ihr ist klar: Wenn Pete bei Frenette ist, wird er es vermasseln.

Polycorp Minerals – sie hat ein gutes Gedächtnis, selbst jetzt – unter dem Modell des *Think Tank* stand die Adresse. 1452 Hasting Terrace.

Die Stadt kommt ihr im Schnee leer und tot vor, dick vermummte Gestalten drücken sich in dunklen Eingängen herum. Früher, als sie noch Streife fuhr, hieß das jedes Mal: Aussteigen – die Hand am Pistolengriff. Jeder war ein potenzieller Mörder. Aber jetzt ist es ihr egal, ob sie Stoff vertickern oder sich gegenseitig umbringen, sie fährt weiter Richtung East Milwaukee. Pete hat einen Vorsprung von mehr als fünfzehn Minuten. Verdammt, Pete! Warum musstest du wieder in mein Leben eindringen?

Carl Ochs hängt seinen Mantel auf, hört, wie das Taxi, das ihn aus dem Büro nach Hause gebracht hat, wegfährt, und überlegt, wie er anfangen soll, Heather zu bitten, ihm ein Alibi zu geben. Schon die ganze Fahrt über hat er darüber nachgedacht – und über Tony, dass er nie wieder von Tony chauffiert werden wird, dass ihm jetzt nur noch sein Bruder geblieben ist, die einzige Person, der er völlig vertrauen kann. Er zieht seine Schuhe aus und schlüpft in Mokassins. Wie lange will er eigentlich noch an der Garderobe stehen bleiben und das Gespräch mit Heather hinauszögern? In diesem Augenblick klingelt sein Handy. Frenette.

»Es gibt ein Problem«, sagt er nervös. »Kondracki ist hier in meinem Büro. Er behauptet, ich hätte diesen Therapeuten ermorden lassen!«

»Und, was haben Sie ihm gesagt?«

»Dass das völliger Unsinn ist! Hören Sie, Carl«, sagt Frenette eindringlich, »schicken Sie sofort jemanden her!«

Tony ist tot, müsste er jetzt sagen, aber nicht am Telefon.

»Diesmal ist es Ihr Job, Charly!«, sagt Ochs knapp.

»Sie wollen mich hängen lassen? Wir sitzen in einem Boot! Sie können doch nicht ...«

»Was ist mit Ihrem Bodyguard?« Ohne sich zu verabschieden, beendet Ochs das Gespräch.

Trotzdem, so ganz traut er Frenette nicht. Der ist zu weich, geht nur kalkulierte Risiken ein, überlässt lieber den anderen die Verantwortung für unangenehme Dinge. Einen Augenblick lang überlegt er, ob er die Sache nicht doch in die Hand nehmen soll. Nein, entscheidet er, Frenette muss das jetzt selbst regeln. Und außerdem muss er sich um Heather und sein Alibi kümmern. Das Telefonat hat ihm einen Adrenalinschub verpasst, er strafft den Rücken und geht ins Wohnzimmer.

Sie sitzt auf der Couch mit einem Glas Wein in der Hand

und sieht fern. Irgendetwas Historisches, er erkennt Mel Gibson in einer Rüstung, umgeben von einem Heer Furcht erregend aussehender Krieger.

»Heather? Ich muss mit dir reden.«

Am Eingang und in den oberen Stockwerken brennt Licht. Christina parkt den Wagen, lässt den Blick über den Parkplatz schweifen und entdeckt einen Chevrolet Van. Petes Wagen. Er ist bei Frenette. Wie lange schon?

Sie klingelt an der Glastür. Es dauert ein paar ewig lange Sekunden, dann kommt ein Wachmann hinter der Empfangstheke hervor, ein massiger Typ, der sie an Rob erinnert. Sie presst ihren Ausweis an die Scheibe. Er nickt, nimmt das Telefon – und sie zieht ihre Waffe. Was will sie tun? Will sie ihm ein Loch in die Schläfe ballern? Offenbar fürchtet der Wachmann genau das, denn er öffnet und fragt hastig:

»Wohin wollen Sie, Detective? Es ist niemand mehr da!«

»Im obersten Stock brennt noch Licht!« Sie läuft zu den Aufzügen.

»Warten Sie, ich begleite Sie!«

»Ich finde allein hoch!«, erwidert sie. Schon öffnen sich die Türen. Da fällt ihr ein, wie einfach es ist, den Aufzug anzuhalten, und so stößt sie die Tür zum Treppenhaus auf und rennt die Stufen hoch.

Heather wendet sich ihm noch nicht einmal zu, sie sieht einfach weiter in den Fernseher, wo gerade zwei feindliche Heere aufeinander zureiten. »Du müsstest bestätigen, dass ich gestern Nacht hier war«, sagt Ochs und gibt sich Mühe, nicht ungeduldig zu klingen.

Sie antwortet nicht. Die Pferde galoppieren, die Männer heben ihre Schwerter und Lanzen, und Mel Gibson stimmt ein Kriegsgeheul an. »Ich bitte dich nicht oft um etwas, aber das hier wäre sehr wichtig«, redet Ochs weiter und wartet unendlich lange, so kommt es ihm vor, bis sie endlich sagt: »Wichtig für dich, meinst du wohl.«

»Auch für dich, Heather. Für deinen guten Ruf.«

Ihr kurzes Auflachen vermischt sich mit dem Schlachtenlärm aus dem Fernseher.

»Meinen guten Ruf?« Sie sieht kurz zu ihm herüber. »Du bist ja so selbstlos! Deine Affäre mit Kirsten Tobey kannst du nicht ewig geheim halten. Um welchen guten Ruf geht es also, Carl?« Sie hat geweint, ihre Augen sind gerötet. Oder vielleicht kommt das auch vom Alkohol.

»Nun gut, es geht um einen Gefallen, den du mir tun müsstest«, lenkt er ein. »In Ordnung? Ich möchte nicht, dass ich – und du – in eine schmutzige Kampagne hineingezogen werden.«

Sie greift zum Weinglas und widmet ihre Aufmerksamkeit wieder dem Gemetzel im Fernsehen.

»Würdest du das bitte tun, wenn die Polizei dich fragt?«, sagt er noch immer beherrscht.

Sie seufzt nur. Sie weiß genau, dass sie ihn damit wütend macht.

»Heather, bitte!«

Herausfordernd langsam wendet sie den Blick zu ihm.

»Tony ist ermordet worden. Und ich will nicht, dass die Polizei deshalb in unserem Privatleben herumstochert«, erklärt er ihr betont sachlich und freundlich.

»Tony?«, sagt sie überrascht. Sie hat Tony noch nie sonderlich leiden können, obwohl er immer höflich zu ihr gewesen ist. »Ermordet? Wie ist das passiert?«

»Es muss ein … Irrtum gewesen sein! Ein unglücklicher

Zufall, er war zur falschen Zeit am falschen Ort. Die Polizei kann so was ja nicht akzeptieren, die sucht überall eine Verschwörung, eine Absicht, ein Motiv! Und ich muss dir nicht sagen, wie gierig die Presse sich auf entsprechende Gerüchte stürzen würde. Außerdem ist ein Journalist umgebracht worden.«

»Tja …« Sie dreht das Glas in den Fingern. »Und nun … brauchst du also ein Alibi.« Ihre Stimme trieft vor Hohn.

Dieses Miststück genießt es, mich zu demütigen, denkt Ochs und strengt sich an, nicht die Beherrschung zu verlieren.

»Heather«, sagt er in versöhnlichem Ton. »Auch innerhalb der Polizei gibt es Kräfte, die mich bekämpfen, verstehst du? Und wenn diese Maschinerie erstmal in Gang gesetzt ist, kann man sie nur sehr schwer wieder anhalten – ohne Schaden zu erleiden. Das ist wie mit einer … einer Waschmaschine, wenn die mal im Schleudergang …«

»Hör auf, mit mir zu reden wie mit einer Idiotin! Ich habe immerhin einen Doktor in Psychologie.«

»Entschuldige, ich hab das doch nicht so gemeint …« Herrgott, wie lange muss er noch Kreide fressen, damit sie ihm endlich sein Alibi gibt!

Ihre Augen blitzen auf. »Du hast es genau so gemeint! Du hast mich immer so behandelt! Ich war immer nur der Ersatz, die zweite Wahl, die Lückenbüßerin!«

In diesem Stadium, das weiß er, geht es nur noch darum, die Wogen klein zu halten, damit sie sich nicht zu einem Tsunami auftürmen … »Ich habe dich geliebt. Aber die Zeit hat uns …«

Sie lässt ihn nicht ausreden: »Glaubst du, ich habe nicht gemerkt, dass du immer nur Susan geliebt hast? Du hast mich immer an ihr gemessen. Es ist viel zu schwer, gegen eine zu früh verstorbene Person anzukommen. Du hast aus ihr ein

Idealbild gemacht, und ich – ich war einfach nur da, ganz real ...«

»Das ist doch Unsinn, Heather! Ich habe dich auch geliebt, *du* warst diejenige, die sich abgewendet hat. *Du* wolltest nichts mit meinen Parteifreunden zu tun haben, *du* wolltest nicht hierhin und nicht dorthin ... Dies hat dir nicht gepasst und das nicht ...« Diese Versuche, sich vor ihr zu rechtfertigen, wie hängen sie ihm zum Halse raus!

»Du hast von mir verlangt, dass ich mich deinen Aufgaben und deinen Interessen unterordne, Carl! Und du hast mich nur geheiratet, weil das förderlich war für deine Karriere!«

»Heather, du weißt, dass das nicht stimmt ...«

Sie schneidet ihm das Wort ab. »Hör auf, Carl! Ich ertrage deine Kränkungen nicht mehr!«

Gleich, gleich ist es vorbei, das weiß er aus Erfahrung.

»Dann bestätigst du also, dass ich letzte Nacht hier war?«

Sie lässt ihn noch ein bisschen schmoren, dann sagt sie: »Und was wirft man dir vor? Mord? Oder seelische Grausamkeit?«

Er atmet tief durch, anstatt zu antworten.

Schließlich sagt sie: »Ja, ich gebe dir dein Alibi, wenn dir so viel daran liegt! Und jetzt lass mich in Ruhe ...« Sie greift zur Fernbedienung und dreht die Lautstärke höher.

Geschafft! Jetzt muss nur noch Frenette funktionieren, und er hat alles wieder im Griff.

Christina ist außer Atem, als sie die oberste Etage erreicht hat. Sie drückt die schwere Eisentür auf und tritt in einen hell erleuchteten Flur mit metallisch blauem Teppichboden. Charles Frenette kommt ihr mit ausgestreckter Hand entgegen, als hätte er auf sie gewartet.

»Guten Abend, Detective Andersson! Was verschafft mir die Ehre Ihres Besuchs?« Bevor sie antworten kann, fügt er mit einem charmanten Lächeln hinzu: »Ich habe es sehr bedauert, dass wir uns an jenem Abend nicht länger unterhalten konnten.«

Das kannst du für dich behalten, denkt sie und sagt: »Ist Pete Kondracki schon gegangen?«

Frenette wirkt überrascht. »Kondracki?«

»Sein Auto steht vor der Tür.«

»Oh, vielleicht hatte er wieder Probleme mit dem Motor? Er hat neulich schon darüber geklagt. Kann ich sonst noch was für Sie tun?« Frenette lächelt so höflich, dass Christina am liebsten kotzen würde. »Ich würde gerne nach Hause gehen. Es war ein anstrengender Tag.«

»Es wird gleich noch anstrengender, Mr. Frenette«, entgegnet Christina. »Wir gehen jetzt in Ihr Büro, und Sie erzählen mir von dem Deal mit Pete Kondracki.«

Frenettes Lächeln verschwindet schlagartig, als sie ihre Heckler & Koch zieht.

»Hören Sie!« Er hebt beschwichtigend die Hände. »Wir können doch vernünftig miteinander reden ...«

»Ich bin nicht mehr vernünftig, Mr. Frenette! Jemand hat meinen Bruder ermordet, meinen Sohn angeschossen und mich überfallen. Und Brad Whitner, den kennen Sie doch sicher auch, wurde umgebracht. Außerdem nehme ich Medikamente, und die machen mich ziemlich nervös und reizbar. Also, ich hoffe, Sie haben begriffen, was mit mir los ist.«

Er zögert kurz, dann dreht er sich tatsächlich um und geht über den Flur in ein Büro.

»Setzen!«, befiehlt sie ihm, und wie auf Kommando lässt er sich in einen Besuchersessel neben einem Glastisch fallen. Sie schließt die Tür.

»Sie irren sich, Detective Andersson«, fängt er an, »ich habe nichts mit diesen Vorkommnissen zu tun.«

Auf solche Spielchen hat sie keine Lust – und sie hat auch keine Zeit dafür.

»Die *Redmill Mine* wurde vor zehn Jahren stillgelegt«, fängt sie ohne Umschweife an.

»Ein paar Umweltfanatiker hatten Bedenken …«, räumt er ein.

»Es gab Fälle von Leukämie …«, korrigiert sie.

»Ich bitte Sie, das waren falsche Anschuldigungen …«

»Tatsächlich?« Sie spürt, wie ihre Konzentration nachlässt und ihre Hand zu zittern anfängt. Vielleicht hat er das bemerkt, denn er fängt an, weit auszuholen: »Mit solchen Behauptungen glauben die Leute, sie könnten alles erreichen! Das war schlichtweg Unsinn, es gibt keine einzige Studie, die diese Behauptungen …«

»Ersparen Sie mir diesen ganzen Mist, Mr. Frenette!«, blafft sie ihn an. »Sie haben Pete Kondracki geschmiert, damit er Ihnen ein sauberes Gutachten erstellt, damit *Polycorp* die Mine wiedereröffnen und eine staatliche Millionenförderung einstreichen kann!«

»Das ist eine infame Unterstellung, Detective! Überhaupt …«

»Und als Sie erfahren haben, dass Sandra Kondracki ihrem Therapeuten davon berichtet hat, haben Sie ihn umbringen lassen!«

»Das ist doch alles Unsinn!« Frenette springt auf, doch sie drückt ihm den Pistolenlauf an den Hals.

»Hinsetzen!« Ihre Hände zittern immer noch, und sie versucht, sich darauf zu konzentrieren, ruhig zu atmen. Wie zufällig fällt ihr Blick auf ein Glas, das vor dem Schreibtisch auf dem Boden liegt, und als sie genauer hinsieht, bemerkt sie, dass auch irgendwelche Akten herumliegen und dass der Schreibtischstuhl umgekippt ist.

Und plötzlich wird ihr klar, dass sie nur Zeit verschwendet. Sie drückt Frenette die Waffe an die Schläfe. »Wo ist Pete Kondracki?«

Frenette schluckt. »Ich weiß nicht. Er ist weg. Ich habe nichts zu tun mit der Sache, Detective ...« Auf einmal klingt seine Stimme dünn. »Wirklich, Sie müssen mir glauben!«

Sie zerrt ihn hoch und stößt ihn vor sich her zum Fenster. Unten auf dem Parkplatz schalten sich gerade die Scheinwerfer an Petes Auto ein.

Sofort lässt sie Frenette los, sie stürzt aus dem Büro und läuft die Treppen hinunter, stolpert, fängt sich wieder, ihre Beine sind unglaublich schwer, ihre Muskeln schmerzen, und die Lunge brennt, aber sie läuft weiter, stößt die Eingangstür auf, rennt nach draußen zu ihrem Wagen, springt hinein und fährt los. Weit vorn glaubt sie Petes Auto zu erkennen.

Im Rückspiegel blitzen Scheinwerfer auf, und sie tritt aufs Gaspedal. Ihr Wagen schleudert um eine Kurve. Sie ist eine ziemlich gute Autofahrerin, und sie merkt, wie das Provigil schlagartig wieder ihre Wahrnehmung schärft. Sie ist noch schneller, noch aufmerksamer, noch wacher.

Endlich, ein paar Blocks weiter, leuchtet nichts mehr im Rückspiegel. Sie denkt gerade, dass sie ihren Verfolger abgehängt hat, da kracht etwas in ihren Wagen. Sie wird zur Seite geschleudert, der Sicherheitsgurt ruckt, und der Airbag explodiert.

Sie öffnet die Augen, alles ist still. Sie hebt den Kopf aus dem Airbag, sieht zur Seite, sucht nach dem Auto, das sie gerammt hat, aber da ist nichts. Nur Dunkelheit und dieser verdammte

Schneefall. Sie tastet nach ihrer Waffe, sie ist noch da. Dann versucht sie die Tür aufzudrücken. Sie schafft es nicht, der Aufprall hat sie verzogen. Sie löst den Sicherheitsgurt und schiebt sich auf die Beifahrerseite. Sie sucht ihren Körper nach Verletzungen ab, aber sie kann nichts feststellen. Sie steigt aus, geht langsam um den Wagen herum. Die Fahrertür ist ganz eingedrückt. Es schneit, und weit und breit ist kein Auto zu sehen. Sie nimmt ihr Handy und meldet ihren eigenen Unfall.

Dass sie vor Kälte zittert, merkt sie erst viel später, als sie im Krankenwagen sitzt.

10

»Hal, ist alles in Ordnung? Du bist so still.« Katie füllt ihm Kartoffeln auf den Teller. Es ist spät geworden, trotzdem hat sie noch gekocht. Sie mag es, weiß Harpole, wenn er nach einem langen Arbeitstag richtig zugreift, deshalb gibt sie sich immer besonders viel Mühe.

»Es ist …«, fängt er an, doch dann weiß er nicht weiter.

Heute Mittag hat er am Zaun der *Redmill Mine* gestanden und hinaus auf die Straße gesehen. Die Sonne hat sich hinter dichten grauen Wolkenschichten verborgen. Deprimiert ist er gewesen. Und er hat nicht sagen können, warum. Als er sich umgedreht hat, hat er gesehen, dass die getigerte Katze ihn beobachtet. Sie hat ihm zum ersten Mal in die Augen gesehen, dann hat sie sich umgedreht und ist davongehuscht.

»Ja?« Katie beugt sich über den Tisch und sieht ihn fragend an. »Rück schon raus mit der Sprache! Vorher gibt's kein Abendessen.«

Er gibt sich einen Stoß und fängt an: »Ein Journalist war auf dem Gelände. Er hat mir viele Fragen gestellt, und … ich habe ihm den Riss gezeigt.«

Sie runzelt die Stirn. Den Riss hat er ihr gegenüber nur einmal kurz erwähnt, sie ist nicht darauf eingegangen, vielleicht hat sie ihm auch gar nicht richtig zugehört.

»Den Riss …«, wiederholt sie langsam und sieht ihn an, als hätte er etwas Seltsames gesagt.

»Ja, den Riss in der Erde. Keith denkt immer noch, es ist ein Frostschaden, aber …« Er bricht ab. Vielleicht sollte er es ihr doch nicht erzählen.

»Und?«, fragt sie.

Er schluckt. Jetzt hat er angefangen, jetzt muss er auch weitermachen. »Der Journalist ist tot. Erschossen.« Er versucht, sich immer noch vorzumachen, dass der Besuch und der Tod des Journalisten nichts miteinander zu tun haben, dass es einfach ein Zufall war, aber es gelingt ihm nicht.

»Und jetzt fühlst du dich schuldig ...« Katie sieht ihn nachdenklich an.

»Ja, ich ...«

»Du hast ihm Geheimnisse erzählt, die er für sich behalten sollte, ja? Und weil er das nicht getan hat, glaubst du, ist er erschossen worden.«

Er nickt dankbar. Sie hat ihm aus der Seele gesprochen. Sie versteht ihn.

Sie greift nach seiner Hand und streichelt sie. Ihre blauen Augen sind voller Mitgefühl. Er liebt sie. Er sollte es ihr sagen.

»Ich liebe dich, Katie.«

Ein warmes Lächeln überzieht ihr Gesicht mit den Sommersprossen und den glühenden Wangen. »Ich liebe dich auch, Hal.« Sie streichelt immer noch seine Hand. »Weißt du, ich hab dir das erzählt von den Leukämie-Fällen, aber es gibt ja keine Beweise, und ich will nicht, dass du meinetwegen deinen Job aufgibst, dass ...«

»Es ist nicht deinetwegen. Es ist ...« Einen Augenblick lang überlegt er, ob er es ihr wirklich alles sagen soll. Ob sie es verstehen wird. Doch der Blick ihrer Augen ermutigt ihn, ganz offen zu sein.

»*DIE STIMME* hat es mir befohlen ... Ich soll ... ich soll den Feuerpfuhl ... den Sündenpfuhl ... den Giftsee ...«

Ihr Lächeln, das sie so schön macht, verschwindet, und er spürt, wie eine Trennscheibe zwischen ihnen hochfährt.

»Was sagst du da, Hal?«

Er hat alles verpatzt.

Sie steht auf und räumt ihren Teller weg.

»Du hast doch fast nichts gegessen …«, wendet er ein.

»Ich hab keinen Hunger mehr«, murmelt sie und schabt die Reste von ihrem Teller in den Mülleimer.

»Was ist los?«, fragt er. »Du hast mich was gefragt, und ich hab dir eine Antwort gegeben.«

Sie seufzt und sieht ihn endlich wieder an. Aber ihr Blick ist der einer Fremden. »Ich dachte, du wolltest diese Radiosendung nicht mehr hören.«

»Hab ich auch nicht.«

»Warum redest du dann von dieser *Stimme?*«

»*DIE STIMME* hat nichts mit dem Radio zu tun. In der Sendung hab ich nur erfahren, dass auch andere *DIE STIMME* hören.«

Plötzlich fängt sie an zu schluchzen. Sie lässt sich auf den Küchenstuhl fallen und schlägt die Hände vors Gesicht.

»Was ist denn?«, fragt er unsicher. Er steht auf und geht zu ihr, er will sie festhalten, trösten, aber er schafft es nicht.

»Ach Hal, ich hab gedacht, ich hätte jemanden gefunden, mit dem ich mein Leben teilen kann«, bringt sie heraus.

»Aber … das hast du doch!« Er lächelt und will sie nun doch umarmen, aber sie streckt abwehrend die Hand aus.

»Hal, du bist mir so fremd geworden …«

»Katie!«, fängt er an. »Es ist *SEINE STIMME*, da bin ich ganz sicher, *GOTTES STIMME*! Was ist daran falsch, wenn ich sie hören kann?«

Sie wischt sich mit der Papierserviette die Tränen weg.

Er versteht sie nicht. »Katie, es ist eine Gnade, eine ganz besondere Gnade, wenn man auserwählt ist, *SEINE STIMME* zu hören!«

»Hal, um Himmels willen, was redest du denn da! Vielleicht ist es ja auch die Stimme des Teufels? Oder vielleicht bildest du dir das alles ja auch nur ein? Hast du mal da dran gedacht?«

Ihre Worte kränken ihn. »Warum sagst du so was?«, erwidert er leise.

»Ich kann es nicht glauben!« Sie fängt wieder an zu schluchzen. »Da treffe ich nach vielen Jahren einen Mann, der mir was bedeutet, und dann ...«

»Katie«, versucht er es wieder, geduldig, obwohl sich der Abstand zwischen ihnen schon so vergrößert hat, als würden sie in verschiedenen Zeitzonen leben.

»Was hast du nur erlebt?«, schluchzt sie. »Was ist nur passiert, dass du so geworden bist?«

Er setzt sich wieder. »Willst du es wirklich hören?«

Sie zögert, schließlich nickt sie.

Und er fängt an.

Madagaskar. Die Seltene-Erden-Mine liegt mitten im Regenwald. Man hat ziemlich viele Bäume dafür gefällt, aber das hat man ja auch vorher schon gemacht. Das wertvolle Rosenholz zum Beispiel – abgeholzt und nach China, Europa und zu uns in die USA transportiert. Gar nicht zu reden von den Tieren, vor allem den Lemuren, die nach und nach ihren Lebensraum verlieren. Und die Menschen in Madagaskar? Das Land gehört zu den ärmsten der Welt.

Aber davon steht nichts in den Werbebroschüren für die Investoren. Und auch nicht in den Stellenausschreibungen. Er braucht das Geld. Seine beiden Söhne wollen studieren, die Krankenversicherung frisst immense Summen auf, seine Frau braucht eine neue Brücke, sein Haus eine neue Heizung und ein neues Dach, das kostet allein schon fünfundzwanzigtausend Dollar. Deshalb hat er den Job in Madagaskar, so weit weg von zu Hause, angenommen.

Dort werden schwere Seltene Erden gefördert mit Namen

wie: Yttrium, Gadolinium, Terbium, Dysprosium, Holmium, Erbium, Thulium, Ytterbium, Lutetium …

Ja, er verdient gut. Sehr gut. Noch fünf Jahre so einen Job, und er kann sich zur Ruhe setzen.

Nach drei Monaten bereitet er eine Sprengung vor. Nichts Besonderes, Routine.

Und dann sieht er ihn, Ike, ganz kurz vor der Explosion, zu spät, um noch zu reagieren. Ikes Körper verschwindet sofort in der riesigen Staubwolke.

Alle stehen da wie erstarrt.

Ike wollte es so, haben ihm alle versichert, und er selbst wollte es auch glauben. Sie waren doch befreundet. Warum hat Ike ihm nichts gesagt? Seit jenem Tag begleiten ihn diese Bilder wie ein Schatten. Und einen Monat nach Ikes Tod meldet sich zum ersten Mal *DIE STIMME* …

Während er erzählt hat, hat er auf seine Hände geblickt. Jetzt sieht er auf. Katies Blick ist weicher geworden.

»Ich bin in einer Klinik gewesen. Weil alle gedacht haben, ich bin verrückt geworden.« Er muss den Kopf schütteln, wenn er daran denkt, was sie dort alles mit ihm gemacht haben. Schließlich hat er einfach behauptet, dass er *DIE STIMME* nicht mehr hört. Kleine Notlügen sind erlaubt, das hat ihm schon seine Mutter gesagt.

Die Stille zwischen ihnen fühlt sich an wie ein tiefer Riss.

»Ach Hal, das tut mir leid«, sagt Katie. Ihre Hand liegt auf dem Tisch, er will sie nehmen und festhalten, doch etwas in ihrem Gesichtsausdruck hält ihn zurück.

»DIE STIMME«, fängt er an zu erklären, »ist nichts, wovor du dich fürchten musst.« Er lächelt jetzt. »Sie ist etwas Positives, sie gibt mir Orientierung, sie sagt mir, was richtig ist und was falsch.« Das müsste sie doch verstehen. Er redet weiter: *»DIE STIMME* hat mir das mit dem Höllenpfuhl gesagt. Und

er ist wirklich da. Ich soll ihn zerstören. Ich.« Als er das ausspricht, erschauert er. »Verstehst du, Katie«, jetzt fühlt er sich wieder sicher, er nimmt ihre Hand, »mir ist die Gnade zuteil geworden, Gottes Werkzeug zu sein.«

Sie zieht ihre Hand weg und steht wieder auf.

»Am besten, du gehst jetzt.«

»Aber ...«

»Ich muss jetzt allein sein ...«

Sein Blick gleitet über ihr Gesicht, über ihre kräftigen rötlichen Haare, dann wandert er hinüber zur Küche, wo schon die Teller mit dem Nachtisch stehen, er riecht den vertrauten Duft von Essen und Kerzen und von ihrem Parfüm und denkt einen Augenblick lang, dass sie das Gespräch gar nicht geführt haben, dass er jetzt einfach nur das Glas heben sollte, und alles wäre wie sonst. Aber dann blickt er in ihr Gesicht.

Wortlos steht er auf, dreht sich um, geht in den Flur, nimmt die Daunenjacke von der Garderobe, zieht seine gefütterten Schuhe an, macht die Haustür auf, tritt hinaus und zieht sie hinter sich zu. Die Nachtluft riecht nach Schnee.

Als hätte die Auseinandersetzung mit Heather nicht schon ausgereicht, jetzt musste ihn auch noch Frenette anrufen!

Carl Ochs geht unruhig in seinem Arbeitszimmer auf und ab und versucht mit einem doppelten Whisky Ordnung in seine Gedanken zu bekommen.

Es war ein Unfall, hat Frenette mehrmals beteuert. Kondracki ist betrunken gewesen, er hat rumgeschrien, hat ihn einen Mörder genannt, einen eiskalten Killer, der Tim Andersson, Brad Whitner und noch irgendwen auf dem Gewissen hätte. Er hat sich aufgeführt wie ein Wahnsinniger! Er hat sich auf mich gestürzt, hat auf mich eingeprügelt – ich musste mich doch wehren! Dabei ist Kondracki mit dem Genick so unglücklich auf die Tischkante gefallen, dass er sofort tot war. Wir konnten ihn gerade noch rausschaffen, bevor diese Andersson reinkam. Mein Bodyguard hatte die Idee, ihr die Leiche in den Kofferraum zu legen und sie dann in einen Unfall zu verwickeln …

»Und wo ist Andersson jetzt?«, hat er aufgebracht gefragt.

»Sie wird verhört. Von Muller«, hat Frenette geantwortet, er ist immer noch außer Atem.

»Ganz großartig, Charly!«, hat Ochs wütend erwidert. »Und was machen wir, wenn diese tollwütige Andersson auspackt? Sie war in Springsteens Wohnung. Und es sieht so aus, als wäre sie dort an wichtige Informationen gekommen!«

Ochs hätte losbrüllen können vor Wut. Er hat es geahnt, er hätte es Frenette nicht überlassen dürfen.

»Beantworten Sie auf keinen Fall irgendwelche Fragen, und drohen Sie gleich mit einem Anwalt«, hat Ochs ihm gesagt, bevor er aufgelegt hat.

Jetzt muss er nachdenken. Andersson darf auf keinen Fall die Gelegenheit haben, ihre Verdächtigungen auszusprechen. Und dann ist auch noch diese verdammte Muller im Spiel. Er muss sofort mit Frank sprechen.

Muller hat ihr immer vertraut. Auch wenn Andersson aufbrausend ist, ist sie wirklich so kaltblütig? Warum sollte sie Kondracki umgebracht haben? Andererseits – wie kommt die Leiche in ihren Kofferraum? Wenn Andersson weiter schweigt, kann Muller ihr nicht helfen, das hat sie Andersson zu verstehen gegeben.

Jetzt ist Muller auf dem Weg zu Heather Ochs. »Ich muss dringend mit Ihnen sprechen«, hat die Frau des Gouverneurs am Telefon gesagt, und Muller hat sich sofort auf den Weg nach Madison gemacht – zu dem stattlichen Backsteinhaus mit den Erkern und dem großzügigen Garten.

Heather Ochs ist eine schöne Frau. Das blonde Haar schmiegt sich an ihre Wangen, die braunen Augen haben die richtige Größe und den richtigen Abstand zueinander, ihre Haut schimmert leicht, ihre Lippen haben einen harmonischen Schwung und sind – für eine Frau von einundfünfzig – auffallend glatt und voll. Heather Ochs ist schlank und so groß wie Muller, sie trägt einen perfekt sitzenden Hosenanzug – und Stilettos. Seit sie Muller die Tür geöffnet hat, hält sie ein Hemd mit Blutspritzern in der Hand. Das Hemd ihres Mannes, wie sie gerade erklärt hat.

»Warum haben Sie meinen Kollegen gesagt, Ihr Mann wäre in der Nacht nach dem Konzert zu Hause gewesen?«, fragt Muller.

»Er hat mich darum gebeten.«

»Und wissen Sie, wo er gewesen ist?«

»Nach dem Konzert ist er zu Kirsten Tobey gefahren. Sie ist Anwältin und seit drei Jahren seine … Geliebte.« Heather Ochs sieht ihr dabei direkt in die Augen, das schafft nicht jeder – oder vielmehr *jede*, denkt Muller. »Sie wissen, dass Sie sich strafbar machen, wenn Sie jemandem zu einem falschen Alibi verhelfen?«

Heather Ochs presst die Lippen aufeinander, ihre Augen sind dunkel und leer. »Wollen Sie mich deswegen festnehmen?«

»Woher soll ich wissen, dass Sie mir jetzt die Wahrheit sagen, Mrs. Ochs?«

»Lassen Sie das untersuchen«, Heather Ochs hält ihr das Hemd hin. »Ich bin sicher, Sie finden etwas Belastendes.«

Muller nimmt es, dann sieht sie sich um. Wie in einem

Hochglanzmagazin, denkt sie. Die dicken hellen Teppiche, die antiken Möbel, die goldgerahmten großformatigen Gemälde, die schweren Vorhänge – Adam würde es als *klassisch gediegen* bezeichnen.

»Was macht Sie so sicher, Mrs. Ochs?«, fragt Muller weiter.

»Er ist erst gegen vier Uhr morgens nach Hause gekommen. Und nicht, wie nach einer Verabredung üblich, mit dem Wagen, sondern mit dem Taxi, und dann finde ich das«, sie weist auf das Hemd.

»Warum haben Sie das nicht gleich meinen Kollegen gegeben?«

Heather Ochs reckt das Kinn und sieht Muller von oben herab an. »Hören Sie, Captain! Ich hätte Sie nicht anrufen müssen, dann könnten Sie weiter vergeblich nach Spuren suchen. Wenn Sie meine Hilfe also nicht annehmen wollen, dann ...«

»Warum tun Sie das?«, unterbricht Muller sie. »Verlieren Sie nicht alles? Ihre Ehe, Ihren Ruf, Ihr Zuhause ...«

Heather Ochs' Blick schweift durch den Raum, über die teure Einrichtung, den Kamin aus schweren Felssteinen und über die Wände mit den Ölgemälden. Dann sagt sie mit einem traurigen Lächeln: »Es ist nie zu spät, sein Leben zu ändern, oder?«

Muller mustert sie. Heather Ochs hat einen Doktor in Psychologie und war Dozentin an der Uni. Offenbar vertrug sich ihre Berufstätigkeit nicht mit der politischen Karriere ihres Mannes – oder sie hatte andere Gründe, ihren Beruf aufzugeben. Auch sie selbst hätte ihren Job aufgeben können, als sie Adam geheiratet hat. Und wie würde sie damit umgehen, wenn Adam eine andere hätte ...?

»Ist Ihnen klar, dass Sie Ihren Mann schwer belasten?« So ganz traut Muller Heather Ochs nicht. »Wollen Sie sich an ihm rächen?«

Heather Ochs antwortet nicht sofort. »Ich will nur die Wahrheit sagen. Wenn er sich etwas hat zuschulden kommen lassen, dann muss er dafür zur Rechenschaft gezogen werden wie jeder andere Bürger auch, nicht wahr?«

»Ihr Mann weiß nicht, was Sie jetzt gerade tun, richtig?«, sagt Muller, anstatt zu antworten.

»Nein.«

Muller entdeckt ein triumphierendes Flackern in Heather Ochs' Augen und sagt: »Sie sollten das Haus verlassen, und zwar so schnell wie möglich.«

Über Heather Ochs' schönes Gesicht gleitet ein bitteres Lächeln. »Ja, er kann sehr aufbrausend werden.« Ihr Blick fällt auf das Hemd in Mullers Hand. »Ich hole Ihnen eine Plastiktüte.«

Den ganzen Morgen schon grübelt Harpole. Der Abend mit Katie geht ihm nicht aus dem Kopf. Er hat sie enttäuscht. Er hat sie verletzt ... Wie eine Last schleppt er diese Gewissheit mit sich herum. Dabei liebt er sie doch. Jedes Mal, wenn er zu diesem Schluss gekommen ist, fängt die Grübelei wieder von vorn an. Mechanisch hat er seine Arbeit auf der Mine verrichtet und sich dann in den Schuppen zurückgezogen.

Und plötzlich steht sie da, die Getigerte, und sieht Harpole mit ihren magischen Katzenaugen an. Ganz langsam streckt er die Hand aus. Er darf sie jetzt nicht erschrecken durch eine unbedachte Bewegung, dann ist das Warten der letzten Wochen, das Vertrauen, dass er mühsam aufgebaut hat, dahin. Nur noch zwanzig Zentimeter.

»Mau«, sagt er leise, »mau, mau, mau ...« Und dann streicht er über ihr Fell. Vorsichtig nur und nur ein kleines bisschen, erst an den Pfoten, und als sie sitzen bleibt, wagt er es, ihren Kopf zu streicheln, die Stelle zwischen den Ohren und hinter den Ohren. Sie schließt die Augen und drückt ihren Kopf gegen seine Hand.

»Mau«, sagt er wieder, »maumau.«

Sie fängt an, leise zu schnurren.

Er kann es kaum glauben! Sie war doch so scheu! Er legt die Sprengladungen vorsichtig ab, geht neben ihr in die Hocke und streichelt sachte über ihren Rücken. »Mau ... maumau ...«

»Hier bist du!«

Harpole erschrickt, springt auf und dreht sich um. »Keith ...«

Keith kommt näher.

Bleib, wo du bist, will Harpole ihm zurufen, aber er bringt kein Wort heraus, sondern steht einfach nur steif da.

»Meine Tochter hatte auch mal so eine Getigerte«, redet Keith weiter und streichelt der Katze über den Rücken, die sich seiner Hand wohlig entgegenstreckt. »War überhaupt nicht scheu, aber dafür verfressen! Du brauchtest nur mit den Tellern zu klappern, und wupps saß sie in der Küche!« Keith lacht. »Das gefällt ihr, ist ’ne ganz Verschmuste.«

Geh, denkt Harpole, geh endlich, doch da ist Keith’ Blick schon auf die Sprengladungen gefallen, die auf dem Boden liegen. »Hey, wolltest du was in die Luft jagen?«, fragt er und lacht dabei.

Harpole zögert und sagt dann: »Ich hab dir doch den Riss gezeigt.«

»Du meinst den Straßenschaden.«

»Es ist nicht nur ein Straßenschaden, Keith«, sagt Harpole mit belehrendem Ton.

Keith kratzt sich unter dem Helm und rückt ihn wieder

zurecht. »Hal, meinst du nicht, dass du dich da in was verrannt hast?«

Keith will es einfach nicht begreifen. »Der Giftsee ist nur von einer dünnen Wand gegen den Zufluss zum Lake Superior getrennt«, erklärt Harpole. »Deshalb müssen wir einen anderen Abfluss schaffen, okay?«

Keith nickt langsam. Harpole ist sich nicht ganz sicher, ob Keith verstanden hat, was er meint, denn er fragt: »Und wohin?«

»In einen anderen Hohlraum. Ich hab mir Studien angesehen. Wir müssen an zwei Stellen sprengen.«

Die Katze springt auf den Boden und läuft davon.

»Hal ...« Keith stöhnt auf. »Das ist nicht unsere Sache. Wir müssen zuerst mit Frenette reden.«

»Ich hab den Auftrag bekommen, Keith, verstehst du? Ich.«

Keith tritt von einem Bein aufs andere. »Und von wem?«

Harpole lächelt. »Von oben. Von *ganz* oben.«

»Vom Aufsichtsrat von *Polycorp*?« Keith sieht ihn überrascht an.

Harpole muss lachen. Er legt Keith freundschaftlich die Hand auf die Schulter.

»Und warum sagst du das nicht gleich?«

»Keiner soll es wissen. Es gäbe nur unnötig Panik und Gerede. Du weißt doch, wie die Leute sind.« Harpole zwinkert ihm kumpelhaft zu.

Keith zeigt auf die Sprengladungen. »Okay. Wo und wann machen wir's?«

»Es gibt nur noch ein kleines Problem.«

»Und das wäre?«

»Durch den Druck der Explosion könnte auch die Wand zum Abfluss in den Lake Superior brechen.«

»Sag mal, bist du verrückt?« Keith sieht ihn entsetzt an. »Das kann doch *Polycorp Minerals* niemals angeordnet haben! Was treibst du hier, Hal? Sabotage?«

Harpole will ihn beruhigen. »Keith«, sagt er, »bitte, du musst dich nicht aufregen, es ist alles richtig, was wir tun. *DIE STIMME* hat mir den Auftrag gegeben. *GOTTES STIMME*.«

»Mein Gott, Hal. Du bist überarbeitet. Du leidest unter irgendeinem Stresssyndrom, so was gibt's.«

Keith legt ihm die Hand auf die Schulter, da horcht Harpole plötzlich auf. *DIE STIMME ...*

»Weiche von mir, Teufel!«, schreit er. In Keith' Augen erkennt er auf einmal den Blick des Teufels. »Du kannst mich nicht daran hindern! Ich bin Gottes Werkzeug! Der Allmächtige ist für uns gestorben, das Lamm Gottes hat sein Blut für uns vergossen, um die Schuld von uns zu nehmen. Und ich bin auserwählt, den Höllenpfuhl zu vernichten! Deinen Höllenpfuhl, du Teufel! Weiche von mir!« Und Gott gibt ihm, Hal Harpole, etwas in die Hand, es ist eine Axt, eine schwere, blinkende Axt, und Harpole holt aus. Er weiß, dass er das Richtige tut, er lässt die Axt auf den Teufel niedersausen, spaltet ihm krachend den Schädel. Blut spritzt, es spritzt an die Holzwände des Schuppens, auf die Kisten – und es spritzt ihm ins Gesicht. Und dann liegt der Teufel vor ihm.

Harpole kann es immer noch nicht fassen. Keith, wer hätte gedacht, dass Keith ein Werkzeug des Teufels war? Aber heißt es nicht: Das Böse begegnet uns in vielerlei Verkleidung? Genau das haben sie auch im Radio gesagt. Harpole merkt, dass er die Axt noch immer in der Hand hält. Er lässt sie auf den Boden fallen. Er muss an die Arbeit, sagt ihm *DIE STIMME*.

Muller steht mit Gouverneur Carl H. Ochs in dessen Büro und legt die Plastiktüte vor ihm auf den Tisch.

»Ist das Ihr Hemd?«

Einen Augenblick lang ist er sprachlos. »Mein Hemd?«

»Ihre Frau hat es mir gegeben«, sagt sie unbeeindruckt, »und die Blutspritzer darauf haben in einer Schnellanalyse eine große Übereinstimmung mit dem Blut von Phil Springsteen ergeben.«

»Heather? Sie hat doch mein Alibi bestätigt.« Ochs lacht siegessicher.

»Ihre Frau hat ihre Aussage widerrufen.«

Das ist der Dolchstoß. Seine Züge werden starr, und seine Mundwinkel beginnen zu zucken. »Ruth, ich kann das nicht glauben. Das ist geradezu ... unerhört! Wie können Sie so etwas wagen? Sie machen einen Fehler, einen großen Fehler!« Er greift zum Telefon. Sie lässt ihn. »Ich werde jetzt meinen Bruder anrufen, der mich anwaltlich vertritt.«

Noch ist er die Ruhe selbst. Es gibt für alles eine Lösung, einen Deal, drückt er damit aus, das weiß Muller, sie macht eine Handbewegung Richtung Tür. »Nicht nötig, Ihr Bruder wartet draußen.«

»Sie haben ihm gegenüber diese unglaublichen Anschuldigungen schon erwähnt?«, sagt Ochs und kneift die Augen ungläubig zusammen.

»Sagen Sie mir einfach, dass Sie nichts damit zu haben. Sagen Sie mir, dass wir uns geirrt haben.« Muller hofft irgendwie, dass alles in Ordnung kommt und dass der Gouverneur von Wisconsin ein rechtschaffener Mann ist ...

Doch Ochs schweigt.

Heather hat ihm doch ein Alibi gegeben! Warum hat sie es widerrufen? Was hat Muller ihr wohl versprochen?

Jetzt sitzt Frank vor ihm und sieht ihn mit diesem Blick an, den er ihm aus dem Gesicht schlagen könnte. Überhaupt, er ist so unglaublich wütend! Auf diese verfluchte Muller – und auf Heather! Wenn sein Bruder nicht schon vor der Tür gestanden hätte, wäre er sofort nach Hause gefahren und hätte sie zur Rede gestellt. Aber jetzt ist ein klarer Kopf gefragt.

»Okay«, sagt Ochs also, »wo stehen wir, Frank?«

Ein Augenblick vergeht, und dann sieht Ochs, wie das Gesicht seines Bruders sich verändert. Die Adern an den Schläfen schwellen an, und die Mundwinkel fangen an zu zucken.

Schon legt Frank los: »Wo wir stehen, Carl? Wir? Hast du wirklich gerade *wir* gesagt? Existiert dieses Wort tatsächlich in deinem Denken?«

Ochs weiß nicht, was er darauf erwidern soll, ja, er weiß nicht einmal, worauf das jetzt hinausläuft.

»Glaubst du eigentlich, du bist unantastbar?« Frank schreit.

»Frank ...«

»Nein, Carl! Die ganzen Jahre habe ich mich für dich aufgeopfert, um dir den Rücken freizuhalten, um unsere Visionen von diesem Land zu verwirklichen – und um das Vermögen, das unsere Großväter erarbeitet haben, zu erhalten und zu mehren. Und was machst du? Du bist ... so unglaublich rücksichtslos, Carl! Oder soll ich *dumm* sagen?« Frank holt Luft und beugt sich über den Schreibtisch. »Und wie, bitte schön, soll ich dich da raushauen, Carl? Willst du mir das verraten?« Frank lässt sich, plötzlich kraftlos geworden, zurücksinken. »Du hast mich immer nur benutzt, Carl. Ich war dein Gehilfe, einer, der hinter dir aufgeräumt hat. Du hast immer nur getan, was du wolltest.«

Jetzt reicht's! Ochs springt auf. »Dann will ich dir jetzt mal was sagen, Frank! Um große Ideen zu verwirklichen, braucht es Führungspersönlichkeiten. Und ich bin eine. Und deshalb bin ich auch angreifbar! Als Politiker hat man viele Feinde, und die kann man nicht immer mit Samthandschuhen anfassen. Und noch was: Große Ideen brauchen auch großen Einsatz!«

Jetzt ist die ganze Sache richtiggestellt – er hat das Steuer wieder in der Hand. Er braucht nur ein paar Koordinaten von seinem Steuermann, dann bringt er das Schiff schon wieder auf Kurs.

»Und jetzt zum aktuellen Fall, Frank: Muller ist verdammt ehrgeizig und will Chief of Police werden. Das ist unser Trumpf. Also, Frank, wie sieht die Sache aus?«

Frank schließt die Augen, und als er sie wieder öffnet, wirkt sein Blick irgendwie leer, was Ochs ganz und gar nicht gefällt.

»Das ist das letzte Mal.«

»Ach, komm schon, Frank, keiner ist so gut wie du. In einer Kanzlei würdest du dich doch nur langweilen.« Ochs lächelt schon wieder. »Also, wie lautet dein Plan?«

Frank schweigt lange, schließlich beginnt er: »Wir brauchen eine Lösung, die uns allen dient.«

»Uns allen?

»Ja, uns – und Muller.«

Ochs hat es gewusst, Frank lässt ihn nicht im Stich. »Danke«, sagt er mit echter Dankbarkeit in der Stimme, doch Frank zuckt nur mit den Schultern und redet weiter: »Pete Kondracki hat den Mord an Tim Andersson aus Eifersucht begangen, weil er es nicht ertragen konnte, dass seine Frau ihren Therapeuten so sehr vergötterte, dass sie alles tat, was der von ihr verlangte, außerdem ... hat Pete Kondracki sie verdächtigt, ein Verhältnis mit Tim Andersson zu haben.«

Ochs nickt. »Eifersucht ist ein überzeugendes Motiv.«

»Dass Pete Kondracki für das Ashland-Projekt gearbeitet hat, spielt in dieser Version gar keine Rolle«, fährt Frank fort.

Ochs nickt wieder. Ja, das klingt gut. »Und weiter?«

»Detective Christina Andersson ist besessen davon, den Mörder ihres Bruders zu finden. Als sie auf Kondracki als Täter stößt, erschießt sie ihn im Affekt.«

»Interessant.«

»Sie hat die Leiche in den Kofferraum ihres Wagens gepackt, um sie irgendwo verschwinden zu lassen. Doch sie wurde in einen Unfall verwickelt, und die Leiche wurde entdeckt. Andersson leugnet den Mord – aber die Beweise sprechen gegen sie.«

»Und was muss ich tun?«

»Wenn Captain Muller das alles so hinkriegt, dann sollte sie innerhalb der nächsten vier Monate zum Chief of Police ernannt werden ...«

»Das kann ich nicht allein entscheiden«, wendet Ochs ein, aber er kennt schon die Antwort, die sein Bruder auch gleich ausspricht: »Du wirst dafür sorgen, dass sie den Posten bekommt.«

»Das ist nicht so einfach ...«

»Ich habe auch nicht behauptet, dass es einfach ist, Carl!«, braust sein Bruder auf. »Und wir versprechen ihr außerdem, darauf zu verzichten, die Fotos von ihrem Sohn – und einen entsprechenden enthüllenden Bericht, der ihn als Drogendealer enttarnt – zu veröffentlichen.«

Das klingt vernünftig, findet Ochs.

»Du kannst von Glück sagen, dass Muller so karrieregeil ist, sonst wärst du diesmal endgültig geliefert gewesen. Es gibt nur noch ein Problem.«

»Und das wäre?«

»Andersson. Sie weiß zu viel. Und sie weiß, dass sie Kondracki nicht umgebracht hat.«

»Hm ...« Ochs hat gewusst, dass die Sache einen Haken hat.

»Wir könnten ihr Geld ...«

»Unsinn!«, unterbricht Frank ihn. »Sie ist auf Rache aus.«

»Was dann?«

»Sie muss eliminiert werden.«

»Frank ...« Ochs runzelt die Stirn. »Gibt es keine andere Lösung?«

»Was willst du – wiedergewählt werden oder ins Gefängnis gehen?« Frank steht auf.

»Es muss noch eine andere Lösung geben ...«

Frank sieht ihn an, lange und eindringlich, und Ochs begreift auf einmal, dass Frank der Stärkere ist, dass er schon immer der Stärkere gewesen ist, auch wenn es anders ausgesehen hat ...

»Ich denke, ich sollte Muller unser Angebot unterbreiten«, sagt Frank gelassen und wendet sich um zur Tür. »Außerdem werde ich Heather vorschlagen, vorläufig in mein Apartment zu ziehen. Es steht zurzeit sowieso leer. Und ich nehme an, du legst keinen gesteigerten Wert auf ihre Anwesenheit in deinem Haus.« Dann geht er hinaus.

Sein Bruder ist ihm geblieben, sein Bruder, der ihn versteht und der zu ihm hält, egal, was passiert. Sein Bruder, der die Sache in die Hand nimmt. Aber trotzdem, das mit dieser Polizistin gefällt ihm nicht, aber hat er eine andere Wahl?

Als es kurz darauf an der Tür klopft, erwartet er Frank, der etwas vergessen oder sich irgendetwas anders überlegt hat. Aber es ist Nolan Brewer.

Der wirkt irgendwie verstört, denkt Ochs und schlägt einen sorglosen Ton an: »Nolan?« Irgendetwas stimmt nicht. »Komm rein, setz dich.«

Brewer bleibt stehen, er zieht ein zusammengefaltetes Blatt Papier aus der Tasche seines Sakkos und gibt es Ochs. »Hast du ein Konto auf Antigua?«

Ochs unterdrückt ein Aufstöhnen. Manchmal kommt alles zusammen ... Er faltet das Blatt auseinander. *Die schmutzigen Geschäfte von Gouverneur Ochs* steht da als Überschrift. Und darunter: *Von Phil Springsteen.*

Ochs zieht die Stirn in Falten, widerwillig beginnt er zu lesen.

Im Norden von Wisconsin, bei Ashland, liegt eine bedeutende Mine zum Abbau von Seltene-Erden-Metallen, die der Polycorp Minerals Inc. *gehört. Die Mine umfasst rund 20 ha im Tagebau.*

Nach einem schweren Unfall im Jahr 1999 wurde die Mine stillgelegt, da sich die Umweltauflagen nicht rentabel umsetzen ließen. Damals waren rund eine Milliarde Liter an radioaktiv und chemisch belasteten Abwässern aus undichten Auffangbecken ins Grundwasser gesickert. In den Folgejahren häuften sich die Fälle von Leukämieerkrankungen bei Kindern. Doch Polycorp Minerals *und auch die Behörden stritten jeden Zusammenhang ab.*

Gestiegene Weltmarktpreise für Seltene-Erden-Metalle und die Abhängigkeit von China haben eine politische Diskussion über die Wiedereröffnung stillgelegter Minen entfacht. Gouverneur Carl H. Ochs hat sich für die Wiederaufnahme der Bergbauarbeiten starkgemacht und konnte staatliche Subventionen in Milliardenhöhe durchsetzen.

Das Erz der Mine in Ashland enthält neben Cer und Lanthan

vor allem Neodym. Diese Seltene-Erden-Metalle wurden früher unter Verwendung von Ammoniak und Schwefel-, Salpeter- und Salzsäure aufgeschlossen, was zu einem großen Abwasseranfall führte.

Polycorp *hat sich verpflichtet, in Zukunft auf neue chemische Technologien umzustellen und so den Abwasseranfall deutlich zu reduzieren. Die anfallenden Salze sollen dabei durch Chloralkali-Elektrolyse zurückgespalten und teilweise wieder eingesetzt werden. Das aber ist laut Chefingenieur Hal Harpole noch nicht passiert. Es muss also zu gravierenden Fehlern bei der Erteilung einer neuen Schürferlaubnis gekommen sein.*

Nicht nur Polycorp Minerals, *sondern auch der amtierende Gouverneur Carl H. Ochs werden sich nun verantworten müssen.*

Ochs gibt Brewer den Ausdruck zurück. »Woher hast du das?«

Brewer faltet das Blatt zusammen, steckt es aber nicht wieder weg. »Von der Spurensicherung. Aus dem Computer von Springsteen.«

Ochs versucht eine Erklärung dafür zu finden, wer es Brewer gegeben haben könnte. Muller? Sollte Brewer gemeinsame Sache machen mit Muller?

»Da steht auch drin, dass Frank regelmäßig nach Antigua fliegt«, sagt Brewer.

»Das ist doch kompletter Unsinn!« Ochs verdreht die Augen. »Frank fliegt regelmäßig nach New York. Nolan, glaubst du, wenn ich wirklich schmutziges Geld hätte, würde Frank es persönlich nach Antigua bringen? Ich habe kein schmutziges Geld. Ich habe ein paar Konten bei amerikanischen Banken, und ich habe ein bisschen Geld angelegt, wie die meisten von uns. In meiner Position, Nolan, kann ich mir solche Machenschaften doch gar nicht leisten!« Er fügt ein kurzes Lachen hinzu.

Brewer geht unruhig hin und her.

»Hör zu, Nolan, das Ganze ist eine dreckige Kampagne gegen mich.«

»Dann sind diese Behauptungen also völlig aus der Luft gegriffen?« Brewer sieht ihn forschend an.

»Springsteen hatte mich auf seiner Liste!«

»Wie praktisch, dass er jetzt tot ist«, sagt Brewer mit einem Unterton, der Ochs nicht gefällt.

Das kann er nicht durchgehen lassen. »Nolan, ich habe dich immer wie einen Sohn behandelt. Das habe ich deinem Vater versprochen, bevor er so früh gestorben ist. Zeig ein wenig Loyalität. Das ist das Mindeste, was ich von dir erwarten kann.« Ochs deutet auf den Artikel in Brewers Hand. »Springsteen war ein mieser Schmierfink, und, ehrlich gesagt, ich glaube nicht, dass der Medienwelt durch seinen Tod ein Schaden entstanden ist. Es ist so billig, Menschen in den Schmutz zu ziehen, ohne Beweise zu liefern.«

Brewers Blick ist noch immer skeptisch.

»Glaub mir, Nolan, wenn man es mit solchen Typen zu tun hat, muss man mit allem rechnen: mit Lügen, unverschämten Behauptungen, Verleumdungen ... *Polycorp Minerals* hat alles überprüfen lassen.« Ochs überlegt noch, wie er diese Situation entschärfen – oder noch besser – beenden kann, da sagt Brewer: »Nachdem du gesagt hast, alles wäre okay, hab ich *Polycorp*-Aktien gekauft.«

»Nolan ...«

»Ich wusste nicht mehr, wie ich das Geld für die Hypothek auftreiben sollte. Die Fonds sind gefallen, Dads alte Wohnung habe ich nicht mehr zum alten Preis vermieten können, und was glaubst du, wie viel ich in die Krankenkasse einzahlen muss!

Sophia soll später mal studieren. Also, wo soll ich jeden Monat fünfzehnhundert Dollar für die Rückzahlung herkriegen?«

»Nolan, wir finden schon eine Lösung, wir können die Höhe der Ratenzahlung verringern, das ist doch überhaupt kein Problem«, beschwichtigt er, doch Brewer redet einfach weiter: »Muller will den Artikel vielleicht an die Öffentlichkeit geben.«

»Sie will *was*?«, braust Ochs auf. »Das kann sie nicht einfach! Nein, das wird sie nicht wagen!«

»Ich sag es dir nur.« Brewer zeigt sich unbeeindruckt. »Wenn dieser Artikel draußen ist – egal, ob wahr oder unwahr –, rutschen die Börsenkurse in den Keller.«

»Dann solltest du schnellstens verkaufen, Nolan.«

»Jetzt? Dann hab ich ja schon Verlust gemacht! Sie steigen erst, wenn endlich dieses Neo ... dieses Zeug aus der Erde geholt wird! Das weißt du doch, du hast doch sicher auch *Polycorp*-Aktien.«

»Frank hat ein paar gekauft, glaube ich«, gibt Ochs zu.

»Es geht um die Hypothek ...«

»Lass doch diese Hypothek, du zahlst eben weniger ...«, versucht Ochs es noch einmal, doch Brewer scheint ihm überhaupt nicht zuzuhören.

»Carl, ich hab dich mehrmals wegen der Ashland-Mine gefragt, und du hast nie Bedenken geäußert, und als du dich auch noch für die Wiedereröffnung starkgemacht hast, war ich sicher, die Sache läuft. Hier kann ich Aktien kaufen. Das ist eine sichere, solide Angelegenheit ...« Brewer stellt sich dicht vor ihn. »Wenn die verfluchte Mine geschlossen wird, steigen sie nicht!«

»Davon gehen wir aber doch nicht aus, Nolan.«

»Doch, nach diesem Artikel gehen wir verdammt noch mal davon aus! Und wenn ...«

»Schluss jetzt!«, fährt Ochs ihn an.

Brewer erschrickt und spricht tatsächlich nicht weiter.

»Also«, sagt Ochs wieder ruhig, »dieser Artikel wird nie erscheinen.«

»Wie willst du das verhindern?«

»Das lass mal meine Sorge sein. Geh jetzt, ich sag dir Bescheid.«

»Ich vertraue dir, Carl. Deshalb hab ich auch diese ganzen Sachen gemacht. Nolan, lass die Akte verschwinden, Nolan hier und Nolan da.« Er sieht Ochs lange und direkt in die Augen, und Ochs muss sich Mühe geben, dem Blick standzuhalten. Schließlich spricht er weiter. »Ich schätze dich. Du hast recht, wenn man große Aufgaben hat, muss man manchmal Zugeständnisse machen, die man nicht hundertprozentig gutheißt. Und wenn man es nicht tut, geht gar nichts weiter ...«

»Richtig, mein Junge ...« Ochs legt ihm väterlich den Arm um die Schulter. »Du wirst dein Geld nicht verlieren.« Er wirft einen Blick auf die Armbanduhr. »Und jetzt entschuldige mich, ich erwarte Besuch.«

Nachdem Brewer gegangen ist, macht er das Fenster auf und atmet die kalte Luft tief ein. Es ist dunkel und feucht vom Schnee, und er würde jetzt gern nach Hause fahren und sich an ein prasselndes Kaminfeuer setzen. Aber er weiß, zu Hause prasselt kein Feuer.

Antigua ... Er fragt sich, woher Springsteen das gewusst hat.

In Gedanken versunken schließt Ruth Muller die Haustür auf, geht hinein und wirft ihren Mantel über einen Sessel. Frank Ochs, der ihr gegenüber sonst immer so zugeknöpfte Bruder des Gouverneurs, ist zu ihr in den Wagen gestiegen und hat ihr einen Deal vorgeschlagen. Das muss man sich mal vorstellen!

Sie hat einen Sieg errungen, so hat sie sich gefühlt, nachdem Frank Ochs wieder ausgestiegen war. Aber inzwischen kommt es ihr vor, als läge das Schlimmste erst noch vor ihr.

Sie erschrickt, als Alex ihr von der Treppe entgegenkommt und sagt: »Nicht schießen, Mom! Ich wohne auch hier.«

»Mein Gott, Alex, was redest du für ein Zeug!« Sie legt die Autoschlüssel zu den anderen in die Schale auf der Kommode. Es tut ihr gut, Alex zu sehen, und sie würde ihn so gern einfach umarmen, ihn einen Augenblick lang festhalten – und für immer beschützen. »Können wir nicht mal wieder normal miteinander reden, so wie früher?«

Er antwortet nicht, sondern kaut einfach weiter Kaugummi. Wie sie das hasst, wenn er so ist. Was hat sie nur falsch gemacht?, fragt sie sich dann jedes Mal. Sie wollte ihm immer eine starke Mutter sein, an der er sich orientieren konnte. Wie würde er sie sehen, wenn er plötzlich begreifen würde, dass sie kapituliert hat?

»Alex, bitte!« Noch nie war ihr Leben so kompliziert, so geprägt von Kompromissen und Konflikten. Als wäre in ihrem Job nicht schon alles schwierig genug, jetzt muss auch noch ihr einziger Sohn, den sie wirklich über alles liebt, rebellieren.

Manchmal kann er so arrogant und kalt sein! Hat er das von ihr? Hat nicht auch Adam ihr schon mehrmals genau diese Eigenschaften vorgehalten, die er nicht an ihr mag? Und dennoch liebt er sie.

»Alex, als ich so alt war wie du, habe ich meine Eltern auch gehasst. Aber auch Eltern sind nur Menschen.«

»Okay, Mom...« Er lächelt plötzlich. »Wahrscheinlich hast du recht.«

Sie weiß einfach nicht, wie sie auf ihn reagieren soll.

»Hey, Mom. Ich meine es ehrlich!« Sie traut ihm nicht. Bestimmt wird er sich gleich über sie lustig machen.

»Ich bin stolz auf dich«, sagt er.

»Wirklich, weshalb?« Ihre Skepsis bleibt, zu oft schon hat er sie im Innersten verletzt.

»Wie du es schaffst, dich in dieser beschissenen Welt zu behaupten«, sagt er – und tatsächlich bleibt er ernst dabei. »Na ja«, er zuckt mit den Schultern, »für mich war das immer selbstverständlich ...« Er fährt sich durch die Haare, und sie deutet die Geste als Unsicherheit. Ist sein ganzes Verhalten vielleicht auf Unsicherheit zurückzuführen? *Ihr Sohn kommt nicht an gegen sie als starke Mutter* – ist es so?

Hat Adam mit ihm geredet? Hat Alex sich besonnen? Oder ist es nur ein Spiel?

Sie beschließt, es zu wagen – offen zu sein – und sagt: »Mir wurde der Posten des Chief of Police angeboten.«

»Wirklich?« Sein Erstaunen klingt echt, es fehlt der spöttische Unterton, oder überhört sie ihn? »Hey, cool.«

Sie betrachtet ihn. Die Ähnlichkeit zwischen ihnen ist auffällig, schon in der Schule haben Lehrer und Eltern sofort gewusst, dass sie Alex' Mutter ist. Dass Adam nicht sein Vater ist, wurde nie nach außen getragen.

»Meine Mom wird also Chief of Police, Glückwunsch, Mom, weiß Adam es schon?«

»Nein ... aber ...«

»Dann kriegst du ja noch mehr Schotter, richtig?« Er grinst – und spätestens jetzt ahnt sie, dass er die gerade entstandene Nähe wieder kaputtschlagen wird.

»Ich werde das Angebot nicht annehmen.«

Hat sie ihn sprachlos gemacht? Dann zuckt er mit den Schultern unter dem weiten blauen Sweatshirt, setzt eine gleichgültige Miene auf und fragt: »Und ... warum nicht?«

»Ich müsste einem Deal zustimmen, und das will ich nicht, weil ich sonst jemanden verraten müsste.«

»Hey, ist das dein Ernst?«

»Das ist es, ja.«

»Scheiß drauf, Mom! Das macht doch jeder mal, oder? Was ist da so schlimm dran?«

Da ist sie wieder, seine typische provokante Art.

»Weißt du, Alex, das wollte ich dir immer vermitteln: Such dir Prinzipien, nach denen du handeln kannst.«

»Hey, klingt ja richtig feierlich! Ich bleib lieber flexibel, Mom.« Er lacht wieder.

Er hat sich nicht geändert. Das macht sie wütend, und es macht sie noch wütender, dass sie tatsächlich gehofft und einen Augenblick lang auch geglaubt hat, dass er sich geändert hätte. Deshalb sagt sie: »Dann bin ich mal gespannt, wie flexibel du bist, wenn du vielleicht angeklagt wirst ...«

Sie hat es geschafft, dass es ihm zumindest einen kurzen Augenblick lang die Sprache verschlägt.

»Soll das heißen, ich war mit drin in diesem Deal?«, sagt er schließlich.

»Du hast es erfasst.«

Sie kann sich nicht erinnern, wann er ihr zum letzten Mal so intensiv in die Augen gesehen hat.

»Okay, Mom, bitte sag's mir, wenn ich falsch liege: Der Deal schließt die Sache mit der Razzia ein. Sie wollen sie unter den Tisch fallen lassen, richtig?«

»Ja – so könnte man sagen.« Sie spürt, wie Wut sich in ihm aufbaut.

»Du lässt mich also über die Klinge springen wegen deinen ... deinen idiotischen Prinzipien.« Alex lacht, es ist ein schroffes, bellendes Lachen.

»Alex, willst du das nicht verstehen? Ich müsste einen

Mord decken, einen Unschuldigen dafür belasten – und ich wäre dadurch erpressbar.«

»Hier passieren doch andauernd Morde! Um wen geht's? Um 'nen Junkie, 'ne dreckige Nutte?«

»Ich will nicht, dass du so über Menschen redest! Außerdem wirst du lernen müssen, die Konsequenzen für dein Handeln zu tragen.«

»Sag mal, spinnst du?« Seine Wangen sind auf einmal flammend rot. »Du lieferst mich ans Messer und redest dabei so einen Scheiß? Und was sagt Adam dazu? Er findet das sicher beschissen von dir!«

»Er wird es verstehen.«

»Ruf ihn an!« Er hält ihr sein Handy hin. »Los! Sag's ihm!«

»Alex, das ist einzig und allein meine Entscheidung.« Trotzdem nimmt sie sein Handy.

»Weißt du überhaupt, was du mir antust?«, brüllt er sie an. »Du zerstörst meine Zukunft! Du zerstörst mich! Du machst unsere ganze Familie kaputt!«

So hat sie ihn noch nie erlebt. So verzweifelt und zornig.

»Wir finden einen guten Anwalt für dich, Alex. Und vielleicht kommt es ja auch gar nicht zu einer Anklage.« Im selben Augenblick weiß sie, dass sie genau das Falsche gesagt hat.

»Du hasst mich«, stößt er zwischen zusammengebissenen Zähnen hervor und weicht einen Schritt zurück.

»Nein, ich liebe dich, und deshalb muss ich …« Ungeschickt streckt sie den Arm nach ihm aus.

»Hör doch auf!«, schreit er. »Du stellst deine beschissenen Prinzipien über unsere Familie? Du bist das Allerletzte!«

»Alex!«

»Ich hasse dich! Für mich … bist du erledigt!«

Er dreht sich um, rennt die Treppe hinauf und schlägt seine Zimmertür zu.

Der lang anhaltende Ton irritiert sie, da erst realisiert sie, dass sie immer noch Alex' Handy in der Hand hält und dass sie Adams Nummer gewählt hat. Die Mobilbox schaltet sich ein.

»Adam, bitte ruf mich an. Wir müssen reden.«

Adam hätte sicher eine diplomatische Lösung gefunden – und nicht einfach Nein gesagt zu Frank Ochs' Vorschlag. Im Wohnzimmer gießt sie sich einen großen Scotch ein. Während sie trinkt, fällt ihr das Foto von ihrem Amtsantritt ins Auge, das auf dem Kaminsims steht. Sie trägt ihre Uniform, ihr Blick ist klar und direkt in die Kamera gerichtet. Ich bin kompromisslos und unbestechlich, soll er zeigen. Egal, welche Entscheidung ich treffen muss.

Nachdenklich schließt sie die Augen.

Carl Ochs hat den Kamin angezündet und gießt sich und seinem Bruder einen ordentlichen Whisky ein. Er ist gleich nach Brewers Besuch nach Hause gefahren. Heather hat Franks Angebot angenommen und ist in sein Apartment gezogen, sodass er sich nicht auch noch mit ihr auseinandersetzen muss. Dennoch, es ist seltsam, in ein kaltes Haus zu kommen. Heather hatte immer den Kamin brennen, der Fernseher lief oder Musik, und aus der Küche duftete es nach Essen – auch wenn sie dann nicht gemeinsam aßen. Dass das Haus so groß ist, ist ihm noch nie so bewusst geworden.

»Wir haben keine andere Wahl.« Franks Stimme reißt ihn aus seinen Gedanken. »Hast du mir überhaupt zugehört?«

Ochs trinkt einen großen Schluck. »Ja. Muller hat dein Angebot ausgeschlagen.«

»Richtig. Also brauchen wir jetzt eine andere Lösung.«

»Was meinst du damit?«

»Es schneit, die Straßen sind glatt ...«

»Ausgeschlossen, Frank!«

»Denkst du vielleicht, mir macht das Spaß?«, sagt Frank. »Wenn du einen anderen Vorschlag hast, bitte!«

Ochs schenkt sich und Frank nach, ein lausiger Versuch, Zeit zu gewinnen, das weiß er selbst.

»Vergiss nicht, Tony ist tot.« Frank nippt am neuen Drink.

»Das weiß ich selbst!«, blafft Ochs. »Daran musst du mich, verflucht noch mal, nicht erinnern!« Er starrt in die Flammen, ein paar Gedenksekunden lang für Tony, und sagt dann: »Wir haben doch alles versucht, oder? Ich meine, wir haben ihr einen Job angeboten, und nicht nur einen Job! Status! Karriere! Und es geht um die Zukunft ihres Sohnes. Und sie entscheidet sich einfach dagegen!« Er schüttet den Whisky hinunter, gießt sich nach und trinkt das dritte Glas in einem Zug zur Hälfte leer. »Mein Gott, Frank, ich bin angetreten, weil ich mich berufen gefühlt habe, den Menschen ein besseres ... ein glücklicheres Leben zu schaffen! Glaub mir, Frank: Ich wollte etwas zurückgeben. Das, was unsere Väter und unsere Familien von diesem Land geschenkt bekommen haben.«

»Unsere Väter haben nichts geschenkt bekommen, Carl! Hör auf, die Vergangenheit zu idealisieren! Sie haben alles erkämpft, mit ihrem Schweiß und mit ihrem Blut ...«

»Aber dieses Land hat ihnen die Möglichkeit gegeben, ihre Kräfte zu leben, Frank! Was wären sie wohl, wenn sie in Deutschland geblieben wären? Wahrscheinlich hätte es gar keine Familie gegeben, weil man sie umgebracht hätte, und das nur, weil sie so mutig waren, ihre Visionen von Glück und Freiheit in die Tat umzusetzen!«

»Carl, wir leben im einundzwanzigsten Jahrhundert, nicht im achtzehnten.«

Ochs winkt ab, das weiß er selbst. »Dieser Springsteen! Der hatte es doch darauf angelegt! Ohne mit der Wimper zu zucken, hätte der mich nach Strich und Faden fertiggemacht und durch den Dreck gezogen. Und wofür? Für Geld! Er war gierig, Frank, einfach nur gierig! Und wer wäre nach mir gekommen? Diese spröde alte Schachtel von den Demokraten?« Nein, er kann die Dummheit der Menschen einfach nicht begreifen.

Sein Bruder stellt das Glas ab, blickt hinunter auf seine glänzenden Schuhe, und als er wieder hochsieht, sagt er: »Wir müssen die Sache mit Muller und Andersson regeln. Und zwar jetzt.«

Ochs betrachtet seinen Bruder. Smart und diplomatisch gibt er sich. In Wahrheit – Ochs stürzt den Rest seines Whiskys hinunter – hat Heather immer recht gehabt, in Wahrheit ist Frank skrupellos ... und eiskalt.

Frank steht auf. »Ich gebe Brewer Bescheid.«

Christina wartet. In ihrem ganzen Leben hat sie noch nie so lange gewartet. Und mit jeder Minute, die sie weiter wartet, rücken die Zellenwände näher. Sie haben ihr die Tabletten weggenommen, deshalb zittert sie. Gleichzeitig ist sie so müde, dass sie schon nicht mehr schlafen kann, sie ist völlig überdreht, ja, ja, das weiß sie alles – und sie weiß auch: Erstens: Sie braucht ihre Tabletten. Und zweitens: Es sieht nicht gut aus für sie. Sie hängen ihr alles Mögliche an, und sie kann immer noch nicht einschätzen, auf welcher Seite Muller steht. Ihre Gedanken wiederholen sich immer und immer wieder, verknüpfen sich neu, und irgendwann haben sie sich völlig verheddert.

Wenigstens muss sie sich um Jay keine Sorgen machen. Ihren Eltern kann sie vertrauen. Dads Gewehr hat sie seltsamerweise beruhigt.

Irgendwann hört sie Schritte. Geht jetzt alles von vorn los? Stellt Muller ihr wieder dieselben Fragen?

Es ist ihr schon egal, wer es ist, Hauptsache, das Warten hört auf. Die Zellentür öffnet sich, Muller ist wieder da.

»Kommen Sie, Andersson!«

Irgendwas ist anders an Muller, das bemerkt Christina sofort. Es ist nicht viel, aber ihre Frisur wirkt nicht mehr so perfekt, ihr Hosenanzug ist zerknittert, und in ihrem Blick liegt etwas Beunruhigendes.

»Wollen Sie wieder dieselben Fragen stellen, Captain?«

»Folgen Sie mir. Wenn irgendjemand uns aufhält, halten Sie den Mund und lassen mich reden.«

Bevor Christina noch etwas fragen kann, hat Muller sie schon durch die Zellentür geschoben. Der Gang führt unter der Erde entlang zum Gerichtsgebäude, das weiß Christina, aber es müsste mitten in der Nacht sein, und dort wäre jetzt niemand. Der Gang führt aber auch zu den Tiefgaragen. Und genau dahin geht Muller mit ihr.

Christina dreht sich abrupt um. »Wollen Sie mir nicht sagen, was Sie vorhaben, Captain?«

»Halten Sie den Mund, Andersson!« Jetzt erkennt Christina auch die Waffe in Mullers Hand.

Sie hat keine Ahnung, was Muller vorhat, aber immerhin ist sie aus der verdammten Zelle raus. Muller zieht die schwere Eisentür zu den Tiefgaragen auf. Neonlichter springen an wie Kaskaden und lassen die Karosserien aufblitzen.

»Dahinten!« Mullers Worte hallen von den Betonwänden wider.

»Captain! Bleiben Sie sofort stehen!«

Christina und Muller fahren herum.

Stan Milosz steht da, klein, breitbeinig – und mit einer Pistole. »Ich habe mich schon gewundert, was Sie nachts hier tun,

Muller! Ich habe mich also nicht geirrt! Sie und Andersson machen hinter meinem Rücken gemeinsame Sache! Das war's für sie beide!«

Der Schuss explodiert mit einem ohrenbetäubenden Knall. Milosz stürzt rückwärts gegen einen Betonpfeiler und rutscht, eine Blutspur hinterlassend, langsam zu Boden.

Christina hat sich reflexartig geduckt, doch Muller zieht sie schon weiter – weg von dem toten Milosz.

»Los, weiter, Andersson!« Muller hat die Waffe jetzt auf sie gerichtet.

Taumelnd folgt Christina ihr zu einem glänzenden schwarzen Chevy. Muller lässt die Schlösser per Fernbedienung aufspringen.

»Sie haben gerade den Chief erschossen!«, bringt Christina endlich heraus.

»Er hat es verdient!«, sagt Muller nur, und ihre Augen flackern.

»Verdammt, Sie hätten ihn anzeigen können, wir waren dabei, alles aufzudecken!«, brüllt Christina.

Muller macht die Beifahrertür auf. »Steigen Sie ein, Andersson!«

Christina bleibt stehen. »Nennen Sie mir einen Grund, Captain, warum ich das tun sollte.«

»Sofort!« Muller richtet die Pistole auf sie.

»Wollen Sie mich auf der Flucht erschießen, weil ich zu viel weiß?«

Mullers Lachen klingt schrill. »Sie wissen gar nichts, Andersson! Und jetzt steigen Sie endlich ein!«

Christina weiß, Muller würde abdrücken – und deshalb steigt sie ein.

Muller setzt sich hinters Steuer und fährt mit quietschenden Reifen los. Christina bemerkt, dass Mullers Hände zittern.

Muller sagt immer noch nichts, während sie aus der Tiefgarage schießt, rote Ampeln überfährt und noch einmal schneller wird, als sie auf die Interstate einbiegt.

»Machen Sie das Handschuhfach auf!«, sagt Muller plötzlich.

Zögernd gehorcht Christina – und sieht ihre eigene Dienstwaffe dort liegen.

»Nehmen Sie sie. Sie brauchen nicht nachzusehen. Sie ist geladen«, sagt Muller und beschleunigt wieder.

Christina lässt trotzdem das Magazin herausgleiten und schiebt es wieder ein. »Wollen Sie damit meinen Fluchtversuch glaubhafter machen?«

Muller scheint sie gar nicht zu hören, ihr Blick ist starr auf die Straße gerichtet, sie schießt in halsbrecherischer Geschwindigkeit zwischen den Autos hindurch.

»Captain«, fragt Christina, »was machen wir hier? Ziehen wir allein was durch?«

»Was, Andersson?«, fährt Muller sie an. »*Sie* ziehen die ganze Zeit allein was durch, und jetzt kriegen Sie kalte Füße?« Muller sieht kurz zu ihr herüber. Christina begreift sofort, dass Muller nicht mit sich reden lässt.

»Ich weiß jetzt, wie alles zusammenhängt«, sagt Muller irgendwann, »der Mord an Ihrem Bruder, der an Whitner, an Springsteen – und der an …« Sie bricht ab.

»An wem noch, Captain?«

Muller antwortet nicht, sondern beschleunigt auf der endlich freien Spur, und Christina wird in den Sitz gedrückt.

Das Ganze wird sich als Albtraum herausstellen, hat Muller am Anfang noch gedacht, als eine durch ein Trauma ausgelöste Wahnvorstellung, ganz sicher. Es kann nicht wirklich sein! Immer wieder und jedes Mal detaillierter hat das Szenario sich in Mullers Kopf abgespielt, bis sie sogar die Augenfarbe des einen Officers gesehen und den Geruch des anderen nach Rauch in der Nase hat:

Sie kommen in ihr Büro, als sie gerade die Akte gegen Ochs zusammenstellt. Ihr eigenes Foto hat sie an ihre Prinzipien erinnert, und sie ist zurück ins Präsidium gefahren.

»Captain – die Kollegen von der Streife …«, fängt der eine an, der nach Zigarettenrauch riecht.

»Ja?«

»Es ist etwas … mit Ihrem Wagen …«, ergänzt sein Kollege.

»Mit meinem Wagen?«, fragt sie. »Das muss ein Irrtum sein. Er steht zu Hause in der Garage.«

»Und wie sind Sie heute Nacht hergekommen?«

»Ich hatte was getrunken … und habe mich von einem Streifenwagen ins Büro bringen lassen.«

»Sie haben einen schwarzen Mercedes. Kennzeichen K89 7690.«

»Ja …«

»Captain … die Kollegen von der Streife haben …«

»Wurde er gestohlen?« Sie merkt, wie sie wütend wird, die Vorstellung, dass irgendwelche Junkies oder Rowdys ihr Auto zu Schrott fahren oder irgendwohin verschieben …

»Nein«, unterbricht sie einer der Officer, McDermott steht auf seinem Namensschild. »Nun … womöglich …«

»Officer McDermott, bitte sagen Sie mir jetzt klar und deutlich und ohne Umschweife, was los ist!«

McDermott nickt, schluckt und sagt: »Ihr Wagen wurde in einen Unfall verwickelt.«

»Dann wurde er also doch gestohlen? Jetzt lassen Sie sich doch nicht jedes Wort aus der Nase ziehen, McDermott!«

Sein Kollege, Officer Knight, sagt: »Der Fahrer ... war ein Alexander Muller, das ist Ihr Sohn, nicht wahr?«

Jetzt klaut er auch noch meinen Wagen!, denkt sie. »Ja. Hat er jemanden überfahren?«

Beide Officer starren sie an. Sie starrt zurück. Sekundenlang. Dann wird ihr klar, dass etwas Schreckliches geschehen ist, etwas Unwiderrufliches.

»Die Fahrbahn war glatt ...« Officer Knight sieht zu Boden.

Sie überlegt schon, welchen Anwalt sie damit beauftragen könnte, ihren Sohn rauszuhauen, da hört sie McDermott sagen: »Der Wagen hat sich überschlagen, er ist auf dem Dach weitergerutscht und gegen einen Brückenpfeiler geprallt.«

Sie merkt, wie ihr das Blut aus dem Kopf sackt. »Ist er verletzt?«, fragt sie. Plötzlich tut sich ein gähnender Abgrund vor ihr auf.

»Er war nicht angeschnallt«, hört sie eine Stimme sagen.

Schon ist sie aufgesprungen, hat ihren Mantel vom Haken gerissen und die Tür aufgemacht. »In welchem Krankenhaus ist er?«

McDermott räuspert sich. »Captain, Ihr Sohn ist ... tot.«

Das muss ein Irrtum sein, bitte, lass es ein Irrtum sein, denkt sie und geht aus dem Zimmer und den Flur hinunter. Sie muss in die Klinik. Es muss ein Irrtum sein. Sie dreht sich um. Die beiden Officer sind ihr gefolgt. »Vielleicht hat irgendjemand seinen Führerschein eingesteckt, verstehen Sie? Und vielleicht ist es auch gar nicht mein Wagen, vielleicht hat irgendjemand das Kennzeichen gefälscht! Officer, Sie müssen mich hinfahren!«

»Captain ... ich ... Es tut mir leid ... Er ist in der Gerichtsmedizin ...«

»Ja, dann eben dorthin. Ich bin sicher, es handelt sich um eine Verwechslung.« Ihre Beine zittern, dann ihr ganzer Körper, sie muss sich festhalten.

»Captain, ich rufe Hilfe«, sagt der eine Officer, der schon bei ihr ist.

Sie schüttelt seinen Arm ab. »Ich brauche niemanden!« Ein Schluchzen schwillt in ihrer Kehle an. Ich brauche niemanden mehr …

Sie ist auf dem Weg nach Madison, das wird Muller in dem Augenblick wieder klar.

»Ich sollte Chief of Police und mein Sohn entlastet werden«, hört sie sich sagen.

»Und was war der Preis?«

Muller wechselt auf die linke Spur und lässt einen BMW hinter sich.

»Was war der Preis, Captain?«, fragt Andersson noch einmal. Muller überlegt, dass alles anders gekommen wäre, wenn sie einfach Ja gesagt hätte, Ja zu Franks Angebot. Die Zukunft ihres Sohnes gegen die Zukunft von Christina Andersson.

Sie starrt durch die Scheibe auf die Straße vor sich, Rücklichter brennen sich in die Nacht. Wie einfach wäre es, das Gaspedal durchzutreten und auf den nächsten Brückenpfeiler zuzuhalten.

»Captain!«

Anderssons Stimme reißt sie aus dieser Vorstellung.

»Was der Preis war?«, wiederholt Muller. *Sie* waren der Preis, Andersson, soll sie das sagen? Und dass sie dem Deal mit Frank Ochs jetzt, ohne zu überlegen, zustimmen würde, wenn Alex dadurch noch am Leben wäre. War es wirklich so einfach? Ein Leben gegen ein anderes?

Muller wirft einen Blick zu Andersson hinüber, die reglos dasitzt. »Ich habe den Deal nicht gemacht. Nicht Alex, *ich* sollte in dem Auto sitzen …«

Andersson schüttelt den Kopf. »Was meinen Sie damit?«

»Alex ist tot. Er hat mein Auto genommen. *Ich* hätte sterben sollen.«

So viele Jahre – Ruth kommt es vor wie ihr ganzes Leben – hat sie sich beherrschen lassen von der Frage nach dem Täter und nach der Wahrheit. Sie hat ihren Sohn darüber vergessen – und Adam auch. Und noch immer kämpft sie diesen Kampf, den sie nie endgültig gewinnen kann. Was ist die Wahrheit denn schon wert?

Muller lenkt den Wagen in die Einfahrt des stattlichen Backsteinhauses mit den Erkern und Säulen, fährt direkt vor die Tür und stellt den Motor ab.

»So, Andersson, jetzt können Sie Ihren Bruder rächen – und ich meinen Sohn!«

Sie nimmt ihre Waffe und steigt aus.

»Captain! Warten Sie! Captain!«, hört sie Andersson hinter sich herrufen. »Ich kann mir vorstellen, wie Ihnen zumute ist...«

»Nein! Können Sie nicht! *Ihr* Sohn hat überlebt!« Die Worte zerreißen ihr wieder das Herz.

»... aber wir dürfen jetzt nicht überstürzt handeln, lassen Sie uns erst einen Haftbefehl ... Captain ...!«

Muller dreht sich zu Andersson um. Sie hat sie mitgenommen, weil sie geglaubt hat, Andersson würde sie unterstützen. Weil sie etwas Ähnliches erlebt hat. Dabei braucht sie keine Unterstützung mehr. Noch nie zuvor in ihrem Leben ist sie sich einer Sache so sicher gewesen wie jetzt.

Sie ist jetzt ganz ruhig, ihre Hand mit der Waffe zittert nicht mehr.

»Mich interessieren keine Haftbefehle mehr, Andersson.« Sie zielt und drückt ab.

Ein brüllender Schmerz schießt durch Christina hindurch, sie geht getroffen in die Knie und sackt in den Schnee.

»Nein, Captain, nicht!«

Sie will sich aufrichten, hinter Muller herrennen, sie aufhalten, verhindern, dass sie etwas Schreckliches tut ... Aber sie schafft es nicht. Sie robbt durch den verdammten Schnee bis zu den Stufen, ihr Bein ein einziger höllischer Schmerz. Ihre Hose saugt sich voll mit Blut, sie presst die Hand auf die Wunde und kämpft gegen den Schmerz an, der ihr die Luft nimmt. Sie hat die erste Treppenstufe hinauf zur Tür geschafft, da wird sie von einem Strudel aus tausend stechenden Schmerzen erfasst und versinkt in der Dunkelheit.

Waren das Schüsse? Christina stößt wieder hervor aus der Dunkelheit. Nur wenige Sekunden kann sie ohnmächtig gewesen sein. Sie zieht sich hoch, ihr rechtes Bein spürt sie nicht mehr, das viele Blut hat einen dunklen Fleck auf dem Schnee hinterlassen. Sie robbt weiter, gleich hat sie es geschafft. Die Tür steht offen, und sie hinkt hinein in den gelben Lichtspalt.

Minutenlang, so kommt es ihr vor, betrachtet Christina das Szenario. Gouverneur Ochs liegt vor dem Kamin auf dem Rücken, Augen und Mund aufgerissen, die Beine verdreht, die Arme weit von sich gestreckt. Sein Pullover hat sich dunkel verfärbt.

Ein anderer Körper hängt über einer Sessellehne, Blut tropft auf den hellen Holzboden und bildet eine tiefrote Lache, daneben liegen die Scherben eines zerbrochenes Glases.

Irgendwann hört Christina ein Klicken. Ihr Blick wandert von den Toten nach links. Halb im Schatten verborgen steht

Muller, noch immer die Waffe in der Hand. Christina reißt ihre Pistole hoch.

»Captain, lassen Sie die Waffe fallen!«, brüllt sie. »Jetzt!«

Über Mullers Gesicht zieht ein müdes, zynisches Lächeln, dann schiebt sie sich den Lauf ihrer Pistole in den Mund. Christinas »Nein!« geht in der Explosion des Schusses unter.

Christina humpelt hinaus in die Nacht, der Hall dröhnt ihr in den Ohren. »Nein!«, schreit sie immer wieder, als könnte sie dem gerade Erlebten dadurch entkommen. Sie stolpert, sie fällt in den Schnee, die Kälte brennt ihr auf dem Gesicht, ihre Hände krallen sich in den Schnee, sie will sich irgendwo festhalten, doch da ist nichts.

Irgendwann hört sie ihren Namen, und als sie die Augen aufschlägt, sieht sie in Aarons Gesicht. Und es ist er, der sie hochhebt, an sich zieht und festhält.

»Wie kommst du denn hierher?«, bringt sie mühsam heraus.

»Ich hab den Notruf gehört, Nachbarn haben eine Schießerei gemeldet …«

Hinter ihm rotieren die roten und blauen Lichter des Notarztwagens. Da bricht etwas in ihr zusammen, und sie fängt an zu weinen, zuerst leise, dann immer lauter, und es kommt ihr vor, als würde sie die nicht vergossenen Tränen der letzten Jahre weinen –

Als Harpole so dasteht, oben auf dem Kran, und seinen Blick über den Zaun des Minengeländes hinweg über die im Morgendunst liegende Schneelandschaft schweifen lässt, über das im Wind sich wiegende Schilf und die weiß glitzernde Fläche des Sees bis hin zu den sanften Erhebungen am Horizont, den Apostel Islands im Lake Superior, eröffnet sich ihm der Sinn seines Daseins. Unter ihm liegt die Mine mit der aufgerissenen Erde, den stählernen Rohren, den Drills und Baggern und mit dem giftigen See im Untergrund – alles Menschenwerk, ohne Achtung vor der Schönheit und Vollkommenheit der göttlichen Schöpfung.

Und im Untergrund kocht der giftige Feuerpfuhl. Auf seinen Knopfdruck hin werden die Sprengladungen detonieren, Wälle werden brechen, und die Sintflut wird sich an die Oberfläche kämpfen, sie wird sich über die Stadt ergießen, das Böse mit sich reißen und in den Lake Superior spülen.

So hat es *DIE STIMME* angekündigt. Harpole sieht auf die Uhr und klettert hinunter. Er ist noch nicht ganz unten angelangt, da hört er, wie jemand seinen Namen ruft.

Es ist Tyler, er steht am Fuß des Krans.

»Moment, ich bin gleich unten!«, ruft Harpole und steigt die letzten drei Meter hinunter.

»Genießen Sie die Aussicht von da oben?«, fragt Tyler grinsend. Sein Gesicht ist weiß und rot von der Kälte, seine dicke Jacke und die dicke Hose lassen ihn noch kräftiger wirken, als er ohnehin schon ist. Warum ist der Teufel nicht in Tyler geschlüpft, denkt Harpole auf einmal und fragt: »Was ist los, Tyler?«

»Haben Sie eine Ahnung, wo Keith steckt? Ich muss ihn wegen der Einweihungsgeschichte fragen ...«

»Keith hat sich krankgemeldet und ist nach Hause gefahren.« Harpole lächelt Tyler ins Gesicht, und es fällt ihm noch nicht einmal schwer, es kommt wie von selbst. Und warum? Weil es richtig ist. Weil er einen Auftrag bekommen hat ...

»Was hat er denn?«

»Nierensteine«, sagt Harpole, ohne nachzudenken. »Machen wohl ziemliche Schmerzen. Worum geht's, Tyler?«

»Um den Ablauf. Frenette hält die Rede ... und ...«

Harpole unterbricht ihn: »Und auf mein Kommando wird die Sprengladung für den zweiten Einstiegsschacht gezündet.«

»Okay, ich war mir nicht sicher, ob noch jemand eine Rede hält.«

»Nein.« Harpole sieht zum Himmel hinauf, er ist blau und so unglaublich weit. »Sonst hält niemand mehr eine Rede.«

Tyler nickt. »Ist alles okay bei Ihnen?«

»Ja, alles okay.« Harpole lächelt und klopft Tyler auf die Schulter.

»Übrigens, Ihre Freundin wartet.« Tyler zeigt zum Bürocontainer.

»Katie?«

»Hey, haben Sie noch eine?« Tyler grinst auf seine anzügliche Art.

Beunruhigt macht Harpole sich auf den Weg zu dem grauen Container. Er hat ihr doch gesagt, sie soll freinehmen und für ein paar Tage wegfahren, zu ihrer Freundin Loreen. Es macht ihn wütend, dass sie seinen Rat nicht befolgt hat.

Sie steht auf den Stufen. Durchgefroren, mit roter Nasenspitze, die Arme um den Körper geschlungen, als könnte sie sich dadurch warm halten.

»Katie, was machst du hier?«, fängt er an, noch bevor er den Container erreicht hat. »Du weißt doch, dass ich keine Zeit habe, weil heute ...«

Ihre blauen Augen tränen, aber das kann auch von der Kälte kommen. Er sieht zu Boden.

»Du hast mir auf die Mobilbox gesprochen, weil du gewusst hast, dass ich nicht drangehen kann, weil ich Dienst habe. Du bist seit zwei Tagen nicht bei mir gewesen. Und meine Anrufe hast du auch nicht beantwortet. Was ist los mit dir?«

»Katie ... ich ...« Er hat nach einer Ausrede gesucht, aber es ist ihm keine eingefallen.

»Ich weiß, dass du keine Zeit hast, also, ich wollte dir das hier geben«, sagt sie hastig, als hätte sie Angst, dass er sie gleich wieder wegschickt.

Sie hat die roten Strickhandschuhe nicht ausgezogen, und er denkt in diesem Augenblick an Kinder mit ihren Fäustlingen, an Rodelberge, Schlitten und Schneeballschlachten ... Er hört Kinderlachen, aber da blitzt auf einmal das Bild von Keith auf, wie er in seinem Blut im Schuppen liegt, den Schädel gespalten. Ein Abgrund tut sich vor ihm auf, er taumelt ...

»Hal?« Katie ist die Stufen heruntergekommen, packt ihn am Handgelenk und zieht ihn zurück von diesem Schlund, in den er zu stürzen droht. »Hal? Bist du in Ordnung?«

Als er jetzt in Katies Augen blickt, glaubt er etwas Hoffnungsvolles darin zu erkennen – oder ist es Verzweiflung?

»Ja«, beeilt er sich zu sagen und nimmt den Brief, den Katie ihm hinhält.

Langsam, beinahe widerstrebend faltet er ihn auseinander. Zuerst überfliegt er das Schreiben mit der eiligen, nachlässigen Handschrift nur. Erst beim zweiten Mal begreift er den Inhalt.

»Woher hast du den?«

»Von seiner Schwester. Nachdem du mir das mit Ike erzählt hast, hab ich Nachforschungen angestellt.«

Harpole blickt wieder auf den Brief in seiner Hand. Und er liest ihn noch einmal.

Liebe Katie,

Ihr Brief hat mich tief berührt. Es muss sehr schlimm sein für einen Menschen, wenn er sich für den Tod eines anderen verantwortlich fühlt. Sie haben recht, es wurde kein Abschiedsbrief meines Bruders gefunden – und man ging daher von einem Unfall aus. Erst nach einem halben Jahr erhielt ich von einem Arzt aus Houston eine Rechnung für mehrere Behandlungen. Ike und ich hatten in den letzten Jahren nicht viel Kontakt, und ich wusste nichts von seiner Krankheit. Er hatte an einem Forschungsprojekt über Alzheimer teilgenommen, da er offenbar einige Symptome bei sich zu erkennen geglaubt hatte. Die Untersuchungen bestätigten seine Befürchtungen. Sein Arzt hat mir inzwischen bestätigt, dass die Krankheit noch immer als unheilbar gilt.

Erst da habe ich endlich ein Schreiben begriffen, das ich in Ikes Sachen gefunden habe. Er schrieb darin, dass er die Absicht hätte, seinem Leben ein Ende zu setzen, wenn die Symptome schlimmer würden.

Liebe Katie, ich hoffe, dass ich Ihnen damit ein bisschen helfen konnte. Ich wünsche Ihrem Freund alles erdenklich Gute. Sagen Sie ihm, er soll sich nicht schuldig fühlen am Tod meines Bruders. Es war Ikes freier Wille.

Gottes Segen sei mit Ihnen!

Ihre Debbie Ryerson

Harpole faltet den Brief zusammen. Er spürt, wie sich etwas in ihm auflöst. Auch das Bewusstsein von Schuld kann einem Halt geben. Woran soll er sich jetzt festhalten?

»Und? Was sagst du?« Katie sieht ihn mit ihrem wunderbaren Lächeln an. »Du bist nicht schuld, Hal!«

Mühsam versucht er, ihr Lächeln zu erwidern.

»Meinst du, du könntest damit leben?«, fragt sie leise, »Damit leben, dass du keine Schuld trägst?«

Grell blitzt das Bild von Keith' gespaltenem Schädel in ihm auf, und er unterdrückt einen Schrei.

Wie sie so dasteht und ihn ansieht, so voller Hoffnung, so voller Sehnsucht nach einem Menschen, dem sie ihre Liebe schenken kann, kann er nicht anders, er reißt sich zusammen, unterdrückt das grausame Lachen, das aus ihm hervorzubrechen droht – und nickt.

Sie fällt ihm um den Hals. »Jetzt wird alles gut, Hal, ich bin ganz, ganz sicher, jetzt wird alles gut.«

Er hebt die Arme, legt sie ihr um den Körper und drückt ihn an sich. In diesem Augenblick, als er ihre Wärme spürt und ihre Tränen auf seinem Gesicht und als sein Herz sich öffnet, schwebt ein Schwarm schwarzer Vögel heran und verdunkelt den Himmel, der gerade noch so blau und weit war. Ihm ist, als würde eine kalte Hand sich nach ihm ausstrecken. Plötzlich fröstelt er, etwas Unheimliches nähert sich, das spürt er, und plötzlich weiß er, was es ist: die Erkenntnis.

DIE STIMME war nicht Gottes Stimme ... Es war ...

Mein Gott, schreit er stumm, *mein Gott! Wie konntest du das nur zulassen!*

Keith, immer wieder erscheint Keith vor ihm. Keith, der ihn anlächelt, Keith als Gekreuzigter, Keith mit dem gespaltenen Schädel ... Niemals wieder wird er diese Tat vergessen, niemals ...

»Hal, ich hab dich so vermisst«, hört er Katie sagen, »du hast mir so viel geschenkt ...« Sie schluchzt, er legt ihr die Hand in den Nacken und will sie an sich drücken. Es ist dieselbe Hand, die die Axt gehoben hat, denkt er und erstarrt in der Bewegung. Katie schmiegt sich an ihn, sie hat nichts davon bemerkt.

Die Trauer – und das Entsetzen über sich selbst erfassen ihn wie ein Orkan, reißen ihn weg von Katie – und von einem Leben, das möglich gewesen wäre. Er sieht hinauf in den Himmel. Warum, Herr, musstest du mich so prüfen? Ich habe versagt. Aber warum musste ein anderer deswegen sterben? Und auf einmal packt ihn der Zorn. »Warum hast du das zugelassen!«, schreit er. »Was bist du für ein grausamer Gott!«

Katie macht sich abrupt los. »Hal … Was ist los mit dir?« Erschrocken sieht sie ihn an.

Er zieht die kalte Schneeluft ein, bis sein Hals und seine Lungen brennen und seine Augen tränen.

»Ich habe etwas Schreckliches getan, Katie.« Seine Worte reißen die Folie weg, die ihn von der Welt getrennt hat. »Etwas, das ich nie wiedergutmachen kann.«

»Gott verzeiht dir, Hal, du hast selbst gesagt, Gott verzeiht, wenn man bereut.« Katie drückt seine Hand.

Wie gern würde er ihr glauben. Es gibt Dinge, die verzeiht Gott nicht, will er sagen, während der Vogelschwarm seinen riesenhaften Schatten über sie legt. Grauen erfasst ihn, und er zieht Katie wieder an sich, als könnte er sie dadurch retten.

Katie zeigt hinauf in den Himmel. Die Wolke aus Tausenden schwarzer Vögel ändert blitzartig die Richtung, zieht nach Süden, dann schwenkt sie nach Norden, plötzlich schießt sie nach oben, dann stürzt sie wie im Blindflug ab, um gleich wieder wie von einer unsichtbaren Kraft emporgerissen zu werden.

»Hal!« Sie krallt sich in seine Schulter. »Sieh doch!« Wie von einem Strudel erfasst, wird die schwarze Vogelwolke nach unten gesogen, und im selben Augenblick zittert die Erde unter ihren Füßen.

Katie klammert sich an ihn.

»Weg hier!« Er zerrt sie mit sich. »Wir müssen weg!« Auf einmal hämmert sein Herz, fest und schnell. Das Erbeben wird Risse in die dünne Gesteinswand reißen, und die Erschütterungen werden die Sprengladungen zünden, es ist alles nur noch eine Frage von Minuten. Und trotzdem, als gäbe es eine Zukunft, rennt er los in Richtung Pforte und zieht Katie hinter sich her.

Er hört, dass jemand ihn ruft, aber er hat keine Zeit, er muss Katie retten. Sie stolpert, er zieht sie hoch. Alles in ihm ist gespannt. Ist es so, spürt man das Leben erst dann, wenn man dabei ist, es zu verlieren?

»Hal, wir schaffen es doch, oder?«, schreit Katie.

»Ja! Katie, ja, wir schaffen es!« Er will daran glauben, ja, er will an nichts anderes mehr glauben. Seine Lunge brennt, er bekommt kaum noch Luft. *Weiter!*, hallt es in seinem Kopf. *Weiter!*

»Wir sind gleich da!«

Schon kann er sein Auto auf dem Parkplatz vor der Schranke sehen, und den Wachmann, der aufgeregt hin und her läuft.

»Machen Sie die Schranke auf, Ellis! Los!«

Doch der Wachmann starrt nur in eine Richtung. Harpole wirft einen Blick über die Schulter und sieht den großen Kran schwanken, den, auf dem er gerade noch gestanden hat.

»Verdammt, Ellis!«, schreit er. »Die Schranke! Und dann machen Sie, dass Sie wegkommen! Alles wird explodieren!«

Ein dröhnendes Krachen begräbt seine Worte unter sich. Der Kran ist umgestürzt.

»Was ist denn passiert?«, hört er Ellis rufen, aber er antwortet nicht mehr, zieht Katie weiter zu seinem Wagen und lässt die Schlösser aufspringen.

»Steig ein!«, schreit er ihr zu und springt in den Wagen.

Kaum hat sie die Beifahrertür hinter sich zugezogen, startet er auch schon den Motor, durchbricht die Schranke und rast auf die Straße hinaus.

Im Rückspiegel sieht Harpole, wie die am Zaun aufeinandergeschichteten Betonrohre ins Rollen geraten. Noch explodiert nichts …

Er jagt den Wagen über die winterglatte Fahrbahn Richtung Süden, weg vom See, denn dorthin werden sich die Fluten ergießen. Mein Gott, denkt er wieder, was habe ich getan?

Vor ihnen kriecht ein Lastwagen, die Gegenfahrbahn scheint frei zu sein, aber die Schneemauern lassen ihm keine Möglichkeit auszuweichen, falls doch ein Auto entgegenkommt. Doch er muss es riskieren, er hat keine andere Chance. Der Wagen schießt an dem Truck vorbei. Sie werden in die Sitze gedrückt. Für den Bruchteil einer Sekunde genießt Harpole die Geschwindigkeit, die ihn glauben macht, er würde fliegen … Bis Katie aufschreit und ihre Finger sich in seinen Arm krallen. Er kann gerade noch auf die Bremse treten. Vor ihnen reißt der Asphalt auf und biegt sich hoch. Harpole hält das Steuer so fest er kann, der Wagen schlingert, dreht sich auf der gefrorenen Straße. Der Lkw kommt direkt auf sie zu, der Fahrer versucht zu bremsen, es quietscht, doch das schwere Fahrzeug schlittert weiter auf sie zu. So ist es also, das Ende, denkt Harpole noch, doch es gelingt ihm, den Wagen auf die andere Spur zu ziehen. Er gibt Gas und rast auf der Gegenspur an dem Lastwagen vorbei, der immer noch nicht zum Stehen gekommen ist.

Katie sitzt stumm neben ihm, während er nach einem Ausweg sucht. Die Schneewände rechts und links sind so hoch, dass er die Straße nicht verlassen kann. Er muss also zurück zur Mine und von dort in Richtung Ashland – und zum See – fahren. Es ist die einzige Möglichkeit.

Als sie an der Mine vorbeikommen, haben die Betonrohre

den Zaun niedergerissen, Container sind umgekippt und haben sich übereinandergeschoben. Vom Parkplatz aus biegen Autos auf die Straße ein, sie wollen Richtung Norden, Harpole weiß, er müsste sie warnen, aber dafür ist keine Zeit.

Schon bald liegt die Tankstelle von Ashland vor ihnen, hinter dem Ort können sie vielleicht die Küstenstraße nach Osten erreichen.

Vielleicht, vielleicht gibt es doch noch Rettung, vielleicht bebt die Erde schon nicht mehr, vielleicht haben die Wände doch standgehalten …

Katie sitzt immer noch stumm neben ihm, den Blick auf die Straße gerichtet, eine Hand um den Haltegriff über der Tür gekrallt. Vor ihnen tauchen die ersten Häuser auf, hier wirkt alles noch normal …

Eine leise Hoffnung regt sich … Wird der Herr ihm vergeben? Wird Gott alles wieder richten? Er bereut, er tut Buße, er würde alles tun, wenn …

Seine Gedanken werden zerrissen von einer riesigen Explosion.

Und dann ist da dieser Schatten im Rückspiegel, der Anblick nimmt ihm den Atem. Schauder und Ehrfurcht erfassen ihn und machen ihn stumm.

Dunkel und gewaltig erhebt sich hinter ihnen eine schäumende Welle, die Autos, Häuser, Kräne – einfach alles mit sich reißt, überrollt, zermalmt – und unter sich begräbt.

Ein brausendes Zischen und Schmatzen nähert sich von hinten, die Welle verdunkelt den Himmel, schon spürt Harpole, wie der Sog sie erfasst, wie er sie zieht, zurück in ihre todbringenden Arme …

Da sieht Katie ihn an. In ihren Augen stehen Tränen, aber sie weint nicht. »Hal, egal, was du getan hast, ich liebe dich.«

Mitten in dieser tobenden Gewalt klingen ihre Worte einfach und klar – sie sind das Vollkommenste, was Harpole in seinem Leben je gehört hat.

Vor ihnen liegt die weiße Eisfläche des Lake Superior, die irgendwo in der Ferne an den Himmel stößt.

Er lässt das Steuer los und nimmt Katies Hand. Ihre Wärme ist das, was er bis zum letzten Augenblick spüren will. »Ich liebe dich auch.«

Dann tritt er das Gaspedal durch und rast auf die Eisfläche des Sees hinaus. Sie fliegen, und er lässt Katies Hand nicht mehr los.

EPILOG

»Ihr sitzt da, als läge ich im Sterben«, sagt Christina und klopft auf ihre Bettdecke.

Ed und Gary haben sich Stühle herangezogen und wissen offenbar nicht so recht, was sie sagen sollen.

Ed verzieht das Gesicht. »Ich mag keine Krankenhäuser. Wirklich. Mein Grandpa hatte Prostatakrebs, und ich musste ihn jeden Tag besuchen und seine Urinflasche ... Als er dann gestorben ist ...«

»Ed, hey, aber viel schlimmer war doch die Sache mit Jack ...«

»Scheiße, du hast recht, Gary. Mann, Chris, das war ein Kollege, der hatte auf seinem Motorrad 'n Rendezvous mit 'nem Brückenpfeiler – bis zum Hals gelähmt. Konnte sich noch nicht mal mehr in der Nase bohren.«

Gary nickt. »Armer Kerl. Ist nach 'nem halben Jahr an 'ner Embolie gestorben.«

»Schön, dass ihr euch trotzdem hierher getraut habt!« Christina gibt sich Mühe, locker zu klingen, aber den Schock hat sie noch nicht überwunden. Die ganze Nacht ist Muller vor ihr aufgetaucht, wie sie sich die Pistole in den Mund steckt und abdrückt, während Christina schreit, um sie zurückzuhalten, doch ihre Schreie sind stumm.

»Siehst du, Chris, das fehlt, wenn du nicht da bist.« Das kommt von Gary.

»Was?«

»Ab und zu ein nettes Wort.« Ed grinst. Sein Gesicht glüht, und er macht den Eindruck, als hätte er einen Kater.

Manche Dinge ändern sich nie, denkt Christina, und das ist sehr beruhigend.

In diesem Augenblick geht die Tür auf, und Rob stapft herein.

»Hier findet also die Party statt!«, dröhnt er.

»Party?«, fragt Gary betont heiter. »Ich weiß von nichts.«

»Hoffentlich gibt's keinen Champagner«, brummt Ed. »Davon muss ich immer kotzen.«

Rob tritt mit breitem Grinsen an Christinas Bett. »Du siehst großartig aus, Babe!«

»Ich glaub dir kein Wort.« Sie hat im Gesicht ein paar Schürfwunden, und unter ihren Augen sind tiefe Ringe, die hat sie heute Morgen bemerkt, als sie zum Spiegel über dem Waschbecken in der Nische gehumpelt ist. Von ihren strähnigen Haaren gar nicht zu reden.

»Ich hab dir was Richtiges zum Essen mitgebracht.« Rob zieht eine Tüte hinter dem Rücken hervor und hält sie ihr vor die Nase.

»Lass mich raten? Ein Hot Dog?«

»Bingo, Babe!«

»Ein echter Cop, unsere Chris!«, sagt Gary, worauf alle lachen.

Rob deutet auf ihr Bein, das in einem dicken Verband steckt. »Wie lange ...?«

»Wird wohl noch ein bisschen dauern, bis ich euch wieder unter die Arme greifen kann.«

»Im Moment haben wir sowieso das reinste Chaos!«, stöhnt Ed.

»Die Fuzzis vom FBI und von der Staatsanwaltschaft holen gerade jeden Notizzettel aus unseren Mülleimern. Wenn die dürften, würden die uns alle erst mal einbuchten.«

»Muller hatte angeblich schon Beweise gegen Ochs zusammengestellt«, sagt Rob. »Waren die auch schon bei dir?«

»Ja.« Wieder sieht Christina diesen geleckten Staatsanwalt

vor sich, der sich höchstpersönlich zu ihr in die Klinik bemüht hat. Terry Kenlock, den hat sie noch nie leiden können.

»Und, hängen sie dir was an?«

»Im Moment bin ich nur Zeugin, ich war ja dabei, als Muller Milosz abgeknallt hat. Außerdem hat er mir ein Verfahren angedroht wegen der Sache mit dem Chauffeur von Ochs.«

»Kenlock, dieses Arschloch!«, murrt Rob. »Spielt sich mal wieder auf.«

»Es war Notwehr!«, sagt Ed. »Oder glauben die, du würdest mit einem Brieföffner bewaffnet losziehen?«

Rob macht eine wegwerfende Handbewegung. »Diese Arschlöcher hocken doch nur in ihren Büros ...«

Ed und Gary nicken, und Ed meint dann: »Übrigens hat Charles Frenette den Gouverneur massiv belastet. Sein Chauffeur soll Whitner und deinen Bruder umgebracht haben«, erklärt Ed. »Die haben ihm wahrscheinlich einen Deal angeboten, wenn er auspackt.«

Erst kurz bevor er sich verabschiedet hat, ist Kenlock mit der wichtigsten Sache herausgerückt.

»Das dürfte Sie interessieren, Detective Andersson«, hat er mit seinem typischen arroganten Lächeln gesagt, »Pete Kondracki ist übrigens an einem Genickbruch gestorben. Mr. Frenette hat zugegeben, dass es in seinem Büro zu Handgreiflichkeiten gekommen ist.«

Sie hat sich nichts anmerken lassen, weder ihre Erleichterung noch ihre Trauer.

Gary kratzt sich am Kopf. »Ich kann's immer noch nicht glauben. Dass ausgerechnet Muller die Nerven verliert.«

»Ich hab gar nicht gewusst, dass Muller einen Sohn hatte«, sagt Ed. »Die hat doch nie was Privates erzählt.«

Auch Rob hat sich einen Stuhl herangezogen, und jetzt sitzen sie alle drei schweigend um Christinas Bett.

»Das geht alles natürlich unter wegen der Evakuierungen in Ashland«, sagt Gary schließlich. »Heute Morgen ist sogar der Präsident angereist. Die ganze Gegend ist zum Katastrophengebiet erklärt worden. Alles überflutet und verseucht von dieser uralten Giftbrühe! Nicht zu fassen!«

Es gibt Ereignisse, die übersteigen unsere Fähigkeit, etwas dabei zu fühlen, denkt Christina. Als sie von der Katastrophe erfahren hat, musste sie an Dani denken. Ob sie überlebt hat? Sie sieht die Serviererin wieder vor sich, wie sie über die Mine und ihren kranken Neffen gesprochen hat und über die Hoffnung der Region, dass der *Think Tank* und die Mine eine Menge Leute anziehen würden.

Rob zeigt auf die Tüte. »Jetzt ist er noch warm.«

»... und damit genießbar, willst du sagen, oder?« Christina macht die Tüte auf – und schließt sie gleich wieder. »Ich glaub, ich schaff das heut nicht.«

»Kein Problem«, sagt Rob, »ich hab noch nichts gefrühstückt.«

»Hey Chris, wer hat dir denn dieses Gemüse gebracht?« Ed zeigt auf den großen Blumenstrauß auf dem Tischchen, das eigentlich zu klein ist für einen bunten Strauß aus Chrysanthemen, Tulpen und Gräsern.

Eigentlich wollte sie den Strauß in den Müll werfen. Doch dann ist es anders gekommen.

»Die sind von Brewer«, sagt sie, und alle sehen sie überrascht an.

Er ist unsicher gewesen, und der zu große Blumenstrauß hat ihm geholfen, dass er Christina nicht direkt ansehen muss, das hat sie gleich gemerkt.

»Hi«, sagt er ungewöhnlich leise. »Wie geht's dir? Ich hab

die Krankenschwester wegen einer Vase gefragt, sie wollte gleich eine bringen ... Es sind ... Tulpen und ... Chrysanthemen, jetzt im Winter hat man nicht so die Auswahl ... und ... ich wusste nicht, welche Blumen dir ...«

»Hast du dahinter deine Knarre versteckt?«

»Chris ... ich ... es ...«, fängt er an, »es ... es tut mir unendlich leid!«

»Ich war doch 'ne gute Zielscheibe in der Küche, oder?«

Er lässt sich auf den Stuhl sinken, legt den Strauß auf den Tisch und vergräbt das Gesicht in den Händen.

»Ich bin vom rechten Weg abgekommen.« Er nimmt die Hände wieder weg und sieht zu Boden. »Ich ... hab Ochs vertraut, er war wie ein Vater zu mir, aber er war schlecht, egoistisch. Ich hab geglaubt, ich diene einer größeren Sache. Einer Idee ...« Er schüttelt den Kopf. »Ich ... hab mich blenden lassen ...«

Die Krankenschwester kommt herein und bringt die Vase.

»Ich hab gedacht, Muller ist korrupt, und du machst gemeinsame Sache mit ihr«, fängt er wieder an, als sie draußen ist.

»Und jetzt hast du deine Meinung geändert, oder was?« Seine Büßertour geht ihr auf die Nerven.

Er seufzt, und als er endlich aufblickt, fällt ihr auf, wie mitgenommen er aussieht.

»Nolan«, sagt sie, »wenn das wieder eine Masche ist, dann ...«

»Glaubst du, ich komme zu dir ins Krankenhaus, wenn es eine *Masche* ist?«

Sie ist sich immer noch nicht so ganz sicher, was sie von seinem Geständnis halten soll.

Er legt ihr die Zeitung aufs Bett.

Der Skandal des Jahres

Der Amoklauf von Ruth Ellen Muller, Captain des Milwaukee Homicide Squad, hat eine Anklage- und Verhaftungswelle ausgelöst.

Detective Lieutenant Nolan Brewer gilt als Hauptbelastungszeuge der inzwischen aufgetauchten Korruptionsvorwürfe.

Das sind die ersten Zeilen auf der Titelseite. »Toll, Brewer, da hast du ja schnell die Seiten gewechselt!«

Sein Lächeln hat etwas Gequältes. »Ich hab mich selbst angezeigt, die Staatsanwaltschaft strengt auch gegen mich ein Verfahren an.« Er steht auf. »Nur damit du Bescheid weißt, ich werde mich für dich einsetzen. Man hat dir großes Unrecht getan.« Mit diesen Worten und einem gemurmelten »Gute Besserung!« verabschiedet er sich.

Nachdem er weg ist, nimmt sie die Zeitung und liest den ganzen Artikel.

Gouverneur Carl H. Ochs soll jahrelang mithilfe seines Bruders Frank Ochs an Subventionen des Staates für Unternehmen mitkassiert und die hohen Gewinne auf ein Konto in Antigua verschoben haben.

Auch an der Mine in Ashland soll er mitverdient haben. Weiterhin wird ihm angelastet, gemeinsam mit dem CEO von *Polycorp Minerals*, Charles Frenette, Gutachter und die Bergbaubehörde bestochen zu haben.

Die größte Umweltkatastrophe des Staates wurde gestern durch ein Erdbeben ausgelöst, dessen Epizentrum in der New Madrid Zone lag. Noch liegen keine genauen Angaben über die Anzahl der Todesopfer vor. Man geht jedoch von mindestens 1000 Menschen aus. Die Flutwelle aus giftigen Abfallprodukten der Mine, die aus instabilen Auffangbecken hervorgebrochen ist, hat nicht nur Ashland kontaminiert, sondern auch den Lake Superior. Gesundheitliche Schäden und Spätfolgen sind unabsehbar. Darüber hinaus wird das empfindliche Ökosystem des Sees auf Jahrzehnte hin massiv gestört sein. Die Höhe des finanziellen Schadens wird in die Milliarden gehen. Gegen *Polycorp Minerals* und auch gegen den Staat Wisconsin wird eine Klage vorbereitet.

Der CEO von *Polycorp Minerals*, Charles Frenette, wurde inzwischen verhaftet. Er wird persönlich für die Katastrophe mitverantwortlich gemacht.

Nachdem ihr Sohn bei einem Autounfall tödlich verunglückte, hat Captain Ruth Ellen Muller gestern Nacht zuerst den Chief of Police von Milwaukee, Stan Milosz, dann den Gouverneur Carl H. Ochs und dessen Bruder und zuletzt sich selbst erschossen. Die Umstände, die dazu geführt haben, sind Gegenstand der sofort eingeleiteten Untersuchungen.

»Brewer, wer hätte das gedacht«, sagt Rob und schüttelt den Kopf.

Gary betrachtet den Blumenstrauß. »Also, ich trau dem Typen immer noch nicht …«

In diesem Augenblick geht die Tür auf, und Jay stürmt mit einem lauten »Mom!« herein.

»Leute, ich glaube, wir verabschieden uns dann mal«, sagt Ed.

Christina umarmt Jay. Ruth Muller hat ihren Sohn verloren, denkt sie, wenn Jay nicht überlebt hätte, wer weiß, wozu sie fähig gewesen wäre …

»Mach, dass du bald wieder gesund wirst«, ruft Gary noch in der Tür, die anderen sind schon draußen, »du fehlst uns!«

»Danke, Jungs, dass ihr da wart!« Sie winkt ihnen zu, und als sie weg sind, fragt sie Jay:

»Wer hat dich denn hergebracht, mein Schatz?« Sie muss aufpassen, dass sie ihn vor lauter Glück nicht zu fest an sich drückt.

Jay deutet zur Tür. »Ich hab ihm den Weg gezeigt.«

Auf einmal steht Aaron im Zimmer. In seinen kupferfarbenen Haaren tauen Schneeflocken. Er lächelt, und Christina denkt, er sieht gut aus, und dann fällt ihr wieder ein, wie er sie nach dem Überfall ins Bett gebracht und sie in seinen Armen gehalten hat und ...

»Deine Mom wartet unten im Auto«, sagt Aaron.

»Wieso kommt sie nicht mit rauf?«, fragt Christina verwundert.

»Ich ... hab sie drum gebeten.« Sein Lächeln wirkt verlegen. »Ich ... wollte dir sagen ... ich bin wirklich ... froh, dass ... ich meine ... als ich den Notruf gehört habe, dachte ich ... du hättest den Gouverneur erschossen ...«

»Vielleicht hätte ich das, wenn Jay ...«

Sie schweigen verlegen, schließlich sagt sie: »Ich hab dich ganz schön mies behandelt, oder?«

»Das mit Kondracki hättest du mir sagen können ... und überhaupt, du bist nie mit der Sprache rausgerückt.«

Sie blickt hinüber zu Jay, der inzwischen mit der TV-Fernbedienung von einem Sender zum nächsten zappt. Es hätte auch ganz anders ausgehen können. »Ich hab irgendwie geglaubt, ich muss das alleine machen.«

Sie denkt an Tim, sie hat seinen Mörder gefunden, aber er ist trotzdem nicht zu ihnen ins Leben zurückgekommen, und beinahe hätte sie auch nicht überlebt, und was wäre dann mit Jay passiert?

Jay hat einen Kindersender gefunden und lacht über irgendwelche Zeichentrickfiguren. Sie will mitlachen, aber ihr kommen die Tränen, und dann weint sie. Sie weint um Tim und um Muller und um Mullers Sohn und um Mullers trauernden Mann, um Dani, um die Menschen oben in Ashland … und darum, dass das Schicksal es mit ihr und Jay gut gemeint hat …

»Hey!«, sagt Aaron bestürzt. Er tritt zu ihr und legt den Arm um sie. »Was ist?«

»Mom!«, ruft Jay erschrocken und springt auf ihr Bett.

»Schon gut …« Sie weint, sie lacht, beides gleichzeitig, sie kann nichts dagegen tun, es kommt einfach aus ihr heraus. Sie drückt Jay an sich und hält Aarons Hand. »Verdammt!«, bringt sie schluchzend heraus. »Jetzt gebt mir schon ein Taschentuch!«

DANKSAGUNG

Vorweg:

Das Thema Seltene-Erden-Metalle ist nicht losgelöst von der jeweiligen wirtschaftlichen und politischen Situation zu sehen. Durch Ausfuhrreglementierungen können Staaten die Preise hochhalten und technische Entwicklungen beeinflussen. Als der Roman entstand, betrieb China eine Politik der rigorosen Ausfuhrbeschränkung, sodass in anderen Staaten die Wiedereröffnung stillgelegter Minen wieder attraktiv wurde.

Auch in Wisconsin wurde über die Wiederaufnahme des Bergbaus politisch debattiert, für den Roman hat allerdings die Mountain Pass Mine in Kalifornien Pate gestanden.

Wie immer wäre der Roman nicht ohne die Unterstützung und Anregung vieler Menschen entstanden.

Mein besonderer Dank gilt der Gastfreundschaft und Offenheit von Claus und Lorrie Weingaertner, die mir meinen Aufenthalt in Wisconsin so unvergesslich machten, mich zu gesellschaftlichen Anlässen nach Kohler und Sheboygan mitnahmen, mir meine tausend Fragen beantworteten und mich zu neuen Ideen inspirierten.

Doug Johnson, der mich begeistert mit allen erdenklichen Informationen und Kontakten unterstützte und sich stets für ein Gespräch über Politik oder Religion oder Bergbau oder was auch immer Zeit nahm – Elaine Johnson, die mir eine

Abhandlung über das Vogelleben in Wisconsin schickte und auch sonst ein offenes Ohr hatte – Avis Johnson für die so herzlichen Tage mit bei ihrer Familie.

Natürlich ist eine Krimiautorin auch auf die Hilfsbereitschaft der Polizei angewiesen. Meinen Dank an Lieutenant Tomas Stigler von der Polizei in Milwaukee, der so bereitwillig im Besprechungsraum der Detectives meine Fragen beantwortete und mir so einige Anekdoten erzählte. An der Police Acadamy Milwaukee erteilte mir noch nach Dienstschluss Greg Wagner, Firearms Instructor, auf seine leidenschaftliche, mitreißende Art mehrstündigen Schießunterricht, Jon Riemann von der Öffentlichkeitsarbeit dokumentierte das nicht nur, sondern versorgte mich mit umfangreichem Foto- und Videomaterial und gab mir eine spannende Führung durchs ganze Haus.

Im Ashland Information Center zeigte sich das Mitarbeiter-Team sehr engagiert und interessiert an meinem Projekt, versorgte mich mit Broschüren und suchte nach Informationen über den dort eingestellten Erzbergbau.

Ein herzlicher Dank gebührt der Historical Society in Bayfield, außerdem Mary Rice und Robert Nelson, Autor und Historiker, der mir mit seinem Wissen Stoff für einige Bücher gegeben hat.

Eine Krimiautorin braucht ärztlichen Beistand, was weiß sie schon über einen Lungensteckschuss? Danke an Dr. med. Oliver Gonschorek und Christiana Joch für ihre Beratung, die mich vor einigen Fehlern bewahrt hat.

Andrea und Rudy Schütz sei gedankt für ihre herzliche Gastfreundschaft und den anregenden Gedankenaustausch, unerlässlich für eine dahinwerkelnde Autorin. Und Cristina Pérez Rullo und Vicente Bayona brachten mich bei unseren anregenden Abendessen nicht nur auf die Idee mit den Seltene-Erden-Metallen.

Dr. Lutz Steinhoff hat mal wieder den Roman auf Herz und Nieren geprüft und hie und da eingegriffen. Etwaige – noch vorhandene – Schnitzer gehen aufs Konto der Autorin.

Und danke dir, Simona, wie immer, du weißt schon, für was.

Werde Teil der Bastei Lübbe Welt
You Tube
www.luebbe.de/ Meinewelt
Lesen, rezensieren, Bücher gewinnen
Lerne Autoren, Verlagsmitarbeiter und andere Leser kennen